이 책은 2010년도 정부(교육과학기술부)의 재원으로 한국고전번역원의 지원을 받아
수행된 '권역별거점연구소협동번역사업'의 결과물임.

This work supported by institute for the Translation of Korean Classics - Grant funded by
the Korean Government

한국고전번역원 한국문집번역총서

운양집 2
雲養集

김윤식 지음
金允植

기태완 옮김

일러두기

1. 이 책의 번역 대본은 한국고전번역원에서 간행한 한국문집총간 328집 소재《운양집(雲養集)》으로 하였다. 번역 대본의 원문 텍스트와 원문 이미지는 한국고전종합 DB (http://db.itkc.or.kr)에서 확인할 수 있다.

2. 내용이 간단한 역주는 간주(間註)로, 긴 역주는 각주(脚註)로 처리하였다.

3. 한자는 필요한 경우 이해를 돕기 위하여 넣었으며, 운문(韻文)은 원문을 병기하였다.

4. 맞춤법과 띄어쓰기는 한글 맞춤법과 표준어 규정을 따랐다.

5. 이 책에서 사용한 부호는 다음과 같다.

   ( ) : 번역문과 음이 같은 한자를 묶는다.

   〔 〕 : 번역문과 뜻은 같으나 음이 다른 한자를 묶는다.

   " " : 대화 등의 인용문을 묶는다.

   ' ' : " " 안의 재인용 또는 강조 부분을 묶는다.

   「 」 : ' ' 안의 재인용을 묶는다.

   『 』 : 「 」 안의 재인용을 묶는다.

   《 》 : 책명 및 각주의 전거(典據)를 묶는다.

   〈 〉 : 책의 편명 및 운문·산문의 제목을 묶는다.

가련해라 내 병든 몰골 지기에게 부끄럽나니　　　　顧憐病骨愧知己

반과산의 태수생이라 조롱하겠지[17]　　　　　　　飯顆應嘲太瘦生

서걱서걱 신발 소리가 냇가 누대에 울리는데　　　磔磔靴聲響澗樓

동산 좋은 곳에서 토구[18]를 그리워하네　　　　　林園佳處憶菟裘

푸른 등불 아래 정겨운 대화는 천금의 밤이요　　青燈軟話千金夜

대낮의 취한 노래는 한바탕의 가을 정취라네　　白日酣歌一副秋

버들 너머 가벼운 바람에 연꽃이 속삭일 듯　　　柳外風輕荷欲語

창 앞에 몰아치는 비에 제비들 수심 겹네　　　　窓前雨急鷰交愁

지난날 물고기 잡고 나무하던 벗들 그리워라　　相思舊日漁樵伴

몇 명이나 옛 광주 땅에서 유유자적할까　　　　多少煙蓑古廣州

젊은 날 헛된 명성으로 자허부[19]를 읊었으나　　少日浮名賦子虛

---

17 반과산(飯顆山)의……조롱하겠지 : 시 짓느라 고심한 일을 가리킨다. 이백(李白)
의 〈희증두보(戲贈杜甫)〉에 "반과산 머리에서 두보를 만나니, 머리에 삿갓 쓰고 해는
높아 정오이네. 이별 후 왜 그리 수척해졌는지 물었더니, 모두 이전에 시 짓느라 고생했
기 때문이라네.〔飯顆山頭逢杜甫 頭戴笠子日卓午 借問別來太瘦生 總爲從前作詩苦〕"라
고 한 것을 인용했다. 이는 이백이 두보의 시가 지나치게 격률에 얽매여 각고의 노력
끝에 지어진 것을 놀린 말이다.

18 토구(菟裘) : 중국 산동성(山東省) 사수현(泗水縣)이다. 춘추 시대 노(魯)나라
지역이었다. 늙어서 은퇴하여 거주하는 곳을 말한다. 《춘추좌씨전》은공(隱公) 11년
조에 "토구를 경영하여 내 장차 그곳에서 노년을 보내려고 한다.〔使營菟裘 吾將老焉〕"
라고 했다.

19 자허부(子虛賦) : 한나라 사마상여(司馬相如)가 지은 부(賦)이다. 사마상여는 자
가 장경(長卿), 촉군(蜀郡) 사람이며 다수의 부를 지어 무제의 총애를 받았다.

문원[20]의 소갈증이 근자에는 어떠한가 　　　　　文園消渴近何如
공연히 의관 차리고 낭관에서 당직 서니 　　　空携襆被郎官署
집 앞 찾아온 어르신의 수레 누가 보았을까 　誰見門庭長者車
사람 떠나간 후 낯선 새는 때때로 지저귀고 　異鳥時鳴人去後
술에서 갓 깬 후 그윽한 꽃은 스스로 지네 　幽花自落酒醒初
괜한 수심 더해져 시의 수심마저 무거우니 　閑愁添却詩愁重
어떡하면 병도[21]를 얻어서 단번에 잘라버릴까 　那得幷刀一剪除

〈이소〉 읽기 마치자 모자 그림자 기울어 　讀罷離騷帽影斜
옛 사람에 대한 먼 그리움 하늘 끝에 부치네 　古人遐想屬天涯
공사 일로 떠들썩해 개구리 시장 같고 　　公私喧闃蛙兒市
비바람 황량하니 제비가 집을 짓네[22] 　　風雨荒凉鷰子家
생계 꾸릴 방도 적어 벼루로만 먹고 살고 　生計無多惟食硯
세상 물정 어두워 모래로 밥을 짓는 듯[23] 　世情難慣若炊沙

---

20 문원(文園) : 사마상여가 문원령(文園令)을 지내서 그를 가리키는 말로 사용된다. 그는 소갈증(消渴症 당뇨병)을 앓았다고 전해진다.

21 병도(幷刀) : 병주도(幷州刀) 혹은 병주전(幷州剪)과 같은 말로, 잘 드는 가위를 말한다. 두보(杜甫)의 〈희제왕재화산수도가(戲題王宰畫山水圖歌)〉에 "어떡하면 병주의 잘 드는 가위 얻어서 오송의 강 반쪽 물을 베어올 수 있을꼬.〔焉得幷州快剪刀 剪取吳松半江水〕" 하였다.

22 공사(公私)……짓네 : 송나라 방악(方岳)의 〈농요(農謠)〉시에 "연못 물 가득하니 개구리가 시장을 이루고, 문 앞 골목에 봄 깊으니 제비가 집을 짓네.〔池塘水滿蛙成市 門巷春深燕作家〕"라고 했다.

23 모래로 밥을 짓는 듯 : 원문은 '취사(炊沙)'로 취사작반(炊沙作飯)의 준말이다. 헛고생하는 것을 말한다. 당나라 고황(顧況)의 시 〈행로난(行路難)〉에 "그대는 못 보았

| 굶주린 모기는 어찌하여 봐주지도 않는가 | 饑蚊底事不相貸 |
| 여관 침상에서 밤새도록 백발만 매만지네 | 旅榻通宵掠鬢華 |

좋은 시 지어내니 더욱 청신하여	佳篇脫手轉淸新
촛불 심지 자르는 서창에 웃음소리 빈번하네	剪燭西窓笑語頻
작은 뜰에 꽃들은 봉선화를 추대하고	小院群芳推菊婢
상림원 보슬비 속에 단풍나무 혹이 자라네	上林疎雨長楓人
자고로 취향에선 왕적²⁴을 일컬었나니	醉鄕自古稱王績
이제 벼슬하는 은자 자진²⁵을 보겠네	吏隱如今見子眞
태잠²⁶에 같고 다름 있다고 말하지 마오	莫道苔岑有同異

나, 눈을 져다 우물 메우며 헛힘을 쓰는 것을. 모래 익혀 밥 지은 들 어찌 먹을 수 있으리오.〔君不見撝雪塞井徒用力 炊沙作飯豈堪喫〕"라고 하였다.

24 왕적(王績) : 590?~644. 자는 무공(無功), 호는 동고자(東皐子), 강주(絳州) 용문(龍門) 사람이다. 수(隋)나라 말에 효렴(孝廉)으로 추천되어 비서정자(秘書正字)를 지냈으나 곧 물러났다. 다시 양주육합승(揚州六合丞)이 되었으나, 천하의 대란으로 관직을 버리고 고향으로 돌아갔다. 당나라 무덕 연간(武德年間)에 대조문하성(待詔門下省)이 되었으나 물러나서 하수(河水)가의 동고(東皐)에서 밭을 갈며 은거했다. 성품이 호방하고 술을 좋아했는데, 5말을 마실 수 있었다 하여, 〈오두선생전(五斗先生傳)〉을 지었고, 《주경(酒經)》·《주보(酒譜)》를 편찬했다. 세상에서 두주학사(斗酒學士)라고 불렀다. 그가 지은 〈취향기(醉鄕記)〉가 세상에 전한다.

25 자진(子眞) : 한나라의 은사 정박(鄭樸)의 자이다. 일찍이 조정의 부름을 사양하고 곡구(谷口)에 은거하였는데, 석정(石汀)이 같은 정씨(鄭氏)이므로 끌어온 것이다.

26 태잠(苔岑) : 뜻이 같고 도가 합치하는 벗을 말한다. 진(晉)나라 곽박(郭璞)의 〈증온교(贈溫嶠)〉시에 "사람들이 말하기를, 소나무 대나무는 숲에 있다 하였소. 그대와 취미에 있어서는 서로 다른 이끼가 같은 산에 있는 것과 같다오.〔人亦有言 松竹有林 及爾臭味 異苔同岑〕"라고 한 데서 온 말이다.

기미를 헤아리면 곧 서로 친해진다오   算來氣味卽相親

내가 경모궁에 있을 때, 동료 어르신 김계운[27] 낙현 강겸산 문영 모두 풍부한 학식을 지닌 선비들이었고 문감 정석정 익용 또한 사단의 기재였다. 나는 일찍이 시를 지어서 "비궁의 영 세 분과 문감 한 명이, 주고받은 옥 같은 시 모두 자랑할 만하네."라고 했는데, 대개 한 때의 문회의 성대함을 말한 것이다. 지금 강겸산에게 화답한 네 수를 기록하여 그 대략을 보인다

余在景慕宮時僚丈金溪雲 洛鉉 姜謙山 文永 皆學問富有之士門監鄭石汀 益
鎔 亦詞垣奇才也余嘗有詩云閟宮三令一門監瓊琚互答儘堪誇蓋道一時文
會之盛也今錄和姜謙山四首以見其槩

나라 안 문인으로 손꼽힘을 알겠나니　　　　　海內詞人屈指知
높은 명성 다시금 두남[28]으로 옮기길 허락했네　　高名更許斗南移
문장은 또 경전 상자[29]라 불리기에 어울리고　　　文章副復稱經笥

---

27 김계운(金溪雲) : 김낙현(金洛鉉, 1817~?)이다. 호는 계운(溪雲), 지평(持平) 등을 지냈다. 저서로 《계운유고(溪雲遺稿)》가 있다.

28 두남(斗南) : 북두성 남쪽이라는 뜻에서 천하를 말한다. 《당서(唐書)》 권115 〈적 인걸전(狄仁傑傳)〉에 "적공(狄公)의 현명함은 북두성 이남에서 한 사람일 뿐이다."라 고 했다.

29 경전 상자 : 원문은 '경사(經笥)'로 경서에 널리 통한 사람을 말한다. 《후한서(後漢 書)》 권110 〈문원전 상(文苑傳上) 변소(邊韶)〉에 "변소가 대낮에 한가로이 누워있는 데, 제자가 몰래 놀리며 말하기를 '변효선은 배가 불룩해서 글공부는 게을리 하고 잠만 자려한다.'고 하였다. 그 말을 들은 변소가 대답했다. '변은 성이요, 효는 자다. 배가 불룩한 것은 오경을 담은 상자이기 때문이고, 잠자고자 하는 것은 경전을 생각하다가

키만큼 베껴 적은 종이는 벼루 곁에 놓였구나 　　　 鈔寫等身臨硯池

겸산(謙山)은 박학(博學)하고 문장을 잘 지었는데, 게다가 책을 베끼는 버릇이 있었다.

오사모 쓰고 운 좋게 숙직하는 저녁 함께 하니 　　　 烏帽幸同將事夕

아름다운 얼굴 젊은 시절보다 못하지 않은데 　　　 韶顔不減少年時

가여워라 밝디 밝은 저 구름 속 학은 　　　 可憐皎皎雲間鶴

천추에 요동 성곽[30]에서 만날 기약 있으려나 　　　 遼郭千秋倘有期

운소(雪巢) 김학원(金鶴遠)은 영표(嶺表 영남)의 고사(高士)이다. 일찍이 운소로 인하여 강겸산(姜謙山)과 사귀게 되었는데, 지금 운소는 이미 저승 사람이 되었다.

위는 궁재(宮齋)에서의 기이한 만남이다.

행장은 쓸쓸한데 새벽이 다가오니 　　　 襆被蕭然拂曙天

궁재에서 늙은 소나무 옆으로 고개를 돌리네 　　　 宮齋回首古松邊

잠들어 주공과 꿈에 만나고 고요히 공자와 뜻을 나누기 위해서이다. 스승을 조롱한다는 것은 어느 경전에서 나온 기록이냐?'〔曾書曰假臥 弟子私嘲之曰 邊孝先 腹便便 懶讀書 但欲眠 韶潛聞之 應時對曰 邊爲姓 孝爲字 腹便便 五經笥 但欲眠 思經事 寐與周公通夢 靜與孔子同意 師而可嘲 出何典記〕"라고 했다.

30 　요동(遼東) 성곽 : 정영위(丁令威)의 요동학(遼東鶴)을 말한다. 《수신후기(搜神後記)》에 다음과 같이 나와 있다. "정영위는 본래 요동 사람이다. 영허산에서 도를 배운 후에 학이 되어 요동으로 돌아와 성문 화표주(華表柱)에 머물렀다. 그때 한 소년이 활을 들고 쏘려하자 학이 공중을 배회하며 말하길, '새여! 새여! 정영위가 집을 떠나 천 년 만에 돌아왔는데, 성곽은 그대로건만 사람들은 다르니, 어찌 선(仙)을 배우지 않고 무덤만 늘어섰는가?' 하더니 마침내 높이 하늘로 사라졌다.〔丁令威 本遼東人 學道 于靈虛山 後化鶴歸遼 集城門華表柱 時有少年 擧弓欲射之 鶴乃飛 徘徊空中而言曰 有鳥 有鳥丁令威 去家千年今始歸 城郭如故人民非 何不學仙冢壘壘 遂高上衝天〕"라고 했다.

온정균의 팔짱[31]으로 읊어 좋은 시 거의 얻고 　佳篇幾得溫叉詠
진번의 걸상[32] 매달아 놓으니 속객은 오지 않네 　俗客不來陳榻懸
매번 속세에서 가까운 벗 잃는 것 근심하나니 　每患塵途交臂失
무슨 인연으로 비오는 밤에 침상 대하고 잘까 　何緣雨夜對牀眠
서쪽 성의 잠시 이별에 돈 내어 전별하고 　西城少別兼金贐
새로 지은 시 다 읊고 나니 한껏 서글퍼지네 　吟罷新詩一悵然
　위는 빗속에서 이별하는 마음이다.

호해에서 미친 듯 읊으며 높은 누대에 누우니 　狂吟湖海臥高樓
졸렬한 계책 가여운데 도리어 갖옷을 입었네 　拙計堪憐反着裘
대롱으로 하늘 보아도 도를 보긴 어렵고 　縱有管天難見道
송곳 꽂을 땅조차 없어 추수 걱정 하지 않네 　頓無錐地不憂秋
궁지에 처했어도 어유[33]의 연민 가소롭고 　處窮可笑魚濡戀
분수에 따를 뿐 학경[34] 근심이 어찌 필요하랴 　依分何須鶴脛愁

31　온정균의 팔짱 : 당나라 온정균(溫庭筠)이 여덟 번 팔짱을 낀 것을 말한다. 온정균이 재사(才思)가 민첩하여 매번 시험장에 들어가면 팔짱을 끼고 구상을 했는데 대개 8번 팔짱을 끼면 8운(韻)을 이루었다고 한다.

32　진번의 걸상 : 후한(後漢) 진번(陳蕃, ?~168)이 태수를 지낼 때 어떤 객도 만나지 않았는데 다만 은거하는 서치(徐稚)만을 존중하여, 특별히 한 걸상을 마련하여 서치를 맞이했는데, 서치가 떠나면 처마 아래에 걸상을 매달아 두었다고 한다.

33　어유(魚濡) : 곤궁한 처지에서 서로 구원해 주는 것을 말한다. 《장자(莊子)》〈천운(天運)〉에 "샘물이 마르면 물고기들이 함께 육지에 처해서 서로 입김을 불어서 축축하게 하고, 서로 침으로 적셔준다.〔泉涸 魚相與處於陸 相呴以濕 相濡以沫〕"라고 했다.

34　학경(鶴脛) : 《장자》〈변무(駢拇)〉에 "오리의 정강이는 짧지만 길게 잇는다면 근심할 것이고, 학의 정강이는 길지만 잘라낸다면 슬퍼할 것이다.〔鳧脛雖短 續之則憂

의자에서 읽다 만 책으로 더위 식히기 족하니   懶架殘書消暑足

근자에 동쪽 이웃에게 형주를 빌렸다네[35]   東隣近日借荊州

  위는 세상을 희롱하며 스스로 즐거워한 것이다.

술 마시며 높이 읊조리니 해는 기우는데   對酒高吟白日斜

석생은 원래 스스로 남쪽 물가에 살고 있네   石生元自住南涯

《시경》 구절 외우는 시비[36]가 있고   泥中逢怒有詩婢

방패 손잡이[37] 갈아 글 지은 참된 장군 집안이네   楯鼻草文眞將家

鶴脛雖長 斷之則悲)"라고 했다. 각자에게 장단점이 있으니 분수대로 살아야 한다는 것이다.

35　형주를 빌렸다네 : 적벽대전 이후로 형주의 7개 군(郡)은 유비·조조·손권에 의해 분할 점거되었는데, 지리적으로 불리했던 유비는 손권에게 형주 남부 땅을 빌려달라고 제안한 바 있다. 동오(東吳)의 노숙(魯肅)이 잠시 그렇게 하라고 권유하여 손권은 유비에게 빌려주었고, 유비는 형주의 다섯 개 군을 확보하여 촉한의 기틀을 다졌다. 후에 유비는 장사(長沙)와 계양(桂陽)을 손권에게 돌려주었으나, 《삼국연의(三國演義)》의 영향으로 "유비가 형주를 빌렸다.〔劉備借荊州〕"는 곧 "영원히 돌려주지 않음"을 의미하는 속담처럼 쓰인다.

36　시경(詩經)……시비(詩婢) : 《세설신어(世說新語)》〈문학(文學)〉에 "정현 집 노비들은 모두 글을 읽었다. 일찍이 한 여종이 뜻을 거슬러 매를 들려고 했는데, 변명을 하려 하자 정현은 노하여 끌고 가 진창 속에 넣게 했다. 잠시 후 한 여종이 와서 묻기를 '어째서 진창 속에 있는가?'라고 하니, 답하기를 '하소연하다가 어르신의 노여움을 샀네.'라고 했다.〔鄭玄家奴婢皆讀書 嘗使一婢不稱旨 將撻之 方自陳說 玄怒 使人曳着泥中 須臾 復有一婢來問曰 胡爲乎泥中 答曰 薄言往愬 逢彼之怒〕" 이 두 하녀가 주고받은 말은 《시경》의 〈식미(式微)〉와 〈백주(栢舟)〉에 나오는 구절이다.

37　방패 손잡이 : 원문은 '순비(楯鼻)'로 '순묵(楯墨)'이라고도 한다. 《북사(北史)》 권83 〈순제(荀濟)〉에 "순제는 양 무제와 포의지교 사이였는데, 양무제가 왕이 된 것을 알고 달갑지 않아 다른 사람에게 '방패 위에 먹을 갈아 격문을 쓸 걸세.'라고 말했다.〔濟

참신한 문장 재주는 삐져나온 송곳[38] 같고 　　　藻思尖新如脫穎

정련된 솜씨는 모래 걸러 금을 채취한다네 　　　深工精鍊見淘沙

그러나 사람의 기이한 만남을 누가 알아줄까 　　　詞林奇遇誰能識

시권 속엔 공연히 화려한 글만 남았네 　　　　　卷裏空留翰墨華

　　위는 석정(石汀)의 글솜씨이다.

初與梁武帝布衣交 知梁武當王 然負氣不服 謂人曰 會楯上磨墨作檄文]" 후에 '방패 먹'은 문인이 종군하여 격문을 짓는 것을 뜻하는 말로 사용되었다.

38 삐져나온 송곳 : 《사기》 권76 〈평원군우경열전(平原君虞卿列傳)〉에 보인다. "평원군이 말하길, '현사가 이 세상에 있는 것은 주머니 속 송곳과 같아 그 날카로운 끝은 즉시 보인다.'라고 하자 모수가 말하길, '신을 주머니 속에 넣어주십시오. 신이 주머니에 일찍 들어갈 수만 있었다면, 즉시 뚫고 나왔을 것이니, 그저 끝이 보일 정도가 아닐 것입니다.'[平原君曰 夫賢士之處世也 譬若錐之處囊中 其末立見……毛遂曰 臣乃今日請處囊中耳 使遂蚤得處囊中 乃穎脫而出 非特其末見而已]" 후에 탈영(脫穎)은 재능을 가지고 있으면 저절로 드러나게 마련이라는 뜻으로 사용되었다.

고산 3칙
高山 三則

강겸산(姜謙山)이 〈담운(澹雲)〉 6장(章)을 읊어서 계운(溪雲)과 나에게 나누어주었다. 아마도 두 사람의 호에 모두 '운(雲)' 자가 있기 때문인 듯한데, 〈정운(停雲)〉[39]의 뜻을 붙인 것이기도 하다. 내가 〈고산(高山)〉 3편을 읊어서 화답했다.

험하고 가파른 고산	高山峚崔
그 아래 고요한 곳 있네	其下有密
겸손하고 겸손한 군자여	謙謙君子
하시는 말씀마다 내용이 있어	出言有物
패옥처럼 쟁그랑 울리고	有瑲琚瑀
보불[40]처럼 찬란히 빛나네	有煌黼黻
말을 몰아 날로 매진하니	駕言日邁
아득히 멀어져 짝할 수 없네	邈矣難匹
나를 품어주는 훌륭한 풍도	懷我好風

---

39 정운(停雲) : 도잠(陶潛)의 〈정운(停雲)〉시에 "자욱한 머문 구름, 부슬부슬 비 뿌리네.〔靄靄停雲 濛濛時雨〕"라고 했는데, 그 자서(自序)에 "〈정운〉은 친우를 그리워한 것이다."라고 했다.

40 보불(黼黻) : 임금이 예복으로 입던 곤상(袞裳)에 놓은 도끼와 '아(亞)' 자 모양의 수이다. 화려한 문장이나 임금을 보좌하는 재능을 비유한다.

덕음이 성하기도 하여라   德音秩秩

높고 아득한 고산   高山岩嶢
구기자와 산초가 있네   有紀與椒
겸손하고 겸손한 군자여   謙謙君子
순서와 조리가 있네   有貫與條
드넓은 삼책⁴¹으로   三策洋洋
조정에 명성을 드날렸네   名聞于朝
소과를 하찮게 여기며   薄言小試
봉록을 구하지 않았네   干祿不邀
지극한 다행이로다   幸甚至哉
우리 동료에게 모범 되었으니   式我同僚

고산의 높은 봉우리   高山有岑
교남⁴²에서 우러르네   嶠南所瞻
저기 저 흰 구름   爰有白雲
가파른 바위 위에 있네   依彼巉巖
뭉게뭉게 구름이 피어나   崔崔霙霙
개다가 흐리다 하네   載陽載陰
군자께서 은혜를 베풀어   君子幸惠

---

41 삼책(三策) : 세상을 경영하는 좋은 계책을 말한다. 한나라 동중서(董仲舒)가 현량(賢良)으로서 천인삼책(天人三策)을 진언하여 강도상(江都相)에 임명되었다.

42 교남(嶠南) : 영남(嶺南)을 말한다.

나에게 아름다운 옥을 주셨네   貽我璆琳

무엇으로써 드려야 하나   何以贈之

녹기금⁴³을 드려야지   綠綺之琴

---

43 녹기금(綠綺琴) : 한나라 사마상여(司馬相如)가 탔다는 명금(名琴)이다.

오언고시 다섯 수를 지어서 강겸산이 화순현으로 부임하는 행차를 전송하다

賦五古五首送姜謙山和順縣赴任之行

구름 속 세 마리 황곡[44]	雲中三黃鵠
만리를 함께 날지 않네	萬里不同飛
훨훨 궁궐 원림에 내려앉아	翩然下宮苑
뜻을 얻어 돌아감을 잊었네	得意共忘歸
서로 목을 감고 울며 화답하고	交頸鳴相和
너울너울 국의[45]를 떨쳤는데	蹌蹌拂菊衣
한 마리 황곡은 남쪽으로 날아가	一鵠南飛去
하늘 끝 허공만 아련하네	天末空依依

그대는 남국의 선비로	夫子南國彦
도를 품고 횡포한 행동 끊었지	懷道絶畔援
계책을 바쳐 궁궐에서 이름 떨치니	獻策揚王庭
아침에 상주하면 저녁에 부르심 받았지	朝奏夕召見
적은 녹봉이라고 어찌 구애가 되랴	微祿豈絆人
성명한 시절의 정사만을 연모할 뿐	明時政堪戀

---

44 황곡(黃鵠) : 새 이름이다. 고니라는 설도 있다. 주로 높은 재능을 지닌 현사(賢士)를 비유한다.

45 국의(菊衣) : 국화색의 옷이다. 황곡의 황색 깃털을 말한다.

늙을수록 뜻은 더욱 견고해지니　　　　　　　　　到老志愈堅
상자 속엔 쇠 벼루⁴⁶가 담겨 있다네　　　　　　　篋裏有鐵硯

아득히 먼 여미현⁴⁷이여　　　　　　　　　　　　迢迢汝湄縣
다섯 필 말⁴⁸로 엄숙히 길을 떠나네　　　　　　　五馬戒程嚴
울림에서 떠나갈 때 배에 돌을 실었고⁴⁹　　　　　鬱林行載石
산음에선 즐거이 주렴을 드리웠지⁵⁰　　　　　　　山陰好垂簾
복성⁵¹이 백 리를 비출 것이니　　　　　　　　　　福星照百里

---

46 쇠 벼루 : 《신오대사(新五代史)》권29 〈진신열전(晉臣列傳) 상유한(桑維翰)〉에
"〈일출부상부(日出扶桑賦)〉를 지어서 자신의 뜻을 보이고, 또 쇠로 벼루를 주조하여
남들에게 보이며 말하기를 '벼루가 구멍 나면 마음을 바꾸어 벼슬을 할 것이다.'라고
했다. 마침내 진사 급제를 하였다.[乃著日出扶桑賦以見志 又鑄鐵硯以示人曰 硯弊則改
而佗仕 卒以進士及第]"라고 했다. 이후 철연(鐵硯)은 학문을 철저히 닦아서 성취를
이루려는 뜻을 비유하게 되었다.

47 여미현(汝湄縣) : 전남 화순(和順)의 옛 이름이다.

48 다섯 필 말 : 태수가 타는 수레로 지방 수령의 부임을 말한다.

49 울림(鬱林)에서……실었고 : 울림은 중국 광서(廣西) 지방 고을 이름으로 삼국
시대 오나라 육적(陸績)이 태수를 지낸 곳이다. 육적이 태수의 임기를 마치고 돌아오는
길에 가진 짐꾸러미가 없었는데 배가 가벼워 균형을 잡지 못하자 돌을 배에 실어 무겁게
하니 사람들이 그 청렴함을 칭송하여 '울림석(鬱林石)'이라고 하였다.《新唐書 卷196
隱逸列傳 陸龜蒙》

50 산음(山陰)에선……드리웠지 : 남송(南宋)의 고개지(顧凱之)는 자가 위인(偉仁)
인데, 산음의 현령이 되었을 때 번잡한 공무를 간략히 하니 아전들이 특별히 할 일이
없게 되었으며, 낮에도 주렴을 드리우고 한적하게 지낼 수 있었다.《會稽志 卷3》

51 복성(福星) : 행복을 주관하는 별이란 뜻으로, 백성을 구제할 유능한 지방관을 비
유한 말이다. 송 철종(宋哲宗)이 일찍이 선우신(鮮于侁)을 동경 전운사(東京轉運使)
로 삼았는데, 그가 부임 길에 오르기 직전에 사마광(司馬光)이 말하기를 "지금 복성이

아낙과 아이가 기쁘게 바라보리　　　　　　　　婦孺欣共瞻

촉 땅의 다스림[52]을 이제 곧 보리니　　　　　　佇看治蜀化

관리로서 스승을 겸할 것이네　　　　　　　　　爲吏師道兼

한강 북쪽을 아침에 출발하여　　　　　　　　　朝發漢水陽

호남 고을로 가고 또 가네　　　　　　　　　　去去湖南鄕

호남의 좋은 산과 물들이　　　　　　　　　　湖南佳山水

그대의 금수장[53]을 밝혀 주리니　　　　　　　照君錦繡腸

영가[54]처럼 산행할 땐 나막신 수리하고　　　　永嘉行理屐

습지[55]에서 취할 땐 술잔을 권하겠지　　　　　習池醉傳觴

가게 되었다. 어찌하면 선우신 같은 사람 100명을 천하에 포열할 수 있을까?〔福星往矣
安得如优百輩布列天下乎〕" 하고, 또 사람들에게 말하기를 "지금 다시 자준 즉 선우신을
전운사로 삼은 것이 참으로 마땅치는 않은 듯하나, 동쪽 지방의 폐해를 구하려면 자준이
아니고는 할 수가 없으니, 이 사람이 바로 일로의 복성인 것이다.〔今復以子駿爲轉運使
誠恐非宜 然欲救東土之敝 非子駿不可 此一路福星也〕"라고 한 데서 온 말이다.《山堂肆
考 臣職 轉運使》

52 촉(蜀) 땅의 다스림 : 한나라 경제(景帝) 때 문옹(文翁)이 촉군(蜀郡)의 수령이
되어서 시서(詩書)로써 교화시켰다고 한다.《한서(漢書)》권89〈순리(循吏) 문옹전
(文翁傳)〉에 보인다.

53 금수장(錦繡腸) : 금수간장(錦繡肝腸)의 준말이다. 시문이 배에 가득히 들어있어
서 좋은 시구를 잘 뽑아냄을 말한다.

54 영가(永嘉) : 영가 태수를 지낸 사영운(謝靈運)을 말한다. 산수를 좋아하여 앞뒤
의 굽이 다른 나막신을 신고 등산하였다.

55 습지(習池) : 습가지(習家池), 일명 고양지(高陽池)이다. 호북성 양양(襄陽) 현
산(峴山) 남쪽에 있다. 진(晉)나라 산간(山簡)이 양양 태수로 있을 때 형(荊) 지역의
호족인 습씨(習氏)들의 원지(園池)로 놀러나가서 매번 술에 취하여 돌아왔다고 한다.

장부 따위 노고로울 것 무엇이랴　　　　　　薄書何足勞

노년에 유유자적해도 무방하리　　　　　　　暮年可徜徉

노둔한 말이 천리마를 따르느라　　　　　　　駑馬追驥騄

땀 흘리다 그만 자빠지고 말았고　　　　　　汗流且僵仆

한 치 막대기로 큰 종을 울려　　　　　　　　寸莚撞巨鍾

소호[56]를 얻어 들을 수 있기 바랐네　　　　　幸得聆韶護

근자에 〈정운편〉[57]을 드렸으나　　　　　　頃贈停雲篇

삼탄[58]의 뜻 깨닫지 못했네　　　　　　　　三歎意未喻

사람 일이란 게 정해진 기약이 없어　　　　　人事無定期

구름처럼 모였다 흩어졌다 하는구나　　　　　果如雲散聚

56　소호(韶護) : 순(舜) 임금의 음악과 은(殷)나라 탕왕(湯王)의 음악이다.

57　정운편(停雲篇) : 도연명(陶淵明)의 시 제목이다. 벗을 그리워하는 내용을 담았다.

58　삼탄(三歎) : 《예기》〈악기(樂記)〉에 "청묘의 비파는 붉은 줄에 너른 구멍을 밑바닥에 뚫었으며, 한 사람이 연주하면 세 사람이 따라서 감탄하는데, 이는 선왕이 소리가 있는 것이다.〔淸廟之瑟 朱經而疏越 壹倡而三歎 有遺音者矣〕"라고 한 데서 온 말로, 훌륭한 음악이나 시가를 의미한다.

평강현으로 부임해 가는 송중호를 전송하다

送宋仲皓之任平康縣

관리의 도는 청렴과 위엄을 숭상하여	吏道尙廉威
현자들 자못 이에 힘을 쏟았네	賢者頗用力
청렴은 간혹 성정 거스름에 가깝고	廉或近矯拂
위엄 또한 각박함으로 인해 손상되네	威亦傷慘刻
귀한 바는 가운데를 지키는 선비이니	所貴中正士
도를 지키며 힘써 바름을 구하네	守道勉求寔
그대는 크신 현자의 후예이니	子爲大賢裔
도리 지키는 모습엔 곧은 행실과 법도가 보이네	循循有操飭
한 현이 작다고 하지 마오	莫謂一縣小
사방에서 장차 법식을 우러르리니	四方將觀式
산골짝 풍속은 유순하게 만들기 쉬우니	峽俗易柔馴
마음을 열어 정성을 내보이고	開懷見悃愊
작은 은혜는 베풀 만하지 못하니	小惠不足施
간악과 거짓을 삼가 억측하지 마시라	奸僞愼勿億
공사 일으킬 땐 망설여보고	興事以猶豫
폐해 제거할 땐 임시방편으로 하지 마시라	去害毋姑息
백성을 위로하고 세금 독촉엔 졸렬하여	撫勞催科拙
늘 간절한 마음으로 긍휼히 여기시라	存恤恒惻惻
아! 학교의 행정이 폐해지면	嗟哉學政廢

무지한 선비들을 누가 기를까	蒙士誰培植
수령이 어질고 밝으니	刺史賢且明
무슨 일이건 직분을 다 해내리	隨事可盡職
포로[59]의 교화를 보게 되리니	佇看蒲蘆化
화락하고 공경스런 모습 백성의 모범이라네	豈弟爲民則
우리는 음사[60] 출신이라	吾曹出蔭途
이것만이 그나마 나라에 보답하는 길	惟此少報國
사귐에 있어서는 절차탁마가 귀하니	交道貴切磨
내 마음 오직 그대만이 알리라	子惟我心識
한 쌍의 오리[61]가 이 길로 날아가 버리면	雙鳧從此飛
서로의 그리움 무엇으로 위로하랴	何以慰相憶

---

59 포로(蒲蘆) : 부들과 갈대이다. 《중용장구》제20장에서 "사람의 도는 정치에 민감
하게 나타나고, 땅의 도는 나무의 성장에 빠르게 나타나나니, 정치라는 것은 쉽게 잘
자라는 부들과 갈대와 같다.〔人道敏政地道敏樹 夫政也者 蒲盧也〕"라고 했다.

60 음사(蔭仕) : 과거를 거치지 아니하고 조상의 공덕에 의하여 관직에 나아가는 것이
다.

61 한 쌍의 오리 :《후한서(後漢書)》권112〈왕교(王喬)〉에 다음과 같은 고사가 전한
다. "왕교는 하동 사람이다. 현종 때 섭현의 현령이 되었다. 그에게는 신기한 술수가
있어서 매달 삭망 때면 현에서 궐을 찾아갔다. 황제가 그가 너무 자주 오는데 거마도
없는 것을 이상히 여겨 몰래 태사에게 훔쳐보게 했다. 태사가 이르기를, 그가 올 때면
오리 한 쌍이 동남쪽에서 날아온다고 하였다. 이에 오리 올 때를 기다려 그물을 쳐
잡았더니, 신발 한 짝이 걸렸다. 상방을 불러 알아보게 했더니, 영평(永平) 4년에 상서
관속에게 하사했던 신발이었다.〔王喬者 河東人也 顯宗世 爲葉令 喬有神術 每月朔望
常自縣詣台朝 帝怪其來數 而不見車騎 密令太史伺望之 言其臨至 輒有雙鳧從東南飛來
於是候鳧至 擧羅張之 但得一只鳥焉 乃詔尙方診視 則四年中所賜尙書官屬履也〕"후에
한 쌍의 오리는 지방관을 상징하는 용어로 사용되었다.

가을날 경모궁에서 당직을 섰는데 국사 석정이 남촌에 사는 시 벗들을 거느리고 내방하여 함께 읊다

秋日直景慕宮菊史石汀携南村詩伴來訪共賦

묘한 주령 권백파[62]가 막 전해 오더니	妙令初傳捲白波
버들 그늘 담 모퉁이에 술집 깃발 기울었네	柳陰墻角酒旗斜
한가해지니 세월은 뛰는 탄환처럼 지나가고	閑來日月跳丸過
이별 후엔 시편이 상자에 그득 묶였네	別後詩篇束笥多
농익은 산 기운에 객을 잡아두는 비	山意濃含留客雨
맑게 칠한 가을빛에 애간장 끊는 꽃[63]	秋光澹抹斷腸花
꿈에서 보이는 건 강호 그리는 본성	夢中秖是江湖性
부평초 핀 섬만 바라보며 뱃노래 듣네	一望蘋洲聽棹歌
방 저 멀리 벌레 소리 작은 누대 밝은데	蟲鳴室逈小樓明
달 기다리는 오사모 담담히 모든 생각 잊었네	待月烏紗澹忘情
석 되[64]의 박한 벼슬살이 가련도 해라	宦薄三升差可戀

---

62 권백파(捲白波) : 주령(酒令)의 하나이다. 후한 영제(後漢靈帝) 때 황건군(黃巾軍) 곽태(郭太)가 산서(山西) 백파곡(白波谷)에서 기의하여 산서와 하북 일대를 점령했는데, 나중에 관군에게 전멸당했다. 이에 근거하여 나중에 사람들이 '권백파'를 주령으로 삼았다. 주령은 주흥을 돕기 위한 일종의 유희이다.

63 애간장 끊는 꽃 : 원문은 '단장화(斷腸花)'로 추해당(秋海棠)의 별칭이다.

64 석 되 : 하루 석 되의 술이라는 뜻으로, 당나라 왕적(王績)이 하루에 지급되는 세 되의 술 때문에 벼슬을 했다고 한다.

가을 오니 잎 하나가 가장 먼저 놀라네	秋來一葉最先驚
반쯤 피어난 정원의 꽃 낯선 얼굴 많고	庭花半吐多生面
서로를 부르는 숲새들 간혹 자기 이름 부르네	林鳥相呼或自名
어떻게 하면 호숫가에 밭을 사다가	安得買田湖水上
그대와 삿갓에 나막신 차림으로 함께 일굴까	與君笠屐耦而耕

소산의 계수나무 떨기 가지 잡고 오를 듯[65]	小山叢桂可攀枝
저 굽이에서 손짓하는 그리운 사람	一曲招招有所思
오래 전부터 남촌으로 내 집 옮기고자 했으니	久欲南村移我屋
가히 서자[66]가 그대 시 읽는다고 하겠네	堪稱西子讀君詩
드넓은 갈매기와의 맹약 괜히 꿈만 수고롭고	鷗盟浩蕩空勞夢
소슬한 벌레소리 각자 시절을 기다리네	蟲語瀟涼各候時
경박한 관리라 불러도 무방하리라	不妨喚他輕薄尹
맑은 바람 밝은 달과 기약을 하였으니	清風明月與相期

구름에 이어진 높은 누각이 빗속에 차가운데	高閣連雲雨氣寒
국화 우거진 그윽한 곳에 새벽 벌레 사라졌네	菊叢深處曉蟲殘
밤에 고요한 시 짓는 누대에 빈창이 밝고	詩樓夜靜虛窓白
연기 자욱한 차 부뚜막에 간밤의 불씨 붉네	茶竈煙銷宿火丹

---

65 소산의……듯 :《초사(楚辭)》〈초은사(招隱士)〉에 "계수가 떨기로 자라는 산 깊은 곳〔桂樹叢生兮山之幽〕"이라는 구절이 있는데, 이 작품은 회남왕 유안(劉安)의 문객인 회남소산(淮南小山)이 지었다고 전한다. 산 속에서 은거하는 괴로움을 읊으며, 은사에게 어서 나올 것을 권하는 내용이다.

66 서자(西子) : 서시(西施)로 춘추 시대 월(越)나라 미인이다.

늙어도 빙호[67]의 습성은 여전히 남아있고 　　　　老去猶存馮虎習

배워도 용 베는 솜씨[68]는 쓸 데가 없네 　　　　學成無用屠龍難

북해의 술동이[69] 비고 소반엔 삼효[70]뿐 　　　　樽空北海盤三皛

살림이 곤궁하여 한직이 부끄럽네 　　　　　經濟蕭然愧冷官

아득한 강마을 새벽에 열지어 날다 　　　　　江國蒼茫曉陣開

기이한 인연 곳곳마다 이끼에 발자국 남기네 　　　奇緣隨處印靑苔

눈물로 봉한 편지로 바다 밖 외로운 신하 돌아오고[71]

---

67 빙호(馮虎) : 포호빙하(暴虎馮河)의 준말이다. 맨손으로 호랑이와 싸우고 걸어서 하수(河水)를 건넌다는 뜻이다. 《논어》〈술이(述而)〉에 "맨손으로 호랑이와 싸우고 황하를 걸어서 건너는 것과 같은 헛된 죽음을 후회하지 않을 자와는, 나는 행동을 같이 하지 않을 것이다.〔暴虎馮河 死而無悔者 吾不與也〕"라고 했다.

68 용 베는 솜씨 : 《장자(莊子)》〈열어구(列御寇)〉에 "주평만(朱泙漫)이 지리익(支離益)에게 용 베는 법을 배웠는데, 천금을 들였다. 삼 년 만에 그 기술을 이루었지만 쓸 곳이 없었다.〔朱泙漫學屠龍於支離益 單千金之家 三年技成 而無所用其巧〕"라고 했다.

69 북해(北海)의 술동이 : 한나라 말에 공융(孔融)이 북해상(北海相)을 지냈는데, 성품이 관대하고 꺼림이 없어서 항상 많은 객들을 초청하여 술자리를 베풀었다. 이를 일컬어 북해준(北海樽)이라고 한다.

70 삼효(三皛) : 송나라 증조(曾慥)의 《고재만록(高齋漫錄)》에 "하루는 전목부(錢穆父)가 편지를 보내 소동파를 불러 '효반'을 대접한다고 했다. 소동파가 집에 가보니, 곧 식사를 차렸는데 쌀밥 한 그릇, 나복(蘿蔔 무) 한 접시, 맑은 국 한 그릇뿐이었다. 흰 백이 셋이어서 효(皛)라고 한 것이다.〔一日 錢穆父折簡召坡食皛飯 坡至 乃設飯一盂 蘿卜一碟 白鹽一盞而已 盖以三白爲皛也〕"라는 기록이 보인다. 원래는 삼백(三白)이 모여 '효'가 된 것이니, 삼효라는 말은 착오인 듯하다.

71 눈물로……돌아오고 : 한(漢)나라 소무(蘇武)가 흉노에 사신을 갔다가 19년 동안 억류되었는데, 흉노는 소무가 이미 죽었다고 거짓말을 했다. 한나라 사자가 천자가

涙緘海外孤臣返

구름 끝 멀리 눈으로 전송하니 황제의 자식[72] 돌아오네

目送雲端帝子來

만 리 차가운 허공에 천 자의 글씨 써지고　　萬里寒空千箇字

오호[73]의 밝은 달빛엔 술잔이 가득하네　　五湖明月一泓盃

베개 가에서 끼룩끼룩 소리 가장 잘 들리니　　枕邊最是蕭蕭響

등에 서리 띠고 와 흰 귀밑 털 재촉하네　　背拖霜華兩鬢催

　위는 기러기를 읊은 것이다.

빼어난 기운이 표연히 허공을 가로지르니　　奇氣飄然貫素空

거의 모든 것이 작은 세상 안에서 사라지네　　幾乎交失小寰中

글 짓는 마음 실 뽑는 누에처럼 교묘하고　　文心巧似抽絲繭

주량은 강물 마시는 무지개[74]보다 크네　　酒戶寬於飮河虹

궁궐의 상림(上林)에서 화살로 잡은 기러기 발에 소무의 편지가 묶여있었다고 말하며 소무의 송환을 요구하여 결국 소무는 19년 만에 고국으로 돌아왔다. 《漢書 卷54 蘇武傳》

72　구름……자식 : 여기서 황제의 자식이란 요(堯)의 딸이며 순(舜)의 부인으로 동정호에 빠져 죽은 아황(娥皇)과 여영(女英)을 가리킨다. 당나라 시인 이하(李賀)가 지은 제자가(帝子歌)에 "동정호에 밝은 달 천 리를 비추고, 서늘한 바람에 기러기 울음소리 하늘이 물속에 담겼네. 구절 창포는 돌 위에서 죽고, 상수의 신은 금을 뜯으며 황제의 자식 맞이하네.〔洞庭明月一千里 涼風雁啼天在水 九節菖蒲石上死 湘神彈琴迎帝子〕"라는 구절이 있는데, 이를 인용한 듯하다.

73　오호(五湖) : 중국 태호(太湖)를 말한다.

74　강물 마시는 무지개 : 전설에 무지개가 우물이나 은하수의 물을 마신다고 한다. 《한서(漢書)》 권63 〈연자왕유단전(燕剌王劉旦傳)〉에 "이때 비가 내리는데 무지개가

가을에 마음 쏟아 송옥[75]은 슬퍼했고   秋事關心悲宋玉
인생에 이별도 많아 문통[76]이 한했네   人生足別恨文通
동쪽 성의 좋은 모임 그대 꼭 기억하구려   東城雅集君須記
어젯밤의 별 어젯밤의 바람도   昨夜星辰昨夜風

궁중에 서리어 우물물을 마셔버리니 우물이 말라버렸다.〔是時 天雨虹下屬宮中 飲井水 井水泉竭〕"라는 말이 보인다.

75 송옥(宋玉) : 전국 시대 말의 초(楚)나라 언영(鄢郢) 사람이다. 굴원(屈原)의 제자로서 저명한 사부가(辭賦家)였다. 그의 〈구변(九辯)〉에서 "슬프구나! 가을이 기운을 이룸이여! 쓸쓸하구나! 초목이 흔들려 떨어져서 쇠약하게 변했네.〔悲哉 秋之爲氣也 蕭瑟兮 草木搖落而變衰〕"라고 했다. 비추(悲秋) 문학의 창시자로 꼽힌다.

76 문통(文通) : 강엄(江淹)의 자이다. 남조(南朝)의 저명한 문인으로서 이별을 노래한 〈별부(別賦)〉가 유명하다.

원지재 영윤을 방문하다

訪元志齋永允

원세순(元世洵)[77]은 호가 지재(志齋)이고, 예전 호는 춘정(春汀)이다.

지난날 지팡이 짚고 강관을 함께 유람하여	遊筇昔日伴江關
주고받은 글로 우편통 잠시도 쉴 새 없었네	贈答郵筒不暫閑
술 있어 한벽루[78] 달 아래서 고요히 기울였고	有酒細斟寒碧月
문 나서 영춘[79] 산에서 배불리 먹었네	出門飽飡永春山
만년에 세 칸 집을 빌려 살았더니	生涯晚傶三間住
놀라워라 어느덧 십이 년이 흘렀네	歲月飜驚一紀還
방덕공 집에선 누가 주인인지도 몰라[80]	龐宅不知誰是主
익히 보아온 어린 아들도 얼굴을 펴네	慣看穉子亦開顔

77 원세순(元世洵) : 1832~? 본관은 원주(原州), 자는 윤장(允章)이다. 1874년(고종11) 증광시(增廣試) 진사 3등(三等) 22위로 합격하고, 1887년 부사과(副司果)로 음성 현감(陰城縣監)을 지냈다.

78 한벽루(寒碧樓) : 청풍(淸風) 관아에 있었던 누대이다. 지금은 청풍문화단지 안으로 옮겨져 있다.

79 영춘(永春) : 충북 단양군 영춘현이다.

80 방덕공(龐德公)……몰라 : 방덕공은 후한의 고사(高士)이다. 그는 당시 양양(襄陽)에 은거하던 서서(徐庶)·사마휘(司馬徽)·제갈량(諸葛亮)과 가까이 지냈는데, 제갈량을 '와룡(臥龍)', 사마휘를 '수경(水鏡)', 방통(龐統)을 '봉추(鳳雛)'라 불렀다. 제갈량은 방덕공을 매우 예우하면서 찾아갈 때마다 침상 밑에서 절을 했다. 후에 녹문산에 은거하며 약초를 캐며 살았다. 송나라 시인 이치(李廌)는 〈방덕공댁(龐德公宅)〉이라는 시를 지어 이들 간의 교류를 노래한 바 있다.

무오년(1858, 철종9) 봄에 나는 영춘으로 영윤을 방문하여 함께 사군(四
郡)을 유람했다.

이튿날 여러 시 벗들을 이끌고 북산 나의 집에서 함께 술을 마시다

翌日携諸詩伴同飲于北山弊廬

다리 건너고 시장을 지나 검은 먼지 날리니	過橋穿市拂緇塵
종남산의 산빛이 몰래 사람을 따라왔네	山色終南暗逐人
유자[81]의 부추 나물 상에 올릴 만하고	庾子韭蔬堪供飯
옥천[82]의 초가집 몸 들이기조차 옹색하네	玉川草屋劣容身
늦도록 술잔 기울이는 고아한 모임 사랑스럽고	自憐雅契引磁晚
이제 막 알게 된 좋은 이웃도 반갑기만 하네	且喜芳隣傾蓋新
구성[83]의 짧은 이별 오래지 않을 줄 아나니	駒城小別知非遠
갈림길에서 손수건 적실 필요 무엇 있으리	何用臨歧漫灑巾

사림의 명승지에서 향기로운 꽃을 따서는	詞林名勝掇英芳
가을바람 속 초가집으로 자상[84]을 찾아가네	白屋秋風問子桑
사해의 인연은 기러기 발자국을 남기고[85]	四海因緣鴻跡住

---

81 유자(庾子) : 남조 제(齊)나라 유고지(庾杲之)이다. 상서가부랑(尚書駕部郎)을 지냈는데, 집이 청빈하여 음식이 오직 부추절임, 데친 부추, 생 부추뿐이었다고 한다.

82 옥천(玉川) : 당나라 시인 옥천자(玉川子) 노동(盧仝)이다. 중당시인으로 집이 가난하여 부서진 초가집에 살았다고 한다.

83 구성(駒城) : 경기도 용인의 옛 이름이다.

84 자상(子桑) : 자상호(子桑戶)이다. 춘추 시대 노(魯)나라 은자로서 맹자반(孟子反), 자금장(子琴張)과 막역하게 교유했던 인물이다.

백 년의 사업은 새처럼 바삐 지나갔네　　　　百年事業鳥過忙
객 돌아가는 작은 골목엔 달빛이 어지럽고　　客歸小巷紛紛月
귀뚜라미 우는 찬 섬돌엔 서리가 가득하네　蛩語寒階箇箇霜
조류[86]같은 사람과 이 세상 함께 하니　　　人似曹劉今並世
암중모색[87]을 잊을 수 있으랴　　　　　　暗中摸索可能忘

85　사해의……남기고 : 소식(蘇軾)의 〈화자유민지회구(和子由澠池懷舊)〉시에 "발
닿는 곳마다 인생이 어떠한지 아는가? 날아가는 기러기 눈 녹은 진창을 밟는 것 같다네.
진창 위에 우연히 발자국을 남겨놓을 뿐, 기러기 날아갈 제 동서를 따지던가?〔人生到處
知何似 應似飛鴻踏雪泥 泥上偶然留指爪 鴻飛那復計東西〕"라는 구절이 있다.

86　조류(曹劉) : 조식(曹植)과 유정(劉楨)으로, 위(魏)나라 건안(建安) 시대의 대표
적인 문인들이었다.

87　암중모색(暗中摸索) : 당나라 때 허경종(許敬宗)은 "성품이 오만하여 사람을 보고
도 곧잘 잊어버렸다. 어떤 사람이 그의 어두움을 탓하자, 말하기를 '저들이 기억하기
어려운 자이니 그렇지, 만약 하손이나 유효작, 심약이나 사조 같은 인물이었다면 어둠
속에서 더듬어서도 알아볼 수 있다네.'라고 말했다.〔性輕傲 見人多忘之 或謂其不聰 日
卿自難記 若遇何劉沈謝 暗中摸索者亦可識之〕" 즉, 빼어난 인물을 지칭하는 말로 쓰인
다. 《隋唐嘉話》

중추절에 소산 경당 위당 옥거 백거와 칠성당에 올라 함께 읊다
仲秋日與素山絅堂韋堂玉居白渠登七星堂共賦

희미한 높은 바위에 작은 당을 지으니	隱約穹巖結小堂
흰 구름 속 신선들이 초장[88]을 읽네	白雲仙侶讀醮章
점차 들려오는 물소리에 표주박 물 생각나고	漸聞澗佩思瓢飮
조용히 성관[89]과 마주한 채 심지에 불을 붙이네	靜對星冠點炷香
자각[90] 들어선 뭇 봉우리들 터진 경계를 메우고	紫閣數峯縫缺界
국화꽃 한 송이가 중양절을 이루었네	黃花一朶作重陽
가슴 씻어내고 눈 가늘게 떠 높은 곳 바라보니	盪胸決眦憑高眼
만 리에 뻗은 허공을 새가 가로질러 날아가네	鳥度晴空萬里長

---

88 초장(醮章) : 하늘에 제사 드리는 글이다.

89 성관(星冠) : 도사(道士)의 관모이다.

90 자각(紫閣) : 선인(仙人)이나 은자가 사는 곳이다.

경모궁에서 숙직 서는데 이연사 국사 홍추거가 내방하여 함께 읊다

上直景慕宮李硯史菊史洪秋居來訪共賦

지난날 짚신 신고 등암을 찾았을 때	青鞋昔日訪燈庵
운악산⁹¹ 아래 그대 집에서 두 밤을 묵었지	信宿君家雲嶽南
반 무의 배추 아욱 원예의 학문 이루고	半畝菘葵成圃學
십 년 입은 갖옷 갈옷 낭잠⁹²으로 누웠네	十年裘葛臥郎潛
버들 녹음 속 물고기 보던 곳 아직 기억하나니	柳陰尚記觀魚處
소나무 아래 주미⁹³ 대화 일찍이 들었지	松下曾聞捉麈談
취했거든 술 떨어졌다 싫어하지 마시오	且醉休嫌壺酒盡
가을 되어 쓸쓸함을 내 어찌 감당하리	秋來蕭瑟我何堪

기사년(1869, 고종6) 여름에 나는 현등사(懸燈寺)⁹⁴ 약천(藥泉)을 마시고, 이연사(李硯史)의 장원을 방문하여 여러 날을 유숙했다.

---

91 운악산(雲嶽山) : 경기도 가평에 있는 산 이름이다. 경기도의 화악산·관악산·감악산·송악산과 함께 경기 5악으로 불린다.

92 낭잠(郎潛) : 늙어서까지 낮은 벼슬의 낭서(郎署)에 머무는 것이다. 한나라 안사(顔駟)가 문제(文帝) 때 낭관(郎官)이 되어서 경제(景帝)와 무제(武帝) 때까지 불우하게 낭관에 머물렀다고 한다.

93 주미(麈尾) : 총채이다. 말총이나 헝겊 따위로 만든 먼지떨이로, 진(晉)나라 사람들이 청담(清談)을 할 때 항상 주미를 휘두르며 담론을 보조했기 때문에 휘주(揮麈)는 담론을 뜻하는 말이 되었다.

94 현등사(懸燈寺) : 경기도 가평에 있는 절이다. 양주(楊州) 봉선사(奉先寺)의 말사(末寺)이다.

들쭉날쭉 푸른 기와가 석양 그늘에 가까운데　　碧瓦參差近夕陰
재잘대는 새들은 깊은 숲 옆에 있네　　　　　　一叢噪噪傍林深
먹이 구하느라 분주했던 일과 이제야 그쳤건만　　謀粱纏息紛紜事
깃들 나무 택하고도 아직 마음 정하지 못했네　　擇樹還無整頓心
지친 객은 길을 찾아 지팡이 들고 돌아오고　　　倦客修途携策返
시인은 시골집에서 두건 벗고 읊조리네　　　　詞人野屋脫巾吟
황혼의 장안엔 느리게 걷는 이 드무니[95]　　　長安緩步黃昏少
바쁘기 그지없는 인생사 지금 너와 같구나　　　人事忽忙似汝今
　석양의 새를 읊다.

한 조각 얼음 병, 바다까지 차가운데　　　　　一片氷壺徹底寒
똑똑 떨어지는 물방울 소리 잦아드네　　　　　點來滴滴漏聲殘
배에 가득한 정신은 오로지 흰 것만을 알고[96]　精神滿腹惟知白
배꼽 따라 쉬는 숨은 연단[97] 할 수 있겠네　　呼吸隨臍可鍊丹
조수가 오갈 때면 아침저녁으로 징험하고　　　江信通時朝夕驗
종유석 생겨난 곳에선 형제가 보이네　　　　　石生來處弟兄看
한직인 문림[98]은 몹시도 청빈하니　　　　　文林散職淸寒甚

---

95 황혼의……드무니 : 이 구절은 당나라 시인 맹교(孟郊)의 〈파상경박행(灞上輕薄行)〉의 첫 구절, "장안엔 느린 걸음 없나니, 하물며 저물녘임에랴![長安無緩步 況値天景暮]"에서 따온 듯하다.

96 흰 것만을 알고 : 《노자(老子)》 28장에 "백과 흑, 명암(明暗)을 제대로 알고 지키면 천하의 본보기가 된다.[知其白 其黑 天下式]"라는 말이 나오는데, 이를 인용한 듯하다.

97 연단(鍊丹) : 도가(道家)의 수련술의 일종으로 단전호흡을 말한다.

중승⁹⁹ 수부관¹⁰⁰이라 부르리라 　　　　　　　喚作中丞水部官

　물방울을 읊다.

아련한 꿈에서 막 짝을 찾았는데 　　　　　　　依依殘夢伴初成
기쁜 일 먼저 찾아와 멀리서 온 객을 맞이하네 　　喜事先占遠客迎
달빛을 중매 삼아 동심결을 맺고 　　　　　　　乍結同心媒月色
뭇 방초 따라 가을소리 원망 않네 　　　　　　　不隨凡卉怨秋聲
벼루 옆에서 점찍는 잠자리의 눈동자 　　　　　硯邊點水蜻蜓眼
주렴 밖에서 향 훔치는 나비의 심정 　　　　　簾外偸香蛺蝶情
가위로 자주 자주 채색 불꽃을 잘라보면 　　　試把金刀頻剪綵
동하¹⁰¹가 하늘하늘 가볍게 떨어지리 　　　　銅荷蔌蔌落來輕

　등잔 불꽃을 읊다.

98　문림(文林) : 문림랑(文林郎)을 말한다. 북제(北齊) 때 문림관(文林館)의 관원으로 문사 출신 문림랑을 두고 저술을 담당했는데, 품관이 낮은 산관(散官)이었다.

99　중승(中丞) : 한나라 때 난대(蘭臺)의 비서(祕書)를 관장했던 관직 이름이다. 후대에는 어사중승(御史中丞)의 약칭이었고, 명청 시대에는 순무(巡撫)의 별칭이었다.

100　수부관(水部官) : 삼국 위(魏)나라 때 처음으로 상서성(尙書省)에 두었던 관청으로 수부랑(水部郎)을 두었다. 남조(南朝) 양(梁)나라 하손(何遜)이 상서수부랑(尙書水部郎)을 지낸 적이 있다. 여기서는 물과 관련 있어 인용한 것이다.

101　동하(銅荷) : 구리 촛대이다. 모양이 연잎 같이 생겼다.

날이 새려는데 모두들 잠을 자지 않아서 운자를 집어내어 다시 읊다

向曉諸人不寐因拈韻更賦

거위가 새벽을 알리고[102] 달은 누대에 떴는데 　　鵝打殘更月上樓

술 거나하고 시심 메말라 꽉 막혀버렸네 　　酒闌詩瘦且淹留

고목에 서린 짙은 안개에 소호[103]가 오고 　　煙深古木來宵扈

빈 섬돌에 고인 빗물에 이끼가 자라네 　　雨積空階長屋遊

장중위[104]의 집은 쑥대풀이 집을 온통 에워쌌고 　　繞宅蓬蒿張仲蔚

위소주[105]는 비바람 속에 침상 마주했네 　　對牀風雨韋蘇州

베개 가에 이어지는 다듬질의 수심어린 소리 　　枕邊不盡砧愁響

동쪽 성 모든 집에 가을 들기 재촉하네 　　催得東城萬戶秋

---

102 거위가 새벽을 알리고 : 송나라 양만리(楊萬里)의 〈불매(不寐)〉시에 "깊은 산 오고에 닭이 뿔피리 불고, 달 떨어지는 창문으로 거위가 시간을 알리네.[深山五鼓雞吹角 落月一窓鵝打更]"라는 구절이 보인다.

103 소호(宵扈) : 소호(少昊) 시대에 농사일을 맡아 보았다고 전해지는 관직을 구호(九扈)라 하는데, 곧 춘호(春扈)·하호(夏扈)·추호(秋扈)·동호(冬扈)·극호(棘扈)·행호(行扈)·소호(宵扈)·상호(桑扈)·노호(老扈)가 그것이다. 그 중 소호(宵扈)는 농사철 밤 시간에 짐승을 쫓는 일을 맡는다.

104 장중위(張仲蔚) : 후한(後漢) 평릉(平陵) 사람이다. 출사하지 않고 은거했는데 가난하여 쑥대가 집을 뒤덮었다고 한다.

105 위소주(韋蘇州) : 당나라 위응물(韋應物)을 말한다. 소주자사(蘇州刺史)를 지냈다. 위응물의 〈시전진원상(示全眞元常)〉에 "눈보라 치는 밤에 다시 침상 마주할 줄 어찌 알았으랴.[寧知風雪夜 復此對床眠]"라는 구절이 있다.

이달에 나는 경모궁에서 당직 서다가 풍단[106]을 앓고
있었는데 정석정 등 여러 사람이 술을 가지고 문안 왔기에
함께 시를 읊었다

是月余直景慕宮方患風丹鄭石汀諸人携酒來問因共賦詩

강마을에 잠시 갔다 기러기와 함께 돌아오니　　暫到江鄕鴈與歸
객 찾아온 작은 뜰에 비파 소리 막 멈추었네　　客來小院瑟初希
술동이 앞에선 호수 물고기처럼 세상사 잊지만　樽前世事湖魚忘
가을 뒤엔 동원의 모습 화표주 학[107] 아니로세　秋後園容柱鶴非
구불구불 늙은 홰나무엔 혹이 자라고　　　　　垂老輪困槐抱癭
온통 비단을 두른 바위엔 이끼가 생겼네　　　　滿身錦繡石生衣
만 가지 괜한 근심은 바둑판과 같아　　　　　　閑愁萬種如碁劫
남풍도 이 곤경 풀지 못할 줄 알고 있다네　　　知道南風不解圍

106　풍단(風丹) : 단독(丹毒)을 말한다. 주로 용혈성 연쇄상구균(連鎖狀球菌)에 의
해 피하조직과 피부에 나타나는 접촉 전염성 질환이다. 주위와 경계가 뚜렷하고 납작한
모양으로 빨갛게 부어오르는 것이 특징이다.

107　화표주의 학 : 요동학(遼東鶴)과 같다. 《수신후기(搜神後記)》에 다음과 같이 나
와 있다. "정영위는 본래 요동 사람이다. 영허산에서 도를 배운 후에 학이 되어 요동으로
돌아와 성문 화표주(華表柱)에 머물렀다. 그때 한 소년이 활을 들고 쏘려하자 학이
공중을 배회하며 말하길, '새여! 새여! 정영위가 집을 떠나 천 년 만에 돌아왔는데,
성곽은 그대로건만 사람들은 다르네. 어찌 선(仙)을 배우지 않고 무덤만 늘어섰는가?'
하더니 마침내 높이 하늘로 사라졌다.〔丁令威 本遼東人 學道于靈虛山 後化鶴歸遼 集城
門華表柱 時有少年 擧弓欲射之 鶴乃飛 徘徊空中而言曰 有鳥有鳥丁令威 去家千年今始
歸 城郭如故人民非 何不學仙冢纍纍 遂高上衝天〕"라고 했다.

여러 사람들과 함께 새벽 종소리를 읊는데 험운을 불렀다

與諸人共賦曉鍾呼險韻

새벽빛이 구름을 뚫으니 솜털이 터져나져   曙色衝雲擘絮綿

종소리 나는 곳마다 마음이 놀라네   鍾聲發處警心田

온 세상 뒤집을 듯 놀라게 해 어룡이 포효하고   飜驚四海魚龍吼

뭇 관리들 재촉해 나아가 원로[108]가 나란히 섰네   催赴千官鵁鷺肩

한 조각 꿈 무르익어 초 땅까지 이르고   片夢方甘行盡楚

슬픈 노래[109] 막 울려 온통 연나라 저자일세   悲歌初動市皆燕

북소리 둥둥 울리는 삼십삼천[110]의 절기에   鼕鼕三十三天節

가을바람이 골짝 속 신선들을 불러일으키네   喚起秋風洞裏仙

---

108 원로(鵁鷺) : 원추(鵁鶄)와 해오라기이다. 원추와 해오라기가 순서 있게 나는 것처럼 반행(班行)에 순서가 있는 조관(朝官)을 말한다.

109 슬픈 노래 : 전국 시대 형가(荊軻)가 연(燕)나라 태자 단(丹)의 부탁을 받고 진왕(秦王)을 암살하러 가면서 역수(易水)에서 고점리(高漸離)가 축(筑)을 치고 형가는 "바람 소소히 불고 역수는 차가운데, 장사(壯士)가 한 번 떠나가면 다시 돌아오지 못하리.〔風蕭蕭兮易水寒 壯士一去兮不復還〕"라고 했다.

110 삼십삼천(三十三天) : 불교의 도리천(忉利天)이다.

다시 밤에 앉아서 함께 읊다

又夜坐共賦

가배[111] 팔월의 가운데 날 맞이하여	正是嘉俳八月中
동이 속 탁주를 다 비우지 못하네	匏樽濁酒未全空
한가한 서옥에선 벌레 물고기의 주석을 달고[112]	人閑書屋蟲魚註
세모의 산가에선 귀뚜라미 시[113]를 읊네	歲暮山家蟋蟀風
먼 봉우리는 어둠 속 푸른 궁궐 나무를 머금고	遠嶂暝含宮樹碧
스러지는 별빛은 멀리 붉은 저자 등불과 짝하네	殘星遙配市燈紅
어떻게 하면 남은 생애 동안 속박에서 벗어나	餘生安得離纏縛
회남의 계수 떨기[114]에 은거할 수 있을까	共摻淮南隱桂叢

---

111 가배(嘉俳) : 한가위를 말한다.

112 벌레……달고 : 사물의 이름에 주석이나 다는 자잘한 학문을 뜻한다.

113 귀뚜라미 시 : 《시경》〈실솔(蟋蟀)〉을 말한다. 진(晉)나라 희공(僖公)이 검약이
지나쳐서 예(禮)에 맞지 않는 것을 풍자한 시라고 한다. 원문의 풍(風)은 이 시가 《시
경》의 당풍(唐風)에 속하기 때문에 한 표현이다.

114 회남의 계수 떨기 : 《초사(楚辭)》〈회남소산왕(淮南小山王)〉〈초은사(招隱士)〉
에 "계수가 떨기로 자라네, 산 깊은 곳에서.〔桂樹叢生兮山之幽〕"라고 했다.

9월 2일 경모궁에서 숙직 서는데 연사 국사 추거가 내방했다. 원지재도 와서 함께 읊다

九月二日入直景慕宮硯史菊史秋居來訪元志齋亦來會共賦

숲에 낙엽 지니 인가가 드러나고	林皐木落見人家
서풍 부는 성곽 저 멀리 기러기가 비껴 나네	郭外西風鴈字斜
속세에서의 출사와 은거로 소초[115]를 바라보고	塵世行藏看小草
서리 때의 절조로 한화[116]를 마주 대하네	霜天志節對寒花
즐거운 일 하나 없이 가을은 다 가려하고	一無樂事秋將盡
백에 하나도 남만 못한데 병까지 더하네	百不猶人病亦加
슬퍼라! 내일 아침 그대들도 가고나면	惆悵明朝君又去
중양절엔 누구와 유하[117]를 마시나	重陽誰與酌流霞

---

115 소초(小草) : 원지(遠志)라는 약초의 일종인데,《본초(本草)》에서는 "원지는 일 명 극완(棘宛)이다. 잎의 이름은 소초(小草)이다."라고 했다.《세설신어(世說新語)》 〈배조(排調)〉에 "사안(謝安)은 동산(東山)에 은거할 뜻이 있었다. 그러나 황제의 엄명 이 여러 번 이르자 부득이하게 환공사마(桓公司馬)에게 나아갔다. 마침 어떤 사람이 환공에게 약초를 올렸는데, 그 중에 원지가 있기에 환공이 그것을 들고 사공에게 물었 다. 이 약은 다른 이름이 소초인데, 어찌 한 물건에 두 이름이 있는가?' 사공이 즉시 답을 못하자 마침 좌석에 있던 학융(郝隆)이 답하기를 '이는 쉽게 알 수 있습니다. 은거하면 원지이고, 출사하면 소초입니다.'라고 했다. 사공이 몹시 부끄러운 기색이 있었다.〔謝公 始有東山之志 後嚴命屢臻 勢不獲已 始就桓公司馬 於時人有餉桓公藥草 中有遠志 公取以問謝 此藥又名小草 何小草一物而有二稱 謝未卽答 時郝隆在坐 應聲答 曰 此甚易解 處則爲遠志 出則爲小草 謝甚有愧色〕라고 했다.

116 한화(寒花) : 국화를 말한다.

117 유하(流霞) : 전설 속의 신선들의 음료로 술을 말한다.

이연사가 가릉으로 돌아가려 하면서, 여러 사람들과 '이정엽정비'[118]로 운을 나누어 송별시를 지었다. 나는 '엽'자를 얻어서 4언 14운을 지었다

李硯史將歸嘉陵與諸人分韻離亭葉正飛爲送別之作余得葉字賦四言十四韻

물가의 기러기	鴻鴈在渚
시끄럽게 모여있네	群居喍喋
날 때도 함께 오르더니	飛則同擧
여기 다시 모였구나	亦復翔集
아득히 흘러가는 냇물	川原杳杳
그대 멀리 건너가네	之子遠涉
아, 내 하인이 아파서	嗟我僕痡
먼지 날리는 길 걸어가기 어려워라[119]	望塵難躡
문부[120]는 유학의 근원	文府儒源
밝은 신령의 빛나는 후손	炳靈赫葉
그대에겐 전형 있어	子有典型

118 이정엽정비(離亭葉正飛) : 당나라 7세 여자의 〈송형(送兄)〉시의 구절이다.

119 내……어려워라 : 《시경》〈권이(卷耳)〉의 "내 잠깐 쇠뿔잔에 술을 따라 내 상심을 잊어보리. 저 바위산에 올라가려니, 내 말이 병들고 내 하인도 병이 났네. 어찌하면 좋을까.〔我姑酌彼兕觥 維以不永傷 陟彼砠矣 我馬瘏矣 我僕痡矣 云何吁矣〕"에서 따온 말이다.

120 문부(文府) : 서고(書庫)를 말한다.

풍류도 넉넉하네　　　　　　　　　風流浹洽
동산[121] 구비는　　　　　　　　　東山之曲
구름 낀 나무로 휘감겼네　　　　　雲樹週匝
객이 올 때면 거문고 가져오고　　客來携琴
아이 떠날 때면 책 상자 짊어지네　兒去負笈
높기도 해라 고아한 풍격　　　　　尙矣高風
미치지 못할 것만 같구나　　　　　若不可及
저 수레 끌고 가는 이 어여뻐라　戀彼車牽
글을 주고받는구나　　　　　　　　載贈載答
황송하게 문안하러 찾아와　　　　枉用相存
나의 서재를 두드리네　　　　　　叩我齋閤
행인은 가고 가고　　　　　　　　行人邁邁
가을바람만 쏴아쏴아 부네　　　　秋風颯颯
이별해야 할 그대 생각하니　　　　念子當離
깊은 밤에 수심 겹네　　　　　　　中夜冲悒
바라건대 노력하시어　　　　　　　願言努力
덕업을 세우시길　　　　　　　　　以崇德業

121　동산(東山) : 진(晉)나라 사안(謝安)이 은거했던 산이다. 절강성 소흥부(紹興府) 상우현(上虞縣) 서남쪽에 있다.

중양절에 또 옥수 조 어르신과 윤소강 별호 보산 과 함께 소산 초당에서 만나《삼연집》[122]의 〈중양시〉 운을 집어내 함께 읊다

重陽日又與玉垂趙丈尹小甀 一號 寶山 會于素山草堂拈三淵集重陽詩韻 共賦

인왕산의 저녁 기운 비가 추적추적 내리더니	仁山夕氣雨蒼凉
낙엽 진 동원의 모습 상전벽해로구나	搖落園容變海桑
많지 않은 유람은 눈 속 기러기 발자국 남겼고	勝踐無多留雪爪
잡아둘 수 없는 세월은 돛단배와도 같네	流光不住似風檣
높이 올라도 앞 사람들의 필적 없어 한스럽고	登高恨乏前人筆
세상 도리 지키며 오직 늙은 농부의 향기만 보네	持世惟看老圃香
외기러기가 마침 가을 물가를 만났으니	孤鴈正逢秋水渚
어찌 훠이훠이 형양[123]을 지나칠까	那能拍拍度衡陽

---

122 삼연집(三淵集) : 삼연 김창흡(金昌翕)의 문집이다.

123 형양(衡陽) : 호남성(湖南省) 형산현(衡山縣) 동북쪽이다. 형양 형산의 남쪽에 회안봉(回雁峰)이 있는데 기러기가 여기에 이르면 넘어가지 않고, 다시 되돌아간다고 한다.

9월 25일 경모궁에서 숙직 설 때 연사 국사 추거가 내방하여 함께 읊다

九月念五日入直景慕宮硯史菊史秋居來訪共賦

덧없는 인생 잠방이 속 이와 같아서	浮生如蝨處褌衣
부침하는 생의 인연 사립문 밖을 나가지 않네	汩沒生緣不出扉
시도가 순박하여 제나라가 한 번 변했고[124]	詩道還淳齊一變
술자리가 무례하여 관중에겐 삼귀[125]가 있었네	酒筵無禮管三歸
낙엽 진 뭇 산은 여전히 빽빽하고	群山木落猶森立
맑은 가을 외로운 학은 날다 지쳐버렸네	獨鶴秋晴自倦飛
촛불이 모자챙을 비춰 작은 초상화 되었으니	燭影帽簷成小照
정신을 전하는 데 육탐미[126]가 무슨 소용이랴	傳神何用陸探微

---

124 제(齊)나라가……변했고 : 《논어》〈옹야(雍也)〉에 "제나라가 한 번 변하면 노나라에 이르고, 노나라가 한 번 변하면 도에 이른다.〔齊一變 至於魯 魯一變 至於道〕"라고 했다.

125 삼귀(三歸) : 술잔을 되돌려 놓는 대(臺)의 이름을 말하는데, 세 부인이라는 설도 있다. 《論語 八佾》

126 육탐미(陸探微) : 남조 송(宋)나라 오(吳) 사람이다. 송 명제(宋明帝) 때 궁정화가로서 중국 최초의 화성(畫聖)으로 불렸다.

이튿날 국사 지재 동저 석정 등 여러 사람과 함께 읊다

翌日與菊史志齋東渚石汀諸人共賦

운대[127]에 그려질 훈업은 전혀 없고 　　　　　　絶無勳業畵雲臺

병든 중에 돌아온 계절만 가련하네 　　　　　　節物空憐病裏回

담장 가득한 맑은 서리에 아구[128]가 늙고 　　　滿院霜淸鴉舅老

하늘을 휩쓰는 급한 바람에 안신[129]이 오네 　　漫天風急鴈臣來

문장은 값어치 없어 오로지 나뭇잎만 읊고[130] 　一文未直惟題葉

127　운대(雲臺) : 한나라 명제(明帝) 때 이전 세대의 공신들을 추념하여 등우(鄧禹) 등 28명의 장군 초상을 봉안한 곳이다.

128　아구(鴉舅) : 오구(烏桕)나무이다. 대극과(大戟科 Euphorbiaceae)에 속하는 소교목이다.

129　안신(鴈臣) : 원래 가을에 경사로 조근(朝覲)을 와서 봄에 부락으로 돌아가는 중국 북방민족의 수령을 말하는 용어인데 여기서는 기러기를 말한 것이다.

130　나뭇잎만 읊고 : 북위(北魏) 고조(高祖)가 청휘당(淸徽堂)에서 신하들에게 연회를 베풀었는데, 날이 저물자 유화지(流化池) 꽃동산으로 자리를 옮겼다. "고조가 말하길, '술 마시고 기분이 한창 좋은데 해는 저물어가고, 마음이 흡족치 않아 남은 빛에 연연해하다가 경들을 다시금 끌고 온 것이오.'라고 하더니 무성한 오동잎을 바라보며, '오동나무여, 가래나무여, 열매가 주렁주렁하도다. 즐겁고 편안한 군자여, 위의가 어질지 아니함이 없도다. 지금 동산에 있는 여러 군자들도 한번 읊어들 보시오.'라고 말했다. 그러고는 황문시랑 최광에게 〈모춘군신응조시(暮春群臣應詔詩)〉를 읽게 했다.〔高祖曰 觸情始暢 而流景將頹 竟不盡適 戀戀餘光 故重引卿等 因仰觀桐葉之茂 曰 其桐其椅 其實離離 愷悌君子 莫不令儀 今林下諸賢 足敷歌咏 遂令黃門侍郎崔光 讀暮春群臣應詔詩〕" 후에 '제엽(題葉)'은 늦봄에 군신이 연회를 즐기는 전고로 사용되었다. 《魏書 彭城王勰傳》

나막신은 늘 한가로워 이끼를 쓸지 않네   雙屐長閑不掃
오늘 저녁 그대가 술 가지고 오지 않았으면   今夕微君携酒至
가을 회포를 누구 향해 열었으리   清秋懷抱向誰開

약 먹은 후 빈 뜰 서성이니 저녁연기 기우는데 空庭行藥暮煙斜
끝없는 가을 풍경 아득히 바라보네   不盡秋天一望賖
낮은 관직에서 배회하나 이은[131]은 아니요 薄宦低迴非吏隱
채색 재각 높이 일렁이니 어부의 집 같네 畫齋高泛似漁家
대문 쓸어 때때로 찾아오는 객 접대하고 掃門時接前來客
뜰에 물주며 내년에 필 꽃을 보려 하네 澆圃將看嗣歲花
시인의 진영엔 추위로 북과 갈피리 끊기고 詩壘鼓笳寒不起
만전[132]에 남은 먹은 충사[133]로 변했네 蠻箋殘墨化蟲沙

가을 잎 서리 맞아 취기에 어우러지더니 晚葉經霜醉氣融
어지러이 뿌리로 돌아가려 서풍에 떨어지네 歸根歷亂下西風
세월은 일찌감치 매미소리와 함께 가버렸건만 光陰早與蟬鳴盡
이 내 몸은 아직도 호접몽을 꾸네   身世還將蝶夢同
겨우 미혹에서 벗어나 물외에서 노닐다가 纔脫迷纏遊物外

---

131 이은(吏隱) : 벼슬 속에 은거하는 것이다.

132 만전(蠻箋) : 당(唐)나라 때 고구려 혹은 촉(蜀) 지역에서 생산된 채색종이이다.

133 충사(蟲沙) : 전사한 병졸을 말한다. 진(晉)나라 갈홍(葛洪)의 《포박자(抱朴
子)》에 "주목왕이 남정할 때 일군이 모두 전멸했는데 군자는 원숭이와 학이 되고, 소인
은 벌레와 모래가 되었다.〔周穆王南征 一軍盡化 君子爲猿爲鶴 小從爲蟲爲沙〕"라고 했
다.

이내 고아한 풍류 따라 거문고로 들어가네 　更隨高韻入琴中
옛 가지는 적막하게 찬 안개 속에 있는데 　舊柯寂寞寒煙裏
어디서 머리 벗겨진 노인이 왔는가 　何處得來一禿翁
　　낙엽을 읊은 것이다.

강성은 홀로 서서 스러져가는 놀을 띠고 　江城獨立帶殘霞
우는 꾀꼬리를 다 보내고 꽃들 다 날렸네 　閱盡啼鶯飛盡花
바람 없는 며칠 동안 저 혼자 춤추고 　少日無風猶自舞
그림 같은 석양에 집도 가리지 않네 　夕陽如畫不遮家
이별에 익숙하여 창자가 더욱 굳세고 　別離情慣腸還硬
단장하기 귀찮아 머리칼을 늘어뜨리지 않네 　膏沐心慵髮未斜
이를 마주하고 규방의 한을 어찌 감당하랴 　對此那堪閨裏恨
짧은 시절 봄빛은 비단처럼 얇네 　片時春色薄如紗
　　가을 버들을 읊다.

이끼 파고든 바위에 세월이 무르익어 　苔蝕雲根歲月闌
천연의 골짜기 몹시도 맑고 차갑네 　天然洞岫劇清寒
영험한 기운은 조용히 걸을 때라야 나오고 　靈機應待從容步
고고한 기골에선 도리어 아리따움 보이네 　傲骨還將媚嫵看
지경이 조용하여 혹 불법을 듣는가 싶고 　境寂渾疑聽法講
황량한 뜰에서 혼로 선로반[134]을 받드네 　庭荒猶自擎仙盤

134　선로반(仙露盤): 한무제(漢武帝)가 동선인(銅仙人)을 주조하여 동반(銅盤)을 받들고 감로(甘露)를 받게 했다. 선인장(仙人掌)과 같다.

세간에 이와 같은 사람이 있을까 　　　　　世間安有人如此

양양[135]이 홀 쥐고 올리는 절 받아 마땅하리라 　　合受襄陽拜笏端

　　노석(老石)을 읊다.

저 호방한 이 대숲 길로 걸어와 　　　　　　澹蕩人來竹逕間

차와 그림을 품평하며 돌아갈 것도 잊었네 　　品茶評畵共忘還

국화를 손에 가득 든 도징사[136] 　　　　　　黃花滿手陶徵士

마른 나무에 마음 아파하는 유자산[137] 　　　　枯樹傷心庾子山

드넓고 깨끗한 가을하늘엔 계단이 멀고 　　　　寥泬秋天階級遠

거칠고 차가운 묵은밭엔 녹로[138]가 한가롭네 　　荒寒老圃轆轤閑

한관의 아름다운 취미 무어냐 묻는다면 　　　　冷官佳趣如相問

당시 음미하며 자고반[139]을 피우는 일 　　　　細讀唐詩點鷓斑

　　동저(東渚)의 시에 "한관의 아름다운 취미는 무엇이오?"라는 구절이 있다.

평생 호수와 바닷가 높은 누대에 누웠거늘 　　平生湖海臥高樓

135　양양(襄陽) : 송나라 화가 미불(米芾)의 호인 양양거사(襄陽居士)를 가리킨다.
미불이 기이한 바위를 좋아하여 바위에게 절을 올렸다고 한다.

136　도징사(陶徵士) : 도연명(陶淵明)을 가리킨다. 그의 〈음주(飮酒)〉시 제5수에
"동쪽 울타리 아래서 국화를 따다, 아득히 남산을 바라보네.〔採菊東籬下 悠然見南山〕"
라는 구절이 나온다.

137　유자산(庾子山) : 남조 양(梁)나라 때의 문인인 유신(庾信)이다. 그의 작품에
〈고수부(枯樹賦)〉와 〈상심부(傷心賦)〉가 있다.

138　녹로(轆轤) : 밭에 물을 대는 기구 이름이다.

139　자고반(鷓鴣班) : 향(香)의 일종이다.

하찮은 관직에 안개처럼 얽매어있네 薄宦如煙尙滯留

훌륭한 시편이 있다한들 끝내는 작은 기예 縱有佳篇終小技

취하도록 마시지 못한다면 어찌 명류라 하리 未能痛飮豈名流

깃든 새도 차갑게 입 다문 온 마을의 밤 宿鳥冷噤千門夜

먼 길 가는 새가 길 떠나는 만 리의 가을 征鳥遙營萬里秋

단풍나무 사이 군데군데 그대들의 집 있어 多少君家紅樹裏

흥 일면 찾아오니 노곤함 풀리겠네 興來相訪倦宜休

이날 밤에 다시 석정과 함께 기러기 행렬을 읊다 3수

是夜復與石汀賦鴈字 三首

청백색 푸른 하늘에 일파[140]의 획을 긋고	卵色靑天畫一波
사선으로 가지런히 삼과[141]를 꺾네	斜斜整整折三過
허공에 가늘게 추성부[142]를 쓰면서	憑空細寫秋聲賦
인간의 백발들 많아지는 것 상관 않네	不管人間白髮多
붓끝이 벼루의 상수[143] 물결 흠뻑 젖어서	筆峯蘸飽硯湘波
마침내 긴 허공에 흰색을 끌며 지나가네	畢竟長空曳白過
심원을 어찌 배워 돌돌을 쓸 줄 알겠는가[144]	怎學深源書咄咄
그저 돌아갈 생각이 강에 가득할 뿐	秖緣歸思滿江多

---

140 일파(一波) : 파(波)는 서법 날(捺)의 절파(折波)이다.

141 삼과(三過) : 서법의 삼절세(三折勢)이다. 붓을 끄는데 세 차례의 파절(波折)이 있는 것을 말한다.

142 추성부(秋聲賦) : 북송(北宋) 구양수(歐陽脩)의 작품이다.

143 상수(湘水) : 중국 광서성에서 호남성으로 흘러가는 물 이름이다.

144 심원(深源)을……알겠는가 : 심원은 진(晉)나라 은호(殷浩)의 자이다. 《진서 (晉書)》 권77 〈은호열전(殷浩列傳)〉 기록에 따르면, 은호는 축출당한 후에도 원망의 소리 하나 없이 늘 허공에 대고 "돌돌괴사(咄咄怪事)" 네 자만 썼다고 한다. 이는 "쯧쯧, 이상한 일이로군."이라는 뜻인데, 후에 "돌돌서공(咄咄書空)"은 실의한 모습, 회한의 심경을 나타내는 말로 쓰였다.

비단 글자 편지[145]를 은근히 복파[146]에 부치니 　　錦字慇懃寄伏波

매년 서리 소식이 다시금 돌아오네 　　每年霜信一迴過

근심 일어 눈썹 붓을 잡아보았더니 　　愁來試把畵眉筆

근심어린 눈썹 그리다 수심만 더 많아졌네 　　畵出愁眉愁更多

145 비단 글자 편지 : 전진(前秦)의 소혜(蘇惠)가 유사(流沙)로 멀리 떠난 남편 두도(竇滔)에게 비단에 회문선도시(迴文旋圖詩)를 짜서 보냈다. 후에 금자(錦字)는 부부 사이의 편지를 가리키는 말로 사용되었다.

146 복파(伏波) : 원래는 후한의 장군 마원(馬援)을 가리키는 말인데, 당시(唐詩)에 많이 보이는 '복파영(伏波營)'은 멀리 원정 간 사람이 머물러 있는 군영을 상징한다. 당나라 시인 심여균(沈如筠)은 〈규원(閨怨)〉시에서 "기러기 다 돌아가 편지 부칠 길 없고, 수심이 가득해 꿈도 꾸지 못하네. 외로운 달그림자를 따라, 복파영에 그 빛을 비춰줬으면.〔雁盡書難寄 愁多夢不成 願隨孤月影 流照伏波營〕"이라고 읊었다.

동짓달 4일 밤에 서경당과 이소산의 초당에 모여서 함께 읊다

至月四日夜與徐絅堂會于李素山草堂共賦

등불 아래 고금의 책을 읽기 마치니	篝燈讀罷古今書
사람의 일은 뜻과 같지 않음이 항상 많네	人事常多意不如
처세에 수주대토[147]가 오히려 해가 되지 않고	處世守株還未害
명성을 구함은 그림 속 떡처럼 헛되기 쉽네	求名畵餠易歸虛
매화가 적적하고 그대를 그리는 밤인데	梅花寂寂思君夜
눈발 기운이 드리우고 술 취한 후이네	雪意垂垂中酒餘
이번 겨울 솜두루마기가 따뜻하여 약간 기쁘니	差喜今冬綿襖煖
천심이 마땅히 궁벽한 마을을 애통해 했으리라	天心應爲軫窮閭

---

147 수주대토(守株待兎) : 고지식하여 융통성이 없는 것을 비유한다. 나무 그루터기를 지켜보며 토끼 오기만 기다린다는 뜻이다. 춘추 시대 송나라의 한 농부가 밭을 갈고 있을 때 마침 토끼가 달아나다가 밭 가운데 있는 나무 그루터기에 부딪혀서 목이 부러져 죽자, 그 농부는 그때부터 일손을 놓고 그 그루터기만 지켜보며 토끼가 다시 오기를 기다렸으나 토끼는 끝내 다시 오지 않았다는 고사이다. 《韓非子 五蠹》

이달에 중대인이 칠절 2수를 내려 보내서 삼가 차운하여 올리다

是月仲大人下寄七截二首敬次以上

한 겨울이 막 변하여 일양이 생겨나고[148]	窮陰始變一陽生
고죽과 운화가 절기에 응하여 울리니[149]	孤竹雲和應節鳴
산 동쪽의 지팡이 짚은 노인 몇이서	幾箇山東扶杖老
봄나들이 목탁의 새 가락소리 듣네	行春木鐸聽新聲

---

148 일양(一陽)이 생겨나고 : 열두 달을 주역의 괘로 나타낼 때 동짓달은 복괘(復卦)인데, 순음(純陰)인 곤괘(坤卦)를 막 지나서 맨 아래에 양효(陽爻) 하나가 생긴 것을 말한다.

149 고죽과……울리니 : 《주례》〈춘관(春官) 대사악(大司樂)〉에 "고죽의 관(管)과 운화의 금슬과 운문의 춤을 동짓날이 되면 지상의 원구단에서 연주한다.〔孤竹之管 雲和之琴瑟 雲門之舞 冬日至 於地上之圜丘奏之〕"라는 말이 나온다.

친구 이순교와 용산창사로 서경당을 방문하여 함께 읊다

與李友舜教訪徐絅堂于龍山倉舍共賦

세모의 강둑 저각[150] 춥기만 한데 　　　　　　歲暮江干邸閣寒
오사모 쓰고 촛불 켠 채 밤늦도록 앉아있네 　　烏紗秉燭坐更闌
문장은 노성하여 후대에 전할 수 있길 바라고 　文章欲老塠傳後
회계는 마땅히 직분 저버리지 않아야 하네 　　會計惟當不負官
잠깐의 이별에 시인의 수염 몇 번 끊겼는지 　少別吟髭知幾斷
부질없는 생애에 웃는 모습 참으로 어렵구나 　浮生笑口覺眞難
못가 누대 달빛 아래 서너 명의 그림자가 　　數三人影池臺月
빈 뜰 눈발에도 누워있는 원안을 그려내네[151] 　畫出空庭臥雪安

---

150 저각(邸閣) : 군량과 물자를 모아두는 창고이다.

151 빈……그려내네 : 후한(後漢) 원안(袁安)이 낙양에 대설이 내렸을 때 사람들이 모두 나와서 눈을 치우며 소란했는데, 원안은 홀로 편히 누워서 동요하지 않았다고 한다.

이달 27일 밤에 역하[152] 이 어르신 수면, 경당, 단번[153] 윤치조, 옥거와 소산 정사에 모여 함께 읊다

是月二十七日夜與櫟下 李丈需冕 絅堂丹樊 尹致祖 玉居會于素山精舍共賦

쓸쓸한 고목이 개울 다리 옆에 서 있고	蕭然古木傍溪橋
등불 밝힌 정갈한 방에 밤 더욱 긴데	室淨燈明夜轉遙
술자리 담소는 한강물처럼 빠르고	盃酒笑談驚似漢
친구의 지팡이와 나막신은 조수처럼 어김없네	故人筇屐信如潮
섣달의 눈 빛깔은 아무렇게나 칠해져 있고	臘殘雪色隨塗抹
후미진 골목의 종소리는 적막을 깨뜨리네	巷僻鍾聲破寂寥
문 앞 매화에게 말 붙이나니 꼭 힘을 내어서	寄語閤梅須努力
봄바람에 뭇 꽃피는 시절 기다리지 말거라	春風不待百花朝

---

152 역하(櫟下) 이수면(李需冕) : 호는 역하로, 평창(平昌) 군수를 지냈다.

153 단번(丹樊) : 윤치조(尹致祖, 1819~?)로, 본관은 해평(海平), 자는 은로(殷老), 호는 단번(丹樊)이다. 사헌부 지평 윤경여(尹慶畬)의 아들이다. 1859년(철종10) 기미(己未) 증광시(增廣試) 진사 3등(三等)에 합격했다.

병자년(1876, 고종13) 윤5월에 명을 받고 해서(海西)의 해주(海州)와 봉산(鳳山) 두 읍을 안찰했는데, 갔다가 돌아온 것이 모두 1백 8일이었다. 시 45수를 얻었다.

임진강 화석정[154]에서 율곡 선생께서 8세 때 지은 시의 운에 삼가 차운하다

臨津花石亭敬次栗谷先生八歲作韻

우리의 도는 창주[155]에 있나니	吾道滄洲在
올라와 바라보매 생각이 끝없네	登臨意不窮
늙은 삼나무에 산길이 어둡고	老杉山逕暗
기우는 해에 해문이 붉도다	斜日海門紅
머무셨던 자취 아득히 상상하며	緬想棲遲躅
소탈하고 깨끗한 풍모 오래도록 그리네	長懷灑落風

154 화석정(花石亭) : 경기도 파주군 파평면 율곡리에 있는 정자이다. 《율곡전서(栗谷全書)》 권32 〈연보상(年譜上)〉에 "계묘년 22년 선생이 8세 때 화석정에 올라 시를 짓기를 '숲 정자엔 가을이 이미 저물고, 시인의 뜻은 무궁하네. 먼 물은 하늘에 이어져 푸르고, 서리 맞은 단풍은 해를 향해 붉네. 산은 둥근 바퀴 달을 토하고, 강은 만리의 바람을 머금었네. 변새의 기러기는 어디로 가는가? 저녁구름 속에 소리가 끊기네.〔林亭秋已晚 騷客意無窮 遠水連天碧 霜楓向日紅 山吐孤輪月 江含萬里風 塞鴻何處去 聲斷暮雲中〕'라고 했다."라는 기록이 보인다.

155 창주(滄洲) : 물가 지역으로 주로 은거지를 말한다.

요순 같은 임금 요순의 백성 위한 뜻이   君民堯舜志
적막하게 이 정자 속에 남아 있다네   寂寞此亭中

임단[156]에 들러 읍재 소산 이 어르신을 밤에 방문하고 박금포[157] 윤양 및 오미초와 함께 읊다

過臨湍邑宰素山李丈夜訪與朴錦圃 允陽 吳眉樵共賦

관도에는 밭이 이어져 들빛이 스며들고	官道連田野色侵
집집마다 뽕나무가 푸른 그늘 드리웠네	千家桑柘翠陰陰
가뭄 뒤에 비 얻었으니 한가로움 많겠으나	旱餘得雨知多暇
이별 후 시를 논함에 흡족함이 있으랴	別後論詩幾會心
늘그막의 벼슬 심정은 오두미[158]에 연민해하고	老去宦情憐五斗
서쪽으로 올 때의 행색은 삼금[159]을 경계했네	西來行色戒三金
부평초가 이곳에서 상봉할 줄 어찌 알았으랴	萍逢此地何曾料
멀리 보이는 원님 수레에 기쁨 금할 길 없네	皁盖遙望喜不禁

바닷가가 태평하여 농서를 익히고	海防無事講農書
비 내린 후에 곳곳에서 모내기 노래 들리네	處處秧歌起雨餘
객사는 곧장 중국 사행 길로 통하고	賓舘直通燕价路
백성들의 노래는 점차 개성에 가까워지네	民謠漸近麗人居

---

156 임단(臨湍) : 황해도 장단현(長湍縣)이다.

157 박금포(朴錦圃) : 박윤양(朴允陽, 1802~?)으로, 1829년(순조29) 정시(庭試) 병과(丙科) 284위로 합격하여 군관을 지냈다.

158 오두미(五斗米) : 도연명(陶淵明)이 팽택영(彭澤令)으로 있을 때 녹봉 닷 말 쌀 때문에 천박한 상사에게 허리를 굽힐 수 없다고 하고 벼슬을 버리고 귀향했다.

159 삼금(三金) : 금・은・동을 가리킨다.

말 앞의 첩첩 봉우리에서 채찍질 멈춘 후   馬前疊巘停鞭後

주미 들고 청풍 속에서 걸상 막 내렸네   塵尾淸風下榻初

적벽의 빼어난 유람 멀지 않았으니   赤壁勝遊知不遠

누구와 함께 달을 보며 차고 기움을 말할까   共誰看月話盈虛

임진강 좌우에 적벽이 있는데, 그 위에 동파(東坡)가 있다. 매년 기망(旣望
16일)이면 호사자들이 배를 띄우고 논다.

송경에 이르러 북산정사로 김창강 택영 을 방문하여 함께 읊다

至松京訪滄江金 澤榮 于北山精舍共賦

옛 고을 깊숙하여 마치 은군자를 방문한 듯 　古洞深如訪隱君
숭양산 산색은 수려한 무늬 띠었네 　嵩陽山色秀而文
한 집안의 경제는 천 권의 책이요 　一家經濟書千卷
다섯 무의 살림은 약초가 칠 분이네 　五畝生涯藥七分
안타까워라, 밭 가운데 옥을 버려두고 　可惜田中仍棄玉
누가 다투어 고개 위 구름만 즐기는가 　誰爭嶺上自怡雲
이제야 돌아오는 서호의 노[160] 　聊知初返西湖棹
학 그림자 허공을 맴도는데 붉게 물든 석양 　鶴影盤空日正曛

---

160 서호(西湖)의 노 : 송나라 임포(林逋)의 배를 말한다. 출타한 중에 객이 오면 기르는 학이 날아와 알렸다고 한다.

채하동[161]

彩霞洞

한 줄기 곡렴[162]에 안개비 흩어지고	谷簾一道散霏煙
괴석과 푸른 솔엔 오랜 세월 머물러 있네	怪石青松駐大年
보묵이 개울가 정자에 임한 바 있고	寶墨曾臨溪上榭
채색 놀은 언제나 골짜기 하늘에 머무네	彩霞常逗洞中天

석봉(石峯) 한호(韓濩)[163]가 일찍이 이 개울에 임해 글씨를 배웠는데, 개울 물이 모두 검어져서 묵계(墨溪)라 불렀다고 한다.

시인의 빼어난 붓은 단풍 시를 지었고	詞人妙筆題紅葉
공자의 화려한 연회에선 고운 배를 띄웠네	公子華筵泛玉船

시랑(侍郎) 신자하(申紫霞)[164]가 이 골짜기를 유람하며 홍엽시(紅葉詩)를 지었다. ○ 이날 채묵헌(彩墨軒)에 성대히 휘장이 쳐지고 유수(留守) 홍승억(洪承億)[165]이 기생들을 데리고 와서 놀았다.

---

161 채하동(彩霞洞) : 황해도 개성에 있는 골짜기 이름으로 수려한 경치로 유명하다.

162 곡렴(谷簾) : 중국 여산(廬山) 강왕곡(康王谷) 폭포 이름이다.

163 한호(韓濩) : 1543~1605. 조선 중기의 서예가이다. 본관은 삼화(三和), 자는 경홍(景洪), 호는 석봉(石峯)·청사(清沙)이다.

164 신자하(申紫霞) : 신위(申緯, 1769~1845)로, 본관은 평산(平山), 자는 한수(漢叟), 호는 자하(紫霞)이다. 시서화에 능했고, 이조 참판과 병조 참판을 지냈다.

165 홍승억(洪承億) : 1842~? 본관은 풍산(豊山), 자는 치만(稚萬)으로 서울 출신이다. 홍현주(洪顯周)의 손자이자 우철(祐喆)의 아들이다. 1859년에 증광별시문과에 병과로 급제, 대교와 사간원 사간, 부사과를 거쳐 1870년(고종7) 대사성이 되었다. 개성부 유수로 부임한 것은 1876년이다.

푸른 비단에 취해 누운 것이 그 며칠이던가   醉臥靑綾知幾日

삼신산 동으로 바라보니 오색구름 가에 있네   三山東望五雲邊

만월대[166]에서 '주'자 운을 골라 짓다

滿月臺得州字

홍망성쇠란 유유하여 구할 수 없는 것   興廢悠悠不可求

번화했던 그 옛날 제왕의 고을이여   繁華昔日帝王州

해마다 우거지는 풀에 금돼지는 울고   年年草綠金豚泣

밤마다 열리는 구름에 쇠 개는 수심 짓네   夜夜雲開鐵犬愁

작제건(作帝建)[167]이 용녀(龍女)에게 장가들어 금돼지를 데리고 송악 기슭에 정착해 살았다고 한다. 이곳은 곧 금돼지가 누워있던 곳이다. ○ 고려 때 쇠로 개를 주조하여 삼각산이 엿보지 못하도록 눌렀다고 한다. 그로 인하여 그 곳을 좌견리(坐犬里)라고 이름 붙였다. 고려가 도읍을 정한 후, 구름이 열려 삼각산이 보이자 도선(道詵)[168]이 놀라서 "천명이로다!"라고 했다.

고목에서 어렴풋이 연경전터를 알아보고   古木微分延慶殿

시든 꽃에서 아직도 상춘정 놀이를 추억하네   殘花猶憶賞春遊

만월대는 연경궁 정전(正殿) 앞 계단이다. 상춘정은 연경전 후원에 있다.

---

166 만월대(滿月臺) : 개성시 송악산(松嶽山) 남쪽 기슭에 있는 고려의 왕궁 터이다. 궁전은 고려 말기에 불타서 없어졌다.

167 작제건(作帝建) : 고려 태조 왕건(王建)의 조부이다. 고려가 건립된 후 의조 경강대왕(懿祖景康大王)으로 추존되었다.

168 도선(道詵) : 827~898. 통일 신라 말기의 중으로 풍수지리설의 대가였다. 속성은 김(金)이다. 혜철 대사에게 무설설(無說說), 무법법(無法法)을 배워 크게 깨달았으며, 참선 삼매의 불도를 닦았다. 그의 음양지리설과 풍수상지법(風水相地法)은 고려와 조선 시대에도 큰 영향을 주었다. 저서에 《도선비기(道詵秘記)》가 있으나 전하지 않는다.

문종(文宗)과 선종(宣宗)이 지은 〈상춘시(賞春詩)〉가 있다.

서글피 후대에 올라와 보는 한이여   怊然異代登臨恨

목동 피리소리 속에 가을이 지나가네   牧笛聲中一度秋

창강자[169]가 내게 선암의 사철 경관을 읊으라 하기에 채묵헌 자하[170]와 우초[171] 두 공의 운으로 시를 지어 주었다

滄江子屬余題仙巖四時景用彩墨軒紫霞雨蕉二公韻以贈之

그대 찾아간 어느 곳이 개오동 녹음 짙은가[172]　　訪君何處檟陰青

명산의 수려한 기운이 잘도 길러냈구나[173]　　秀氣名山認毒亭

자라는 데 봄비의 힘 빌릴 필요 없으니　　滋養不煩春雨力

169 창강자(滄江子) : 김택영(金澤榮, 1850~1927)으로, 본관은 화개(花開), 자는 우림(于霖), 호는 창강(滄江)・소호당주인(韶護堂主人)이다. 개성에서 태어났다. 을 사조약이 체결되자 국가의 장래를 통탄하던 중 1908년 중국으로 망명, 통주(通州)에 살면서 학문과 문장수업으로 여생을 보냈다. 특히 고시(古詩)에 뛰어나 문장과 학문에 서 청나라 강유위(康有爲)・정효서(鄭孝胥)와 어깨를 겨루었다.

170 자하(紫霞) : 신위(申緯, 1769~1845)로, 본관은 평산(平山), 자는 한수(漢叟), 호는 자하(紫霞)・경수당(警修堂)이다. 시서화에 뛰어났다.

171 우초(雨蕉) : 박시수(朴蓍壽, 1767~?)로, 본관은 반남, 자는 성용(聖用), 호는 우초이다. 1784년(정조8) 갑진년에 진사에 합격했다.

172 개오동 녹음 짙은가 : 조선 후기의 학자 유암(流巖) 홍만선(洪萬選, 1643~1715) 이 지은 농서 《산림경제》 제4권 치약(治藥)에 보면, "인삼은 신초(神草)라고도 한다. 인형(人形) 같은 것이 신효(神效)가 있다. 이 약초는 세 가장귀에 다섯 잎사귀가 나며 깊은 산 속의 남쪽을 등지고 북쪽을 향한 가(檟)나무〔개오동나무〕나 옻나무 아래 가까 운 습한 곳에 난다."는 기록이 보인다.

173 길러냈구나 : 《노자(老子)》 21장에 "도가 모든 것을 낳고, 덕이 모든 것을 기르고 자라게 하고, 양육하고 감싸주고, 튼실하게 하고 먹여주고 덮어 준다.〔長之育之 亭之毒 之 養之覆之〕"라는 말이 나온다. 여기서 '정지독지(亭之毒之)'는 '성지숙지(成之熟之)' 로 되어 있는 판본도 있다. 여기서 비롯되어 정독은 기른다는 뜻으로 사용되었다.

훌륭한 자제들이 정원 계단에서 모여 있는 듯   似佳子弟蓄階庭
  위는 석전(石田)에 심은 인삼이다.

샘물 맑게 쏟아지는 옥화담   山泉澄瀉玉華潭
콸콸 언덕을 따라 작은 암자로 흘러오네   瀧瀧循厓到小庵
비속에 푸른 도롱이 입고 지팡이 들고 나가니   一雨靑蓑携杖去
논 비탈 십 리가 거울 속에 잠겼네   稻陂十里鏡中涵
  위는 묵계(墨溪)가 새로 불어난 것이다.

좋은 과실수 심어 초가까지 그늘 드리우더니   種來嘉果蔭茅堂
서리 맞은 천 그루에 석양이 서늘히 비추네   千樹迎霜晚照凉
아이들 보내 따가게 하지 마오   莫遣兒童打將去
늙은이는 오직 열매 익기만을 기다린다오   老夫秖是待他黃
  위는 서리 내린 숲에서 과일을 줍는 것이다.

계수나무 숲에서 술 마시며 길게 노래하니   酌酒長歌桂樹叢
앞산이 문득 옥부용으로 변했네   前山忽變玉芙蓉
시 짓는 집안 소녀는 아취가 넘쳐   詩家兒女饒淸致
고운 언어로 바람에 이는 버들솜을 품평했네[174]   綺語能評柳絮風

---

174 고운……품평했네 : 동진(東晉) 사안(謝安)의 질녀 사도온(謝道韞)이 눈발을 버들솜에 비유한 것을 말한다. 《세설신어(世說新語)》〈언어(言語)〉에 "사태부(사안)가 찬 눈이 내리는 날 안채에 모여 있을 때 아녀들과 문의에 대해 강론했다. 이윽고 눈발이 쏟아지자, 공이 기뻐하며 '무엇과 같으냐?'라고 물으니, 조카 호아가 '공중에 소금을 뿌리는 것과 비슷하다.'고 했다. 질녀 사도온이 '버들솜이 바람에 일어난다는 것보다

위는 숭악(嵩嶽)의 맑은 눈이다.

못하다.'고 하니, 사안이 크게 기뻐했다.〔謝太傅 寒雪日內集 與兒女講論文義 俄而雪驟
公欣然曰 白雪紛紛何所似 兄子胡兒曰 撒鹽空中皆可擬 兄女曰 未若柳絮因風起 公大笑
樂〕"라는 기록이 보인다.

송경잡절 12수

松京雜絕 十二首

푸른 솔 울창한 팔선궁　　　　　　　　　　蒼松鬱鬱八仙宮

　송악의 본래 명칭은 부소(扶蘇)이다. 신라 감간(監干) 팔원(八元)이 말하기를 "소나무를 심어서 암석이 드러나지 않게 한다면 삼한(三韓)을 통합할 자가 나올 것이다."라고 했다. 그로 인하여 소나무를 심고 이름을 송악이라 했다. 김관의(金寬毅)[175]의 《통록(通錄)》[176]에는 "당나라 숙종(肅宗)이 바다를 건너와서, 곡령(鵠嶺)에 올라 남쪽을 바라보며 말하기를 '이곳은 참으로 팔선(八仙)이 거주할 곳이다.'라고 했다는 기록이 보인다. 혹은 선종(宣宗)이라고도 한다."라고 했다. ○ 목은(牧隱)의 시에 "가마 타고 곧장 팔선궁에 오르네."[177]라는 구절이 있다.

오부의 푸른 봄이 취몽 중에 있네　　　　　　五部青春醉夢中

　고려도성에 오부가 있다. 명나라 승려 부흡(溥洽)[178]의 시에 "오부의 푸른

175　김관의(金寬毅) : 고려 중기의 학자이다. 검교군기감(檢校軍器監)을 지냈다. 여러 사람들이 보관하고 있던 흩어진 문서를 수집하여, 의종(毅宗, 1146~1170 재위)때 《편년통록(編年通錄)》을 저술했다. 이 책은 지금 전해지지 않으나, 내용의 일부가 《고려사(高麗史)》〈세가(世家)〉에 실려 있어 고려 개국에 대한 여러 이야기를 알려준다.

176　통록(通錄) : 《편년통록(編年通錄)》을 말한다. 고려 김관의(金寬毅)가 고려 왕실의 세계(世系)에 관해 정리한 책이다. 14세기 말 이후에 없어져 현존하지 않으며, 단지 《고려사》의 맨 앞 고려왕조세계에 인용되었던 고려 왕실의 기원에 관한 글 2000여 자만이 전한다. 글의 뒤에는 고려 말의 학자인 이제현(李齊賢)의 논평이 있다. 고려 왕조를 신비화하고 역대 임금의 통치를 미화・찬양하기 위해 《편년통재(編年通載)》를 고쳐 편찬한 것으로 보인다.

177　가마……오르네 : 목은 이색(李穡)의 〈송산(松山)〉시의 한 구절이다.

178　부흡(溥洽) : 1346~1426. 명나라 승려로 자는 남주(南洲), 회계(會稽) 산음(山

봄날 음악에 취하네."라는 구절이 있다.

| 애끊게도 강남의 〈옥수가〉[179]를 노래하니 | 腸斷江南歌玉樹 |
| 산에 모인 왕기가 어둠 속으로 사라졌구나 | 鍾山王氣黯然終 |

위는 송악이다.

옥호금포[180]가 벽당[181]에 비추는데	玉戶金鋪照壁璫
봄바람을 마암 옆에 고이 간직하였네	春風貯得馬巖傍
모든 게 지나가 버린 삼한 땅에서	不知事去三韓地
영당 부탁할 사람 없음을 아직도 한탄할까	猶歎無人付影堂

마암(馬巖)은 성균관 앞에 있다. 공민왕(恭愍王)은 노국공주(魯國公主)[182]를 위하여 영전(影殿)을 크게 세우고 사치를 다했다. 왕이 우(禑)[183]가 태어났다는 소식을 듣고서 기뻐서 말하기를 "영전을 부탁할 사람이 있구

陰) 사람이다. 속성(俗姓)은 육씨(陸氏)로 육유(陸游)의 후손이다. 보제사(普濟寺)에서 출가하여 예설정(禮雪庭)을 스승으로 삼았다. 홍무(洪武) 연간에 승록사우강경(僧錄司右講經)이 되고, 좌선세(左善世)를 지냈다. 나중에 보제사로 돌아가서 생애를 마쳤다. 《우헌집(雨軒集)》을 남겼다.

179 옥수가(玉樹歌) : 남조 진(陳)나라 후주(後主)가 지은 악곡인 〈옥수후정화(玉樹後庭花)〉를 말한다. 후대에 망국의 노래라는 평을 받았다.

180 옥호금포(玉戶金鋪) : 화려한 문과 문고리를 말한다. 문호(門戶)의 미칭이다.

181 벽당(壁璫) : 벽을 장식한 서옥(瑞玉)이다.

182 노국공주(魯國公主) : 공민왕의 황후이다. 보탑실리공주(寶塔實里公主)라고도 한다. 원(元)나라의 황족 위왕(魏王)의 딸로서, 1349년 원나라에서 공민왕과 결혼하였다. 1365년(공민왕14)에 난산(難産)으로 죽었다.

183 우(禑) : 고려 32대 왕인 우왕(禑王, 1365∼1389)이다. 《고려사》에는 우왕이 신돈의 아들이라며 "가짜를 내쫓고 진짜를 세운다.(廢假立眞)"라고 주장하여 신돈의 자손으로 기록되었으나 사실 여부는 현재로서는 알 수 없다.

나."라고 했다.

위는 마암이다.

학 등에 탄 신선이 동천에 내려오니	鶴背銖衣下洞天
중화당 악부의 자하 신선[184]들이여	中和樂府紫霞仙
지금도 노인들은 남겨진 풍속 전하는데	至今耆老傳遺俗
인간 세상의 병자년을 몇 번이나 보냈을까	幾度人間丙子年

자하동(紫霞洞)은 송악 아래에 있다. 고려 채홍철(蔡洪哲)[185]이 중화당(中和堂)을 짓고, 국로(國老)들을 초대하여 기영회(耆英會)를 열고는 직접 〈자하동곡(紫霞洞曲)〉을 지었는데, 대략 자하선인(紫霞仙人)이 내려와서 축수한다는 뜻을 실은 것이다. 지금 악부(樂府)에 악보가 전한다. 고려 조계방(曹繼芳)의 시에 "꿈속에서 학 등에 올라 하늘 나는 신선 보이더니, 우의 선악이 술동이 앞에 즐비하네. 훗날 멋진 일을 자랑하려거든, 반드시 인간세상에서의 병자년을 말하리라."고 했다. 이로부터 마침내 송경(松京)의 옛 풍속이 되었다. 매번 기영회를 열면 곧 돌에 새겨서 기록했다.

위는 자하동이다.

읍비의 피 묻은 바위 탄식할 일이니	泣碑血石事堪吁
천추토록 혼백은 있는가 없는가	魂魄千秋有也無
해마다 부는 비바람도 마멸시키지 못해	風雨年年磨不得

---

184 자하 신선 : 자하(紫霞)는 전설 속에 선궁(仙宮)이다.

185 채홍철(蔡洪哲) : 1262~1340. 고려 말의 문신으로 자는 무민(無悶), 호는 중암 거사(中庵居士)이다. 벼슬에서 물러난 후에 은거하면서 불교와 음악을 연구하였다. 문장과 기예에 뛰어났으며, 음악과 불교 경전에도 밝았다. 저서에 《중암집(中庵集)》이 있고, 악부인 〈자하동신곡(紫霞洞新曲)〉이 전한다.

오래도록 남은 핏자국[186] 보은의 뜻 빼어나네　　　　長留化碧報恩殊

　　선죽교(善竹橋)는 포은(圃隱) 선생이 살신성인한 곳이다. 여전히 핏자국
　　이 남아 있어서 다리 옆에 비석을 세우고 포은이 충용(忠勇)을 세울 때의
　　일을 기렸다. 비석이 항상 젖은 채 우는 듯하여서 읍석(泣石)이라 이름
　　붙였다. 두 번째 구는 포은의 가사(歌辭)[187] 중의 말을 사용했다.

　　위는 선죽교이다.

연복정 앞엔 녹음 가득 우거졌는데　　　　　　延福亭前滿綠蕪

임금 탄 배 그 어느 때 맑은 호수에 띄웠던가　　龍舟何日泛明湖

홍도[188] 학사 중엔 경박한 자 많아서　　　　　鴻都學士多輕薄

권력을 모두 무인에게 맡겼네　　　　　　　　盡把權綱屬武夫

　　연복정(延福亭)은 동문(東門) 밖에 있는데, 의종(毅宗)이 정자를 짓고 제방
　　을 쌓아 호수를 만든 다음 배 띄우고 연회를 즐기며 문신(文臣)들과 시를
　　읊었다. 이에 호위군사들을 심히 미워하여 끝내 정중부(鄭仲夫)의 반란을
　　야기했다.

　　위는 연복정 옛 터다.

구재[189]에 책 나눠두고 검은 휘장 내리니　　　九齋分籍下緇帷

186　핏자국 : 원문은 '화벽(化碧)'으로 선혈이 벽옥이 되었다는 뜻으로, 충신이나 지
사를 칭송할 때 사용하는 말이다. 《장자(莊子)》〈외물(外物)〉에 나오는 "장홍이 촉
땅에서 죽었는데, 그의 피를 간직했더니 삼년 만에 벽옥이 되었다.〔萇弘死于蜀 藏其血
三年而化爲碧〕"라는 구절에서 유래했다.

187　포은의 가사(歌辭) : 정몽주(鄭夢周)의 〈단심가〉에 "이 몸이 죽고 죽어 일백 번
고쳐 죽어 백골이 진토되어 넋이라도 있고 없고, 임 향한 일편단심이야 가실 줄이 있으
랴."라고 했다.

188　홍도(鴻都) : 비서성(秘書省)의 별칭이다.

문헌공 옛 터엔 아직도 비석 남아있네	文憲遺墟尙有碑
시 읊으며 돌아오면 산의 해는 저물었으니	洛詠歸來山日暮
앉아서 술잔 나누던 풍류 상상할 수 있네	風流猶想踞傳卮

고려 문헌공(文憲公) 최충(崔沖)[190]은 가르침을 게을리하지 않았다. 구재를 나누어 학자들을 거처하게 했는데, 옛 터가 자하동에 있다. 무더운 달에는 귀법사(歸法寺)를 빌려서 하과(夏課)를 하면서 시를 읊고 독서를 했다. 관동(冠童)들이 좌우로 늘어서서 준조(樽俎)를 받들었고, 해가 저물면 모두 낙생영(洛生詠)[191]을 하고 파했다. 이규보(李奎報)의 〈억구경(憶舊京)〉시에 "오직 일단의 관심처는, 귀법사 냇가에서 앉아서 술잔을 나누는 것이네."라고 했다.

위는 최시중의 유허이다.

긴 여정 중 어느 곳이 가장 가슴 아픈가	長程何處最傷神
천수문 앞 풀밭이 자리처럼 펼쳐졌네	天壽門前草似茵
왕손들의 가무의 성대함은 보이지 않고	不見王孫歌舞盛
꾀꼬리 울음소리만 행인을 전송하네	一聲黃鳥送行人

천수원(天壽院)은 성 동쪽에 있는데, 천수사의 옛 터다. 지금 원은 폐지되었으나, 고려 때 관리나 사대부들이 송영(送迎)하던 곳이었다. 이인로(李

---

189 구재(九齋) : 고려의 학자 최충(崔沖)은 송악산 아래에 각기 공부하는 내용에 따라 방의 이름을 낙성재(樂聖齋), 대중재(大中齋), 성명재(誠明齋), 경업재(敬業齋), 조도재(造道齋), 솔성재(率性齋), 진덕재(進德齋), 대화재(大和齋), 대빙재(待聘齋)로 지어 구재학당(九齋學堂)을 마련하고 인재를 양성했다.

190 최충(崔沖) : 984~1068. 고려의 문신으로 사학십이도(私學十二徒)의 하나인 문헌공도(文憲公徒)의 창시자이다. 자는 호연(浩然), 호는 성재(惺齋)·월포(月圃)·방회재(放晦齋)이며, 최온(崔溫)의 아들이다. 문하시중(門下侍中)을 지냈다.

191 낙생영(洛生詠) : 낙하(洛下)의 서생들이 시를 읊던 것을 말한다. 동진(東晉)의 명사들이 즐겨 불렀다. 《世說新語 輕詆》

仁老)의 《파한집(破閑集)》에 "천수사는 공자(公子)와 왕손들이 주취(珠翠)와 생가(笙歌)를 거느리고 전별하고 마중하던 곳이다."라고 했다. 이인로의 시에 "객을 전송하려는데 객은 아직 오지 않았고, 중을 찾아가니 중 또한 없네. 오직 남은 것은 숲 너머 새소리, 종일토록 술병 들라[192] 권하고 있네."라고 했다. 이규보(李奎報)의 시에 "이곳은 해마다 이별하던 곳, 객을 전송하는 것 아니라도 애간장이 끊기네."라고 했다. 천수원은 옛날에 취적교(吹笛橋) 옆에 있었다.

위는 취적교이다.

황량한 삼성동에 저녁 까마귀 우는데	三省荒凉噪暮鴉
내원의 사람이 소평[193]의 오이를 파네	內園人賣召平瓜
두문동 안 공후의 후예들은	杜門洞裏公侯裔
모두 평범한 백성들의 집이 되었네	盡是尋常百姓家

　삼성은 동(洞) 이름이다. 지난날에는 삼성해서(三省廨署)가 있었는데, 지금은 폐지되고 오이밭이 되었다. 왕조가 바뀐 후에 고려의 유신(遺臣) 70여 가(家)가 두문동(杜門洞)[194]에 은거하여 출사하지 않았다.

위는 삼성동이다.

| 말 나란한 봄놀이에 푸른 비녀 희롱했으니 | 竝馬春遊弄翠鈿 |
| 군왕의 환락과 웃음 가련함을 못 이기겠네 | 君王歡笑不勝憐 |

---

192 술병 들라 : 원문은 '제호(提壺)'로 제호(鵜鶘)와 같으며 사다새를 가리킨다.

193 소평(召平) : 진(秦)나라 동릉후(東陵侯)이다. 진나라가 망한 후 출사하지 않고, 장안의 성 동쪽에 은거하여 오이를 심는 것을 생업으로 삼았다.

194 두문동(杜門洞) : 경기도 개풍군 광덕면 광덕산 서쪽 기슭에 있다. 72명의 고려 유신들이 숨어살았다고 한다.

밤마다 장대에 뜬 달에 응하여   祗應夜夜粧臺月

둥근 패옥하고 칠점선과 함께 돌아갔다네   環佩同歸七點仙

신왕(辛王 우왕(禑王))은 총희(寵姬)인 연쌍비(燕雙飛)·칠점선(七點仙)[195] 등과 함께 말을 나란히 타고 놀았다.

위는 화원 옛 터이다.

사루에서 각촉[196]하고 매괴화를 읊으니   紗樓刻燭賦玫瑰

한 시대의 맑은 사인들이 재주를 올렸네   一代淸詞供奉才

사람도 꽃도 모두 적막하고   人與名花俱寂寞

졸졸 흐르는 시냇물만 들판 다리를 맴도네   潺湲流水野橋回

고려 숙종(肅宗)은 누대에 올라 〈옥매괴(玉玫瑰)〉시를 읊은 후, 사신(詞臣)들을 불러서 화답해 올리게 했다.[197] 예종(睿宗)은 누대에 올라 각촉하고 〈목단(牧丹)〉 6운(韻)을 읊었는데, 응제(應製)한 사람이 56인이었고, 안보린(安寶麟)이 일등을 했다.[198]

위는 사루 옛 터이다.

195 연쌍비(燕雙飛)·칠점선(七點仙) : 모두 기생 출신으로 우왕의 총애를 받고 옹주에 봉해졌다.

196 각촉(刻燭) : 촛불에 표시를 하여 그곳까지 타기 전에 시문을 빨리 짓게 하는 것이다.

197 고려……했다 :《신증여지승람》〈개성부 하〉고적 사루(紗樓)조의 기사이다. 옥매괴(玉玫瑰)는 장미의 일종으로 장미나 해당화를 부르던 명칭이었다.

198 예종(睿宗)은……했다 :《신증여지승람》〈개성부 하〉고적 사루 조의 기사이다.《고려사절요》8권의 임인 17년(1122)조에 "예종이 사루(紗樓)에 나가 문신(文臣) 56명을 불러 초에 금을 그어 놓고 타기 전에 모란시를 짓게 하였는데, 첨사부 주부 안보린(安寶麟)이 일등이 되었다."라고 했다.

방의 이름으로 옛 서울을 알 수 있나니 　　坊名認得舊京華

제도가 신풍[199]과 비교하여 별 차이 없구나 　制度新豐較不差

어찌 이전에 현도관을 지났던 사람 있어 　豈是玄都前度客

봄바람 속 연맥을 보며 복사꽃을 추억할까[200] 　東風鷰麥憶桃花

　　우리 태조가 한양에 도성을 정한 후 모두 송도(松都)의 옛 이름을 써 가방(街坊)의 이름을 지었다.

　　위는 옛 경사의 가방이다.

높은 산에서 백번 굽이도는 개울의 물소리 　　崇岡百折一溪鳴

우물 속에서 하늘이 맷돌 위 개미처럼[201] 도는 것 보네

199　신풍(新豐) : 한나라 고조(高祖)가 설치한 현(縣) 이름이다. 치소가 지금의 섬서성(陝西省) 임동현(臨潼縣) 서북에 있었다. 고조가 관중(關中)에 도읍한 후 그 부친 태상황(太上皇)이 고향을 잊지 못하자, 고향 풍읍(豐邑)의 거리와 집들을 본떠서 여읍(驪邑)을 개축하고 풍읍의 백성들을 옮겨와서 거주하게 하고 신풍이라고 했다.

200　어찌……추억할까 : 당나라 유우석(劉禹錫)의 〈재유현도관(再游玄都觀)〉시의 서(序)에 "내가 정원 21년에 둔전원외랑이 되었을 때 현도관에는 꽃이 없었다. 그 해에 연주 자사로 나갔다가 곧 낭주 사마로 좌천되었다. 10년 후 도성으로 불려왔다. 그때 사람들마다 어떤 도사가 현도관 가득 복사꽃을 심었는데, 노을처럼 붉다고 말하기에 이전의 시편을 지어 당시의 뜻을 기록했다. 얼마 후 다시 자사로 나갔다가 14년 후인 지금 주객낭중이 되어 다시 현도관을 노닐게 되었는데, 꽃나무는 한 그루도 남아있지 않고, 토끼풀, 해바라기, 그리고 연맥만 봄바람 속에 나부낄 뿐이다. 이에 다시 28자를 지어 훗날 유람을 기약한다.〔余貞元二十一年爲屯田員外郎時 此觀未有花 是歲出牧連州 尋貶朗州司馬 居十年 召至京師 人人皆言有道士手植仙桃滿觀 如紅霞 遂有前篇 以志一時之事 旋又出牧 今十有四年 復爲主客郎中 重游玄都觀 蕩然無復一樹 惟兎葵燕麥動搖于春風耳 因再題二十八字 以俟後游〕"라고 했다.

201　맷돌 위 개미처럼 : 원문은 '의마행(蟻磨行)'으로, 개미와 맷돌을 의미한다. 해와 달이 동쪽에서 서쪽으로 지는 것을, 좌측으로 도는 맷돌 위를 개미가 우측으로 가는

예로부터 험한 지세 덕에 편안할 수 있었으나 　　井裏看天蟻磨行

차라리 두 산을 평평하게 깎는 게 나으리라 　　自古宴安由恃險

　　위는 청석진(靑石鎭)²⁰²이다. 　　不如剗却兩山平

것으로 비유한 것이다.

202　청석진(靑石鎭) : 개성에서 황주로 이어지는 해서직로에 있는 지명이다.

총수산[203]에서 묵다

宿蔥秀

총수산 높은 곳에 옥류 폭포 걸려 있고	蔥秀山高玉溜懸
옥류는 총수산의 폭포 이름이다.	
백 년 전에 새겨 넣은 주옹의 초상화[204] 있네	朱翁小照百年前
어떤 연고로 시인의 입에 회자되었던가	緣何膾炙詩人口
사신 다니는 역 길 옆에 있었기 때문이라네	爲傍皇華驛路邊

---

203 총수산(蔥秀山) : 황해도 평산(平山) 북쪽 30리 지점에 있는 산 이름이다.

204 주옹의 초상화 : 주옹(朱翁)은 명나라 사신 주지번(朱之藩)을 가리킨다. 김창업 (金昌業)의 《연행일기》 1권에 "옥류천(玉溜泉)을 구경하였는데,……그 위에 '청천선탑 (廳泉仙榻)'이란 넉 자가 새겨져 있었고, 그 위에 '옥유영천(玉乳靈泉)'이란 넉 자가 새겨져 있는데, 모두 그 옆에 주지번(朱之蕃)이 썼다고 새겨져 있었다. 또 '영암옥류(靈 巖玉溜)'란 넉 자의 곁에 장백(長白) 유홍훈(柳鴻訓)이 썼다고 새겨졌으며, 이 밖에도 '진주천(眞珠泉)', '현주(縣珠)' 등의 글자들이 있는데 누구의 글씨인지 알 수 없었다. 선탑(仙榻) 동쪽에 작은 상(像)이 하나 새겨져 있는데, 주 천사(朱天使 주지번)의 상이 라고 전한다."라고 했다.

재령 묘음사[205] 벽 위의 시를 차운하다

載寧妙音寺次壁上韻

어디선가 들리는 종소리에 절을 찾아가니	鍾聲何處訪琳宮
지팡이 한 자루 바람 속에 백학이 날아오네	白鶴飛來一錫風
장엄하게 치장한 삼불[206]은 구름머리 푸르고	三佛裝嚴雲髻綠
에워싸고 서있는 제천[207]엔 꽃비[208]가 붉네	諸天圍住雨花紅
우연히 연사[209] 좇다 방외를 참방하니	偶從蓮社參方外
이 안에 도원이 있을 줄 그 누가 알았으랴	誰識桃源在此中

　　세속에서 전하기를 도원(桃源)이 장수산(長壽山)에 있는데, 호사가들이 찾
　　아보았으나 찾지 못했다고 한다.

서쪽 고을에 가뭄 걱정 말라 말 전해주오	寄語西州休憫旱
베개 밑 영천이 끊임없이 흐르니[210]	靈泉枕下去無窮

---

205 묘음사(妙音寺) : 황해도 재령군 장수면 장수산에 있다.

206 삼불(三佛) : 극락에 있는 아미타불, 관세음보살, 대세지보살을 통틀어 이르는
말이다.

207 제천(諸天) : 모든 천상계이다. 불교에서는 마음을 수양한 경계에 따라 여러 가지
의 하늘이 나누어진다고 하는데, 그 모든 하늘을 말한다.

208 꽃비 : 하늘에서 꽃비를 내리는 것이다. 부처가 설법(說法)할 때의 길조라고 한
다.

209 연사(蓮社) : 절의 이칭이다.

210 베개……흐르니 : 주희(朱熹)는 〈백장산기(百丈山記)〉에서 "서각은 상류에 위
치해 있는데, 물과 바위에 부딪히는 곳이 가장 감상할 만하다. 그러나 그 뒤가 벽이라
아무것도 보이지 않는다. 밤에 서각에 누워 있으니, 베개 밑으로 저녁 내내 졸졸 물소리

가 들렸다. 한참 지나자 이내 슬퍼졌으니, 이는 귀에만 듣기 좋을 뿐이기 때문이다.〔閣
據其上流 當水石峻激相搏處 最爲可玩 乃壁其後 無所睹 獨夜臥其上 則枕席之下 終夕潺
潺 久而益悲 爲可愛耳〕"라고 쓴 다음 〈백장산육영(百丈山六詠)〉 중 〈서각(西閣)〉을
지어 "어떻게 하면 베개 아래 샘을 얻어 세상에 비를 뿌릴까.〔安得枕下泉 去作人間雨〕"
라고 하였다.

재령 사또 윤구 에게 드리다

呈載寧使君 尹榘

오래도록 산속의 객 노릇 하면서	久作山中客
군재에 여러 차례 편지를 부쳤네	郡齋數寄書
경내에는 하북으로 호랑이 옮겨가고[211]	境移河北虎
마당에는 남양의 물고기[212] 걸어놓았네	庭掛南陽魚
나긋한 대화에 등불 꺼져가는 밤	軟話燈殘夜
맑은 노래에 술이 깨려 하네	淸歌酒醒初
나그네의 괴로움도 문득 잊고서	頓忘羈旅苦
삼일이나 수레를 머물렀네	三日駐征車

---

211 하북……옮겨가고 : 선정을 베풀었다는 뜻이다. 후한(後漢) 때 유곤(劉昆)이 강릉 태수(江陵太守)로 있을 때 인정(仁政)을 크게 펴니 호랑이들이 새끼를 등에 업고 고을을 떠나 황화를 건너갔다는 고사에서 유래하였다.〔廣出獵 見草中石 以爲虎而射之 中石沒鏃 視之石也 因複更射之 終不能複入石矣 廣所居郡聞有虎 嘗自射之 及居右北平 射虎 虎騰傷廣 廣亦竟射殺之〕"라고 했다. 《後漢書 卷109 劉昆列傳》

212 남양(南陽)의 물고기 : 관리의 청렴을 말한다. 동한(東漢)의 양속(羊續)이 남양 태수(南陽太守)로 있을 때 아래 관리가 그에게 생어(生魚)를 보내자 담장 안에 매달아 두었는데, 나중에 또 그 사람이 물고기를 보내자 이전의 물고기를 내보여서 뇌물을 바치지 못하게 막은 고사에서 유래하였다. 《後漢書 卷31 羊續列傳》

반서헌에서 종질 안악사 유행 에게 써서 보이다

盤書軒書示從姪安岳寺 裕行

몇 날이나 경성을 떠났던가	幾日離京城
가을장마가 좀체 개지 않네	秋霖苦不晴
타향에서 핏줄을 만나니	異鄕逢骨肉
온 몸에 광영이 덮이네	遍體荷光榮
임금의 무거운 은혜 갚으시고	欲報君恩重
대대로 지켜온 청빈의 덕 잊지 마오	毋忘世德淸
부끄럽게도 나는 도움 될 바 없어	我慙無所補
고삐 쥐고 홀로 방황하네	攬轡獨屛營

패엽사[213]

貝葉寺

동방에서는 일찍이 불법을 들었으니	東方聞法早
백마사는 몇 천 년의 세월을 겪었는가	白馬幾千春

　한나라 명제(明帝) 때 패엽 조사(貝葉祖師)가 동쪽으로 와서 불법을 전하고 구월산(九月山)에 절을 창건했는데, 백마사(白馬寺)[214]와 동시대이다.

낡은 패엽에는 불경이 남아 있고	貝葉殘經存

　신라 때 승려 운(雲)이 서역에 가서, 불경을 쓴 패엽 다섯 묶음을 가지고 와서 이 절에 보관했기 때문에 패엽사라고 이름 붙였다. 지금은 화장사(華藏寺)에 옮겨져 있다.

오래된 용화회 그림이 진설되어있네	龍華古繪陳

　옛 서문에 이 절 서벽(西壁)에 당나라 사람이 그린 용화회(龍華繪)[215]가 있다고 했다.

오봉에는 일찍이 진상(眞象)이 나타났고	五峯曾現象

　절의 고사(故事)에 의하면, 문수 대사[216]가 절 뒤 오봉에 현신하여 설법을

213　패엽사 : 삼십일 본산(本山)의 하나이다. 황해도 신천군(信川郡) 용진면(用珍面) 구월산(九月山)에 있는데, 신라 중엽 법심 선사(法深禪師)가 세웠다는 설과 당승(唐僧)인 패엽 대사(貝葉大師)가 지었다는 설이 있다.

214　백마사(白馬寺) : 중국 낙양(洛陽)에 있는 중국 최초의 절이다.

215　용화회(龍華繪) : 미륵보살이 용화수 아래서 3차례 법회를 열어서 중생을 제도한 것을 말한다.

216　문수 대사 : 불교 보살의 이름이다. 대승불교에서 최고의 지혜(智慧)를 인격화한 보살이다.

하여 마침내 새산도량(塞山道場)을 이루었다고 한다.

삼성은 실로 이 백성을 내었네   三聖實生民

구월산은 단군이 처음 나라의 터를 닦은 곳이다. 지금 삼성사(三聖祠)가
있어서 환인(桓因)·환웅(桓雄)·단군(檀君)의 제사를 받든다.

선령의 자취 저 멀리 상상해보지만   緬想仙靈跡

너무도 아득하여 가까이 할 수 없네   杳茫不可親

패엽사에서 일행 중의 네 명을 생각하다

貝葉寺懷行中四人

이 밤 서늘한 바람 부는데	凉風今夜起
나그네는 어디로 갔을까	客子到何邊
만남과 헤어짐엔 정해짐 없고	聚散恒無定
험하건 평탄하건 앞으로 향할 뿐	險夷且向前
아득해라 집은 멀고	逶迤家室遠
초췌하구나 저 마부 가련하네	顦顇僕夫憐
고생 대신하는 것은 어렵지 않으나	不惜賢勞替
선방 창가에서 편안한 잠 부끄럽네	禪窓愧安眠

하은 장로[217]께 주다

贈荷隱長老

찬불 외는 소리에 제천[218]이 고요하고	誦唄諸天靜
피어오르는 향에 모든 근심이 사라지네	燒香萬慮空
삼십 년 동안	自言三十載
이 산중 나가지 않았다고 말씀하셨네	不出此山中

---

217 하은 장로(荷隱長老) : 법명은 예가(例珂), 하은은 법호이며 함경남도 함흥 출신으로 성씨는 주(朱)씨이다. 황해도 신천군 용진면 패엽리 구월산 패엽사로 들어가 성월(聖月) 스님 문하에서 스님이 된 이래 20여 년간 경전을 연구했다.

218 제천(諸天) : 불교에서 수양하는 경계를 따라 나뉜다고 말하는 모든 하늘을 뜻한다.

단군대[219]

檀君臺

요 임금과 시대가 나란하니   與堯時並立

저녁이면 함께 흰 구름 타고 노닐겠네   晚共白雲遊

천 년의 나라에 신발 벗어놓고   脫屣千年國

바람 부리며 고향 언덕으로 돌아갔네   御風返故邱

---

219 단군대(檀君臺) : 황해도 구월산(九月山)에 있다.

월출암[220]

月出庵

구불구불 조도[221]를 기어올라	逶迤攀鳥道
물소리 끊긴 곳까지 이르렀네	行到水聲窮
멀리 세상 하늘 위를 벗어나	逈出人天上
도솔궁[222]을 굽어 내려다보고 있네	俯看兜率宮

220 월출암(月出庵) : 황해도 구월산 패엽사(貝葉寺)의 말사(末寺)이다.

221 조도(鳥道) : 새나 지나갈 수 있는 좁고 가파른 산길이다.

222 도솔궁(兜率宮) : 도솔암(兜率庵)이다. 황해도 구월산 패엽사(貝葉寺)의 말사
이다.

도솔궁

兜率宮

그윽이 자리 잡은 붉은 골짜기에	窈窕臨丹壑
구름과 놀이 고갯마루에 걸쳐있네	雲霞半嶺橫
산승은 삼매경에 빠진 채	山僧入三昧
종일 앉아서 매미소리 듣네	終日坐蟬聲

하은과 함께 읊다

與荷隱共賦

구름 한가한 마을에서 세월을 보내며	閑雲一塢閱秋春
병과 바리때로 차츰 늙어가는데[223] 절은 새롭네	瓶鉢垂垂梵宇新

하은(荷隱)이 전대를 털어서 절을 수리하니, 옛 모습대로 복원되었다.

다행히 공문을 얻어 도의 벗 삼으니	幸得空門爲道友
마침내 혜업[224]이 문인에 속함을 깨닫네	終知慧業屬文人
푸른 기린 떠난 바위엔 발자국 한 쌍 남았고	蒼麟石老留雙跡

단군이 푸른 기린을 타고 조천(朝天)[225]했는데, 지금도 바위 위에 한 쌍의 발자국이 남아 있다.

백마사에서 불경이 온 지 얼마나 오래되었나	白馬經來隔幾塵
이번 유람에서 가장 빼어났던 곳 묻는다면	試問玆遊奇絶處
명산은 대부분 바닷가에 많았다오	名山多在海之濱

---

223 병과……늙어가는데 : 당나라 승려 관휴(貫休)가 지은 시에 "병 하나 바리때 하나로 차츰 늙어가는데, 수많은 물과 산을 지나 모처럼 찾아왔네.〔一瓶一鉢垂垂光 千水千山得得來〕"라고 한 표현을 끌어온 것이다.

224 혜업(慧業) : 문자로써 업연(業緣)을 맺는 것이다.

225 조천(朝天) : 대종교에서 도가 높은 이의 죽음을 이르는 말이다.

동림에서 화운에게 답하다

東林答華雲

가을날 가벼운 행장을 작은 수레에 실으니	秋日輕裝載小車
산과 물의 모습이 담박한 가슴에 가득 차네	山容水態滿襟虛
근심 깊어 집안 생계 꾸릴 겨를 없고	憂深未暇身家計
일에 닥쳐야 비로소 학술의 성긂을 깨닫네	事到方知學術疎
천근의 쇠뇌가 어찌 쥐잡기 위함이랴	弩有千斤寧爲鼠
한 됫박밖에 없는 물에서도 물고기는 노니네	水無升斗可沾魚
바위골짜기 돌아보니 구름이 천 겹	回看石洞雲千疊
비석²²⁶은 그 언제나 마을을 찾아올까	飛錫何時到里閭

---

226 비석(飛錫) : 석장(錫杖)을 날리는 것으로 승려의 출입을 말한다.

봉산[227] 조양각에서 벽에 적힌 시에 차운하다

鳳山朝陽閣次壁上韻

봉황이여 어찌 하찮은 곡식을 도모할까	鳳兮豈是稻粱謀
천 길 조양각 꼭대기에 날아올랐네	飛上朝陽千仞頭
온갖 새들 시끄럽게 무엇을 호소하는가	百鳥啾啾何所訴
너희들 구할 재주 없어 부끄럽구나	無才救汝倒含羞

---

227 봉산(鳳山) : 황해도 봉산군 사리원(沙里院)에서 동쪽 약 6킬로미터 지점에 있는
옛 읍이다.

해주 부용당²²⁸에서 원운을 차운하다

海州芙蓉堂次原韻

텅 빈 서늘한 누각에 북두칠성 기울고	水閣虛凉倚斗宵
태평한 여염집에선 생황 퉁소소리 울려퍼지네	閭閻無事沸笙簫
연꽃은 다 지고 가을바람 이는데	荷花落盡秋風起
열두 경루²²⁹는 꿈속에서 아득하네	十二瓊樓夢遞迢

---

228 부용당(芙蓉堂) : 해주(海州)의 관사(官舍)이다.
229 경루(瓊樓) : 전설 속의 달 속 궁전이다.

해주 나치동의 조상 묘를 성묘하고, 밤에 친족 수백 명과 함께 병사[230]에 모여 짓다

省掃海州羅峙洞先墓夜與諸宗數百人會于丙舍作

우리 집안은 뿌리가 심후하여	吾宗根深厚
선조께서 넘치는 경사 물려주셨네	先祖有餘慶
두 고을 이어진 이곳에 거주하며	居此二連鄉
대대손손 돈독하게 어짊과 효도 행했네	賢孝世篤行
천 백이나 되는 운잉[231]들	雲仍千百人
가지와 잎 어찌 그리 무성한가	枝葉何其盛
영락이 비록 같지 않으나	榮悴雖不同
물주고 북돋우며 타고난 본성을 지켰네	灌培各遂性
우리 선조께서 위에서 굽어 살피시며	我祖鑑在上
모든 골육들을 하나로 여기시었네	一視骨肉並
삼가 집안의 규율 지키고	謹愼守家規
너를 낳아주신 분들에게 누를 끼치지 말지어다	毋忝爾所生
각궁[232]의 뒤집힘 경계 삼아	宜戒角弓反

---

230 병사(丙舍) : 재실(齋室)을 말한다.

231 운잉(雲仍) : 운손(雲孫)과 잉손(仍孫)이다. 먼 후손을 말한다.

232 각궁(角弓) : 뿔로 장식한 활이다. 《시경》〈각궁(角弓)〉에 "성성한 각궁이여 편연히 뒤집혔도다.〔騂騂角弓 翩其反矣〕"라고 했다. 형제와 친족들을 멀리하지 말라는 내용의 시이다.

상체[233]의 노래를 길이 새기라 　　　　　　永念常棣詠

어찌 그저 모욕 막기 위함일 뿐이랴 　　　　奚徒爲禦侮

향리에서 비추기 때문이라네 　　　　　　　鄕里亦照映

향약은 남전 여씨[234]를 준수하고 　　　　　約遵藍田呂

의리는 포강 정씨[235]를 본받아라 　　　　　義效浦江鄭

어린 자식이 따르지 않거든 　　　　　　　小子有不率

그릇됨을 바로잡아 바른 곳으로 돌아오게 하라 　馴擾以歸正

저 묘 앞의 잣나무 　　　　　　　　　　瞻彼墓前柏

무성하여 서리 속에도 가지가 굳세네 　　　鬱鬱霜枝勁

훈계를 받드는 듯 엄숙한 모습 　　　　　愀然如承訓

천 년이 지나도록 경외의 마음 일으키네 　　千載猶起敬

이로써 부지런히 서로 힘써 　　　　　　庸是勤相勖

끊임없이 멀리까지 이어지기를 　　　　　綿綿及修夐

---

233 상체(常棣) : 아가위나무이다. 《시경》〈상체(常棣)〉는 형제간의 화합을 노래한
시이다.

234 남전(藍田) 여씨(呂氏) : 중국 송나라 때 만들어진 향약이다. 1076년 섬서성(陝
西省) 남전(藍田)의 학자인 여대균(呂大鈞)・대충(大忠)・대방(大防)・대림(大臨)
4형제가 향약을 조직하고 그 규약을 기술한 것이다.

235 포강(浦江) 정씨(鄭氏) : 포강은 절강성(浙江省) 난계현(蘭谿縣) 동북에 있다.
송나라 정신보(鄭臣保)는 나라가 망한 후 원나라에 출사를 거부하고, 고려로 망명하여
지절을 지켰다. 그의 본관이 포강이다.

청성묘[236]

清聖廟

다하지 않은 맑은 바람[237] 백세의 스승이여   不盡淸風百世師

남겨진 사당이 어찌 난미[238]에만 있을까   遺祠何獨在灤湄

이 나라에도 은나라 후예가 있어   此邦爲有殷民裔

그때 맥수의 노래[239] 눈물 흘리며 듣네   淚聽當年麥秀辭

236 청성묘(淸聖廟) : 황해도 해주에 있는 백이(伯夷)와 숙제(叔齊)의 제사를 지내기 위한 사당이다.

237 맑은 바람 : 인품이 순결하고 지절이 고상함을 말하는데 특히 백이 숙제의 인품을 나타낼 때 주로 쓰인다.

238 난미(灤湄) : 난주(灤州) 물가이다. 난주는 상(商)나라 때 고죽국(孤竹國)이 있었던 곳으로 지금의 하북성(河北省) 난현(灤縣)이다. 백이와 숙제는 고죽국의 왕자였다.

239 맥수(麥秀)의 노래 : 맥수가(麥秀歌)를 말한다. 기자(箕子)가 멸망한 그의 조국 은(殷)나라 도읍지를 지나면서 보리와 잡초만 우거져 있는 것을 보고 읊었다는 노래 이름이다.

석담 요금정[240]

石潭瑤琴亭

계곡과 언덕에 가을햇살이 환히 비추는데	澗阿秋日明皜皜
정자 위엔 사람 없고 은행나무만 늙었네	亭上無人杏樹老
지난날 선생께선 고반[241]을 노래하며	先生昔日歌考槃
삼 척의 고운 거문고를 손수 껴안았네	三尺瑤琴手自抱
한 번 뜯으며 성령을 도야하고	一彈怡性靈
두 번 뜯으며 세도를 근심했네	再彈憂世道
선생께서 떠나니 거문고도 따라 사라지고	先生一去琴隨亡
남겨진 가락만 산에 가득하여 문채만 쓸쓸하네	遺韻滿山空文藻
폐원은 황폐해져 찾을 길 없고	廢院荒凉不可尋
궁비[242]는 파묻혀 마당 풀 속에 있네	穹碑埋沒庭中草
아홉 구비 물 진원[243]을 잃었으니	九曲之水迷眞源

---

240 요금정(瑤琴亭) : 황해도 벽성군 석담리 석담천 기슭에 있는 옛 건물이다. 율곡 (栗谷) 이이(李珥)가 22세에 곡산 노씨와 결혼했는데, 처가가 황해도 해주였다. 해주의 석담에 구곡(九曲)의 아름다운 명승지가 있는데, 황해도 관찰사를 지낸 율곡은 그 아름 다운 경치에 매료되어 그곳에 은병정사(隱屛精舍)라는 정자를 짓고 후학들을 가르칠 서재이자 만년에는 은퇴할 장소로 여겼다. 이이에게 주희(朱熹)의 〈무이도가(武夷棹歌)〉를 본떠 석담의 구곡을 읊은 〈고산구곡가〉가 있다.

241 고반(考槃) : 현자(賢者)가 은거해 사는 즐거움을 뜻한다.

242 궁비(穹碑) : 꼭대기가 둥근 큰 비석이다.

243 진원(眞源) : 본원(本源)을 말한다.

어디서 이 몸을 다시 씻어야 하나　　　　　將身何處更洗澡

8월 10일에 해주 인가에 숙박했다. 이 밤 된서리에 벼가 죽었다

八月十日宿海州人家是夜嚴霜殺稼

한밤에 들려오는 소식 탄식 터져 나오나니	夜來消息儘堪歔
가뭄 끝에 청녀[244]가 찾아왔구나	青女相尋旱魃餘
창망 중에 이미 농사일 망쳤으니	穡事蒼茫今已矣
헤아릴 길 없는 천심 대체 무슨 마음인가	天心冥漠竟何如
논에 남겨진 어린 벼 근심스레 바라보고	愁看穉植渾棲畝
낮고 습한 밭도 수레 가득 수확할 희망이 없네	無望汙邪且滿車
흉년을 근심하며 대궐에서 절절히 소간[245]하니	儉歲宸憂宵旰切
내일 아침이면 조세 면하라는 조서 내려오리라	明朝應下免租書

---

244 청녀(青女) : 서리를 맡은 신이다.

245 소간(宵旰) : 소의간식(宵衣旰食)의 준말이다. 날이 밝기 전에 옷을 입고, 해 진 후에 식사를 한다는 뜻으로, 임금이 아침 일찍부터 저녁 늦게까지 정사에 골몰함을 말한다.

장단 화장사[246]로 돌아와 지주[247] 소산 어르신과 김창강[248]이 와서 모여 함께 읊다

還到長湍華藏寺知州素山丈及金滄江來會共賦

극락봉 앞에는 석양이 푸른데 極樂峯前夕照蒼

해서의 돌아온 객은 귀밑머리 희어졌네 海西歸客鬢成霜

단풍이 이어진 산은 천마산 저 멀리에 있고 山連紅樹天磨外

차거운 조수 마주한 문은 심수[249] 북쪽에 있네 門對寒潮沁水陽

천 년 전에 패엽이 상교[250]를 전하고 貝葉千秋傳象敎

　패엽에 베낀 불경 다섯 묶음을 구월산에서 이곳으로 옮겨 소장했다.

전 시대 임금의 옷입은 용광[251]을 가까이했네 衫衣異代近龍光

　고려 공민왕(恭愍王)의 어진(御眞)이 이 절에 봉안되어 있다.

어찌 알았으랴 오늘 선방 창 아래서 那知今日禪窓下

홍설[252]의 인연이 한 행렬 이룰 줄 鴻雪因緣作一行

246　화장사(華藏寺) : 경기도 장단군(長湍郡) 진서면 대원리 화산동에 1349년(고려 충정왕1)에 창건된 절이다.

247　지주(知州) : 지방 장관으로, 오늘날의 군수를 말한다.

248　김창강(金滄江) : 김택영이다. 자세한 내용은 95쪽 주 169 참조.

249　심수(沁水) : 강화도 바다를 가리키는 말이다.

250　상교(象敎) : 불교(佛敎)의 다른 표현이다.

251　용광(龍光) : 임금을 가리키는데, 여기서는 공민왕을 말한다.

252　홍설(鴻雪) : 눈 녹은 진창에 찍힌 기러기 발자국을 말한다. 인생이란 우연히 눈 녹은 진창에 찍힌 기러기 발자국과 같다는 것이다. 소식(蘇軾)의 〈화자유민지회구

(和子由澠池懷舊)〉시에 "곳곳마다 인생 어떠한지 아는가? 기러기가 진창을 밟는 것
같으리라. 진창에 우연히 발자국 남기지만, 날아가고 나면 동인지 서인지, 어찌 따지리
오?〔人生到處知何似 應似飛鴻踏雪泥 泥上偶然留指爪 鴻飛那復計東西〕"라고 했다.

창의문[253] 밖 인가에 돌아오니 정석정이 내방하여 금포와 함께 세검정[254]에 올라 가을을 감상하다

還到彰義門外人家鄭石汀來訪與錦圃共登洗劒亭賞秋

쓸쓸한 빈 난간이 여관 같구나	蕭瑟空欄似旅亭
근자엔 수레와 말발굽도 거의 지나가지 않네	輪蹄近日少過經
저녁 들자 청명한 기운이 마음을 맑게 하고	晚來灝氣澄心白
분에 넘치는 시 인연에 눈동자 푸르러지네[255]	分外詩緣拭眼靑
흐르는 물은 백여 년 동안 검의 기운 띠고	流水百餘年劒氣
늙은 단풍 한 그루는 사람의 모습 되었네	老楓一樹作人形
해산에서 며칠 노을 속 객 되었다가	海山幾日棲霞客
다시 계곡 가에서 낙엽소리 듣네	又向溪邊落木聽

---

253 창의문(彰義門) : 서울특별시 종로구 창의동에 있는 성문이다. 1396년(태조5)에 세운 사소문 가운데 남아 있는 유일한 것이다.

254 세검정(洗劒亭) : 서울특별시 기념물 제4호로 서울 창의문(彰義門) 밖에 있던 정자이다. 1748년(영조24)에 세웠다. 인조반정때, 이귀·김유 등이 이곳에 모여 광해군 폐위 결의를 하고 칼을 씻었다 하여 붙여진 이름이다.

255 눈동자 푸르러지네 : 반가운 이를 맞이할 때 청안시(靑眼視)하는 것을 말한다.

밤에 개울가 최씨 성의 인가에 숙박하며 함께 읊다

夜宿溪傍崔姓家共賦

맑은 개울 내려다보는 소탈한 초가집	茅茨蕭灑俯淸溪
지척이 홍진인데 이런 곳이 있었구나	咫尺紅塵有此棲
안개 속 표범[256] 같은 내 행색 의아해하고	怪我行藏如霧豹
서리에 묶인 말발굽 같은 그대의 뜻 아파하네	憐君志氣困霜蹄
텅 빈 산엔 온통 가을소리뿐인데	無非秋籟空山裏
물 너머 서쪽에 사람소리 들리는 듯	似有人言隔水西
풍미가 두터운 누룩 구경 못했더니	不見麯生風味厚
근래에는 시격도 낮아지고 말았네	近來詩格也還低

석정(石汀)은 술을 잘 마시는데, 근래 해마다 약술을 굶주렸기 때문에 언급한 것이다.

---

256 안개 속 표범 : 유향(劉向)의《열녀전(列女傳)》〈도답자처(陶答子妻)〉에 "첩이 듣건대 남산(南山)에 현표(玄豹)가 있는데, 안개비가 내리는 7일 동안 먹지를 않는다고 합니다. 무엇 때문입니까? 그 털을 윤택하게 하여 문장(文章)을 이루려고 하기 때문입니다. 그래서 숨어서 해를 피합니다. 개나 돼지는 먹이를 가리지 않고 그 몸을 비만하게 하는데, 살아서 반드시 죽게 될 뿐입니다.〔妾聞南山有玄豹 霧雨七日而不下食者 何也 欲以澤其毛而成文章也 故藏而遠害 犬彘不擇食以肥其身 坐而須死耳〕"라고 했다.

철종(哲宗) 경신년(1860, 철종11) 여름에 나는 중종씨(仲從氏) 승선공(承宣公)의 순천(順天) 임소(任所)를 따라가 호남의 여러 명승지를 유람한 뒤 〈승평관집(昇平舘集)〉을 묶었다. 경진년(1880, 고종17) 여름에 나는 은혜를 받아 순천 부사(順天府使)에 임명되어 임소로 갔다. 세월이 유수와 같아 어느덧 21년이 지났다. 희미해져버린 옛 자취에서 존몰(存沒)에 대한 감개가 일기에, 찾아낸 시고(詩藁) 몇 편을 묶어 〈속승평관집(續昇平舘集)〉이라고 이름 붙였다.

금학헌257에서 이지봉258의 운에 차운하다
琴鶴軒次李芝峯韻

이십 년 만에 다시 오니 내 고향 같은데	廿年重到似吾鄉
늙은 관리들 기다란 백발에 서로 놀라네	老吏相驚白髮長
치화는 외람되게 풍씨의 고을259 이어받고	治化猥承馮氏郡
몽혼은 공연히 사씨 집 못260을 맴도네	夢魂空繞謝家塘

---

257 금학헌(琴鶴軒) : 전남 순천 정당(政堂) 이름이다.

258 이지봉(李芝峯) : 이수광(李睟光, 1563~1628)으로, 자는 윤경(潤卿), 호는 지봉이다. 이조 판서를 지냈으며, 저서로 《지봉유설(芝峯類說)》이 있다.

259 풍씨(馮氏)의 고을 : 한(漢)나라 풍야왕(馮野王)과 아우 풍립(馮立)이 앞뒤로 상군 태수(上郡太守)를 지냈는데, 모두 청렴하고 치적이 많아서 그곳 백성들이 노래를 지어 두 사람을 칭송했다.

260 사씨(謝氏) 집 못 : 종영(鍾嶸)의 《시품(詩品)》에 따르면, 남조 송(宋)나라 시인 사영운(謝靈運)은 친척 아우인 사혜련(謝惠連)과 마주하고 이야기하던 중에 좋은 구절을 얻곤 했다. 그가 영가(永嘉)에 있을 때 종일 〈등지상루(登池上樓)〉의 시구를 구상했지만, 좋은 구절이 떠오르지 않아 잠이 들고 말았는데, 몽롱한 중에 사혜련을 보고서

사방 산의 아침기운에 매화 핀 동헌 상쾌하고　　　四山朝氣梅軒爽
천 그루에 이는 가을바람에 귤 농가 향기롭네　　　千樹秋風橘戶香
태평성세에 보답할 방도가 어찌 있으랴만　　　　　報答昇平那有術
이 한 몸 다병하여 회양261에 누웠네　　　　　　　一身多病臥淮陽

"지당에 봄풀이 자라고〔池塘生春草〕"라는 구절을 얻었다. 사영운은 "이 시어는 신의
도움이지, 내가 지어낸 말이 아니다.〔此語有神助 非我語也〕"라고 하였다.

261　회양(淮陽) : 중국 하남성(河南省)에 있는 지명이다. 한나라 무제(武帝) 때 회양
에 도둑이 많았는데 와병중인 급암(汲黯)을 회양 태수로 보내면서 누워서 다스리라고
했다. 급암이 회양 태수로 나가자 회양의 풍기가 맑게 되었다고 한다.

열무를 관람하다 9월

觀閱武 九月

늦가을의 바닷가 海上當暮秋
맑은 바람이 따사로운 햇살과 짝하네 淸飆伴暄旭
태수가 군사의 내실을 검열하겠노라 太守閱軍實
호령한 지 겨우 하룻밤 號令纔一宿
새벽에 의장을 배열하여 나오는 모습 平明排仗出
오른 쪽에 활집 매고 어복[262]을 찼네 屬韃佩魚服
북과 호각소리가 어찌 그리 큰가 鼓角何沸轟
깃발들도 엄숙하구나 旌旗正肅肅
성 동남쪽에 사열장을 세우니 築場城東南
구경꾼들이 수레바퀴살처럼 모여들었네 觀者棼集輻
풀은 시들어 벌판은 끝이 없고 衰草曠無垠
지세는 평탄하여 바둑판 같네 勢平若棋局
군리가 행례할 것을 전하니 軍吏傳行禮
꿰어놓은 물고기처럼 모두들 포복하네 魚貫盡匍匐
깃발을 세워 방영을 결성하고 樹旗結方營
사람과 말은 묶음인 듯 서 있네 人馬立如束
양쪽 진영이 갑자기 서로 다투며 兩陣忽相倂

262 어복(魚服) : 물고기 껍질로 만든 전대(箭袋)이다.

어지러이 서로 좇아다니네 　　　　　　　　　紛紛互馳逐

징소리에 박자 맞출 수 없어 　　　　　　　　金鼓不能節

달아나는 사슴처럼 흩어져 뛰어가네 　　　　散走如挺鹿

외치는 소리로 마당이 온통 와자지껄하고 　呼噪哄一場

먼지가 일어 새까맣게 뒤덮이네 　　　　　　塵墢迷黔黷

모자를 떨어뜨리니 대머리 가여워라 　　　　落帽憐禿髮

갑옷을 내던지니 볼록 배 우습네 　　　　　　棄甲笑皤腹

어문²⁶³에 갑옷 높이 매달리자 　　　　　　　高懸魚門青

패자가 참으로 부끄러워하네 　　　　　　　　敗者固慙恧

시절이 태평하여 군대에 군적 없어 　　　　　時平軍無籍

마을 서리들이 나무꾼과 목동을 고용하였네 里胥雇樵牧

영을 듣고도 귀머거리가 소매로 귀를 막은 듯 聞令聾如聾

몸을 돌릴 때는 나무처럼 딱딱하네 　　　　　回身强似木

공연히 군리에게 모욕을 입고 　　　　　　　　徒爲吏所侮

돼지 송아지처럼 매질을 당하네 　　　　　　　鞭打若豚犢

행동거지는 천성에 맡기는 것 　　　　　　　　行止任天性

일어섬과 엎드림을 그 누가 통제할 수 있으리 誰能制起伏

주장께서 다행히 인자하시어 　　　　　　　　主將幸仁恕

송자옥²⁶⁴에 비할 수 없네 　　　　　　　　　不比宋子玉

---

263 어문(魚門): 성문(城門)을 말한다.

264 송자옥(宋子玉): 성득신(成得臣, ?~기원전 632)을 가리키는 듯하다. 자옥은
그의 자이다. 그러나 왜 송자옥이라 했는지 정확히 알 수 없다. 춘추 시대 초나라 영윤
(令尹)을 지냈다. 초나라 주장(主將)으로서 송나라와 송을 지원하려는 진(晉)과 성복
(城濮)에서 일전을 벌인 것으로 유명하다. 그러나 초군이 궤멸하자 자살하였다.

공로도 죄과도 따지지 않으시고	功罪且不問
한바탕 웃으며 개선곡을 울리네	一笑奏凱曲
천하가 끝내 안녕하다면	區宇終寧謐
이 정도의 갖춤으로 충분할 터	文具此爲足
힘써 농사를 지어 근면히 부세를 바치면	力田勤供賦
나라는 그 복을 누리리	國家享其福
그러나 바야흐로 사해가 들끓을 때는	四海方鼎沸
윤함이 번개처럼 치달리네	輪艦行電速
훈련은 옛날의 병법을 뛰어넘고	訓鍊邁古法
병기와 의장은 마음과 눈을 놀라게 하네	器仗駭心目
우리나라는 한 모퉁이에 처하여	吾邦處一隅
편안히 홀로 스스로를 지켰네	晏然自守獨
다행히 아침저녁으로 무사하여	朝夕幸無事
안일을 탐하는 옛 습관에 젖어있었네	偸安古習熟
성주께서 큰 일 하시고자 일어나니	聖主奮有爲
여러 공경들이 힘써 수고를 바쳤네	群公勉瘁鞠
육조265로 어진 인재를 천거하고	六條擧賢才
날카로운 뜻으로 무너진 풍속을 일으켰네	銳意扶頹俗
그러나 나약함이 오래 쌓여 떨쳐 일어나질 못하니	積弱起不振
어리석고 비루함이 질곡과도 같네	愚陋似桎梏
우매한 자는 도리어 비웃고	昧者反嗤笑
지혜로운 자는 그저 얼굴만 찡그리네	智者徒嚬蹙

265 육조(六條) : 지(知), 인(仁), 성(聖), 의(義), 충(忠), 화(和)를 의미한다.

이와 같은 아이들 장난감으로   以玆兒戲具

서로 싸우겠노라 큰소리 치지만   大言相抵觸

하루아침에 차질이 생기면   一朝有蹉跌

어느 겨를에 고기를 먹을 건가   奚暇食參肉

조련을 파하고서 잠 못 이루는데   操罷耿不眠

가을소리는 긴 대나무에 가득하네   秋聲滿修竹

가슴 속의 정회를 그 누구에게 말하랴   有懷當誰語

흰 몽당붓에나 맡겨야겠네   且付霜毫禿

동짓달 11일에 김석정 면제 에게 이별시로 주고, 겸하여 영재²⁶⁶ 학사에게 부치다

至月十一日贈別金石貞 冕濟 兼寄寧齋學士

낙엽 지고 날 차가운 세모의 여정　　　　　　　木落天寒歲暮程
그대는 서쪽으로 갔다가 다시 남쪽으로 가네　君將西去更南行
천릿길 떠나는 지기에게 주려려고　　　　　　祗緣千里酬知己
가을 시권 가져오니 눈물이 갓끈에 가득하네　秋卷裝來淚滿纓

지난해 그대 만났을 땐 눈이 내리더니　　　　去歲逢君雪正垂
객으로 떠나는 올 해엔 귤이 노랗게 익었네　今年爲客橘黃時
장부 따위에 어찌 관심 있으랴만　　　　　　簿書何物關心事
열흘 동안 시 한 글자도 적지 못했네　　　　十日曾無一字詩

영재 학사께서 겸금²⁶⁷을 주시니　　　　　　寧齋學士贐兼金
몸조심하라는 규간의 말씀 감개가 깊네　　　珍重箴規感佩深
조대²⁶⁸가 관리 되어 특별한 치적도 없고　　措大爲官無異績
그저 초심을 저버리지 않을 요량 뿐이네　　商量祗不負初心

266　영재(寧齋) : 이건창(李建昌)의 호이다.

267　겸금(兼金) : 보통의 금보다 배나 가치가 있는 금이다.

268　조대(措大) : 가난한 선비이다.

송광사의 노승 용운269에게 주다

贈松廣寺龍雲老衲

꿈결 같은 동중천270에서의 옛 유람	舊遊如夢洞中天
눈 깜짝할 사이에 벌써 이십 년이 흘렀구나	彈指光陰二十年
오직 서암에서 수도하는 벗만 남아	惟有西庵修道侶
별고 없는 짙은 눈썹 전세의 인연 말하네	厖眉無恙說前緣

---

269 용운(龍雲) : 1813~1888. 송광사의 승려이다. 송광사는 1842년(헌종8)에 대화재로 거의 소실되고 말았는데, 용운은 기봉(奇峰, 1776~1853)과 함께 절의 중창에 많은 공적을 남겼다.

270 동중천(洞中天) : 신선이 산다고 하는 명산 승경(勝景)을 말한다.

신사년(1881, 고종18) 3월에 김석정과 오해사 용묵 와 함께
읊어서 봄을 전별하다
辛巳三月與金石貞吳海士 容默 共賦餞春

안개비 흩날리고 버들가지 늘어지고   煙雨霏微柳緖斜
바다 구름 저 멀리 무지개 깃발 펼쳐졌네   霓旌初發海雲賒
착잡한 이별의 정회에 자주 술을 청하고   離懷黯黯頻呼酒
아쉬운 미련에 다시 꽃을 찾았네   餘戀依依更覓花
초록 나무 위 꾀꼬리소리는 아직 꿈속에 있고   綠樹鶯聲猶夢裏
먼 여정의 풀빛은 하늘 끝에 닿았네   長程草色已天涯
푸른 봄 함께 하자는 약속 남겨두나니   丁寧留與靑春約
내년 이맘때면 함께 돌아옵시다   來歲如今共返家

또 율시 한 수를 읊다

又賦一律

서원에 가득 찼던 봄 순식간에 사라졌으니	西園春事轉頭空
물처럼 흘러가는 세월을 어찌 할 수 있으랴	無那光陰逝水同
바닷가엔 집집마다 느릅나무 비²⁷¹가 내리고	海堧千家楡莢雨
객창엔 하루 종일 연화풍²⁷²이 부네	客窓一日楝花風
사해를 경영할 일 아직 끝이 없는데	經綸四海還無外
백 년을 돌아보니 벌써 중간을 향하고 있네	點檢百年已向中
술 있는 좋은 밤에 그대 가지 마오	有酒良宵君莫去
시정 다 하지 않았건만 물시계소리 똑똑	詩愁不盡漏丁東

---

271 느릅나무 비 : 봄비를 말한다.

272 연화풍(楝花風) : 이십사번화신풍(二十四番花信風) 중의 하나로 곡우(穀雨)에 부는 바람이다. 늦봄에 해당한다. 연화는 멀구슬나무 꽃이다.

4월 7일에 정석정이 내방하여 함께 읊다

四月七日鄭石汀來訪共賦

석정은 이때 낙안 군수를 맡고 있었는데 순천과 이웃하고 있는 읍이다.

장부 때문에 바쁘지 않은 날 어디 있었던가	簿書何日不忽忙
오지 않는 그대 기다리며 술 한 말 보관했네	斗酒暹君久已藏
좋은 시절엔 매번 비바람 많고	佳節每多風雨過
무단한 근심은 바다와 산만큼이나 기네	閑愁更與海山長
봄철의 고향 꿈은 유선침273에 있고	三春鄉夢遊仙枕
한 시대의 시 명성은 선불장274에 있네	一世詩名選佛場
오천 문자275 있음을 알았으니	知有五千文字在

---

273 유선침(遊仙枕) : 전설 속의 베개 이름이다. 오대(五代) 왕인유(王仁裕)의 《개원천보유사(開元天寶遺事)》〈유선침〉에 "구자국에서 베개 하나를 바쳤는데 색은 마뇌 같고, 따스함이 옥 같았다. 생김새는 몹시 소박했지만 베고서 잠을 자면 십주, 삼도, 사해, 오호가 모두 보였다. 황제가 그로 인하여 '유선침'이라 이름 지었다.〔龜茲國進奉 枕一枚 其色如瑪瑙 溫溫如玉 制作甚樸素 枕之寢 則十洲三島四海五湖盡在夢中所見 帝 因立名爲遊仙枕〕"라는 기록이 있다.

274 선불장(選佛場) : 절을 말한다. 《오등회원(五燈會元)》 권5에 "당나라 등주 단하 천연 선사는 애초에 유교를 익혔는데, 관리 선발에 응하려고 장안으로 가던 중……승려를 만났다. 승려가 말하기를, '관리를 뽑는 것은 부처를 뽑느니만 못하다'라고 하면서……'지금 강서대사마가 세상에 나가셨는데, 그곳이 부처를 뽑는 장소이니, 인자라면 가 볼만하다.〔鄧州丹霞天然禪師本習儒業 將入長安應擧……偶禪者……禪者曰 選官何 如選佛……今江西馬大師出世 是選佛之場仁者可往今江西馬大師出世 是選佛之場 仁者 可往〕"라고 하였다.

275 오천 문자(五千文字) : 노자(老子)의 《도덕경(道德經)》을 말한다.

차 사발로 마른 창자[276] 적실 필요가 없으리　　　　不須茶椀潤枯腸

이달 9일에 정석정, 김석정과 함께 낙안으로 가서 낙민헌에서 읊다

是月九日與鄭石汀金石貞偕作樂安之行賦樂民軒

홀쩍 성곽을 나서니 마음 더욱 한가로워 　　　　　出郭飄然意更閑

머리털 같은 관도가 보리밭 사이에 나있네 　　　官途如髮麥田間

푸른 등불은 간밤의 비를 다시금 얘기하고 　　靑燈復話前宵雨

푸른 나무는 두 고을의 산에 이어졌네 　　　　碧樹相連二郡山

반평생을 뜬금없이 물고기처럼 잊고 　　　　　半世無端魚若忘

그 언제나 새처럼 함께 지쳐 돌아올 줄 알까 　何時共作鳥知還

냇가 정자에선 선원이 가까워 　　　　　　　　溪亭此去仙源近

한 떨기 한 떨기 그윽한 꽃 물굽이에 피었네 　點點幽花出曲灣

이튿날 함께 청계정[277]에서 놀았다. 정자 주인은 정씨 성의
사람인데 다섯 세대 동안 전해왔다고 한다. 심은 화훼와
단풍 숲이 환하게 비추고 사방 절벽에는 샘과 바위의 승경이
펼쳐졌다. 그곳에서 유숙하며 함께 읊다

翌日共遊淸溪亭亭主丁姓人五世相傳栽植花卉楓林輝映四壁有泉石之
勝留宿共賦

맑은 개울이 끝나자 그윽한 당 하나 나오는데　　　淸溪行盡一堂深
먼지 낀 갓끈이 물에 비치어 부끄럽네　　　　　　慚愧塵纓照水心
난간을 스치는 꽃가지 사방을 비추고　　　　　　拂檻花枝光四照
대대로 전해온 나무들 천 길이나 되네　　　　　　傳家樹木長千尋
세상 떠나 초복[278]으로 돌아갈 생각 갑자기 드니　　飜思世外還初服
언덕에 소금[279] 있을 줄 그 누가 알까　　　　　　誰識邱中有素琴
들었네 양양의 어진 태수가　　　　　　　　　　聞說襄陽賢太守
습지[280]에서 취해 돌아오며 매일 시 읊었다지　　　習池日日醉回吟

277 청계정(淸溪亭) : 낙안군(樂安郡) 내동마을에 있는 정자이다. 청계처사(淸溪處
士) 정창하(丁昌夏, 1682~1773)가 정자를 짓고 꽃나무를 심고 가무를 즐기던 곳이라
고 한다.

278 초복(初服) : 벼슬하기 이전의 평민의 복식이다.

279 소금(素琴) : 장식하지 않은 금이다. 도연명이 현(弦)과 휘(徽)를 갖추지 않은
소금을 지니고 다녔다고 한다. 이백(李白)의 〈고풍(古風)〉에 "어떻게 자하객을 알겠는
가? 요대에서 소금을 울리네.〔安識紫霞客 瑤臺鳴素琴〕"라고 했다.

280 습지(習池) : 습가지(習家池)로, 고적(古迹)의 이름이다. 일명 고양지(高陽池)

졸졸 흐르는 냇물이 바위 문에 이르니 　　　　冷冷流水到巖扉

뼈가 시리고 정신이 맑아서 꿈도 희미하네 　　骨冷神淸夢亦稀

속세의 기미가 반나절 사라졌다고 　　　　　只爲塵機消半日

한 쌍의 물총새가 사람 가까이 날아오네 　　一雙翠碧近人飛

아홉 갈래 열린 길281이 산속 사립문에 접하건만 　三三開逕接山扉

예로부터 이곳엔 수레와 말 드물었네 　　　　從古輪蹄此地稀

고요함 속에서는 일력 볼 일 없나니 　　　　靜裏不消看曆日

한 차례 바람 지나면 한 차례 꽃이 핀다네 　　一番風過一番花

금동천에 드러누운 백발 노인들 　　　　　白髮頹然錦洞天

꽃 앞이라면 밤낮으로 잠들만 하겠네 　　　花前日暮正堪眠

산중엔 물대가 삼천 가호 　　　　　　　　山中水竹三千戶

책상 위엔 금서가 이백 년 　　　　　　　案上琴書二百年

저 혼자 우는 낯선 새 어찌 관리를 알까 　怪鳥自啼寧識吏

때때로 짖는 먼 곳 삽살개 혹 신선이 아닌지 　遠尨時吠亦疑仙

라고 한다. 중국 호북성(湖北省) 양양(襄陽) 현산(峴山) 남쪽에 있다. 《진서(晉書)》
권43 〈산간전(山簡傳)〉에 "산간이 양양(襄陽)을 진수할 때 여러 습씨(習氏)와 형(荊)
지역의 사대부 호족(豪族)들에게 좋은 원지(園池)가 있었다. 산간이 매번 나가서 놀며
즐길 때는 주로 못가에 가서 술자리를 차리고 곧 취했다. 그 이름을 고양지(高陽池)라고
한다.〔簡優遊卒歲 唯酒是耽 諸習氏 荊土豪族 有佳園池 簡每出嬉遊 多之池上 置酒輒醉
名之曰高陽池〕"라고 했다.

281 아홉……길 : 송나라 양만리(楊萬里)가 동원에 각기 다른 꽃을 심어 아홉 갈래의
길을 만들었는데, 이를 삼삼경(三三徑)이라고 한다.

난간에 달이 뜰 때까지 고심하며 읊조리니   苦吟直到闌干月

깊은 밤 텅 빈 달빛이 물 저 편을 비추네   夜久虛明水一邊

이틀 밤을 묵은 개울가의 집   溪堂信宿地

이별하려니 아쉬움 남네   欲別有餘情

집을 빙 둘러 꽃향기는 피어나고   繞屋蒸花氣

밤이 다하도록 베갯머리엔 물소리 들렸네   終宵枕水聲

속세의 일 없앨 수만 있다면   苟能除俗事

이곳에 와서 평생을 보내리라   卽此送平生

상락²⁸²이 제아무리 좋다 하지만   商雒雖云好

세상 피했다는 명성이나 전하게 될까 두렵네   恐傳避世名

---

282 상락(商雒) : 중국 섬서성(陝西省)에 있는 상현(商縣)과 상락현(上洛縣)이다.
진(秦)나라 말에 상산사호(商山四皓)가 은거했던 곳이라고 한다.

이튿날 출발에 임해 입으로 읊어 석정에게 화답하다

翌日臨發口呼和石貞

고을 동쪽의 청계정에서	淸溪亭子郡之東
이별 아쉬워하는 명화가 눈앞에 서 있네	惜別名花在眼中
달빛 의미한 서상의 밤을 방불케 하여	彷彿西廂微月夜
가인의 움켜쥔 소매엔 눈물 자국 붉네	佳人摻袖淚殘紅

권야초가 방문하여 함께 환선정[283]에 오르다

權野樵來過共登喚仙亭

신선 소식은 저 멀리 아득한데	神仙消息杳茫邊
난간에 기댄 채 머리 돌려 젊은 날 추억하네	憑檻回頭憶壯年
어두운 숲은 화려한 누대를 감추고	碧樹沉沉藏畫閣
뉘엿뉘엿 석양은 고깃배에서 내려왔네	夕陽冉冉下漁船
안개와 구름의 맑은 기운 삼도[284]에서 오고	煙雲淑氣來三島
호수와 바다의 맑은 바람 사방에 이네	湖海清風動四筵
오늘 누대에 올랐으니 시 읊어야하겠지만	此日登樓應有賦
샘처럼 솟는 그대 빼어난 시상 부럽기만 하네	羨君藻思湧如泉

---

283 환선정(喚仙亭) : 원래 순천관아의 남문 누대인데 전남 순천시 조곡동 죽도봉공
원(竹島峰公園) 내로 옮겨 있다.

284 삼도(三島) : 삼신산(三神山)이다. 중국 전설에서 동해[渤海]에 있다는 봉래산
(蓬萊山), 방장산(方丈山), 영주산(瀛洲山)이 그것이다.

6월 24일 영취산[285]에서 기우제를 지내고 도솔암에 적다

六月二十四日禱雨靈鷲山題兜率庵

아득히 돌길을 올라   迢迢攀石遷

가까이서 푸른 하늘을 들이마시네   呼吸近蒼穹

구름 위로 솟은 높은 누각   高閣出雲上

바다에 떠있는 뭇 봉우리들   衆山浮海中

삼계[286]의 고통을 초월하고자 하나   欲超三界苦

누가 만백성의 곤궁함 구제하랴   誰濟萬民窮

적막한 가운데 부들자리에 앉으니   寂寞蒲團坐

비로소 사대[287]의 공허함을 알겠네   始知四大空

---

285 영취산(靈鷲山) : 전남 여수시에 있는 산 이름으로 도솔암(兜率庵)이 그곳에 있다.

286 삼계(三界) : 불교에서 말하는 일체 중생이 생사윤회하는 세 가지 세계를 말한다. 곧 욕계(欲界), 색계(色界), 무색계(無色界)이다.

287 사대(四大) : 물질을 구성하는 땅, 물, 불, 바람의 네 가지 요소이다. 따라서 물질 세계, 즉 색계를 가리키기도 한다.

신사년(1881, 고종18) 9월, 나는 영선사(領選使)[288]로서 학도(學徒)와 공장(工匠)을 거느리고 서쪽 청나라 천진(天津)으로 갔다. 한겨울에 일정에 쫓기느라 유람하며 읊고 감상할 겨를은 없었고, 간간히 일행 중의 몇몇과 창화한 시가 있을 뿐이었다. 천진에 갔다가 고국으로 돌아온 후에 천진에 관계된 것들과 청국 사람들과 증답(贈答)한 것들을 묶어서 한 권으로 만들고, 〈석진우역집(析津于役集)〉이라고 이름 붙였다. 나중에 누군가에게 빌려줬다가 잃어버렸는데, 지금으로부터 30여 년 전이라서 모두 잊어버리고 기억할 수 없다. 그중 기억 할 수 있는 것은 불과 몇 수밖에 안 되지만 기록하여 홍니(鴻泥)의 자취[289]로 남겨 두었다.

사명을 받들고 남문 밖에서 숙박하고 출발하면서 동행하는 여러 군자들에게 보인다

奉使宿南門外發行示同行諸君子

도성의 문 나오자마자 끝도 없는 사념들	一出都門意緖悠
힝힝 우는 말은 수레에 기댔네	蕭蕭鳴馬倚征輈
바다 같은 임금 은혜에 이 몸 작아지고	君恩似海身還小
산더미 같은 나랏일에 꿈에서도 수심 겹네	王事如山夢亦愁
머나먼 타향에서 해를 넘겨야 하건만	契濶異鄕將隔歲

---

288 영선사(領選使) : 조선 후기에 유학생 일행을 인솔, 청(淸)나라에 파송된 사신을 말한다. 1881년(고종18) 신식 무기의 제조 및 사용법을 배우기 위한 유학생 69명을 선발하여, 김윤식이 영선사가 되어 그들을 인솔하고 청나라에 가서 천진기기창(天津機器廠)에서 무기제조 기술을 습득케 하였다.

289 홍니(鴻泥)의 자취 : 기러기가 진창에 우연히 남겨놓은 발자취이다.

길에 오른 오늘 가을까지 만났구나   登臨此日況逢秋
먼 여행은 남아의 일이라지만   遠遊儘是男兒事
백발에 부는 가을바람에 부끄러워지네   却愧西風吹白頭

송경 선죽교를 지나며 종사 윤석정[290] 태준 의 운을 차운하다

過松京善竹橋次從事尹石汀 泰駿 韻

옛 나라의 차가운 종소리 석양빛에 멀어지고 　　故國寒鍾暮色遙

　권협(權鞈)[291]의 〈송도회고시(松京懷古詩)〉에 "눈발 속의 달은 이전 왕조
의 색, 차가운 종소리는 옛 나라의 소리. 남쪽 누대는 근심하며 홀로 서
있는데, 허물어진 성곽에선 저녁연기 피어나네."라고 했다.

패자 나라의 힘찬 기상 이미 사라지고 없네 　　覇國雄氣已沉銷

명산 제불에겐 아무 힘없었고 　　　　　　　名山諸佛渾無力

　고려 태조가 남긴 훈계에 "우리나라는 명산 제불의 구호의 힘을 입을 것이
다."라고 했다.

결국은 강상 떠받친 돌다리 힘입었네 　　　終賴綱常一石橋

　선죽교는 고려 말의 정포은(鄭圃隱 정몽주)이 정의를 위해 목숨을 바친 곳
이다. 지금까지도 혈흔이 남아 있다.

290　윤석정(尹石汀) : 윤태준(尹泰駿, 1839∼1884)으로, 본관은 파평(坡平), 자는
치명(稚命), 호는 석정이다. 1881년(고종18) 수신사(修信使)의 종사관으로 일본에 다
녀왔고, 이어 영선사(領選使)의 종사관으로 청나라에 다녀왔다. 1884년 협판군국사무
(協辦軍國事務), 협판교섭통상사무(協辦交涉通商事務) 등을 역임하였다. 갑신정변
(甲申政變)이 일어나자 후영사(後營使)로 사대당(事大黨)을 보호하다가, 독립당(獨立
黨)의 장사패 윤경순(尹景純)에게 살해되었다.

291　권협(權鞈) : 권겹(權鞈, 1562∼?)의 잘못이다. 자는 여명(汝明), 호는 초루(草
樓)이다. 1589년(선조22) 기축년 증광시(增廣試) 생원 2등(二等) 18위로 합격했다.
부친은 권벽(權擘)이다.

동선령²⁹²에서 관변 백겸산²⁹³ 낙륜의 운을 차운하다

銅仙嶺次官弁白兼山 樂倫 韻

구불구불 고갯길 넘어 작은 정자에 이르니　　　　嶺路崎嶇到小亭

드높은 가을 기운이 푸른 하늘에 닿았네　　　　峥嶸秋氣接靑冥

천 년 동안 관서와 황해를 겹겹이 잠갔으니　　　千年關海重重鑰

　　고개는 관서와 황해도의 경계인데, 성을 쌓아 관문을 설치했다.

두 지방의 사귐은 별처럼 드물었네　　　　　　兩地朋交落落星

구름 어두워도 해 저문다고 근심할 필요 없고　　雲暗未須愁日暮

하늘 멀어도 어찌 서늘한 바람 탈 수 있으리　　天長那得御風泠

이 행차엔 총사²⁹⁴에 기도할 필요 없다네　　　此行不必叢祠禱

　　고개 위에 신사(神祠)가 있는데 기도하는 곳이다.

앞길의 평탄 험난, 나라의 위령에 의지하리니　夷險前頭仗國靈

292　동선령(銅仙嶺) : 황해도 봉산군에 있는 고개 이름이다.

293　백겸산(白兼山) : 백낙륜(白樂倫)으로 호는 겸산(謙山)이다. 순천 군수와 남원 군수를 지냈다. 구례의 황현(黃玹)과 친했다. 충남 공주 유구 사람이다.

294　총사(叢祠) : 여러 신을 모신 사당이다.

연광정²⁹⁵에서 묵다

宿鍊光亭

서풍이 목란주²⁹⁶를 불어 보내고	西風吹送木蘭舟
급한 피리소리 슬픈 현소리가 가을을 흔드네	急管哀絃動素秋
군은가 한 곡조에 취하고 보니	醉感君恩歌一曲
이 몸이 패강²⁹⁷ 누대에 있는 줄도 모르겠네	不知身在浿江樓

---

295 연광정(鍊光亭) : 평안도 평양(平壤) 대동강 가에 있는 정자 이름이다.

296 목란주(木蘭舟) : 목란은 목련(木蓮)이다. 목란주는 흔히 배의 미칭으로 사용된다.

297 패강(浿江) : 대동강의 옛 이름이다.

책문[298]에서 묵다

宿栅門

쌓인 눈이 변방 수루를 덮고	積雪被邊戍
뭇 산들은 바닷가 나라를 조알하네	衆山朝海邦
인가의 연기는 여섯 현에 통하고	人煙通六縣
사냥하는 횃불은 세 강을 비추네	獵火照三江
머릿속으론 숲에 깃든 새를 연모하고	意戀投林鳥
마음으론 객 보고 짖는 삽살개에 귀 기울이네	心聰吠客厖

처음에는 "마음은 숲에 깃든 새를 연모하고, 귀는 객 보고 짖는 삽살개에
놀라네.〔心戀投林鳥, 耳醒吠客厖〕"라고 했는데, 장계직(張季直)이 "마음으
론 객 보고 짖는 삽살개소리 듣네.〔心聰吠客厖〕"만 못하다고 했다. 심총(心
聰)은 《관자(管子)》[299]에 나온다.

수레 풀고 서로의 고생을 위로하며	稅車相勞苦
시골 주점에서 봄 술동이를 따르네	野店酌春缸

---

298 책문(栅門) : 압록강 건너 만주의 구련성(九連城)과 봉황성(鳳凰城) 사이에 있
다.

299 관자(管子) : 중국 전국 시대 후기의 제가백가(諸家百家) 논문집이다. 제(齊)나
라 관중(管仲)의 이름을 따서 지은 것이다. 원본은 86편이나 현재 76편만이 전한다.

요동 백탑[300]

遼東白塔

석양에 말 세우니 옛날의 요동성	斜陽立馬古遼城
우뚝 선 백탑이 햇빛 받아 환하네	白塔亭亭向日明
정영위가 처음 화표주에 돌아왔을 때처럼[301]	恰似令威初返柱
사람 만나고도 말하지 않고 제 이름을 적네	逢人無語自書名

---

300 요동 백탑(遼東白塔) : 요양의 구요동성(舊遼東城) 광우사(廣祐寺)에 있는 높이가 수십 장이나 되는 탑인데, 당나라 태종(太宗)이 요동을 경략할 때 을지경덕(尉遲敬德)에게 세우게 했다고 한다.

301 정영위(丁令威)가……때처럼 : 자세한 내용은 67쪽 주 107 참조.

안시성[302]에서 옛 일을 슬퍼하다

安市城吊古

정충과 기략을 둘 다 겸했기에	精忠奇畧兩兼之
눈 앞의 백만 군사 보이지 않았네	眼底曾無百萬師
천고에 마음 속 일 알기 어렵지만	千古難明心裏事
공을 이룬 것은 다만 막리지[303]를 위해서였네	功成祗爲莫離支

---

302 안시성(安市城) : 고구려의 옛 토성(土城)이다. 중국 요동성 남동쪽에 있는 영성자(英城子)에 위치해 있었다고 추정하는 견해가 가장 유력한다. 645년(보장왕4)에 양만춘(楊萬春)이 당 태종이 거느린 10만 대군의 80여 일에 걸친 포위공격을 막아낸 곳이다.

303 막리지(莫離支) : 고구려의 최고관직이다. 고구려 말기에 등장한 관직으로, 처음에는 국사를 총괄하는 일을 하다가 연개소문이 정치·군사권을 장악한 뒤 국정을 도맡아 처리하는 최고 관직이 되었다. 여기서는 연개소문을 가리킨다.

황기보[304]

黃旗堡

황기보에서 말 달리니	走馬黃旗堡
서생의 의기 호방해지네	書生意氣豪
긴 숲엔 바람 그치지 않고	脩林風不息
너른 들엔 해가 늘 드높네	大野日常高
오랜 나그네 생활로 머리엔 먼지가 서리고	久客塵棲髮
먼 길에 도포엔 눈이 가득하네	長征雪滿袍
사막은 몇 번의 전쟁을 겪었지만	沙場經幾戰
늘 물거품으로 씻어낸다네	恒遣浪花淘

---

304 황기보(黃旗堡) : 중국 요녕성 심양(瀋陽) 근처에 있는 지명이다.

옛 노룡새[305]

古盧龍塞
18리의 보이다

봉후를 사양한 높은 의리, 전주[306]에 감동 받아   辭封高義感田疇
가을에 든 옛 노룡새에 말을 세웠네   立馬盧龍古塞秋
어찌하여 안녹산[307]이 발호할 수 있었던가   底事祿山能跋扈
당나라의 형세는 변방 고을에 달려있었네   唐家形勢在邊州

305 노룡새(盧龍塞) : 하북성(河北省) 희봉구(喜峰口)이다. 서부산(徐無山) 기슭의 동쪽에 위치하며, 좌측에 매산(梅山)과 우측에 운산(雲山)을 끼고 있다.

306 전주(田疇) : 169~214. 자는 자태(子泰)로 우북평(右北平) 무종(無終) 사람이다. 동한(東漢) 말에 조조(曹操)에게 계책을 올려서, 오환(烏丸)을 격파했다. 이 후에 출사를 거절하고, 얼마 후 병으로 죽었다.

307 안녹산(安祿山) : 중국 당나라의 무장(703~757)이다. 현종(玄宗)의 신임을 받던 중 자신과 현종의 사이를 이간질하려던 양국충(楊國忠)을 제거한다는 명목하에 755년에 반기를 들었다. 이듬해 스스로 대연황제(大燕皇帝)라 칭하고 성무(聖武)라는 연호를 세웠다. 아들인 경서(慶緒)와의 반목으로 살해되었다.

옛 우북평[308] 영평부[309]

古右北平 永平府

머리 묶고 종군하여 변새에서 늙어가며	結髮從軍老塞垣
원숭이 팔[310]로 황은에 보답하길 맹세했네	誓將猿臂答皇恩
빼어난 재능 펼치지 못해 공명 이루지 못하고	奇才不售功名薄
한탄하며 성 동으로 들어간 바위 쏜 자취여[311]	恨入城東射石痕

308 우북평(右北平) : 군(郡) 이름이다. 한나라 때 설치했는데 지금의 북경시 진해도(津海道) 동북부와 하북성 일대였다. 한나라 이광(李廣)이 우북평 태수를 지내며 흉노를 막았는데, 흉노들이 비장군(飛將軍)이라 하며 두려워했다.

309 영평부(永平府) : 지금의 하북성 노룡현(盧龍縣)이다.

310 원숭이 팔 : 팔이 원숭이처럼 긴 것을 말한다. 《사기(史記)》 권109 〈이장군열전(李將軍列傳)〉에 "이광(李廣)은 키가 크고 팔이 길었는데, 활을 잘 쏘는 것은 또한 천성이었다.〔廣爲人長 猨臂 其善射亦天性也〕"라고 했다.

311 한탄하며……자취여 : 《사기(史記)》 권109 〈이장군열전(李將軍列傳)〉에 "이광이 밤에 사냥을 나갔다가 풀 속의 바위를 보고 호랑이로 여기고 활을 쏘았는데 화살이 바위에 깊이 박혔다.〔廣出獵 見草中石 以爲虎而射之 中石沒鏃 視之石也〕"라고 했다.

이제묘[312]

夷齊廟

대로[313]가 서쪽으로 돌아가니 은나라는 기울고	大老西歸殷室傾
천심은 전횡하는 독부[314]의 편 아니었네	天心不與獨夫橫
고사리 캐고 말고삐 잡았다는[315] 제동의 말[316]이	採薇叩馬齊東語
맑은 바람 백대의 명성을 그르쳤다네	誤了淸風百世名

312 이제묘(夷齊廟) : 백이(伯夷)와 숙제(叔齊)를 모신 사당이다. 하북성 동부 난하 (灤河) 서안의 난현(灤縣)에 있다.

313 대로(大老) : 덕이 높은 사람이다. 《맹자》〈이루 상(離婁上)〉에 "이로(二老)는 천하의 대로다.〔二老者 天下之大老也〕"라고 했다. '이로'는 백이와 태공(太公)을 말한 다.

314 독부(獨夫) : 포악한 통치자라는 뜻으로, 은나라의 마지막 임금 주왕(紂王)을 말한다.

315 고사리……잡았다는 : 백이와 숙제가 은(殷)나라를 정벌하러 가는 주무왕(周武 王)의 말고삐를 잡고 불의한 일이라고 막았고, 나중에 수양산에 들어가서 고사리를 먹으며 연명하다가 굶주려 죽은 일을 말한다.

316 제동의 말 : 제동야어(齊東野語)의 준말이다. 근거 없는 믿을 수 없는 말을 말한 다.

심양³¹⁷

瀋陽

저서³¹⁸의 풍운이 옛 경기를 보호하고   儲胥風雲護舊畿

집집마다 금벽 색이 아침햇살에 환하네   萬家金碧煥朝暉

팔기³¹⁹의 자제들 태평무사하여   八旗子弟渾無事

해 뜨자 성 남쪽에서 말 타보고 돌아오네   日出城南試馬歸

---

317 심양(瀋陽) : 지금의 요녕성(遼寧省) 심양시(瀋陽市)이다. 후금(後金)의 도성
이었다.

318 저서(儲胥) : 책란(柵欄)이다. 목책으로 둘러서 짐승을 막는 일종의 울타리이다.

319 팔기(八旗) : 청나라 태조(太祖)가 전국의 군대를 여덟 가지 빛깔의 단위(單位)
로 나눈 편제(編制)이다.

방균점[320]에서 벽 위의 운에 차운하다

邦均店次壁上韻

이때 이부상(李傅相)[321]이 서양과 통상하고 러시아와 화해하여 대국
(大局)을 지킬 것을 힘써 주장했다. 그러나 조야(朝野)가 무지몽매하
여 비방이 사방에서 일어났다. 나는 방균점(邦均店)에 묵으면서 벽에
써 놓은 시를 보았는데, 소전(少荃)[322]을 진회(秦檜)[323]에 비유해 놓
았기에 웃으며 그 운을 차운했다.

예전의 수레는 말로 바뀌었고   古來車賦轉爲馬

지금 나라의 부는 오직 바다 배에 있네   國富今惟數海航

책을 읽었으면 임기응변을 알아야 하거늘   能讀書宜知合變

---

320 방균점(邦均店) : 천진시(天津市) 계현(薊縣) 방균진(邦均鎭)에 있는 주점이
다.

321 이부상(李傅相) : 이홍장(李鴻章, 1823~1901)으로 본명은 장동(章桐), 자는 점
보(漸甫), 호는 소전(少荃)·의수(儀叟)이다. 안휘(安徽) 합비(合肥) 사람이다. 1870
년 직례총독(直隷總督)에 임명되어 이 직책을 25년간 맡았다. 이 기간에 여러 상공업
근대화계획을 추진했고, 오랜 기간에 걸쳐 서구 열강을 상대로 외교 문제를 담당했다.
태평천국 운동에 공을 세우고 양무운동의 중심인물로 군대와 산업의 근대화에 힘썼으
나, 청일전쟁의 패배로 실각했다.

322 소전(少荃) : 이홍장(李鴻章)의 호이다.

323 진회(秦檜) : 남송(南宋)의 간신으로, 자는 회지(會之)이다. 고종(高宗)의 신임
을 받아 19년간 국정을 전단하였으며, 충신 악비(岳飛)를 죽이고 항전파(抗戰派)를
탄압(彈壓)했으며, 금(金)나라와 굴욕적인 강화(講和)를 체결했다.

급히 약을 투여한들 고질병을 고칠까 　　　　急投劑豈已膏肓
노련한 방략은 반드시 신중해야 하나니 　　老成方略須持重
왕의 군사를 기르며 빛을 감춰야 하리라[324] 　遵養王師且晦光
백면서생이 앉아서 천하의 일을 말하니 　　白面坐談天下事
들은 것이 귀에 가득하여 출렁이는구나 　　聽之盈耳儘洋洋

---

324 왕의……하리라 : 《시경》〈작(酌)〉에 "아 성대한 왕사로 도를 따라 힘을 길러 때때로 감추고〔於鑠王師 遵養時晦〕"라고 했다. 시세에 응하여 임금의 군대를 양성하며, 남이 모르게 감추는 것이다.

망부대

望夫臺

살아생전 매일 매일 남편을 기다렸으니   生前日日望夫壻

죽어서는 영혼이 남편 옆에 갔겠지   死後魂應夫壻依

다만 한스러운 건 이 몸이 가벼이 바위가 되어   秖恨此身輕化石

만리 멀리 고향 산으로 돌아가지 못하는 것   家山萬里未言歸

진자점

榛子店

슬프고도 화려한 벽의 시 먹물 흔적 남아있어 壁詩哀艶墨華殘
변새의 행인들이 눈물 훔치며 바라보네 塞上行人拭淚看
새하얗게 반원을 그린 진자점의 달 練練半規榛店月
그 어여쁨은 흡사 계문란 같구나 可憐猶似季文蘭

계문란(季文蘭)의 일은 《식암집(息庵集)》에 보인다.[325]

---

325 계문란(季文蘭)의……보인다 : 김석주(金錫冑)의 《식암유고(息庵遺稿)》 권6
〈도초록 상(擣椒錄上)〉의 〈진자점주인벽상유강좌여자계문란수서일절남지처연위보기
운(榛子店主人壁上有江右女子季文蘭手書一絶覽之悽然爲步其韻)〉에 실려 있는 원운
(原韻)에 "상투머리 지난날 단장함이 공연히 가련한데, 행인의 치마는 모두 월라의
의상으로 바뀌었네. 부모의 생사가 어느 곳인지 아는가? 고통스러운 봄바람이 심양에
있네.〔椎髻空憐昔日粧 征裙換盡越羅裳 爺娘生死知何處 痛殺春風上瀋陽〕"라고 되어 있
다. 그 원주에 다음과 같이 기재하였다. "그 아래 또한 소서(小序)가 있는데 '나는 강우
(江右) 우상경(虞尙卿) 수재(秀才)의 처이다. 남편은 죽음을 당하고, 나는 포로가 되었
다. 지금은 왕장경(王章京)에게 팔렸다. 무오년 1월 21일에 눈물을 뿌리며 벽의 먼지를
털고 이 글을 쓴다. 오직 천하의 양심 있는 사람이 이것을 보고 불쌍히 여겨서 구해
주기를 바란다.'라고 하고, 아래에 또 쓰기를 '나는 나이가 21세이고-3자 원문 빠짐-
수재(秀才)의 딸이다. 어머니는 이씨(李氏)이고, 형의 이름은-원문 빠짐- 국부학(國府
學) 수재이고'라고 했는데 아래는 원문이 빠져서 기록할 수 없다. 끝에 쓰기를 '계문란
(季文蘭)이 쓰다.'라고 했다. 부사(副使) 유공(柳公)이 주인 할미를 불러서 물어보니,
할미가 자세히 말하기를 '5, 6년 전에 심양(瀋陽) 왕장경(王章京)이 백금 70금으로 이
여자를 사서 이곳을 들렀습니다. 슬프고 처량한 중에도 자태가 오히려 아름다워서 사람
의 마음을 움직이게 했는데, 벽을 닦고 눈물을 흘리며 이 글을 썼습니다. 오른손은
약간 피곤하여 왼손으로 붓을 잡고 빠르게 썼습니다.'라고 했다."

영평성³²⁶ 밖의 점사에서 벽 위의 6언시에 차운하다

永平城外店舍次壁上六言韻

숙소엔 외로운 등불이 제 모습을 비추고	宿處孤燈自照
일어나보니 새벽달이 아직도 비껴있네	起來殘月猶橫
들리는 건 덜컹덜컹 수레소리뿐	但聞車聲轆轆
얼마나 왔는지 기억하지 못하네	不記多少行程

영평성 안의 구름 낀 새벽	永平城裏雲曉
누대 앞 밝은 달이 나무에 나직이 걸렸네	明月樓前樹低
묻노니 가난한 자 먹이고 학교 일으킨 공로	試問養貧興學
칼 놀림이 어찌 닭 잡는 것³²⁷에 그치겠는가	游刀何止割鷄

이전 태수 유지개(游智開)³²⁸ 공이 가난한 사람을 양육하고 학교를 세웠는데, 지금도 그의 사랑이 여전히 남아 있다.

---

326 영평성(永平城) : 지금의 하북성 노룡(盧龍)이다.

327 칼……것 : 공자의 제자 자유(子遊)가 무성(武城)의 수령이 되어서 예악(禮樂)을 제창하자, 공자가 웃으며 "닭을 잡는데 어찌 소 잡는 칼을 쓰는가?"라고 했다.

328 유지개(游智開) : 1816~1899. 자는 자대(子代)로 호남(湖南) 신화(新化) 사람이다. 1851년(함풍 원년)에 거인(擧人)이 되고, 지현(知縣)에 선발되었다. 동치(同治) 초년에 이속의(李續宜)가 안휘순무(安徽巡撫)가 되자, 사리각(司厘権)에 임명했는데, 청렴과 공평함으로 칭송되었다. 1880년(광서6)에 ,영정하도(永定河道)를 지내고, 11년에 사천 안찰사(四川按察使), 14년에 광동포정사(廣東布政使) 등을 지냈다.

변방의 날씨는 따뜻하다가 다시 추워지고　　　　邊天乍暄復冷

역점의 나무는 가까운 듯하다 다시 멀어지네　　店樹似近還遙

연 땅엔 올해 눈 내리지 않아　　　　　　　　燕地今年無雪

아직 녹지 않은 강 얼음이 물결에 출렁거리네　河氷滑笏未消

뜬 구름 아득히 동으로 흘러가고　　　　　　浮雲杳杳東去

태양은 뉘엿뉘엿 서로 기우네　　　　　　　白日依依西斜

타향에 있으면서 편지 막힌 지 오래로다　　尺素異鄕久阻

집사람은 등불 심지로 점치고 있겠지　　　　家人應卜燈花

역수[329]를 지나다

過易水

지금의 이름은 백하(白河)인데, 겨울날에는 물이 말라버리고 흰모래만 남아 얇게 흐른다. 고금의 산천의 변화인 것이다.

넓게 펼쳐진 흰 모래밭	白沙浩漫漫
슬픈 바람이 석양에 이는구나	悲風日暮起
묻노니, 여기가 어디오	借問此何地
여기가 바로 그 옛날 역수라오	云是古易水
지난날 연나라 태자가	昔日燕儲君
진나라로 가는 용사를 송별했던 곳[330]	送別入秦士

---

329 역수(易水) : 하북성 서부를 흐르는 강이다. 역현(易縣) 경내에서 발원하여 남쪽으로 거마하(拒馬河)로 흘러들어간다.

330 진나라로……곳 : 연나라 태자는 단(丹)이고, 진나라로 가는 용사는 형가(荊軻)다. 태자 단으로부터 지우(知遇)를 받은 형가는, 진시황을 시해해 달라는 부탁을 받고, 죽을 길임을 알고도 시황을 암살하러 떠났다. 역수가에서 열린 전별연은 매우 유명한데, 형가의 친구 고점리(高漸離)가 축을 타고, 형가가 노래했다. "바람은 쓸쓸하고 역수 물은 차구나. 장사 한번 가면 돌아오지 못하리.〔風蕭蕭兮易水寒 壯士一去兮不復還〕" 이는 《사기》 중에서도 가장 유명한 장면의 하나로, 인구에게 회자되고 있다. 이것을 들은 선비들은 모두 그 처절한 축과 목소리에 머리카락이 하늘로 곤두섰다고 한다. 이윽고 형가는 배를 타고 떠나며, 끝내 뒤를 돌아보지 않았다. 진나라에 당도한 형가는 연나라 지도를 헌상하는 형식을 취하며 무사 진무양(秦舞陽)과 함께 진왕을 찾아가 미리 지도 속에 준비해두었던 검으로 진(秦)왕을 암살하려 시도하였으나, 진왕이 벌벌 떠는 진무양을 보고 낌새를 채 결국 실패하고 죽음을 당하였다.

진나라로 들어감은 무엇 때문인가   入秦夫如何

한 번 죽음으로써 지기에게 보답하고자 함이었지   一死酬知己

애석해라 공을 이루지 못하여   惜哉功未成

소백331의 제사가 끊기고 말았어라   召伯忽不祀

지우는 사람을 가장 감동시키는 법   知遇最感人

천고적 역사에 눈물 떨구네   淚落千古史

---

331 소백(召伯) : 이름은 석(奭), 시호는 강(康)이다. 주(周)나라 무왕(武王)이 주(紂)를 멸망시키고 북연(北燕)에 봉했다. 연(燕)나라의 시조가 되었다.

양충민사[332]를 알현하다

謁楊忠愍祠

사람이 죽으면 흙먼지 된다지만	人死化塵土
선생만은 민멸되지 않았네	夫子獨不滅
이곳을 찾아와 초상을 배알하니	我來拜遺像
늠름함이 마치 서릿발 같구나	凜凜如霜雪
다행히 구란[333]의 손아귀에서 벗어나	幸免仇鸞手
다시 조정에 나아간 것이 어찌 삶을 도모함이랴	再擧豈圖活
목 메이며 등불 아래 이어간 말	咽咽績燈語
의연히 돌아보지 않았네	夷然意不屑
직간한 상소가 아직 벽에 있으니	諫草猶在壁
간신들의 간담이 찢어지리라	姦臣膽應裂
성명한 시절에 직간이 많았다 하나	明時多直諫
선생에 비길 자 그 누구이랴	孰與夫子埒
일렁이는 역수의 물결	易水流湯湯
옛날의 의협들을 돌아보네	回首古俠烈

---

332 양충민사(楊忠愍祠) : 명나라 양계성(楊繼盛, 1516~1555)을 제사지내는 사당이다. 충민(忠愍)은 그의 시호이다. 자는 중방(仲芳), 호는 초산(椒山)이다. 몽고와 화의를 주장한 구란(仇鸞)과 엄숭(嚴崇)을 탄핵하였다가 죽임을 당했으나 사후에 복권되었다.

333 구란(仇鸞) : 자는 백상(伯翔)이다. 달단국(韃靼國) 엄답(俺答)이 도성을 침범했을 때 대패하고 화의를 주장했다. 후에 엄숭과 권력을 다투다 패하여 물러났다.

백란[334] 옆에 요리[335]가 있어 　　　　　　　　　　　　　伯鸞傍要離

다른 시대에 두 빼어남을 이루었네 　　　　　　　　異代成兩絶

---

334 백란(伯鸞): 후한 양홍(梁鴻)의 자이다. 장제(章帝) 때의 은사로 아내 맹광(孟光)과 함께 패릉산(覇陵山)에 은거하여 농사와 길쌈으로 생계를 삼았다. 장제가 그를 찾았으나 성명을 바꾸고 오(吳)나라로 떠나 끝내 뜻을 이루지 못했다.

335 요리(要離): 전국 시대 오(吳)나라 용사이다. 오나라 왕 합려(闔閭)를 위해 합려의 경쟁자인 공자(公子) 경기(慶忌)를 죽였다.

해조편을 영정 관찰사 장원 유지개께 올리다

海鳥篇呈永定觀察使遊 藏園 智開

동쪽에서 날아온 바다새	海鳥自東來
훨훨 압록강을 건넜네	翩翩渡鴨水
깃털 빠지고 소리도 거칠어	羽譙聲啁哳
뭇 새들이 끼워주지 않네	衆鳥不與齒
성품 곧으신 유부자 어른	侃侃遊夫子
크나 큰 명성 익히 들었네	大名久熱耳
한 번 만나보고 진심을 내보이며[336]	一見照肝膽
신발 거꾸로 신은 채 나와 맞이하네[337]	相迎倒蔡屣
비천한 사람에게 외람되이 성대한 예 갖추시며	鄙微叨盛禮
종소리 북소리가 팔궤[338]에 울리네	鍾鼓響八簋
수레에 기름칠해주시고 멀리까지 전송하며	膏車遠送行
보와 성 안까지 따라오시네	相隨保省裏
성의 관서가 바다처럼 깊어	省署深如海

---

336 진심을 내보이며 : 원문의 '조간담(照肝膽)'은 속내를 서로 알아준다는 뜻으로, 진심으로 서로를 대하는 것을 말한다.

337 신발……맞이하네 : 원문의 '채사(蔡屣)'는 동한(東漢) 채옹(蔡邕)이 왕찬(王粲)을 맞이하며 신을 거꾸로 신고 달려 나갔다고 한 데서 비롯되어 인재를 예우함을 가리키는 말로 사용된다.

338 팔궤(八簋) : 고대에 제사나 연회에 썼던 8가지 음식 그릇이다. 주(周)나라 때 천자에게 사용한 제도였다.

만방에서 모두들 우러러보네　　　　　　　　　　萬邦具瞻視

나를 위해 부지런히 소개해주심에　　　　　　　　爲我勤先容

일을 주선하는 데 실로 믿을 바가 생겼네　　　　周旋有所恃

알현을 기다림에 약속 어김없고　　　　　　　　候謁無愆期

자문을 구하면 곧 해 그림자가 기울었네　　　　諮度動移晷

하국이 바야흐로 깃발에 매달린 술처럼 되자[339]　下國方綴旒

마치 자기가 아픈 듯 크게 상심하셨네　　　　　隱恫若在己

날 밝으면 곧 성을 나서서　　　　　　　　　　明發卽出城

아득히 먼 나루터로 향하네　　　　　　　　　　迢迢向津泲

갈림길에 임해 정 더욱 돈독해져　　　　　　　臨歧意彌篤

가는 내내 몸조심하라 당부하시네　　　　　　　珍重戒行李

깊은 정의는 더욱 골육보다 더한지라　　　　　　情意逾骨肉

양 소매에 맑은 눈물 적시네　　　　　　　　　雙袖浥清泚

진해[340]의 봄 얼음 녹으면　　　　　　　　　津海春氷開

어쩌면 수레가 다다를지도 모르겠네　　　　　　襜帷倘茲止

이 말로써 속내를 펼치나니　　　　　　　　　聊以抒衷抱

말이 저속하다고 사양하지 마시길　　　　　　　勿嫌辭鄙俚

---

339 깃발에……되자 : 원문의 '철류(綴旒)'는 국가가 위태로운 상황에 처한 것을 말한다. 반욱(潘勗)의 〈책정공구석문(冊魏公九錫文)〉에 "이 때가 되자 마치 매달린 술처럼 되었다.〔當此之時 若綴旒然〕"라는 말이 나오는데 장선(張銑)은 주(注)에서 "류는 관에 구슬을 늘어뜨려 매달에 놓은 것으로, 황실이 위태로운 것이 관에 매달려있는 류와 같음을 말한다.〔旒 冠上垂珠 而綴於冠者 言帝室之危如旒之懸〕"라고 하였다.

340 진해(津海) : 하북성(河北省) 천진관(天津關)의 치소(治所)이다.

176 운양집 제3권

주언승341의 옛 그림에 적다

題周彦升古畫

주언승은 자서(自序)에서 대략 "범이인(范利仁)342이 당나라 사람의 〈효행시(曉行詩)〉의 의경을 그렸는데, 내가 천 냥을 들여 그것을 얻었다. 앞에 있는 관지는 언승이 제작한 것이어서, 자(字)가 서로 같은데 이름이 전하지 않는 데 느낀 바가 있었다."라고 적었다.

성세에는 뛰어난 인재들이 일어나	聖世材俊興
자잘한 기예 또한 아름다움 모이네	曲藝亦臻美
먼지와 얼룩으로 겨우 먹만 분별할 수 있어도	塵浣僅辨墨
만리가 지척에 놓여있네	萬里在尺咫
관동도를 방불케 하면서	彷彿關東道
흰 달이 나그네 가는 길을 비추네	霜月照行李
언승은 어떤 사람일까	彦升知何人
아마도 옛날의 명사인 듯하네	想是古名士
그대 모린공343도 아닌데	君非慕藺公

---

341 주언승(周彦升) : 주가록(周家祿, 1846~1909)으로, 자는 언승(彦升)이며 강소성(江蘇省) 해문(海門) 사람이다. 1870년에 공생(貢生)이 되고, 강포훈도(江浦訓導)가 되었다. 이후 여러 곳의 훈도를 지냈다. 또한 나중에 오장경(吳長慶)과 장지동(張之洞)의 막부에서 활약했다.

342 범이인(范利仁) : 자는 산자(山茨), 호는 물외한인(物外閑人)이며 강소(江蘇) 남통(南通) 사람이다. 건륭(乾隆) 연간에 화가로 유명했다.

343 모린공(慕藺公) : 한나라 사마상여(司馬相如)를 말한다. 전국 시대 조(趙)나라 인상여(藺相如)를 사모하여 자신의 이름을 상여라고 지었다고 한다.

우연히 자가 서로 같네   偶然字相似

누가 알았으리 백 년이 지난 뒤에   誰知百載下

웅검이 다시 물속으로 돌아올 줄을   雄劍復歸水

정신을 모아 시경 속으로 들어가니   凝神入詩境

아침저녁으로 지기를 만나네   朝暮遇知己

변원규[344] 지사의 귀국을 전송하다 늦겨울

送卞 元圭 知事歸國 季冬

변자의 재능은 천하무적　　　　　　　卞子才無敵

큰일 할 만한 세상에 태어났네　　　　　生逢有爲世

나라가 날로 약해져　　　　　　　　　王事日以埤

수레를 잠시도 멈출 수 없었네　　　　　征車不暫稅

그러나 부끄럽게 능력이라곤 없는 내가　　而余愧無能

그와 함께 요계[345]를 지나게 되었네　　相隨度遼薊

요동의 벌판은 얼마나 아득한지　　　　遼野何茫茫

사방을 둘러보아도 끝을 볼 수 없었네　　四顧不見際

---

344 변원규(卞元圭) : 자는 대시(大始), 호는 길운(吉雲) · 주강(蛛舡)이다. 역관 출신 문신으로 1881년(고종18) 영선사 김윤식을 따라 별견당상(別遣堂上)으로서 유학생 20여 명을 인솔하여 청나라에 건너가 새로운 문물을 시찰하였다. 그곳에서 3차에 걸친 김윤식과 이홍장(李鴻章)의 회담에 참석하여 공을 세움으로써 김윤식의 신임을 받아 1883년 김옥균(金玉均) · 이조연(李祖淵) 등과 함께 교섭통상사무아문의 참의가 되어 외교통상 업무를 수행하였다. 1884년 갑신정변이 수습된 후 기기국방판(機器局幇辦)이 되고, 곧 교섭통상사무아문의 협판으로 수진하였다. 외교에 공이 커 지돈녕부사에 특채되고 한성부 판윤에 제수되었는데, 보수적 유생들에 의해 배척되었다. 사대당의 신임이 두터워 계속 외교업무를 맡았으나, 1887년 공무 중 과실로 인하여 전라도 순천에 유배되었다. 이듬해 사면되고, 1889년 한성부 판윤이 되어 3차에 걸쳐 연임하다가 벼슬에서 잠시 물러났으나, 1894년 다시 한성부 판윤을 역임하였다.

345 요계(遼薊) : 요동과 계 지역이다. 계는 지금의 북경 서남 지역으로 전국 시대 연(燕)나라 도성이 있었다.

우주란 본래 광활한 것	宇宙本寥廓
해와 달은 이지러지고 가려짐이 있는 것	日月有虧蔽
때때로 여관의 등불 아래서	時於旅燈下
손뼉 치며 대세를 논했네	抵掌論大勢
사해가 바야흐로 구름처럼 어지러운데	四海方雲擾
한 모퉁이에서 홀로 편히 세월만 보내다니	一隅獨玩愒
사념이 깊어 잠 못 이루고	思深不成寐
종종 눈물까지 흘렸네	往往至流涕
나 또한 나태함을 떨쳐버리고	余惰亦能振
느낀 바 있어 스스로 힘쓸 것을 생각했네	感激思自勵
진국346은 성대한 병기 갖추었고	津局盛戎備
오병은 모두 신식 제도이네	五兵皆新制
그러나 학습이 참으로 쉽지 않으니	學習諒未易
무엇으로 임금 은혜에 보답해야 하나	何以答君惠
그대는 장차 동쪽으로 돌아가려 하고	君將東歸國
나는 머물러 해를 넘기려 하네	我將留經歲
서로 하늘 끝 저편으로 헤어져	相別在天涯
언제나 다시 만날 것인가	何時復合袂
장부는 사방에 뜻을 두어야 하는 법	丈夫志四方
어찌 매달아 놓은 박347처럼 살 수 있겠는가	焉能事匏繫

---

346 진국(津局) : 청나라 북양기무국(北洋機器局)을 말한다. 다른 명칭은 천진기무제조국(天津機器制造局)이다. 그 간칭은 천진기부국(天津機器局) 혹은 진국이라고 했다. 1867년(청 동치(同治)6)에 관에서 천진(天津)에 군수공장을 마련한 것이다.

시사에 어려움 많으니   時事多艱虞
노력하여 힘써 함께 구제하세나   努力勉共濟
왔던 길을 하나하나 헤아려보니   歷歷數來程
구름 낀 산이 더욱 아득하네   雲山更迢遞

---

347 매달아 놓은 박 : 한 곳에 매달아 놓은 박처럼 할 일없이 세월만 보내는 것이다.

천진수사학당[348]의 한문교습 동원도[349]에게 주다

贈天津水師學堂漢文敎習董元度

전국 시대에 미언[350]이 끊기고	戰國微言絶
세상엔 공명과 이익 좇는 인사만 많았네	世多功利士
한나라가 일어나 협서율[351]을 없앴지만	漢興除挾書
학문의 요지에는 여전히 어두웠네	猶昧學問旨
진정한 유자가 광천[352]에서 일어나	眞儒起廣川

---

348 천진수사학당(天津水師學堂): 광서(光緖) 6년(1880) 7월 17일에 경직예총독(經直隸總督) 이홍장(李鴻章)이 건의하여, 광서 7년(1881)에 수사학당(水師學堂)을 건립했다. 엄복(嚴複)을 총교습(總敎習)으로 임명하고, 영국군관교련(英國軍官敎練)을 초빙하여 영국해군교습과정을 모방하여 조례와 계획을 정했다. 궁극적으로 북양해군(北洋海軍) 육성이 목표였다.

349 동원도(董元度): 1712~1787. 자는 곡강(曲江), 호는 기려(寄廬)이며 평원현(平原縣) 동로구촌(董路口村) 사람이다. 1752년(건륭(乾隆)17)에 진사가 되고, 한림원으로 들어갔다. 이후 강서정원현지현(江西定遠縣知縣), 동창부 교수(東昌府敎授) 등을 지냈다.

350 미언(微言): 미언대의(微言大義)의 준말이다. 정심(精深)하고 미묘한 언사라는 뜻으로 유가의 여러 경서의 요의(要義)를 말한다.

351 협서율(挾書律): 진시황(秦始皇) 34년에 승상(丞相) 이사(李斯)의 건의를 받아서, 유생(儒生)들이 옛 제도로써 지금의 제도를 비난하지 못하게 하고, 민간에서 《시(詩)》·《서(書)》와 백가서적(百家書籍)을 사장(私藏)한 자는 족주(族誅)한다는 법령이다. 한나라 혜제(惠帝) 때 이 법을 폐지시켰다.

352 광천(廣川): 서한(西漢) 유학자 동중서(董仲舒, 기원전 179~기원전 104)의 고향 광천군(廣川郡)이다.

쭉정이들을 깨끗이 쓸어 버렸네 廓如掃群秕

계통을 묶어서 지극함으로 돌아가고 總統歸有極

천인의 이치를 하나로 관통했네 貫徹天人理

그 덕에 사문이 무너지지 않아 斯文賴不墜

면면히 천 년 동안 이어졌네 綿綿到千禩

동자[353]는 그 학문을 얻었으나 董子得其學

보배를 품고도 쓰이지 못했네 懷寶不自市

이에 학당을 열어 영특한 인재를 가르침에 開堂授英俊

경을 날줄로 사를 씨줄로 삼았네 經經以緯史

오늘날 교육에는 방법도 많아 方今教多術

범위가 문장의 궤도에서 넘쳐흐르네 範圍溢文軌

어리석은 자는 기초를 세움이 얕고 蒙士立基淺

남을 추종하는 자는 쉽게 자신을 잊네 徇人易忘己

가르치고 이끌어 걸음을 곧게 해주어 提挈端其趣

울창히 아름다운 재목을 이루어주셨네 蔚然成才美

이는 실로 쉽지 않은 일인지라 玆事諒非易

삼가 좋은 스승을 얻은 것에 기뻐하네 恭爲得師喜

---

353 동자(董子) : 동원도(董元度)이다.

백겸산[354]의 귀국을 전송하다 임오년(1858, 철종9) 3월

送白兼山歸國 壬午三月

지난해 9월에 궁궐을 떠날 때	去年九月辭玉殿
함께 온화한 유지 받들고 귀한 음식을 먹었네	同承溫諭飫珍膳
고개 돌리니 오색구름 저 멀리 해는 아득하고	五雲回首日迢迢
여윈 말과 피로한 마부는 긴 여정에 지쳤네	羸馬疲僕長途倦
오직 장년의 그대만 〈원유부〉를 읊었으니	惟君壯年賦遠遊
넓은 식견 뛰어난 재능 실로 나라의 인재였네	識富才美推邦彦
가슴에 일일이 지도를 품은 듯	輿圖歷歷在胸中
늘 보았던 듯 말 위에서 산천을 가리켰네	馬上山川如慣見
진위[355] 동쪽 언덕에서 가는 봄을 만나	津衛東畔逢殘春
하늘 끝에서의 척호[356]의 연모 배나 절실했네	天涯倍切陟岵戀
성주의 크신 은혜 어둔 곳까지 비추어	聖主恩大燭幽微
만 리 밖 사신의 수레 돌아오라 허락했네	星軺萬里許反面
끝도 없는 귀향의 마음 그 누가 막을까	浩蕩誰能阻歸心
하구[357]에서 버들가지 꺾어 아침에 전별하네	折柳河溝朝飮餞

---

354 백겸산(白兼山) : 백낙륜(白樂倫)이다. 겸산은 그의 호이다. 순천 군수와 남원 군수를 지냈다. 구례의 황현(黃玹)과 친했다. 충남 공주 유구 사람이다.

355 진위(津衛) : 천진위(天津衛)이다. 천진시(天津市)의 명나라 때의 명칭이다.

356 척호(陟岵) : 《시경》의 편명이다. 고향에 있는 부모를 그리워하는 노래이다.

357 하구(河溝) : 물 이름이다. 일명 홍구(鴻溝)로 하남성 개봉시(開封市) 서북에

아, 나와 함께 와서 그대 먼저 돌아가니 嗟我同來君先還

우두커니 서서 어지러이 나는 제비[358]를 노래하네 佇立聊歌差池燕

있다.

358 어지러이 나는 제비 : 《시경》〈연연(燕燕)〉에 "제비들 나는데, 그 날개가 들쭉날쭉하네. 그대가 시집가니, 교외로 멀리 전송하네. 바라보아도 미치지 못하니, 눈물이 빗줄기 같네.〔燕燕于飛 差池其羽 之子于歸 遠送于野 瞻望弗及 泣涕如雨〕"라고 했다. 시집가는 누이를 전별하는 노래이다. 치지(差池)는 가지런하지 않은 모양으로, 제비가 위아래로 나는 모습이다.

귀국하는 윤석정 종사를 전송하다 4월

送尹石汀從事歸國 四月

윤자는 아량이 있어	尹子有雅量
빼어난 식견과 도량 맑기도 하네	迢然識度淸
일을 볼 땐 세속에 얽매이지 않고	見事不泥俗
업무를 말할 땐 더욱 인정에 가깝네	談務更近情
천진관 안에서 두 해 동안	兩載津舘裏
밤낮으로 속내를 털어놨네	日夕心肝傾
흥분한 채 시사의 어려움을 말하면서	興言時事艱
나라를 근심하고 창생을 염려했네	憂國念蒼生
그러나 우활하고 졸렬한 나는	顧我迂且拙
늘 농사지을 생각이나 했었네	每懷耦而耕
강개하여 서로를 권면하며	慷慨還相勖
함께 웃으며 불평을 해소했네	諧笑散不平
지금 동쪽으로 돌아가는 저 배	今當東返槎
멀리 한양성을 가리키네	遙指漢陽城
고릉359은 어디에 있는가	觚稜在何處
아득히 바다구름 개었네	杳杳海雲晴
말을 주려 하나 생각 다하기 어려워	欲贈意難盡

---

359 고릉(觚稜) : 궁궐 모서리라는 뜻으로 궁궐을 말한다.

손을 맞잡고 오래도록 서성이네 　　　　　執手久屛營

백성을 구제하는 일에 힘을 다해야 　　　　努力任康濟

아름다운 임금께 보답할 수 있으리 　　　　庶以答休明

선성에게 큰 지혜가 있어 　　　　　　　先聖有大智

도를 따름에 높이고 낮춤이 있었네 　　　隨道乃隆汙

치우[360]의 반란이 없었다면 　　　　　　不有蚩尤亂

방패와 창을 제작하지 않았으리라 　　　不必制干戈

무역과 이동하는 일이 없었다면 　　　　不有貿遷業

배와 수레를 운행하지 않았으리라 　　　不必行舟車

참으로 부득이한 경우가 아니라면 　　　苟非不得已

세속에 기인함이 어찌 아름답지 않으리오 　因俗豈不佳

아, 옛날엔 　　　　　　　　　　　嗟哉古未聞

천하가 일가라는 말 들어보지 못했네 　六合爲一家

지금 바다 안팎을 돌아보아도 　　　　顧瞻海內外

흉흉한 물결뿐 잔잔한 물결 없고 　　　洶洶無恬波

종횡으로 서로 엮여 　　　　　　　　聯絡爲縱橫

지렁이나 뱀처럼 서로 휘감고 있네 　　糾結若蚓蛇

편안히 그 사이에 처해 있으니 　　　　晏然處其間

보는 자들마다 놀라 탄식하네 　　　　見者皆驚嗟

저들은 바야흐로 손톱을 세우고 　　　彼方利其爪

---

360 치우(蚩尤) : 전설 속의 고대 구려족(九黎族)의 수령이다. 청동으로 병기를 만들어 탁록(涿鹿)에서 황제(黃帝)와 전쟁을 했으나 패하여 피살되었다고 한다.

저들은 바야흐로 이빨을 갈고 있네　　　　　彼方磨其牙

표범 호랑이 옆에 있는 것만 같으니　　　　　如在豹虎傍

어찌 인의가 자랑만 하리오　　　　　　　　仁義安足誇

동쪽으로 돌아올 때 해관도대 주옥산[361] 복 에게 이별시로 주다

東還時贈別海關道臺周玉山 馥

유월에 총총망망[362] 출정시를 짓고서 　　　　　六月棲棲賦出征

웃으며 바라보니 동쪽 하늘에 바다 구름 맑네 　東天笑看海雲晴

그대 마음의 고통 건드리기 가장 어려워 　　　最難下手君心苦

국외나 국내나 마음은 한 가지네 　　　　　　局外還同局內情

361 주옥산(周玉山) : 주복(周馥, 1837~1921)으로, 자는 무산(務山), 호는 난계(蘭溪)이며 안휘(安徽) 지덕(至德) 사람이다. 현승(縣丞)·지현(知縣) 등을 지내고, 1870년에 북양해군(北洋海軍)을 건립하는 일과 천진무비학당(天津武備學堂) 건립에 참여했다. 1877년에 영정하도(永定河道)에 임명되고, 1881년에 진해관도(津海關道)에 임명되었다. 또한 천진병비도(天津兵備道)를 겸했다. 1888년 직예안찰사(直隸按察使)로 승진하고, 갑오전쟁(甲午戰爭) 후 전적영무처총리(前敵營務處總理)가 되고, 마관화의(馬關議和) 후에 신병으로 물러났다.

362 총총망망 : 원문의 '서서(棲棲)'는 겨를이 없어 불안한 모양을 가리킨다. 《시경》〈유월(六月)〉에 "유월에 경황없이, 융거를 이미 경계하네.〔六月棲棲 戎車旣飭〕"라고 하였다.

진하의 배안에서 원위정[363] 세개 사인을 만나다

津河舟中逢袁慰庭 世凱 舍人

위정(慰庭)은 하남성(河南省) 사람인데, 현재 행군사마(行軍司馬)로
있다. 일찍이 영달하여 뜻과 기운이 넓고 드높다. 오소수(吳筱帥)[364]
는 늘 위정을 칭찬하면서 중주(中州)에서 손꼽는 남아라고 했다.

만나서 한 번 웃으면 이내 망형지교[365]가 되니　　相逢一笑便形忘
바라보는 눈엔 빛이 나고 뜻과 기운 드높네　　顧昐生光意氣長
배 속에 가득한 풍운은 등우[366]의 나이　　滿腹風雲鄧禹歲

363　원위정(袁慰庭) : 원세개(袁世凱, 1859~1916)로, 자는 위정(慰亭) 또는 위정(慰
庭), 호는 용암(容庵)이며 하남성 항성(項城) 사람이다. 북양군벌(北洋軍閥)의 영도자
로서, 신해혁명(辛亥革命) 시기에 중화민국(中華民國) 초대 대통령을 지냈다. 나중에
군주제를 회복하여 황제를 칭하여 많은 정치적 소란을 야기했다.

364　오소수(吳筱帥) : 오장경(吳長慶, 1829~1884)으로 자는 소헌(筱軒)·소수(筱
帥)이며 안휘성(安徽省) 여강현(廬江縣) 사람이다. 1862년 이홍장(李鴻章) 휘하에 들
어가 많은 전공을 세웠다. 1882년 임오군란이 일어나자 민씨 정권은 청나라에 구원병을
요청했다. 청나라는 통령수사제독(統領水師提督) 정여창(鄭汝昌)·마건충(馬建忠)
을 파견하여 군란을 수습하도록 했다. 오장경은 광동(廣東) 수사제독으로 4,000여 명의
군사를 이끌고 조선에 들어와 마건충의 주도로 대원군을 납치하여 톈진으로 압송하고
민씨 정권을 복귀시켰다. 군란 진압을 명목으로 많은 군민을 학살하고 친일 개화파들을
탄압했으며 대원군파를 숙청하는 한편, 민씨 일파를 보호하기 위한 친위대를 창설하는
등 조선의 내정과 외교에 깊이 개입했다. 그 뒤 원세개와 함께 조선에 남아 조선의
병권을 장악했다.

365　망형지교(忘形之交) : 망형은 신분의 형식에 구애되지 않은 친한 친구를 가리키
며 망형지교는 그런 사귐을 가리킨다.

위정은 당시 24세였다.

살고 있는 하락[367]은 가생[368]의 고향	住家河洛賈生鄉
눈앞이 시원스레 탁 트여 어려운 일일랑 없고	眼前快闊無難事
술 마신 후 위풍당당하니 들끓는 심장이여	酒後輪囷有熱腸
다만 해마다 나랏일로 몸이 야위어	秖爲年年王事瘁
청춘에 벌써 흰 머리털 보이네	靑春已見鬂毛蒼

위정은 나이 열아홉에 종숙부 문성공(文誠公)을 위해 하남(河南)의 굶주린 백성을 구제했는데, 밤낮으로 고생하다 수척해져서 몇 되의 피를 토하고 머리털이 모두 하얗게 셌다.

---

366 등우(鄧禹) : 2~58. 자는 중화(仲華), 남양(南陽) 신야(新野) 사람이다. 동한(東漢)의 개국명장(開國名將)인 운대이십팔장(雲臺二十八將)의 우두머리였다.

367 하락(河洛) : 낙양(洛陽)의 별칭이다. 그가 하남성 출신이라 이렇게 말한 것이다.

368 가생(賈生) : 한나라 가의(賈誼, 기원전 200~기원전 168)이다. 낙양(洛陽) 사람이었다.

마산포에서 야숙하며 위정에게 보이다

野宿馬山浦示慰庭

술병이 비면 술독도 부끄럽고[369]	瓶空罍亦恥
울타리가 견고해야 내실이 편안한 법이라네	藩固室斯安
처세에 있어서는 지기가 중하니	處世重知己
그대와 함께 어려움을 구제하네	與君共濟艱
비 맞은 돛 안개 낀 항구는 저물어	雨帆煙港晚
차디찬 마산포에서 노숙을 하네	露宿馬山寒

나는 군대를 따라 연태(煙台)[370]에 이르러 위정과 함께 작은 배를 타고 오장경(吳長慶)의 배로 갔다. 그때 비바람이 크게 일고 파도가 거세 하마터면 살아나지 못할 뻔했다. 본국 마산포(馬山浦)에 도착해 상륙했는데, 포구에 인가가 없어서 병사들은 이슬을 맞고, 나와 위정은 들에서 함께 숙박했다.

부디 평생의 뜻에 힘쓰고	庶勉平生志
이날의 위난을 잊지 말기를	毋忘此日難

---

369 술병이……부끄럽고 : 《시경》〈요아(蓼莪)〉의 병경뇌치(瓶罄罍恥)에서 나왔다. "병이 비니, 독이 부끄럽네.〔瓶之罄矣 維罍之恥〕"라는 구절이 보이는데, 병과 독은 서로 이해가 같아 밀접한 관계, 서로 의존하는 관계를 상징한다.

370 연태(煙台) : 중국 산동성 지명이다.

주언승에게 화답하여 이별의 회포를 적다

和周彦升仍識別懷

왕사가 동으로 내려와 불길한 기운[371] 쓸어내니	王師東下掃氛祲
막부의 기이한 인재가 예림을 총괄하네	幕府奇才摠藝林
아름다운 물 높은 산에 빼어난 자취 남기고	麗水高山留勝蹟

　　고려라는 옛 이름은 산고수려(山高水麗)에서 얻어 명칭으로 삼았다.

시원한 바람 맑은 달[372]에 참된 흉금 드러내네	光風霽月見眞襟
서쪽 이웃 꼭 상약[373]을 지키진 않을 터	西隣未必懷嘗禴
남국에 그 언제나 패침[374]을 본받으리	南國何時效貝琛
〈건상〉[375]을 읊어 〈유월〉[376]에 답하고자	欲賦褰裳酬六月
끝없는 하늘 저 너머로 내 마음 보내네	天涯無限送君心

---

371 불길한 기운 : 원문은 '분침(氛祲)'으로 재앙을 예시하는 구름기운으로 전란을 비유한다.

372 시원한……달 : 원문은 '광풍제월(光風霽月)'로 마음이 넓고 쾌활하여 아무 거리낌이 없는 인품을 비유하는 말이다. 송나라 황정견(黃庭堅)이 송나라 주돈이(周敦頤)의 인품을 평한 데서 유래한다.

373 상약(嘗禴) : 여름과 가을 제사이다.

374 패침(貝琛) : 번국(藩國)에서 예물을 바치는 것이다. 《시경》〈반수(泮水)〉에 "저 회이를 동경하니, 그 진보를 와서 바치네.〔憬彼淮夷 來獻其琛〕"라고 했다.

375 건상(褰裳) : 《시경》의 편명이다. 가사에 "그대가 사랑하여 나를 그리워하니, 아래옷을 걷고 진수를 건너네.〔子惠思我 褰裳涉溱〕"라고 했다. 원문에는 건(褰)이 건(蹇)으로 잘못되어 있다.

376 유월(六月) : 《시경》의 편명으로 선왕(宣王)이 북벌(北伐)을 읊은 시라고 한다.

위정이 하남으로 돌아감을 전송하다

送慰庭歸河南

당시 청나라 흠차(欽差) 오대징(吳大澂)[377]이 조선에 와서 여러 장수들의 공과(功過)를 살폈는데, 외국인들이 유언비어로 위정을 비방하고, 주둔하며 방어하던 여러 장수들까지 그의 공로를 질투하여 그를 비난했다. 흠차가 자못 촉급하게 위정을 심문하자 위정은 흔쾌히 그날로 서쪽으로 건너갔다.

명성이 높으면 많은 이들 질투하고	名高人多嫉
공을 이루면 무리들이 꺼리네	功成衆所忌
이는 고금이 한결같아	此事古今同
처세란 참으로 쉽지가 않네	處世諒不易
지난날 위급함을 만났을 적에	曩値危急日
사람들은 두 손 넣고 피했네	人皆斂手避
교활한 자는 이리저리 눈치를 보고[378]	黠者懷首鼠
겁쟁이들은 두려워만 했네	懦夫常惴惴
그러다 사태가 진정되니 도리어 흠을 찾으며	事定反覓疵

---

377 오대징(吳大澂) : 1835~1902. 자는 청경(淸卿), 호는 항헌(恒軒)이다. 청일전쟁 때 1군의 장(長)으로 출전하였으나 대패하여 파면되었다. 전서(篆書)를 잘 썼고, 금석학에 대한 저술이 많았다.

378 이리저리 눈치를 보고 : 원문의 '수서(首鼠)'는 '수시(首施)'라고도 한다. 주저하며 망설이는 모양, 혹은 일을 관망하면서 진퇴를 정하지 않는 것을 말한다.

잘 놀리는 혀로써 서로 동화되었네   利口交漸漬

마침내 공을 도리어 허물 삼아   遂將功爲過

장부의 뜻을 꺾어놓았네   摧折丈夫志

그대 지금 망설임 없이 돌아가나니   君今浩然歸

하늘을 우러러 땅을 굽어보아 부끄러움 없네   俯仰無所愧

하늘의 해가 밝게 비추고 있으니   天日照孔昭

어진 인재를 어찌 끝내 버리겠는가   賢才豈終棄

머지않아 다시 만날 터이니   相見知不遠

노력하여 나랏일에 씁시다   努力勉王事

위정 관찰이 독리상무로서 와서 머물렀다

慰庭觀察以督理商務來駐

깊고 푸른 바닷물	海水碧且深
길게 얽힌 바다 산	海山縈以長
맺은 교분은 세한³⁷⁹을 기약하고	結交期歲寒
의기는 가을서리보다 매섭네	義氣凌秋霜
호방한 기개는 종각³⁸⁰과 같고	豪槩似宗慤
빼어남과 통달함은 주랑³⁸¹과 닮았네	英達類周郎
그대가 품은 천하의 뜻 애석도 하구나	惜君四海志
박이 매달린 채 한 곳에 있네	匏繫在一方
견고한 울타리가 없으면	不有藩屛固
무엇으로써 집을 지키리	何以衛室堂
지난번 어둔 심정으로 이별했건만	昔別黯然愁
이제와 다시 보니 미칠 듯 기쁘네	今見喜欲狂

---

379 세한(歲寒) : 어떤 곤경에도 변치 않은 마음이다. 《논어》〈자한(子罕)〉에 "추운 겨울이 된 후에 소나무 측백나무가 맨 나중에 시듦을 안다."라고 했다.

380 종각(宗慤) : 남북조 송나라 사람으로 자는 원간(元幹), 남양(南陽) 사람이다. 젊었을 때 자신의 소망을 말하기를 "장풍(長風)을 타고 만리의 물결을 격파하고 싶다." 라고 했다. 나중에 공을 세워 대장군이 되었다.

381 주랑(周郎) : 삼국 오(吳)나라 주유(周瑜, 175~210)이다. 자는 공근(公瑾), 여강(廬江) 서현(舒縣) 사람이다. 젊은 나이로 대도독(大都督)에 올라 적벽대전을 지휘했다.

근심도 기쁨도 사사로움 때문 아니거늘   愁喜非爲私

어찌 아녀자의 생각 품으리   豈作兒女腸

병술년(1886, 고종23) 여름에 나는 참소를 당하여, 용강(蓉江)의 민가에서 대죄(待罪) 하고 있었다. 그때 심수산(沈邃山) 등 여러 사람들과 함께 창화한 것들이다.

차운하여 주부 심수산 정택, 시독 송경산 백옥, 효렴 심설륙³⁸² 의필 에게 답하다 5월

次韻酬沈邃山 定澤 主簿宋敬山 伯玉 侍讀沈雪陸 宜弼 孝廉 五月

나아감과 물러남 곰곰 따져 보니 마음이 아득해	默計行藏意窅然
이 강변에서 더위를 식힐 줄 어찌 알았으리	那知消夏此江邊
인사를 오래 버려두니 번번이 날짜를 잊고	久抛人事頻忘日
책상의 책 고요히 마주하니 해를 보낼 만하네	靜對床書可送年
가지런한 조수에 기러기 점차 육지로 나오고	漲退參差鴻漸陸
시원스레 맑은 강가에 해오라기 하늘로 나네	江晴快活鷺飛天
초복³⁸³으로 돌아가는 신세도 무방하니	不妨身世還初服
어부와 짝해 저녁 안개 속에서 묵으리라	也伴漁翁宿暮煙

---

382 심설륙(沈雪陸): 심의필(沈宜弼)로, 승정원 좌승지(承政院左承旨) 심능직(沈 能稷)의 아들이다.

383 초복(初服): 벼슬하기 전의 복장으로 평민을 말한다.

또 오언고시 한 수에 화답하다

又和五古一首

심송[384]은 시 속에 은거했지만	沈宋隱於詩
대도로써 나라 경영할 뜻을 품었네	大道懷經邦
두 마리 새가 함께 울어서	二鳥鳴相得
강호에 풍류가 가득했다네	風流滿湖江
잠조[385]의 영달 원하지 않고	不願簪組榮
한 창문 아래서 머리를 맞댔네	聚首同一窓
병든 이 몸 강가 집에 머무르니	我病淹江舍
가끔씩 찾아와 차가운 등불 아래 벗해주네	時來伴寒釭
중산료[386]를 권하니	勸以中山醪
시 한 수 읊고 술 한 잔 기울이네	一吟傾一缸
시대를 아파하여 거듭 탄식하고	傷時歎累欷
옛날을 얘기하니 풍속 다시 순박해지네	談古俗回厖
만전[387]에 글 적어 흥을 부치니	寄興寫蠻箋

---

384 심송(沈宋) : 함께 창화했던 심정택(沈定澤)과 송백옥(宋伯玉)을 가리킨다.

385 잠조(簪組) : 벼슬아치의 모자를 고정하는 비녀와 인을 매는 끈이다. 벼슬을 말한다.

386 중산료(中山醪) : 중산주(中山酒)이다. 중산에서 생산되는 선주(仙酒)로, 한 번 마시면 천일 동안 숙취한다고 한다.

387 만전(蠻箋) : 당나라 때 고구려 혹은 촉(蜀) 지역에서 생산된 채색 종이이다.

필력이 천근을 들어 올릴 듯   筆力千斤扛
우스워라, 나는 나루를 잃고서   自笑迷津者
외로운 배로 흉흉한 물결 헤치는구나   孤舟排濤瀧
돛은 기울고 노마저 꺾인 뒤   檣傾復楫摧
돌아와 누워서도 놀란 가슴 두근두근   歸臥有餘懾
적막한 용산의 모퉁이에서   寂寞龍山隅
그림자만 나와 짝 될 뿐이로다   顧影獨成雙
웅장하고 전아한 시편들을   春容大雅什
내게 던져주시니 진심으로 항복하네   投贈我心降
무엇으로써 좋은 글에 보답할까   何以報瓊玖
방초 자란 섬에서 구리때와 궁궁이풀 따야지   芳洲採芷茳

차운하여 수산에게 부치다

次韻寄遂山

사흘 내린 봄장마에 시정이 동하는데	梅霖三日喚詩愁
한데 이어진 강물과 하늘이 객을 묶어두네	江水連天客滯留
먼 물가에 돌아오는 소, 나루 건널 수 있을까	遠渚牛歸難辨渡
뭇 산을 등에 진 자라, 물결 따라 가려 하네[388]	群山鰲戴欲隨流
반평생 헛되이 바람에 떠도는 가지되었으나	半生虛作風漂梗
오늘밤엔 달빛 가득한 배를 보리라	今夜應看月滿舟
나의 도는 아득하니 물을 곳이 없어	吾道蒼茫無處問
망망대해에 뗏목 타고 나아가리[389]	渺然滄海一桴浮
밤을 이어 내린 강가의 비 누대를 침범하고	連宵江雨漲侵臺
십리에 이어진 비탈 밭 거울이 열렸네	十里陂田鏡面開
문득 흉중에 아무 것도 없는 것만 같아	頓覺胸中無一物
문 앞엔 일찌감치 백구가 날아왔구나[390]	門前早有白鷗來

---

388 뭇……하네 : 동해에 있는 삼신산(三神山)을 큰 자라가 머리에 이고 있다고 한다.

389 나의……나아가리 : 《논어》〈공야장(公冶長)〉에 "도가 행해지지 않으니 뗏목을 타고 바다로 나가겠다.〔道不行 乘桴浮於海〕"라는 말이 나온다.

390 백구가 날아왔구나 : 《열자(列子)》에, 바닷가에 있는 어떤 사람이 갈매기와 친하여 갈매기들도 그를 피하지 않았는데, 하루는 그 사람이 마음속에 갈매기를 잡을 생각을 하니, 갈매기들이 미리 알고서 가까이 오지 않았다고 했다.

차운하여 수산과 설륙에게 답하다

次韻酬遂山雪陸

설륙은 내일 고향으로 돌아가려고 한다.

후세에 명성을 드러낼 줄 누가 알겠는가마는	誰知後世著名芳
오직 어부 나무꾼하고만 한 집에 거하네	只許漁樵共一堂
몸은 늙은 말 같아 먼 길이 근심이고	身如老馬愁途遠
마음은 노니는 물고기 같아 맛난 미끼 두렵네	心似遊魚怕餌香
매화비 지나자 맑게 갠 경치가 새롭고	霽景政新梅過雨
보리타작 하자마자 백성의 근심 풀어지네	民憂暫紓麥登場
사방을 경영하려던 처음 뜻 가련하나	有事四方憐夙志
녹문[391]으로 뽕따러 가는 그대를 보내네	送君去採鹿門桑

---

391 녹문(鹿門): 녹문산(鹿門山)이다. 중국 호남성 양양현(襄陽縣)에 있는 산으로 후한 방덕공(龐德公)이 처자와 함께 이곳에 은거한 후로 은거지의 상징이 되었다.

신열릉이 찾아와 함께 수산의 운을 차운하다

申洌陵來訪共次遂山韻

한묵의 인연 세월이 깊어라	翰墨因緣歲月深
긴 숲으로 들어오는 필마가 반갑네	喜看匹馬入脩林
천 년 두고 흐르는 물이 진겁³⁹²을 씻어내고	千年流水淘塵刼
한 조각 한가로운 구름이 야심을 잡아두네	一片閑雲住野心
십리까지 늘어선 영포³⁹³의 숲	十里眼窮寧浦樹
간간이 바람에 실려 오는 노량³⁹⁴의 다듬이 소리	數聲風過鷺梁砧
적막히 닫은 문엔 저녁 석류꽃	閉門寂寂榴花晚
그대 위해 술동이 열고 고심하며 시를 읊네	爲爾開樽一苦吟

---

392 진겁(塵刼) : 진세겁난(塵世刼難)의 준말이다.

393 영포(寧浦) : 당시 김윤식이 마포구 용강동에 은거하고 있던 것으로 보아 영등포(永登浦)를 가리키는 듯하다.

394 노량(鷺梁) : 지금의 노량진을 가리킨다.

원춘정이 내방하여 함께 읊다

元春汀來訪共賦

아, 실의한 그대 대체 어찌된 일인가	嗟君佗傺竟胡然
그 옛날 왕로[395]도 전후를 함께 했지	當世王盧共後前
놀기에 바빴던 젊은 날 기억나네	猶記濕遊年少日
술 취해 발 부딪히며 나란히 주막에 누웠었지	酣呼抵足臥壚邊

기꺼이 이곳에 머무름은 누가 시킨 것인가	樂此留連孰使然
그림 같은 강과 산에 저녁 돛 펼쳐져있네	江山如畫暮帆前
사람이 찾아온 후에야 차향이 무르익고	茶香初熟人來後
해오라기 떠난 곳에서 문득 시구를 얻네	詩句翻成鷺去邊

만사에 의기소침하고 생각은 아득한데	萬事消沈思渺然
유선침[396] 하나가 정오의 창 앞에 있네	遊仙一枕午窓前

---

395 왕로(王盧) : 초당(初唐) 시인 왕발(王勃)과 노조린(盧照隣)이다. 왕발은 젊은 나이에 익사했고, 노조린은 괴질에 걸려 고통 속에서 자살했다.

396 유선침(遊仙枕) : 전설 속의 베개 이름이다. 오대(五代) 왕인유(王仁裕)의 《개원천보유사(開元天寶遺事)》〈유선침(遊仙枕)〉에 "구자국에서 베개 하나를 바쳤는데 색은 마뇌(瑪瑙) 같고, 따스함이 옥 같았다. 생김새는 몹시 소박했지만 베고서 잠을 자면 십주(十洲)·삼도(三島)·사해(四海)·오호(五湖)가 모두 보였다. 황제가 그로 인하여 '유선침'이라 이름 지었다.〔龜茲國進奉枕一枚 其色如瑪瑙 溫溫如玉 制作甚樸素 枕之寢 則十洲三島四海五湖盡在夢中所見 帝因立名爲遊仙枕〕"라고 하는 기록이 있다.

옥당³⁹⁷은 천상과 같으리라 믿고 있지만　　　　　玉堂只信如天上

금작³⁹⁸은 여전히 수고롭게 해 옆을 바라보네　　　金爵猶勞望日邊

397 옥당(玉堂) : 전설 속의 신선이 사는 곳이다.

398 금작(金爵) : 지붕 위에 장식한 구리 봉황이다.

벗이 소장한 미원장[399]의 그림병풍에 적다

題友人所藏米元章畫障子

미전[400]의 붓 아래 귀신이 따르니	米顚筆下趨鬼神
조각 종이 희미한 먹자국도 세상의 진보라네	片楮零墨世所珍
옥판[401]과 백추[402]엔 파초 심지처럼 말려있고	玉版白硾蕉心卷
벽과대자[403]엔 천리마와 사자가 웅크렸네	劈窠大字驥猊竣
취하면 다시금 소상[404]의 그림 그리나니	醉來更作瀟湘畫
한 폭의 소상은 물빛이 은처럼 반짝이네	瀟湘一幅水如銀
망망한 포구의 하늘은 비 내리려 하고	浦漵潹潹天欲雨
우거진 초목들 사이로 해오라기가 날개짓 하네	草樹芊芊鷺拂羽
창오봉[405] 아래 동정호[406] 남쪽	蒼梧峯下洞庭南

---

399 미원장(米元章) : 북송의 화가 미불(米芾)이다. 자는 원장(元章), 호는 양양거사 (襄陽居士)이다.

400 미전(米顚) : 결벽증과 기행(奇行)으로 인해 붙은 미불의 별명이다.

401 옥판(玉版) : 윤택이 나는 상등의 화선지이다.

402 백추(白硾) : 조선에서 나는 상등의 종이이다. 신라 시대부터 있었다고 하며, 중국에서는 '고려지'라고 불렸다.

403 벽과대자(劈窠大字) : 전각할 때 자체의 대소를 균등하게 하기 위해 가로세로로 경계선을 긋고 격(格)을 나누는 것을 벽과라 한다.

404 소상(瀟湘) : 소수(瀟水)와 상강(湘江)이다. 소수는 호남성 남산현(藍山縣) 구의산(九嶷山)에서 발원하고, 상강은 광서성 영천현(靈川縣) 동쪽 해양산(海洋山)에서 발원하는데, 소수가 호남성 영릉현(永陵縣) 경내 회(淮)에서 상강으로 들어가기 때문에 소상이라고 부른다.

절벽은 삼시로 구름을 삼켰다 토하네 　　壁上三時雲吞吐
여기 와서 만져봄에 흥이 유장해니 　　我來摩挲興更悠
이 그림은 참으로 천금으로도 구하기 어렵네 　　此畵良難千金求
당부하노니 그대여 무한한 연파 경치 속에 　　付君無限煙波景
석양의 낚싯배 하나만 내게 내어주오 　　乞我夕陽一釣舟

---

405 창오봉(蒼梧峯) : 산 이름이다. 지금의 호남성 영원현(寧遠縣) 경내이다. 일명
구의산(九嶷山)으로 전설에 순 임금을 창오산의 들에 장례 지냈다고 한다.

406 동정호(洞庭湖) : 호북성(湖北省) 북쪽, 장강(長江) 남안(南岸)에 있다.

정해년(1887, 고종24) 6월에서 무자년(1888, 고종25) 6월까지 이다.

정해년(1887, 고종24) 6월에 나는 광주 유수(廣州留守)로 있다가 사건으로 인해 엄히 견책을 당해 호연(湖沿)으로 쫓아내라는 명을 받았다. 면천(沔川)[407]으로 귀양 가서 영탑사(靈塔寺)[408]에서 5년 동안 살다가 절 아래 화정리(花井里)[409]로 이주했다. 전후로 모두 8년이었다.

저녁에 법당 앞을 걸으며 율시 한 수를 입으로 읊다 6월

夜步法堂前口吟一律 六月

영탑이 우뚝하게 달그림자 속에 서있는데	靈塔岧嶢月影中
솨아 솨아 숲 소리 마치 가을바람 같구나	樹林颯颯似秋風
불가에 어찌 전생인연의 무거움이 있을까	山門豈有前緣重
세상사 모두 한바탕 꿈으로 돌아가고 마는 것	世事都歸一夢空
대화성[410] 서쪽으로 기울어 날은 저물고	火近西流時已晚
하늘 나직한 북두성은 다 보이지 않네	天低北斗望難窮
헛된 명성이란 어쨌든 우습기도 하지	浮名到底還堪笑
시골사람들에게 널리 상공이라 불리니	博得嶺人喚相公

407 면천(沔川) : 지금의 충남 당진군 면천면이다.

408 영탑사(靈塔寺) : 충남 당진군 면천면 상왕산 동쪽 기슭에 있다. 7층 석탑이 있다.

409 화정리(花井里) : 충남 당진군 읍내면 화정리이다. 영탑사 바로 아래 동네이다.

410 대화성(大火星) : 28수(宿) 중 동방 창룡(蒼龍) 7수(宿)로 각(角), 항(亢), 저(氐), 방(房), 심(心), 미(尾), 기(箕)의 제5수 심수(心宿)이다.

윤서정이 갈엽주를 보내오고 절구 한 수를 부쳐왔기에 차운하여 사례하다

尹西亭送葛葉酒寄絶句一首次韻謝之

객창에선 도무지 더위 물리칠 방도가 없어   旅窓却暑苦無方

새로 빚은 갈엽주로 기쁘게 잔을 채우네   葛葉新醪喜滿觴

한 줄기 산바람이 배 속으로 불어오더니   一道山風吹入腹

어디서 온 꾀꼬리가 시정을 돋우나   何來黃鳥喚詩腸

원춘정이 시를 부쳐와 여름날에 귀양지로 가는 고통을 위로하였기에 차운하여 화답하다

元春汀寄詩慰暑天赴謫之苦次韻和之

높이 날던 솔개가 강으로 떨어질 듯   阽阽飛鳶若墮爐

무더운 날 행객은 미친 듯 소리치고 싶어라   炎天行客欲狂呼

반평생 탐하며 사느라 고운 얼굴 바뀌고   半生乾沒華容改

한 점의 청량함도 이 세상엔 없네   一點淸凉世界無

술잔 드니 멀리 떨어진 벗 견딜 수 없네   把酒那堪親友隔

떠나니 비로소 쫓겨난 신하의 외로움 알겠네   離鄕始覺逐臣孤

그대는 지금 백발로 여전히 낭서에 있으니   君今白首猶郞署

언제나 함께 오호에 배를 띄울까   何日同舟泛五湖

장난삼아 산새와의 문답을 읊다

戲賦山禽問答

포곡[411]에게 묻다 問布穀

씨 뿌려라 또 씨 뿌려라	布穀復布穀
모가 앞 평야에 가득하다	禾苗滿前坪
아무리 씨 뿌려도 하늘이 비에 인색하면	縱布天慳雨
어찌 가을 풍년을 바랄 수 있으랴	何望有秋成

포곡이 답하다 布穀答

사방에 빈 밭이 없지만	四野無曠田
씨 뿌리는 것은 나의 직책이오	布穀是我職
천시는 물을 필요 없으니	不須問天時
인력만 다하면 그뿐	且可盡人力

꾀꼬리에게 묻다 問黃鳥

네 몸이나 부지런히 닦고	但勤修爾身
네 혀는 놀리지 마라	且莫掉爾舌
벗을 구함은 마음 살핌에 있는 것	求友在省心

---

411 포곡(布穀) : 뻐꾸기이다. 울음소리가 '뿌구〔씨앗 뿌려-布穀〕'처럼 들려서 포곡새라고 부른다.

좋은 소리 하는 데 있지 않도다 　　　　　　　　　不在講好說

꾀꼬리가 답하다 黃鳥答

나는 자연스런 정취를 발하는 것 뿐 　　　　　　我自發天趣

세상 인정과는 무관하다오 　　　　　　　　　　非關世人情

안을 돌아보아 부끄럽지 않다면 　　　　　　　　內省不自疚

내 소리 듣고 화평할 것이오 　　　　　　　　　聽之和且平

두우[412]에게 묻다 問杜宇

늘 차라리 돌아가자고 말하지만 　　　　　　　常道不如歸

어디로 돌아가야 할지 알지 못하네 　　　　　　不知歸何處

촉 땅이 비록 아름답다지만 　　　　　　　　　蜀土雖云佳

너를 받아들이지 못할까 걱정이구나 　　　　　只恐不容汝

두우가 답하다 杜宇答

고국과 팔천 리나 떨어져 　　　　　　　　　　去國八千里

초라한 행색[413]을 옛 신하들이 따르네 　　　　瑣尾舊臣從

---

412 두우(杜宇) : 서촉(西蜀)의 군왕 두우는 별령(鱉靈)의 딸과 사랑에 빠져 국사를 돌보지 않았는데, 그 사이 별령이 왕의 자리를 차지하고 두우를 쫓아냈다. 쫓겨난 두우는 울다 지쳐 죽어서 두견새가 되었다고 한다. 두견새의 별칭으로는 망제혼(望帝魂)·불여귀(不如歸)·귀촉도(歸蜀道) 등이 있다.

413 초라한 행색 : 《시경》〈모구(旄丘)〉에 "초라하기 짝이 없어, 여기저기 떠다니는 신세라.〔瑣兮尾兮 流離之子〕"라는 구절이 나오는데, '쇄미(瑣尾)'는 초라한 행색으로

돌아가 죽을 수만 있다면 아무 여한 없으니　　　但歸死無恨
어찌 감히 받아주길 바라겠는가　　　　　　　豈敢望見容

다시 묻다 再問

절절하고도 애달프구나　　　　　　　切切復哀哀
당시의 일을 후회할 줄 알다니　　　　能悔當日事
돌아가서 연회의 즐거움에 빠지면　　歸來沈宴安
다시 너의 뜻을 잃게 될까 두렵구나　恐復喪汝志

다시 답하다 再答

오래도록 어려움을 겪었으니　　　　　備嘗艱險久
새로운 일을 도모할 만하다네　　　　　庶幾許新圖
저 재상을 어찌 족히 믿으랴마는　　　彼相安足恃
백성들은 다행히 나를 가엾게 여긴다네　百姓幸憐吾

세 번째 묻다 三問

금궐은 마다하고　　　　　　　　　却辭金闕裏
객창에 와서 우는구나　　　　　　來向羇窓啾
나 또한 쫓겨난 몸　　　　　　　　我猶被放逐
너 위해 도모해 줄 힘인들 있겠느냐　何能爲汝謀

타지를 떠도는 어려운 처지를 가리키는 말로 사용된다.

세 번째 답하다 三答

속마음 호소할 곳 없어 　　　　　　　　衷臆無所訴

깊은 숲 꼭대기에서 슬피 운다오 　　　悲鳴深樹巔

이곳은 그대가 있을 곳 아닌데 　　　　此地非君所

어찌하여 찾아와 귀찮게 하시오 　　　何苦來相纏

네 번째 묻다 四問

네 소리는 나더러 돌아가라 재촉하고 　爾聲催我歸

달빛도 밝아 돌아갈 길 많다네 　　　月明歸路多

하지만 돌아가려 해도 밭도 집도 없으니 　欲歸無田舍

네 소리를 어찌 하랴 　　　　　　其奈爾聲何

네 번째 답하다 四答

산사람에게는 마을이 있고 　　　　　山人自有里

산새에게는 가지가 있네 　　　　　　山禽自有枝

그대 만약 돌아갈 뜻 없다면 　　　　君如無歸志

미물인들 또한 어찌 하리오 　　　　微物亦何爲

새들에게 묻다 問衆鳥

빈산은 본디 소리가 없는데 　　　　　空山本無聲

새들은 어찌 그리 바쁜가 　　　　　衆禽何多事

모이 쪼고 물 마실 생각일랑 하지 않고서 　不去飮啄謀

그윽이 은거하는 이의 잠을 깨우나 　　　　　　　　　來攪幽人睡

새들이 답하다 衆鳥答

우리는 벼슬도 부럽지 않고 　　　　　　　　　　　　我不慕軒冕

우리는 명리도 구하지 않소 　　　　　　　　　　　　我不求利名

빈산이 너무도 적막하여 　　　　　　　　　　　　　　空山太寂寞

멀리서 온 객의 마음 위로하려 했을 뿐 　　　　　聊慰遠人情

도헌 이형께 드리다

呈道軒李兄

내 지난날 다박머리 시절	我昔髫齔時
공이 친영을 왔는데	公來逆婦親
오직 하나뿐인 아우였던 내가	孤單惟一弟
동상의 빈객[414]을 접대하였네	充接東床賓
병약하고 다병하여	瘦弱多疾病
지린 오줌이 오색 자리에 잔뜩 묻었기에	遺尿滿彩茵
집안이 떠들썩하게 한바탕 웃었거늘	哄堂成一笑
어언 오십 년이 흘렀네	倏忽五十春
누님은 옛날의 여사	姊氏古女士
꼿꼿한 성품 속세에 물들지 않았네	慷慨不染塵
나의 관직이 너무 높은 것을 근심하시어	憂我官太盛

---

414 동상(東床)의 빈객 : 사위를 말한다. 《진서(晉書)》권80 〈왕희지전(王羲之傳)〉
에 "태위 치감이 문생을 시켜 왕도의 집안에서 사위를 구하도록 했다. 왕도는 동상에
가서 자제들을 두루 살펴보게 했다. 문생이 돌아와서 치감에게 말하기를 '왕씨의 여러
청년들이 모두 훌륭합니다. 그런데 소식을 듣고 모두가 스스로 자랑스러워했는데, 다만
오직 한 사람만이 동상에서 배를 드러내놓고 식사하며 마치 듣지 못한 듯했습니다.'라고
했다. 치감이 '바로 이 사람이 좋은 사위감이다!'라고 했다. 그곳을 방문해 보니 곧
왕희지였다. 마침내 그를 사위로 삼았다.〔太尉郗鑒使門生求女婿於導 導令就東廂遍觀
子弟 門生歸 謂鑒曰 王氏諸少並佳 然聞信至 咸自矜持 惟一人在東床坦腹食 獨若不聞
鑒曰 正此佳婿邪 訪之 乃羲之也 遂以女妻之〕"라고 하였다.

임종 때에도 신신당부하셨네 臨歿戒申申

도헌 형은 만년에 벼슬에 올랐으나 道兄晩釋褐

여전히 포의처럼 빈곤했네 猶似布衣貧

매년 종종 걸음으로 후반415을 좇고 每歲趁候班

여기저기 기식하며 고생 겪었네 旅食轉悲辛

집안에서 즐거워했던 바는 무엇이던가 居家何所樂

다섯 아들 아침저녁으로 문안 올렸네 五子趨昏晨

다섯 아들 하나같이 어질고 효성스러워 五子俱賢孝

하나하나가 기린과도 같았네 箇箇如麒麟

창가엔 한 동이 술 窓間一甕酒

책속엔 천고적 사람 卷中千古人

한 번 술 마시고 한 번 사서 읽으며 一飮一讀史

흐뭇하게 화진416을 길렀네 陶然養和眞

나를 면양으로 보냈을 적엔 送兒沔之陽

편지 부쳐 쫓겨난 신하를 위로했네 寄緘慰逐臣

편지를 펼쳐 옛 자취를 어루만지며 發書撫舊迹

머리 숙였다 들었다, 마음 아파하네 俛仰自傷神

내 마음은 아직도 아이 같은데 我心尙如童

내 머리는 이미 은색이 되었네 我髮已化銀

옛날엔 오줌 지려 웃었는데 昔日遺尿笑

지금은 눈물로 수건을 적시네 今成淚沾巾

415 후반(候班) : 임금을 문안하는 반열이다.

416 화진(和眞) : 화순(和順)한 진성(眞性)이다.

처세 또한 이 모양이라 　　　　　　　　　　　　處世亦如此

도처에서 빈축을 사네 　　　　　　　　　　　　到處逢蹙頞

이미 거백옥의 나이[417] 지났으니 　　　　　　已過伯玉年

어찌 새로워지기를 바랄 수 있으랴 　　　　　詎能望自新

　경자년(1840) 봄에 공이 생관(甥舘)[418]의 손님으로 왔을 때 나는 여섯 살이었다.

---

417 거백옥(蘧伯玉)의 나이 : 50세를 말한다. 백옥(伯玉)은 춘추 시대 위(衛)나라 거원(蘧瑗)의 자이다. 영공(靈公)을 섬겨서 현대부(賢大夫)로 칭송되었다. 《회남자(淮南子)》〈원도훈(原道訓)〉에 "주나라 위거원은 자가 백옥인데 나이 50세에 지난 49년이 잘못되었음을 알았다.〔周衛蘧瑗 字伯玉 年五十 知四十九年之非〕"라고 했다.

418 생관(甥舘) : 사위가 거처하는 곳이다.

차운하여 옥천 수령 윤옥거에게 답하다

次韻酬沃川宰尹玉居

십 년의 벼슬살이 모래로 밥 짓기[419]　　　十年宦業若炊沙

늪가의 외로운 신하 귀밑머리 허옇네　　　澤畔孤臣兩鬢華

아련한 봄꿈에 세상과 막힌 듯하고　　　春夢依微如隔世

담담한 생애에 이미 집을 잊었네　　　生緣淡泊已忘家

마음의 기약은 천 강의 달[420]을 아득히 비추고　　　心期迥照千江月

다스림과 교화는 한 현의 꽃[421]을 멀리 전하네　　　治化遙傳一縣花

절문에 지팡이 세우고 홀로 웃노라니　　　拄杖寺門成獨笑

벗의 소식이 하늘 끝에서 왔네　　　故人消息自天涯

419　모래로 밥 짓기 : 괜히 힘만 들이고 공적이 없는 것을 비유한다.

420　천 강의 달 :《가태보등록(嘉泰普燈錄)》권18에 "천 개의 산에 같은 달이 뜨고, 만 가호엔 모두 봄이로다. 천 개 강에 물이 있으니 천 개 강에 달이 뜰 것이요, 만 리에 구름이 없으니 만 리의 하늘이 보이리로다.〔千山同一月 萬戶盡皆春 千江有水千江月 萬里無雲萬里天〕"라는 말이 나오는데, 이를 인용한 듯하다.

421　한 현의 꽃 : 진(晉)나라 반악(潘岳)이 하양 현령(河陽縣令)을 지낼 때 현에 가득 꽃을 심었는데, 이후 일현화(一縣花)는 지방의 아름다움이나 지방관의 훌륭한 다스림을 비유하게 되었다.

안애석[422] 정원 과 함께 읊다

與安厓石 鼎遠 共賦

삿갓에 나막신 신고 쓸쓸히 옛날로 돌아와	笠屐蕭然返古初
가끔씩 표주박 지고 시골 오두막을 찾네	負瓢時到野人廬
추위 지나자 마당 오동나무 잎이 나부끼고	庭梧飄葉凉生後
자고 일어나자 대숲에서 차 절구 소리[423]	山竹敲茶睡起餘
시골 술이라도 취하는 데 아무 문제없고	醉倒何妨村裏酒
베갯머리 책은 나른할 때 펼쳐 볼 수 있네	倦來聊覓枕邊書
우는 새야 밭도 집도 없다고 웃지를 마라	啼禽莫笑無田舍
곳곳이 맑은 바람이고 우주가 집이란다	到處淸風室太虛

들밭의 촌락은 절과 접해 있어	野田墟落接空門
몇 점 푸른 연기 피어나는 당각[424]의 마을	數點靑煙鐺脚村

---

422 안애석(安厓石) : 안정원(安鼎遠, 1831~1900)으로, 본관은 광주(廣州), 자는 경초(景初), 호는 애석(厓石)이다. 감찰(監察) 안경설(安景說)의 손자이고, 안기원(安基遠)의 아우이다. 영천(永川) 도동(道洞)에 거주했다. 1907년에 발간된 《광릉세고(廣陵世稿)》에 《애석집(厓石集)》이 실려 있다.

423 차 절구 소리 : 당나라 유종원(柳宗元)은 〈하주우작(夏晝偶作)〉에, "남쪽 고을 더위에 술에 취한 듯, 책상에 기대 자고 난 뒤 북쪽 창을 여네. 정오에 사방이 고요한 듯 느껴지더니, 산동이 대숲 저편에서 차 절구를 빻네.[南州溽暑醉如酒 隱几熟眠開北牖 日午獨覺無餘聲 山童隔竹敲茶臼]"라고 하였다. 이 시와 시경(詩境)이 서로 비슷한 것 같다.

기이한 선비 서로 만나 백석[425]을 노래하고	畸士相逢歌白石
미인을 볼 길 없어 황혼을 탄식하네	美人不見歎黃昏
거울 속 백발에 품은 뜻만 아파하고	鏡中白髮空憐志
바닷가 푸른 산에 넋이 끊길 것 같네	海上靑山欲斷魂
이별 후의 시편들 상자에 가득하리니	別後詩篇應滿篋
오늘밤 술자리에서 자세히 논해보세	今宵樽酒細將論

그대 안기생[426]에게 한 잔 권하노니	一盃勸汝安期生
강해 같은 문장으로 일찍이 명성 얻었네	江海文章早有聲
웃으며 어깨를 치니 아직 의기가 양양하고	相笑拍肩猶意氣
높이 읊으며 코를 쥐니[427] 이 또한 풍류로세	高吟捉鼻亦風情

---

424 당각(鐺脚) : 덕정이 베풀어지는 마을이다. 당나라 설대정(薛大鼎)·정덕본(鄭德本)·가돈이(賈敦頤)가 세 고을을 맡아 다스렸는데, 모두 뛰어난 정적을 남겨 당시 사람들이 이들을 발이 3개인 솥으로 비유하여 당각자사(鐺脚刺史)라고 했다.

425 백석(白石) : 〈반우가(飯牛歌)〉를 말한다. 〈구각가(扣角歌)〉·〈우각가(牛角歌)〉·〈상가(商歌)〉라고도 한다. 춘추 시대 위(衛)나라 사람 영척(寧戚)이 제(齊)나라 동문 밖에서 소를 먹이며 환공(桓公)이 나오기를 기다리다 소뿔을 두들기며 노래를 불렀다. "남산의 바위 아름답고, 백석이 빛나네. 살아서 요와 순의 선양을 만나지 못하고, 짧고 얇은 베옷은 겨우 갈빗대에 이르네. 황혼에서 밤중까지 소를 먹이니, 긴 밤이 느린데 언제 날이 새려나?〔南山矸 白石爛 生不遭堯與舜禪 短布單衣適至肝 從昏飯牛薄夜半 長夜漫漫何時旦〕" 후에 미천한 자가 세상에 기용될 것을 구하는 전고로 사용되었다.

426 안기생(安期生) : 진나라 한나라 무렵의 제 땅 출신 선인(仙人)의 이름이다.

427 높이……쥐니 :《진서(晉書)》권79 〈사안열전(謝安列傳)〉에 "사안은 명성이 대단하여 당시 그를 흠모하는 자가 많았다.……그는 본래 낙하서생의 음영에 능했는데,〔낙하서생의 음영이란〕콧병이 있어 소리가 둔탁한 것을 가리킨다. 당시 명류들은 그

산중의 장물[428]로 흰 구름을 주고　　　　　　　山中長物贈雲白

호수 위 돌아오는 배에 밝은 달빛 실었네　　　　湖上歸帆帶月明

십 년간 장동[429]으로 시은[430]이 다 된 몸　　　十載牆東成市隱

제후의 문 열리지 않으니 갓끈 풀러 가야겠네　　侯門不解去飄纓

음영을 흠모하나 따라갈 수가 없어서 손으로 코를 틀어쥐고 흉내 냈다.〔安少有盛名
時多愛慕……安本能爲洛下書生詠 有鼻疾 故其音濁 名流愛其詠而弗能及 或手掩鼻以斅
之〕라는 구절이 나온다.

428　장물(長物) : 남아도는 물건이다.

429　장동(牆東) : 은거지를 말한다. 《후한서(後漢書)》 권113 〈일민열전(逸民列傳)
봉맹(逢萌)〉에 "군공(君公)이 난리를 만나 홀로 떠나가지 않고 소를 거간하며 스스로
숨었는데, 당시 사람들이 이를 논하기를 '세상을 피한 장동의 왕군공(王君公)이다'라고
했다.〔君公遭亂獨不去 儈牛自隱 時人謂之論曰 避世牆東王君公〕"라는 말이 나온다.

430　시은(市隱) : 산중이 아니라 사람들이 많이 사는 성시(城市)에서 은거하는 것을
말한다.

애석을 전송하다

送厓石

행인이 말에 여물 먹이니 방울소리 땡그랑	行人秣馬鐸丁東
청두[431]의 새벽등불 한 점으로 붉네	靑豆晨燈一點紅
달 뜬 호계에선 혜원이 근심하고[432]	月出虎溪愁惠遠
풀 자란 남포에선 문통이 한탄하네[433]	草生南浦恨文通
강리[434] 우거진 언덕 적막한들 누가 위로하리	寂寥誰慰茳蘺岸
계수나무 떨기는 아득하여 오르기 어렵네	迢遞難攀桂樹叢
꿈속에서 아련히 그대 떠나간 길	夢裏依微君去路
어지러운 산 그 어디도 비슷하지 않네	亂山何處不相同

---

431 청두(靑豆) : 푸른 등불이 콩만 하다고 하여 승방(僧房)을 청두라고 한다.

432 달⋯⋯근심하고 : 호계는 강서성(江西省) 여산(廬山) 동림사(東林寺) 앞에 있는 개울이다. 진(晉)나라 혜원법사(惠遠法師)가 이곳에 거주할 때 객을 전송하면서도 개울을 넘지 않았는데, 하루는 도잠(陶潛)과 도사 육수정(陸修靜)이 찾아와 매우 즐겁게 담소를 나누고, 전송하면서 자기도 모르게 호계를 넘어갔더니 호랑이가 울었다고 한다. 이에 세 사람은 크게 웃으며 이별했는데, 후세 사람이 그 곳에 삼소정(三笑亭)을 지었다는 전설이 있다.

433 풀⋯⋯한탄하네 : 문통은 남조(南朝)의 문인 강엄(江淹, 444~505)의 자이다. 그는 유명한 〈별부(別賦)〉에서 "봄풀은 푸른색이고, 봄물은 맑은 물결인데, 남포에서 그대를 전송하니, 상심을 어찌하리오?〔春草碧色 春水淥波 送君南浦 傷如之何〕"라고 했다. 남포는 송별 장소의 전고로 쓰인다.

434 강리(茳蘺) : 향초의 일종이다.

거미를 읊다
詠蜘蛛

거미가 쳐놓은 그물이 처마에 비스듬한데	老蛛張網屋簷斜
빽빽이 안배한 솜씨 꿈도 사치스럽구나	密密安排意願奢
미물들조차 해로움 피할 줄 알아서	微物皆能知避害
무심히 걸려든 것은 오직 자미화[435] 뿐이라네	無心惟冒紫薇花

435 자미화(紫薇花) : 목백일홍(木百日紅)이다.

매미를 읊다

詠蟬

만 그루 나무의 매미소리에 절간이 소란한데   萬樹鳴蟬鬧梵宮

외로운 승려는 말없이 귀머거리처럼 앉아있네   孤僧不語坐如聾

가끔씩 소리 끊겨 청산이 적막해지면   有時忽斷靑山寂

끝도 없는 가을소리가 배 속에 있네   無限秋聲在腹中

칠석

七夕

난학⁴³⁶은 소리 없고 밤빛은 느릿느릿   鸞鶴無聲夜色遲

운병⁴³⁷의 주렴, 그림자 구불구불 이어졌네   雲軿珠箔影逶迤

천손⁴³⁸도 늙어가며 정이 박해졌는지   天孫老去情應薄

오늘 저녁엔 이별의 눈물도 남겨놓지 않네   不遣今宵別淚滋

---

436 난학(鸞鶴) : 학이 끄는 수레의 방울소리를 말한다. 견우의 수레를 말한 것이다.

437 운병(雲軿) : 부인이 타는 사방에 휘장을 두른 수레이다. 직녀의 수레를 말한 것이다.

438 천손(天孫) : 직녀성의 이칭이다.

밤에 앉아서 우연히 읊다

夜坐偶吟

홀로 앉아 근심하며 잠 못 이루는데	獨坐悄無寐
이 맑은 경치를 아는 사람 드무네	清景少人知
귀뚤귀뚤 귀뚜라미는 비스듬한 섬돌을 오르고	吟蛩上欹砌
밝은 달은 빈 휘장을 내려다보네	明月瞰虛帷
깊은 밤엔 바람도 이슬도 무거워	夜深風露重
산의 나무들은 온통 가지를 늘어뜨리네	山木盡垂垂
된서리가 하루아침에 찾아오니	繁霜一朝至
무성했던 풀들이 시들려 하네	豐草行將萎
흐르는 세월 물처럼 빨라서	流光迅若水
백발이 아침저녁으로 늘어가네	華髮日夕滋
얼굴빛 잡아둘 수 있는 사람이 어디 있을까	誰能久駐顔
공명에도 또한 때가 있는 법	功名亦有時
이대로 떠나가 속세의 욕심 없애고	逝將息塵機
복식⁴³⁹ 하며 안기생⁴⁴⁰을 좇으리라	服食追安期

밝은 달빛이 서쪽 처마로 지니	明月下西軒
흐르는 빛이 숲 그늘로 흩어지네	流輝散林樾

---

439 복식(服食) : 도가(道家)에서 단약(丹藥)을 복용하는 것이다.

440 안기생(安期生) : 진나라 한나라 무렵의 제(齊) 땅 출신 선인(仙人)의 이름이다.

서늘한 바람이 오랜 비를 거두자	凉風收積雨
만 리의 어두운 먼지 사라지고 없네	萬里氛埃絶
우러러 보니 하늘도 드넓구나	仰看天寥廓
뭇 별들은 또 얼마나 빼곡한지	衆星何森列
북두성은 난간 꼭대기에 떴고	北斗正闌干
옥승441은 자꾸 깜빡깜빡거리네	玉繩轉明滅
창룡442은 그 뿔을 떨치고	蒼龍奮其角
기성443은 그 혀를 날리네	維箕翕其舌
직녀는 종일토록 일을 하여	織女終日勞
베틀 짜기를 오래 전에 이미 마쳤네	杼柚久已竭
서로 넘나드는 뜬구름	浮雲互相踰
삽시간에 옷과 개444로 변하네	衣狗變俄忽
오로지 오래된 탑만이 있어	惟有古時塔
우뚝 선 채 험준한 산을 지키네	亭亭守巀嶭

---

441 옥승(玉繩) : 옥형(玉衡)으로 북두칠성 제5성의 북쪽에 있는 천을(天乙)과 태을 (太乙) 두 별이다.

442 창룡(蒼龍) : 청룡으로 동방의 7개 별인 각(角)·항(亢)·저(氐)·방(房)·심 (心)·미(尾)·기성(箕星)이다.

443 기성(箕星) : 남기성(南箕星)으로 4개 별로 되어 있는데, 둘은 종(踵)이고, 나머 지 둘은 설(舌)이다.

444 옷과 개 : 백의창구(白衣蒼狗)의 준말이다. 세상일의 변화가 무상함을 말한다. 두보(杜甫)의 〈가탄(可歎)〉시에 "하늘 위 뜬 구름 흰 옷 같더니, 순식간에 변하여 푸른 개가 되었네.〔天上浮雲如白衣 斯須改變如蒼狗〕"라고 했다.

안애석이 준 운에 차운하다

次安厓石見贈韻

이별 뒤 산속 사립문 몇 번의 석양 받았는가　　別後山扉幾夕曛
비 지나니 가을 기운이 벌써 삼분이네　　　　　雨餘秋氣已三分
빼어난 문장은 아직 시대의 감상 얻지 못했고　奇文恨未逢時賞
허뢰[445]는 유독 고요함 속에서 잘 들리네　　　虛籟偏多靜裏聞
고요히 비추는 마음은 못에 찍힌 달과 같고　　寂照心如潭印月
대충 만든 단약은 약 솥의 구름 거두려 하네　漫成丹欲鼎收雲
흥 일어 홀로 가서 육신도 잊은 채 앉았으면　興來獨去忘形坐
오로지 푸른 숲과 사슴이 함께 한다네　　　　惟有靑林鹿與群

---

445 허뢰(虛籟) : 바람을 비유한 말이다.

차운하여 인원회에게 주다

次韻贈印元會

욕수[446]가 오자마자 비렴[447]을 데려오니 蓐收初至導蜚廉

서늘해진 마당 나무에 오랜 병에서 일어나네 庭樹凉生起病淹

보슬비는 구름 따라 이별의 포구로 돌아가고 小雨隨雲歸別浦

먼 산은 달 토하고 낮은 처마로 들어오네 遠山吐月入低簷

그대는 술로 고독한 사람 위로할 수 있고 君能持酒慰幽獨

나는 시를 읊어 은자를 초징하려 하네 我欲詠詩招隱潛

한가함 속의 청아한 맛 점차 깨달아 漸覺閑中淸意味

객이 와도 오직 수정염[448]만 올리네 客來惟進水晶鹽

---

446 욕수(蓐收) : 전설 속의 서방(西方)의 신이다. 가을을 관장한다. 소호씨(少皞氏)의 아들 해(該)라고 한다.

447 비렴(蜚廉) : 전설 속의 바람의 신이다.

448 수정염(水晶鹽) : 수정염(水精鹽)이라고도 한다. 수정처럼 투명한 소금이다. 이백(李白)의 〈제동계공유거(題東溪公幽居)〉시에 "객이 오니 잡아두고 취할 생각 뿐, 소반엔 다만 수정염뿐이네.〔客到但知留一醉 盤中祇有水精鹽〕"라고 했다.

밤에 앉아 잠자지 않고 다시 앞의 운을 차운하다

夜坐無寐復次前韻

고요함에 이르면 본디 본성이 수렴되나니[449]	至靜原來性近廉
일 없는 산중에 오래 머물 수 있겠네	山中無事可長淹
바위를 데려와 때때로 강론 듣게 하고	隨同老石時聽講
한가한 구름 붙잡아 저녁 처마에 깃들게 하네	留住閑雲暮宿簷
육식의 육근[450]이 깨끗하여 희로애락 모두 잊고	身淨六根忘喜怒
밤이면 온갖 소리 텅 비어 새도 물고기도 쉬네	夜空萬籟息飛潛
눈썹 끝에 아직 세상사 남아 있지만	眉頭尙有人間事
그것이 어찌 구구한 쌀과 소금 때문이리라	豈爲區區米與鹽

---

449 고요함에……수렴되나니 : 《음부경(陰符經)》에 "즐거움에 이르면 본성에 여유가 생기고, 고요함에 이르면 본성을 수렴하게 된다.〔至樂性餘 至靜性廉〕"라는 말이 나온다.

450 육근(六根) : 불교용어로 안근(眼根), 이근(耳根), 비근(鼻根), 설근(舌根), 신근(身根), 의근(意根)을 가리킨다.

심묵암[451] 성택 과 함께 읊다

與沈默庵 聖澤 共賦

온 하늘의 밤빛이 붉은 담장을 맴돌고　　　　　　一天夜色轉紅牆
싸늘한 흰 이슬에 방초가 안타깝네　　　　　　　白露凄凄惜衆芳
인간사 나무의 수명 기약하기 어려운데　　　　　人事難期山木壽
가을 정회는 저 멀리 바다구름으로 들어가네　　秋懷遙入海雲長
촌 옷 입고 맞이하니 눈썹과 수염 예스럽고　　相迎野服鬚眉古
밭의 채소 늘 먹어와 입에선 향기 나네　　　　慣嚼畦蔬口齒香
언제나 일엽편주로 물을 거슬러 떠나갈까　　　何日扁舟溯洄去
친구들은 대부분 물가에 산다네　　　　　　　故人多在水之傍

---

451 심묵암(沈默庵) : 심성택(沈聖澤)으로, 광릉 참봉(光陵參奉), 신계 군수(新溪郡守)를 지냈다.

7월 26일은 집사람의 망일 5주기이다. 애도의 정을 적어 절구 8수를 짓다

七月二十六日卽室人亡日五週也追叙悲悼之懷作八截

파산의 대가로 석문을 꼽나니 / 世冑坡山推石門

부친 어질고 모친 효순하며 다른 형제 없었네 / 父賢母孝無他昆

가련하게 네 살 때 부모를 여의고 / 可憐四歲悲風樹

외가의 사랑만 받으며 자랐다네 / 鞠養偏蒙外氏恩

온순하고 조용히 숙부모를 받드니 / 婉嫕常承叔嬸歡

일가가 화기애애하여 사이 더없이 좋았네 / 一家和氣渾無間

성 서쪽의 셋집 씻어낸 듯 가난했어도 / 城西僦屋貧如洗

십 년간 근심하는 안색 보이지 않았네 / 十載曾無戚戚顔

헛된 영화 좇아 어찌 시정배의 사랑을 취하랴 / 浮榮奚取市童憐

근교의 몇 이랑 비옥한 밭[452]은 원래 없었네 / 數頃元無負郭田

---

452 근교의……밭 : 원문의 '부곽전(負郭田)'은 근교의 좋은 밭을 말한다. 《사기》 권 69 〈소진열전(蘇秦列傳)〉에 "소진이 탄식하며 말하길,……내게 만일 낙양 교외의 좋은 밭 두 이랑이라도 있었다면, 내가 어찌 육국의 재상 인을 찰 수 있었겠는가.〔蘇秦喟然嘆 曰……且使我有雒陽負郭田二頃 吾豈能佩六國相印乎〕"라는 기록이 보이는데, 사마정 (司馬貞)은 《색인(索隱)》에서 "부(負)는 등, 혹은 베개와 같다. 성에 가까운 땅이 윤택 하고 가장 비옥하기에 부곽전이라고 부른다.〔負者 背也 枕也 近城之地 沃潤流澤 最爲膏 腴 故曰負郭也〕"라고 했다.

함께 녹문산[453]에 은거하자던 헛된 약속　　　　　偕隱鹿門空有約
고아한 풍격은 어진 맹광[454]에게 몹시 부끄럽네　高風多愧孟光賢

남편이 장차 만 리 여정에 오르는데　　　　　夫子將登萬里程
평상시와 다름없이 담담히 보냈네　　　　　怡然相送若平生
내게 평소 상봉[455]의 뜻 있음을 알고　　　知吾素有桑蓬志
깊은 규방의 연연한 정 표현하지 않았네　不作深閨戀戀情

성사[456]가 동쪽으로 돌아올 때 마침 전란 중　星槎東返兵戈際
열 식구 다 모일 수 있을지 생각할 수 없었네　十口團圓未始料
잠깐의 이별에 해를 넘기고야 다시 만나니　少別經年還聚首
자연히 초췌해지고 허리둘레 줄었네　　　自然憔悴減圍腰

자식 빨리 관직에 오르기 바라지 않았고　兒官太早不須求
딸에겐 시댁이 있다며 근심하지 않았네　女有夫家且莫憂

---

453 녹문산(鹿門山) : 중국 호남성 양양현(襄陽縣)에 있는 산이다. 동한의 방덕공(龐
德公)이 처자와 함께 이곳에 은거한 후로 은거지의 상징이 되었다.

454 맹광(孟光) : 동한의 현사(賢士) 양홍(梁鴻)의 처이다. 양홍과 함께 패릉산(霸陵
山)에 은거했다. 남편을 평생 손님처럼 공경하며 모셨다는 거안제미(擧案齊眉)의 주인
공이다.

455 상봉(桑蓬) : 상호봉시(桑弧蓬矢)의 준말이다. 뽕나무 활과 쑥대화살이라는 뜻
으로 남아가 출생하면 뽕나무 활과 쑥대화살로 천지사방에 쏘아서 남아가 마땅히 사방
에 뜻을 두어야 함을 상징했다. 남아의 큰 뜻을 말한다.

456 성사(星槎) : 사신의 수레를 말한다.

병중에도 달리 아픔과 슬픔 호소하지 않더니　　　　病裏無他悲楚語
훨훨 사랑하는 이 버리고 언덕으로 향했네　　　　翩然捨愛向山邱

서쪽 가야산 바라보니 저녁 빛 푸르구나　　　　西望伽倻暮色蒼
겹겹 봉우리 골짜기의 운상457을 상상하네　　　　重重峯壑想雲裳
동상458의 옛 객은 쇠한 머리만 남아　　　　東床舊客餘衰髮
면수 북쪽에서 푸른 적삼에 눈물 흘리네　　　　淚滴青衫沔水陽

아이들 곡하며 원망하는 소리 듣는 듯하니　　　　如聞兒女哭煩冤
어찌 하늘 끝에서 한잔 술 올릴 수 있겠소　　　　那得天涯酌一樽
늙어가니 먼저 떠난 그대가 부럽구려　　　　垂老羨君先我去
저승에서 오래도록 혼정신성459 받드시오　　　　泉臺長得奉晨昏

---

457 운상(雲裳) : 선인(仙人)의 의복이다.

458 동상(東床) : 사위를 말한다.

459 혼정신성(昏定晨省) : 밤에는 부모의 잠자리를 보아 드리고 이른 아침에는 부모의 밤새 안부를 묻는 것이다.

도사 안방산⁴⁶⁰ 기원 과 함께 읊다

與安方山 基遠 都事共賦

벽에는 벌레 소리 방안은 깊고 어두운데   蟲吟在壁室幽幽

나그네는 탑상에서 세월의 흐름에 놀라네   客榻齪驚歲月流

은근히 촛불심지 자를 때면 밤은 짧았고   剪燭慇懃無永夜

강개하여 병 두들길⁴⁶¹ 때면 깊은 가을이었지   擊壺悲慨有高秋

남으로 와서야 광황⁴⁶²의 은자를 보았는데   南來始見光黃隱

---

460 안방산(安方山) : 안기원(安基遠, 1825~1896)으로, 본관은 광주(廣州), 자는 선호(善浩), 호는 방산(方山)이다. 초명은 기원(氣遠)이다. 조선 후기의 위항 시인으로 풍애(楓厓) 안민학(安敏學)의 후손이다. 탄옹(炭翁) 김수암(金秀巖)에게서 시를 배우고 뒤에 추사 김정희(金正喜)와 매산 홍직필(洪直弼) 문하에서 교유하였다. 안기원은 관직에 뜻이 없어 과거도 포기한 채 고향으로 내려가 시 지으며 살다가 72세에 생을 마쳤다. 《국조인물지》를 편찬한 안종화가 그의 아들이다. 안기원은 관하(冠下) 조병항(曺秉恒), 창산(倉山) 김기수(金綺秀), 임한종(林漢鍾), 김상봉(金商鳳) 및 김윤식 등과 교류가 있었다. 그의 문집 《방산집(方山集)》3권에는 김기수와 김윤식의 서문과 조병항의 서문이 있다.

461 병 두들길 : 강개한 심정을 말한다. 진(晉)나라 왕돈(王敦)은 항상 술 마신 후 조조(曹操)의 "늙은 말이 구유에 엎드려 있으나 뜻은 천리 밖에 있네. 열사(烈士)는 모년(暮年)이지만 장심(壯心)은 그치지 않네(老驥伏櫪, 志在千里. 烈士暮年, 壯心不已)"라는 시구를 노래하며 쇠로 마음껏 타호(唾壺)를 두들기며 박자로 삼았는데 타호의 가장자리가 모두 부서졌다고 한다. 《진서(晉書)》〈왕돈전(王敦傳)〉에 보인다.

462 광황(光黃) : 중국 광주(光州)와 황주(黃州)를 말한다. 송나라 방산자(方山子) 진조(陳慥)가 은거했던 곳이다. 소식(蘇軾)의 〈방산자전(方山子傳)〉에 "방산자는 광황의 은자이다."라고 했다. 안기원의 호가 방산(方山)이므로 방산자로 비유한 것이다.

젊어서 일찍이 사촌형[463]들과 노닐었네　　　　早歲曾從伯仲遊

흰 이슬이 허공에 가득하고 은하수가 희미한데　　白露滿空河漢薄

어느 곳이 달 속 궁전인지 알 수가 없네　　　　不知何處是瓊樓

463　사촌형 : 김윤식의 사촌 큰형 김원식(金元植)과 둘째 형 김완식(金完植)을 말한다.

황서교 석연 와 함께 읊다

與黃書橋 石淵 共賦

말술을 따르니 황하를 마신 듯하고	斗酒斟來若飮河
백발로 상봉하니 뜻이 어떠한가	白頭傾盖意如何
들판 새들은 곡식 익어 새 양식 풍족하고	野禽秋熟新羞足
물가 기러기는 구름 개어 떠날 계획 가득일세	渚鴈雲晴遠計多
몇 년이나 소뿔에 한나라 사서 걸고 보았나[464]	牛角幾年觀漢史
오늘의 녹명연[465]에선 주나라 노래 주고받네	鹿鳴今日侑周歌

서교는 추위(秋圍)[466]에 응시하려 한다.

나그네 부엌 엉성하나 야박하다 나무라지 마오	客廚草草休嫌薄
진심어린 닭고기와 기장밥[467]이 낙타고기보다 낫다오	
	鷄黍情眞勝紫駝

벽을 비추는 차가운 등불 새벽꿈은 아련한데	照壁寒燈曉夢依
오색구름 깊은 곳[468]에서 다시 돌아왔네	五雲深處却來歸

---

464 몇……보았나 : 수나라 말 이밀(李密)이 소를 타고 다니면서 소뿔에 《한서(漢
書)》한 질을 걸어놓고 근실하게 독서를 했다고 한다.

465 녹명연(鹿鳴宴) : 향시(鄕試) 합격자들에게 주현(州縣)에서 베풀어 주었던 연회
이다. 《시경》〈녹명(鹿鳴)〉을 부르고, 괴성무(魁星舞)를 추었다고 한다.

466 추위(秋圍) : 가을에 실시하는 과거시험이다.

467 닭고기 기장밥 : 동한 때 노강 태수(廬江太守) 범식(范式)이 닭을 잡고 기장밥을
지어 그의 벗 장소(張劭)를 후하게 접대했다는 데서 나온 말이다.

외로운 신하에겐 패옥 적실 눈물 있지만 孤臣有淚沾裳珮
성스러운 세상엔 곤의 기울 인재 없네 聖世無才補袞衣
사람은 천 년 만에 돌아온 황학 같은데 人似千年黃鶴返
마음은 만 리 밖을 나는 갈매기를 좇네 心隨萬里白鷗飛
울퉁불퉁한 시정, 그대 위해 쏟아내니 詩腸磈磊爲君瀉
술기운 약해졌다 좋은 밤 그냥 보내지 마시게 莫遣良宵酒力微

468 오색구름 깊은 곳 : 임금이 있는 곳을 말한다.

주사 김의환[469]을 전송하다

送金宜煥主事

사방은 잠잠한데 술잔만 몇 순배 돌고	四座無言酒數行
내일 아침 면양성으로 가는 객을 전송하네	明朝送客沔陽城
들녘 다리엔 물이 말라 길 가는 나귀 평온하고	野橋水盡征驢穩
바닷가엔 가을 깊어 떠나는 기러기 청명하네	海國秋深旅鴈晴
쉰 머리로 평탄하거나 험하거나 함께하지만	衰髮相隨夷險際
타향에서 떠나고 머무는 정은 견디기 어렵네	異鄕難遣去留情
돌아가는 여정 하나 하나를 속으로 헤아려 보니	歸程歷歷心中計
동작나루에 다다를 때면 달이 가장 밝으리라	應到銅津月正明

---

469 김의환(金宜煥) : 1825~? 본관은 강릉, 자는 방언(方彦)이며, 양양(襄陽)에 거주했다. 1852년(철종3) 식년시(式年試) 생원 3등 68위로 합격했다.

중추절 밤에 황자천[470] 종교 과 함께 읊다

中秋夜與黃紫泉 鍾敎 共賦

벼의 고장에 이토록 사랑스런 밤이 있어	稻鄕有此可憐宵
사람 그림자 노랫소리가 들녘 다리를 넘어오네	人影歌聲渡野橋
온 세상이 함께 더위잡을 듯 밝은 달은 가깝고	四海共攀明月近
세 잔 술에 머나먼 고향 동산 완전히 잊었네	三盃渾忘故園遙
담이[471]가 아름다운 선비임을 그 누가 알까	誰知儋耳爲佳士
안타깝게도 풍당[472]은 성조에서 늙었네	可惜馮唐老聖朝
가을바람 탄식하며 시 지으려 하니	歎息秋聲因欲賦
푸르던 마당의 가지들이 하룻밤에 변하네	靑蒼一夜變庭條

중추가절에 그대 만나 긴 밤 가지려니	佳節逢君可永宵
높은 데 오른다고 꼭 광릉교[473]일 필요는 없다네	登高何必廣陵橋

---

470 황자천(黃紫泉) : 황종교(黃鍾敎, 1815~?)로, 본관은 창원, 자는 경회(景晦), 호는 자천(紫泉)이다. 거주지는 예산이다.

471 담이(儋耳) : 담이옹(儋耳翁)이다. 송나라 소식(蘇軾)을 말한다. 일찍이 중국 남방 담이국(儋耳國 지금의 海南道 儋縣)으로 귀양을 갔기 때문에 붙여진 이름이다.

472 풍당(馮唐) : 서한 때 조(趙) 땅 중구(中丘) 사람이다. 삼조(三朝)를 겪으면서 낭서(郎署)에 머물러 있었는데, 무제(武帝) 때 현량(賢良)으로 추천을 받았으나 나이가 이미 90여 세가 되어서 벼슬에 나아갈 수 없었다.

473 광릉교(廣陵橋) : 한나라 매승(枚乘)의 〈칠발(七發)〉시에서 8월 보름날 형제들과 함께 광릉(廣陵)의 곡강(曲江)으로 가서 파도를 구경하겠다고 했다. 여기서의 광릉

두건에 스미는 이슬 기운 맑고도 습하고	侵巾露氣淸仍濕
문으로 들어오는 벌레 소리 가깝고도 머네	入戶蟲聲近更遙
처세가 어찌 백번 단련하는 쇠와 같겠는가	處世那同金百鍊
품은 재능은 삼조의 옥을 탄식할 만하네[474]	懷才堪歎玉三朝
오강[475]이 옥도끼로 해마다 베어내건만	吳剛玉斧年年伐
가을바람 속 계수나무 가지는 끄떡도 없구나	無恙秋風桂樹條

은 양주(揚州) 곡강(曲江)이다.

474 품은……만하네 : 초인(楚人) 화씨(和氏)가 초산(楚山) 중에서 옥박(玉璞)을 얻어서 여왕(厲王)과 무왕(武王)에게 차례로 바쳤다가 돌을 옥이라고 속였다고 오해받아 발꿈치가 베이는 형벌을 받았는데, 문왕(文王)이 즉위하자 비로소 가치를 인정받은 일을 가리킨다.《韓非子 和氏篇》

475 오강(吳剛) : 죄를 짓고 달에서 계수나무를 끊임없이 베어내는 형벌을 받는 사람을 말한다.《유양잡조(酉陽雜俎)》에 "월계(月桂)의 높이는 5백 장(丈)이다. 그 아래 어떤 사람이 있어서 항상 그것을 잘라내고 있는데, 나무는 베어지면 곧 다시 합쳐졌다. 그 사람의 성은 오(吳)이고 이름은 강(剛)인데, 서하(西河) 사람으로서 신선술을 배우다가 잘못을 저질러서 귀양 보내 나무를 베도록 했다고 한다.〔月桂高五百丈 下有一人常斫之 樹創隨合 人姓吳 名剛 西河人 學仙有過 謫令伐樹〕"라고 했다.

도성으로 돌아가는 집 아이를 전송하다

送家兒還京

동구 밖 필마가 느릿느릿 출발하니	洞門匹馬出遲遲
이렇게 도성까지 며칠이나 걸릴까	此去京城幾日期
집안을 이어받아 가훈 지킬 수 있길 바라지만	庶望承家能守訓
세상에 쓰일 만한 기예 주지 못해 부끄럽구나	愧無授藝足需時
서글픈 가을 정회 가닥 잡기 어렵고	秋懷惻惻難爲緖
아득한 세상사 알 수가 없어라	世事茫茫不可知
집으로 돌아가는 너를 보내며 무엇을 줄까	送汝歸家何所贈
아무렇게나 지은 한 편의 시밖에 없구나	漫成惟有一篇詩

차운하여 신열릉 정랑에게 답하다

次韻酬申洌陵正郎

소옹[476]께서 벽라[477]의 문을 떠나고 나니	素翁一去碧蘿門
북촌 시사엔 화려한 문사 끊겼네	文藻寥寥社北村
영락한 친지들은 흘러가버린 물과 같고	零落親知同逝水
앙상한 병골로 우묵한 술잔 두려워하네	嶒嶙病骨怕深樽
속세 일을 잠시 잊으니 꿈도 드물고	漸忘塵事還稀夢
가을 회포 쏟아내려니 넋도 이미 끊겼네	欲瀉秋懷已斷魂
열수 가 시인은 여전히 필력 좋건만	洌上詩人猶健筆
그 언제나 촛불 심지 자르며 고담준론 들을까	何時剪燭聽高論

---

476 소옹(素翁) : 소산(素山) 이응진(李應辰)이다.

477 벽라(碧蘿) : 여라(女蘿)라고도 하며 일종의 초록색 기생덩굴식물이다. 보통 은자(隱者)들의 처소를 가리키는 말로 사용된다.

황자천과 함께 읊다

與黃紫泉共賦

낙엽 진 동원의 모습 지난날과 다른데	木落園容舊日非
영주의 물과 돌에 나그네는 돌아감도 잊었네	永州水石客忘歸
청운의 꿈이 꼭 후에 펼쳐진단 법 없으니	靑雲未必施於後
백설의 노래⁴⁷⁸가 어찌 아는 자 드묾을 꺼리랴	白雪何嫌和者稀
곡식 여물자 농가에는 느리게 걷는 이 없고	秋熟田家無緩步
산속 추워지자 나그네 침상에선 옷을 껴입네	山寒旅榻欲添衣
근자의 세상일은 바둑판과도 같아	近來世事如碁局
얼굴 스치는 서풍에 누가 포위를 풀까	拂面西風誰解圍
어디서 희마대⁴⁷⁹에 마음 아파하는가	何處傷心戲馬臺
동쪽 울타리의 가을빛 국화가 잔에 가득하네	東籬秋色菊盈盃
살면서 설마 어리석음 끊기랴	有生難道癡心斷
그대 아니면 어찌 입 벌려 웃을까	微子安能笑口開
골짜기에 내린 첫서리에 까마귀 늙고	澗壑新霜鴉舅老

---

478 백설의 노래 : 〈백설가(白雪歌)〉는 춘추전국 시대 초(楚)나라 도성 영(郢)의 가
요이다. 곡이 전아하여 화답하는 사람이 드물었다고 한다.

479 희마대(戲馬臺) : 진(晉)나라 의희(義熙) 연간에 후에 송 무제(武帝)가 된 유유
(劉裕)가 빈객들에게 연회를 베풀고 시를 읊었던 곳이다. 강소성(江蘇省) 동산현(銅山
縣) 팽성(彭城)에 있다.

강호의 밝은 달빛에 기러기 돌아오네　　　　　　江湖明月鴈賓回
깊숙한 소나무 문 그윽한 길로 통하니　　　　　　松門窈篠通幽逕
아마도 밤낮으로 이중[480]이 찾아오리라　　　　　日夕應須二仲來

---

480 이중(二仲) : 한(漢)나라 양중(羊仲)과 구중(裘仲)이다. 《초학기(初學記)》에서
한(漢)나라 조기(趙岐)의 《삼보결록(三輔決錄)》을 인용하여 "장후(蔣詡)의 자는 원경
(元卿)이고, 집에 삼경(三逕)이 있는데, 오직 양중과 구중하고만 노닐었다. 이중(二
仲)은 모두 청렴으로 추대되었으나 명예를 피했다.〔蔣詡 字元卿 舍中三逕 唯羊仲裘仲
從之遊 二仲皆推廉逃名〕"라고 했다. 나중에 이중은 은거하며 청렴하게 지내는 사대부
를 지칭하게 되었다.

학사 이담녕[481]이 기성[482]에서 숙직하며 편지와 오언절구 한 수를 보냈는데, 세 수를 차운하여 답하다

李澹寧學士直騎省寄信及五截一首次韻三首和之

원운은 "그 누구인들 영욕에서 벗어날 수 있는가? 하지만 공이라면 정녕 놀라지 않을 걸세. 지금 저 영탑사는, 옛날 그대로 광릉성에 있네."라고 했다.

이자의 글은 오봉루에 닿을 솜씨[483]	李子鳳樓手
높은 명성에 사방이 압도되었네	高名四座驚
일찍이 강련[484]의 시구 들리더니	早聞江練句
사 선성[485]이라 인구에 회자되었네	膾炙謝宣城

---

481 이담녕(李澹寧) : 이건창(李建昌)이다.

482 기성(騎省) : 병조(兵曹)이다.

483 오봉루(五鳳樓)에 닿을 솜씨 : 문장의 고수를 말한다. 증조(曾慥)의 《유설(類說)》에서 《담원(談苑)》을 인용하여 "한포와 한계는 모두 글을 잘 지었는데 한계가 일찍이 한포를 경시하여 말하기를 '내 형의 문장은 비유하자면 초가집을 지은 것처럼 겨우 비바람을 막을 뿐이고, 나의 문장은 오봉루의 경지에 달한 솜씨'라고 했다.〔韓浦韓洎咸有詞學 洎嘗輕浦 語人曰 吾兄爲文 譬如繩樞草舍 聊庇風雨 予之爲文 是造五鳳樓手〕"라고 하였다. 오봉루는 당나라 때 낙양에 있던 누대 이름이다. 높이가 100장이나 되어 허공을 찌를 듯 솟아 있었다고 한다.

484 강련(江練) : 사조(謝朓, 464~499)의 〈만등삼산환망경읍(晚登三山還望京邑)〉 시의 "맑은 강이 비단처럼 고요하네.〔澄江靜如練〕"라고 한 시구를 말한다.

485 사 선성(謝宣城) : 사조를 말한다. 자는 현휘(玄暉)이며, 진군(陳郡) 양하(陽夏) 사람이다. 남조 제(齊)나라 시인이며 선성 태수(宣城太守)를 지냈다.

맑은 밤에 기성에서 숙직하니 　　　　　　　　　　　清宵直騎省

반악의 흰 머리⁴⁸⁶ 가을 만나 놀라네 　　　　　潘鬢逢秋驚

듣자니 벼슬하려는 마음이 적어 　　　　　　　　聞說宦情薄

관직을 그만두고 도성을 나가려 한다네 　　　解官將出城

인간세상의 일 듣지도 않고 　　　　　　　　　　不聞人世事

두려움도 놀람도 없네 　　　　　　　　　　　　　無懼亦無驚

구름 낀 산이 얼마나 좋은지 이제야 알았기에 　始識雲山好

도성 가까이서 살지 않으려네 　　　　　　　　住家莫近城

---

486 반악(潘岳)의 흰 머리 : 진(晉)나라 반악(潘岳)의 흰 머리털이다. 중년의 반백을
말한다. 반악의 〈추흥부서(秋興賦序)〉에 "진나라 14년 내 나이 32세인데 처음 이모(二
毛) 즉 반백을 보았다. 태위연 겸 호분중랑장으로서 산기성에서 우직(寓直)한다.〔晉十
有四年 餘春秋三十有二 始見二毛 以太尉掾兼虎賁中郎將 寓直於散騎之省〕"라고 했다.

김석정이 무주에서 찾아오다

金石貞自茂朱來訪

염여퇴[487]에서 맑은 물굽이로 내려오자마자	纔從灧澦下淸灣
내 벗이 손짓하며 나 돌아오길 기다리네	我友招招待我還
한 잔 술 얻으면 이내 만족하지만	得酒一盃猶屬饜
천 권의 책 읽어도 얼룩무늬 하나[488] 못 보네	讀書千卷未窺斑
인생의 쉬고 머무름엔 정해짐이 없으니	人生歇泊恒靡定
세상사 헤아림은 결국 한가한 짓이라네	萬事商量竟屬閑
세모에 금단[489] 소식 아득하기만 하여	歲暮金丹消息杳
나도 모르게 거울 속에 노쇠한 얼굴 비춰보네	不禁明鏡照衰顔

서호가 실로 아름답다지만 어찌 내 고향이랴	西湖信美豈吾鄕
좋은 계절에 문 닫아거니 애가 끊기려 하네	閉戶佳辰欲斷腸
가을 슬퍼하는 백발에 촛불 심지 다 태우고	白首悲秋挑燭盡

---

487 염여퇴(灧澦堆) : 장강 삼협(三峽) 중 구당(瞿塘)의 협구(峽口)에 돌출한 강 위의 큰 바위이다. 험난한 뱃길의 한 곳으로서 흔히 벼슬살이의 험난함을 비유한다.

488 얼룩무늬 하나 : 원문의 '규반(窺斑)'은 견문이 좁은 것을 말한다. 《세설신어(世說新語)》〈방정(方正)〉에 "왕자경(王獻之)이 아이 적에 문생들이 저포놀이 하는 것을 보고는 '초군이 지겠구나.'라고 말했다. 문생들이 어린아이라고 얕보자 '이 자는 대롱으로 표범을 보니, 무늬 한 점만 볼뿐이다.'라고 말했다.〔王子敬數歲時 嘗看諸門生樗蒲 見有勝負 因曰 南風不競. 門生畢輕其小兒 乃曰 此郎亦管中窺豹 時見一斑〕"라고 했다.

489 금단(金丹) : 금석을 제련하여 만든 장생불로의 단약이다.

땅에 가득한 국화에 길게 술잔을 드네 　　　　　黃花滿地引盃長

한밤 낙엽 진 나무엔 쓸쓸한 비 내리고 　　　　　中宵落木蕭蕭雨

이별 포구의 길 떠나는 기러기엔 점점 서리가 　　別浦歸鴻點點霜

가슴속에 불평한 기운이 있기에 　　　　　　　總是胸中磈磊氣

시 읊는 소리 비장하여 어양곡490 같네 　　　　詩聲悽壯似漁陽

종일토록 맑은 빛이 푸른 봉우리를 비추고 　　　盡日淸輝在碧峯

사람 소리 들리지 않고 드문드문 종소리만 　　　不聞人語聽疎鍾

대나무 사이로 가늘게 멀리 샘 소리 들려오고 　細通竹筧泉聲逈

절집엔 비스듬히 무거운 탑 그림자가 드리웠네 　斜覆琳宮塔影重

오랜 풍상 겪은 단풍나무491는 장수할 관상이요 　歲久楓人多壽相

이끼 짙은 바위492엔 파리한 모습 드러나네 　　苔深石丈見瘰容

때때로 적막하면 솔뿌리에서 쉬는데 　　　　　有時寂寞松根憩

무심히 피어나는 구름은 게으른 나를 닮았네 　雲起無心似我慵

아침저녁으로 서산에 학을 날리고493 　　　　朝暮西山放鶴飛

---

490 어양곡(漁陽曲) : 어양삼과(漁陽三撾)로 고곡(鼓曲)의 이름이다. 한나라 예형
(禰衡)이 연주했던 곡으로 소리가 비장하여 듣는 이들이 모두 슬퍼했다고 한다.

491 단풍나무 : 풍인은 생장하면서 영류(瘿瘤), 즉 혹이 많아서 마치 사람 같다고
하여 붙여진 이름이다.

492 바위 : 석장(石丈)은 기이한 바위를 말한다. 송나라 미불(米芾)이 기이한 바위를
좋아하여 절을 올리고 항상 석장(石丈)이라 불렀다고 한다.

493 아침저녁으로……날리고 : 송나라 임포(林逋)가 서호(西湖)의 고산(孤山)에 은
거하며 학을 키우며 살았다.

흰 구름 깊은 곳에 승려와 짝해 돌아오네　　　白雲深處伴僧歸

사람 한가하니 낯선 새가 자주 문을 엿보고　　人閑怪鳥頻窺戶

객 떠나니 맑은 바람이 스스로 문을 닫네　　　客去淸風自掩扉

나는 이제야 시름하려는데 가을은 막 저물고　我始欲愁秋正暮

나무는 이처럼 여전한데 잎은 다 떨어졌네　　樹猶如此葉全稀

아직 신선되어 노니는 꿈 그치지 못한 탓에　　秖緣未罷遊仙夢

십 년간 지키지 못한 구맹494을 소중히 간직하네　珍重鷗盟十載違

단풍나무 맑은 계곡 옛날의 옥주495　　　　　　紅樹淸溪古沃州

옥거는 수령이 되고 봉호는 휴직했네　　　　　玉居爲宰鳳湖休

매월 강독하고 향음례를 닦으며　　　　　　　月朝講讀修鄕禮

휴일에는 술자리 열어 군청 누대에 모이네　　暇日壺觴集郡樓

호사가는 하늘 끝에서 공연히 슬피 바라보고　好事天涯空悵望

외로운 신하는 못가에서 늘 나그네 수심이네　孤臣澤畔滯羈愁

번거롭겠지만 그리움의 고통 대신 말해주게　煩君代道相思苦

언제나 어깨 걸고 옛날의 유람 이을까　　　　把臂何時續舊遊

옥거가 옥천 수령이 되어서 향음례를 배설하고 독약(讀約)496하였으며 군
(郡)의 사우(士友)들과 술을 마시고 시를 읊었다. 박봉호(朴鳳湖)는 관직
을 버리고 옥천에 거주했다. 석정이 옥천에서 와서 두 벗의 어울리는 즐거
움을 말하기에 언급한 것이다.

494　구맹(鷗盟) : 갈매기와 벗이 된다는 것으로, 은거를 말한다.

495　옥주(沃州) : 충북 옥천(沃川)의 옛 이름이다.

496　독약(讀約) : 향약을 읽는 의식이다. 주자의 백록동규, 퇴계 이황의 예안향약,
송나라 여대림의 남전여씨향약을 주로 읽었다.

골짜기 가득 가을소리에 처연히 난간에 기대니　　滿壑秋聲悄倚欄
온갖 근심 스멀스멀 눈썹 위로 올라오네　　百憂涓洞上眉端
몸은 노나라 과부처럼 베틀을 근심하고[497]　　身同魯婦恤機緯
마음은 위나라 여자처럼 죽간을 그리워하네[498]　　情似衛姬思竹竿
졸렬한 재주에 공연히 흰 살쩍만 더했지만　　才劣空添雙鬢白
무거운 죄에도 감히 방촌의 충심을 드러내네　　罪深敢暴寸心丹
산전수전의 고통 다 겪은 이 몸　　已過萬水千山苦
머리 돌려 다시금 행로난[499]을 읊네　　回首更吟行路難

---

497 노나라……근심하고 : 《춘추좌씨전》 소공(昭公) 24년 조에 "과부가 씨줄을 근심하지 않고, 낙읍(洛邑)이 망함을 근심하였다.〔嫠不恤其緯 而憂宗周之隕〕"라는 말이 나온다. 즉 천과 실이 부족하여 베를 못 짤까봐 근심하지 않고 나라가 망할까만 근심하였다는 뜻인데, 후에 개인의 안위를 잊고 나라를 근심하는 것을 뜻하는 말로 사용되었다.

498 위나라……그리워하네 : 죽간(竹竿)은 《시경》의 편명이다. 위나라 여자가 다른 나라로 시집 가서 고향으로 돌아가고자 하는 심경을 읊은 시이다.

499 행로난(行路難) : 옛 악부(樂府)의 제목이다. 주로 인생살이의 고통을 담고 있다.

앞의 운을 다시 차운하다

又次前韻

북두칠성 기운 차가운 밤 달이 난간에 뜨니 　　倚斗寒宵月上欄

옥경500이 아득히 저녁 구름 끝에 걸렸네 　　玉京迢遞暮雲端

냉담한 인정은 천금매골501이 생각나고 　　人情冷落千金骨

위태로운 시사는 백척간두502와 같네 　　時事艱危百尺竿

늙어가며 산만 보아 푸른 체증 생기고 　　老去看山成痞碧

수심 겨울 때 술 얻어 붉은 안색 빌리네 　　愁來得酒借顔丹

타향에서 좋은 절기 늘 맞이하건만 　　殊鄕佳節亦常有

한 바탕 가을 정회 가장 풀기 어렵네 　　一段秋懷最遣難

---

500 옥경(玉京) : 옥황상제가 산다는 천상의 도성이다.

501 천금매골(千金買骨) : 천금으로 천리마의 뼈를 샀다는 고사를 말한다. 곽외(郭隗)가 연(燕)나라 소왕(昭王)에게 현상금을 걸어 인재를 구하도록 권하면서 한 이야기이다. 《전국책(戰國策)》〈연책(燕策)〉에 보인다.

502 백척간두(百尺竿頭) : 백 척 높은 장대 위에 있는 것처럼 위급한 상황이다.

황자천이 술을 가지고 와서 석정과 함께 중양시를 읊다

黃紫泉携酒而來與石貞共賦重陽詩

빈 뜰에 종일 낙엽소리 소란하고　　　　　　空庭盡日葉聲喧
중양절 맞은 옛 절은 낮에도 문을 닫았네　　古寺重陽晝掩門
시는 가을 산을 닮아 뼈가 온통 보이고　　　詩似秋山渾見骨
병은 봄풀과 같아 뿌리를 없앨 수 없네　　　病如春草未除根
앙상한 용모는 국화의 비웃음 받아 마땅하고　槁容合受黃花笑
노쇠한 머리칼은 오사모 뒤집힘을 막지 못하네　衰髮不禁烏帽飜
그대 위해 한잔 술을 억지로 마시니　　　　　爲子一盃聊强飮
바닷가에 홀로 떨어져 슬퍼하는 혼이여　　　海天搖落黯傷魂

석정과 이별하다

別石貞

이별은 늘 급하고 만남은 더디니	分手忽忽會面遲
오늘의 이 만남도 기약한 적 없었네	相逢此日未曾期
막다른 길이 하물며 황량하고 추운 곳임에랴	窮途況是荒寒地
먼 이별은 한창 때의 그것과 같지 않다네	遠別殊非少壯時
담요처럼 늙은 학 병든 깃 가련해라	老鶴毶毶憐病翅
정처 없는 굶주린 까마귀 깃들 가지 잃었네	饑烏落泊失棲枝
훗날 밤에 무엇으로 그리움 위로할까	他宵何以慰相憶
고요히 가을 산 바라보며 그대 시나 읽어야지	靜對秋山讀子詩

밤에 한 수를 짓다

夜賦一首

나무에서 나는 가을소리 징을 두들기는 듯	秋聲在樹若敲金
책 덮고 한밤중에 고민하며 읊조리네	掩卷中宵費苦吟
취하려 해도 취하지 않네 맑은 시골 술	將醉不成村酒薄
말을 하려다 잊었네 그윽한 부처 앞 등불[503]	欲言已忘佛燈深
객지에서 맞는 절기에 쓸쓸히 비 내리고	客中節序蕭蕭雨
바닷가에 낀 안개에 아득히 어둠 깔리네	海上風煙漠漠陰
이와 같이 초췌한 사람 어디 있을까	顦顇有人誰得似
한 송이 국화론 추위 막기 어렵네	黃花一朶冷難禁

---

503 부처 앞 등불 : 부처 앞에 바치는 등불로, 무지의 암흑을 비추는 부처의 교법을
등불에 비유하여 이르는 말이다.

신백파[504] 헌구 시랑에게 차운하여 답하다

次韻答申白坡 獻求 侍郎

마음 속 원숭이[505] 가두고 대환단[506] 제련하니 　　牢鎖心猿鍊大還

하거[507]가 굴러가며 삼관[508]을 지나네 　　河車轆轤度三關

만 리에 펼쳐진 허공엔 가을구름 걷히고 　　長空萬里秋雲捲

끝도 없는 맑은 빛 바닷가 산이여 　　無限晴光海上山

산 속의 만 그루 나무 잠든 듯 고요하고 　　山中萬木靜如眠

남으로 가는 외기러기 저녁 하늘에서 우네 　　隻鴈南征響暮天

오늘밤엔 분명 서리 소식 이르리니 　　今夜分明霜信至

울타리 국화는 홀로 초연하겠네 　　商量籬菊獨超然

비바람 여전하여 다시 책상을 대하니 　　風雨依然復對床

504 신백파(申白坡) : 신헌구(申獻求, 1823~1902)로, 본관은 고령, 자는 계문(季文), 호는 백파(白波)이다. 1862년(철종13)에 문과에 급제하여 성균관 전적, 사간원 정언, 홍문관 부수찬에 이어 지평에 올랐고, 관동어사를 거쳐 호조 참의, 호조 판서, 예조 판서, 이조 판서, 대사성 등을 지냈다.

505 마음 속 원숭이 : 사람 심사의 산란함이 제압할 수 없는 원숭이와 같음을 비유하는 말이다.

506 대환단(大還丹) : 도교의 단약의 이름이다. 구환금단(九還金丹)이라고도 한다.

507 하거(河車) : 연(鉛), 즉 도사가 연단하는 원료인 납을 말한다.

508 삼관(三關) : 단전(丹田)이다.

편지가 백산 남쪽에서 왔네   尺書來自白山陽

근일 관직을 쉬니 좋다고 하는데   爲言近日休官好

백발이 다만 나라 근심 때문에 길어졌다네 華髮秖緣憂國長

도헌 어르신이 오언고시 20운을 부쳐 왔는데, 내가 근래
《단경》 읽는 것을 알고 시에 '《단경》이 책상머리에 있다'는
구절이 있었다. 차운하여 받들어 화답하다

道軒丈寄五古二十韻知余近閱丹經詩中有丹經在案頭之句次韻奉答

질박함 안고 매번 고요함을 구하려	抱素每求靜
언덕과 골짜기 이곳에 오래 머무네	邱壑玆淹留
구리대 자란 길은 붉은 벽에 이어지고	茝徑連丹壁
지초 핀 언덕을 맑은 물결이 휘감아 도네	芷坡帶澄流
조용히 텅 빈 산의 소리 듣노라니	靜聞空山籟
만 그루 나무들이 맑은 가을을 읊네	萬木吟淸秋
드문드문 종소리는 안개 속으로 떨어지고	疎鍾落煙際
홀로 서 있는 탑은 구름 위로 솟았네	孤塔矗雲頭
기러기는 물가 섬으로 따라 날아오고[509]	鴻鴈來遵渚
사슴은 울음 울며 서로를 찾네	麋鹿鳴相求
지팡이 들고 때론 홀로 떠나가	携筇時獨往
높은 곳에 올라 마음껏 빼어난 경치를 찾네	陟高恣奇搜
큰 바다는 한결같이 깊고 푸르고	大海一泓碧
뭇 산들은 맑게 갠 경관을 거둬들이네	群山霽景收

509 기러기는……날아오고 :《시경》〈구역(九罭)〉에 "기러기는 날아서 물가를 따르
나니 공이 돌아갈 곳이 없으랴.〔鴻飛遵渚 公歸無所〕"라는 구절이 보인다. 기러기가
물가의 작은 섬으로 날아 모여드는 것을 가리킨다.

시원스레 분노가 풀리고 豁然釋狷忿

가슴속이 자득하여 호방해지네 胸襟蕩優優

머리 긁적이며 짧은 머리털 슬퍼하나 搔首悲短髮

사방을 둘러보매 뜻은 오히려 유유하네 騁矚意轉悠

누가 알았으리 상담510의 객에게 誰知湘潭客

이토록 빼어난 유람이 있었을 줄 奇絶有此遊

길은 멀고 해는 이미 저물어 途遠日已暮

행인은 쉬지 못함을 탄식하네 行者嗟未休

아서-위서(魏舒)511는 이씨 조카512를 가리킨다.-가 멀리서 안부를 묻고자

阿舒遠相訊

고생하며 바닷가 모퉁이를 찾았네 間關來海陬

손 마주 잡고 집안 안부를 묻기를 執手問堂候

여전히 기력 좋으시냐 했더니 精力尙健不

대답하길 경서와 사서에 힘쓰며 謂言劬經史

촛불 밝히고 전현(前賢)에 매진하고 있다 하네 炳燭邁前修

연단술 따위로 自笑鍊丹術

구구히 육신 도모하는 나 자신이 우습구나 區區爲身謀

근기513가 천박한 걸 어찌하겠는가 根基奈淺薄

---

510 상담(湘潭) : 상수(湘水)의 깊은 못이다. 초(楚)나라 굴원(屈原)이 참소를 받고 쫓겨나 상수의 못가에서 지내다 물에 투신하여 자살했다.

511 위서(魏舒) : 춘추 시대 진(晉)나라 정경(正卿)을 지냈다. 사서에서는 위헌자(魏獻子)라고 칭한다. 어려서 고아가 되어 외가인 영씨(寧氏)에게서 양육을 받았다.

512 이씨 조카 : 김윤식의 둘째 누님의 아들, 즉 도헌 이대식(李大植)의 아들이다.

513 근기(根基) : 불교용어로, 도근(道根)을 뜻한다. 도를 닦을 수 있는 자질이다.

신의 조화는 훔치기 쉽지 않다네 神造未易偸

고요한 마음은 적막 속에 비춰고 冥心寂返照

밝은 햇살은 옥루514에 가득하네 光景滿玉樓

번뇌와 사념을 덜 수만 있다면 但可省煩慮

어찌 푸른 소515 타기를 바라겠는가 豈望跨靑牛

입을 지켜 비방을 막고 守口以止謗

교유를 끊어 허물을 줄이네 息交以寡尤

나는 새도 머물 줄을 알아서 飛鳥尙知止

분분히 저녁 숲에 깃드네 紛紛暮林投

---

514 옥루(玉樓) : 도가에서 어깨를 옥루라고 한다.

515 푸른 소 : 노자(老子)가 서역으로 갈 때 푸른 소를 탔다고 한다. 이후 푸른 소는
신선이나 도사가 타는 소를 말한다.

승지 정강재[516] 헌시 에게 배율 20운을 차운하여 답하다

次韻酬鄭康齋 憲時 承旨排律二十韻

정자는 시례를 익혀	鄭子服詩禮
성명한 시절에 준재에 올랐네	明時登俊才
숲에 우뚝 솟은 계수나무 한 가지	挺林一枝桂
뭇 향을 조합한 백 가지 향 지닌 매화	調衆百和梅
맛난 음식으로 부모를 공양하고	甘旨陔廚養
곧은 빛으로 선장[517]을 모시네	耿光仙仗陪
붓 휘둘러 화려한 글을 짓고	揮毫擒藻麗
술잔 들어 가슴속을 씻어내네	擧酒盪胸恢
소나무 대나무의 지조에 삼가 몸을 굽히고	猥屈松筠操
가죽나무 상수리나무의 자질[518]을 늘 가여워했네	常憐樗櫟材
이리저리 붙좇느라 세월 다 보냈지만	周旋淹歲月
절차탁마는 풍뢰[519]의 바탕 되었네	磋切資風雷
허물이 쌓이면 하늘이 비호하기 어렵고	積釁天難庇

---

516 정강재(鄭康齋) : 정헌시(鄭憲時)로, 본관은 초계, 자는 성장(聖章)이다. 1882년(고종19)에 과거에 합격하고 현감을 지냈다.

517 선장(仙仗) : 임금의 의장(倚仗)이다.

518 가죽나무 상수리나무의 자질 : 이 두 종류의 나무는 휘고 자질이 좋지 않아 재목으로 쓰이지 못하였다. 자질이 낮은 자를 가리키는 말로 사용된다.

519 풍뢰(風雷) : 영향이 큰 것을 말한다.

헛된 명성은 귀신이 시기한다네 　　　　　　　　　浮名鬼所猜

파산[520]에서 비껴있는 북두성을 바라보고 　　　　巴山倚斗望

진령[521]에서 구름을 좇아오네 　　　　　　　　　秦嶺逐雲來

후미진 절을 승려 혼자 지키는데 　　　　　　　寺僻孤僧守

가을 깊으니 모든 나무들 시드네 　　　　　　　秋深萬木摧

들판 벌레들 언덕 집으로 들어가고 　　　　　　野蟲坏戶入

물가 기러기는 볕을 좇아 돌아오네 　　　　　　渚鴈隨陽回

병이 많아 늘 약이 필요하나 　　　　　　　　　多病常須藥

시름을 풀고자 몇 번이고 술잔을 드네 　　　　消愁數引盃

물가의 난초를 몸에 차고 　　　　　　　　　　汀蘭身結佩

울타리 국화를 손수 가꾸네 　　　　　　　　　籬菊手經栽

취면석[522]을 베개 삼아 　　　　　　　　　　　眠石仍當枕

화로를 끼고서 재에다 그림 그리네 　　　　　　擁爐漫畫灰

번영과 쇠락에 정해진 분수가 있다지만 　　　榮枯分有定

쓸쓸하기 그지없어 생각 재단하기 어렵네 　離索意難裁

그러다 문득 옥 같은 시편을 받드니 　　　　　忽奉瓊琚贈

구름과 안개가 걷히듯 황홀하였네 　　　　　　恍如雲霧開

백설의 노래[523]에 화답하려가 　　　　　　　試將酬白雪

---

520 파산(巴山) : 대파산(大巴山), 파령(巴嶺)이라고도 한다. 섬서성(陝西省) 서향
현(西鄕縣) 서남쪽에 있다.

521 진령(秦嶺) : 섬서성 남부에 있는 종남산(終南山)을 말한다.

522 취면석(醉眠石) : 소동파가 항주(杭州) 태수로 있을 때, 영롱산(玲瓏山)에서 술
을 마시고 취하면 바위 위에 누워 취중에 시를 지었다고 한다. 후세 사람들이 소동파를
기념하기 위해 이 바위를 '취면석'이라 불렀다.

이내 오대⁵²⁴를 경계하였네	旋復戒烏臺
애당초 품은 뜻 지금은 쇠약해졌고	初志今衰矣
전현은 더욱 아득하기만 하네	前修更邈哉
다행히 향리로 돌아오게 되었으니	幸蒙還井里
맹세하고 속세를 떠나고자 하네	誓欲謝塵埃
낭랑한 읊조림으로 나그네 회포를 쏟아내는데	朗詠羈懷瀉
한가한 거처를 세월이 재촉하네	端居急景催
어려움과 근심이 비록 눈앞에 넘치지만	艱虞雖溢目
바로잡고 구제하는 일 공태⁵²⁵만 믿는다네	匡濟仗公台

---

523 백설의 노래 : 자세한 내용은 245쪽 주 478 참조.

524 오대(烏臺) : 어사대(御史臺)이다. 송나라 소식(蘇軾)이 왕안석(王安石)의 신법(新法)을 반대하여 귀양을 갔는데, 시를 지어 풍자하였다가 탄핵을 받고 어사대에서 죄를 추궁 받았다. 이를 '오대시안(烏臺詩案)'이라 한다.

525 공태(公台) : 고대에 삼태성(三台星)으로 삼공(三公)을 상징했다. 삼공의 직위혹은 고관을 말한다.

10월 3일 생일날 아침에

十月三日生朝

나그네 되어 해마다 절기에 바빴으나 　　　　爲客年年節序忙

생일날만 되면 몹시도 처량했네 　　　　　每逢生日劇凄凉

저 멀리 봉래각에선 용이 바다를 읊었고 　　蓬萊閣逈龍吟海

　임오년(1882) 겨울에 다시 영선사로 천진(天津)에 들어갔는데, 배가 등주
　(登州)에 정박하여 봉래각에 올라갔다. 이날이 곧 내 생일이었다.

높다란 부벽루에선 기러기가 서리를 끌었네 　浮碧樓高鴈拖霜

　신사년(1881) 겨울에 영선사로서 천진에 들어갔는데, 육로로 평양을 지나
　면서 머물러 묵었다. 이날 또한 내 생일이었다.

외로운 신하 또 다시 세모를 맞이하여 　　　又見孤臣當歲暮

황량한 절 찾아와 긴 밤 내내 앉았구나 　　　却來荒寺坐宵長

내년엔 또 어디로 돌아갈지 알지 못하여 　　明年不識歸何處

그저 불전을 향해 향이나 사르네 　　　　　且向佛前燒炷香

중양절 전날에 취당 종씨[526]가 객과 함께 시를 읊었는데 시안에 연모의 정을 서술한 게 많았다. 그 후 내게 시권을 부쳐왔기에 차운하여 화답해 올리다

重陽前日翠堂從氏與客賦詩詩中多述懷戀之情因寄送詩卷次韻和呈

한밤중에 허다한 감개가 창자를 맴도는데	中宵多感轉腸輪
성주께서 신하를 아시기에 신하를 벌하셨으리	聖主知臣卽罪臣
남방의 물가에서 아홉 번 죽어도 여한 없지만	不恨南荒濱九死
어떻게 하면 촌초[527]로 삼춘[528]에 보답할까	那將寸草報三春
부침하는 인생 조화에 두려움 없어 마땅하나	浮沈大化應無懼
평생토록 우환 귀히 여기길 몸에 있는 듯하네[529]	貴患平生若有身
늙어가며 그리움의 고통 견디지 못해	垂老不堪相憶苦
집안에서 소요하며 침상을 마주하네	逍遙堂裏對牀人

---

526 취당(翠堂) 종씨 : 김만식(金晩植)이다.

527 촌초(寸草) : 자녀의 부모에 대한 작은 정성을 말한다.

528 삼춘(三春) : 삼춘휘(三春暉), 즉 부모의 은혜이다. 당나라 맹교(孟郊)의 〈유자음(游子吟)〉에 "누가 촌초의 마음이 삼춘의 빛에 보답한다고 말하겠는가?〔誰言寸草心報得三春暉〕"라고 했다.

529 평생토록……듯하네 : 《노자(老子)》에 다음과 같은 구절이 보인다. "총애도 모욕도 놀라듯하고, 큰 우환을 마치 제 몸인 양 귀히 여긴다. 총애와 모욕에 놀라다란 무슨 뜻인가? 총애는 낮은 것이기에 얻어도 놀라고 잃어도 놀란다. 이를 일러 영욕에 놀라듯하다고 한다. 큰 우환을 제 몸처럼 귀히 여긴다란 무슨 뜻인가? 내게 큰 우환이 있는 것은 내 몸이 있기 때문이니, 몸이 없으면 무슨 우환이 있겠는가?〔寵辱若驚 貴大患若身 何謂寵辱若驚 寵爲下 得之若驚 失之若驚 是謂寵辱若驚 何謂貴大患若身 吾所以有大患者 爲吾有身 及吾無身 吾有何患〕"

주부 심수산에게 차운하여 답하다

次韻酬沈邃山主簿

뜻이 있어도 세는 머리 막지 못하고	有志難禁雪上頭
십 년 동안 낭서[530]에서 헛되이 부침했네	十年郞署謾沈浮
마음은 사마광의 구분 땅[531]을 지녔고	心存司馬九分地
기세는 원룡의 백척 누대[532]를 압도하네	氣壓元龍百尺樓
인사는 기약하기 어려운데 별들은 드물고	人事難期星落落
세월은 머무르지 않는데 물은 유유히 흘러가네	歲華不住水悠悠

---

530 낭서(郞署) : 각 관아의 당하관(堂下官)이다. 곧 낮은 관직을 말한다.

531 사마광의 구분 땅 : 송나라 사마광(司馬光)의 재능이 천하 재능의 구분(九分)을 지녔다는 것을 말한다. 《명신언행록(名臣言行錄)》에 "소강절(邵康節 소옹(邵雍))이 또 말하기를 '그대(사마광)는 실로 구분을 가진 사람이다.'고 했다.〔康節又言 君實九分人也〕"라는 기록이 보인다. 유극장(劉克莊)의 〈화오경재시랑(和吳警齋侍郞)〉시에 "온공의 재능은 아홉 사람 분량이다.〔溫公才做九分人〕"라고 했다.

532 원룡의 백척 누대 : 원룡은 삼국 시대 위(魏)나라 진등(陳登)의 자이다. 《삼국지》 권7 〈진등전(陳登傳)〉에 "허사가 말하기를 '지난날 난리를 당하여 하비로 찾아가서, 원룡을 만났는데, 원룡이 객주(客主)의 뜻이 없어서, 오래 서로 이야기하지 않았습니다. 자신은 큰 침상에 올라가서 자고, 객에게는 침상 아래에서 자게 했습니다.'라고 했다. 유비가 '……그대가 밭을 구하고 집을 구했는데, 그 말에서는 취할 것이 없었다. 이 때문에 진등이 피했던 것이었다. 무슨 까닭으로 그대와 더불어 이야기를 하겠는가? 소인 같으면, 백 척 누대에서 자면서, 그대를 땅바닥에 재웠을 것이다. 어찌 다만 침상의 위아래 간격뿐이겠는가?'라고 했다.〔汜曰 昔遭亂過下邳 見元龍 元龍無客主之意 久不相與語 自上大牀臥 使客臥下牀 備曰……君求田問舍 言無可采 是元龍所諱也 何緣當與君語 如小人 欲臥百尺樓上 臥君於地 何但上下牀之間邪〕"라는 기록이 보인다.

새로 시를 지어 칠양금533에 보답하려   新詩裁報七襄錦
술 마신 후 읊조리니 나그네 수심 풀리네   酒後一吟消客愁

대관 정자에서 안개 물결을 뜨니   大觀亭子挹煙波
강가에 가을 깊어 낙엽도 많구나   江上秋深落木多
경서와 약 화로는 치워서 안 되나니   經卷藥爐應不廢
심랑534처럼 야윈 몸 근자엔 어떠한지   沈郎瘦削近如何

물의 고장에 서리 맑아 기러기 한창 살쪘는데   水國霜淸鴈正肥
추풍이 마름 연잎 사이를 서늘하게 지나가네   西風透冷芰荷衣
석양녘에 표주박 지고 밭길을 지나니   田間斜日負瓢去
나 아는 마을사람 드물어 도리어 기쁘네   却喜鄉人知我稀

---

533 칠양금(七襄錦) : 아름다운 비단이다. 칠양은 직녀성(織女星) 혹은 직녀가 짠 아름다운 비단을 가리킨다. 여기서는 상대의 시에 대한 미칭으로 쓰였다.

534 심랑(沈郎) : 남조(南朝) 심약(沈約, 441~513)으로, 오흥(吳興) 무강(武康) 사람이다. 제(齊)나라, 양(梁)나라 때 경릉왕(竟陵王) 소자량(蕭子良) 아래서 '경릉팔우 (竟陵八友)' 중의 한 사람이 되었으며, 사조(謝朓)와 친했다. 소연(蕭衍)이 그를 중용하여 상서좌복야(尙書左僕射)·상서령(尙書令) 등을 지냈다. 그는 몹시 야위었다고 하는데, 그의 가는 허리에 관해서는 《양서(梁書)》〈심약전(沈約傳)〉에 다음과 같은 기록이 보인다. "심약은 서면과 친했기에 그에게 편지를 보내 마음을 보이며 늙고 병든 몸에 관해 이야기하였다. '백일 중에 몇 십일씩 혁대의 구멍을 앞으로 옮겨야 하고, 손으로 팔을 잡아보면 매달 반 푼씩 줄어드는 것 같으니, 이렇게 미루어볼 때, 얼마나 버티겠나?'〔沈約與徐勉素善 遂以書陳情于勉 言己老病 百日數旬 革帶常應移孔 以手握 臂 率計月小半分 以此推算 豈能支久〕" 후에 심요(沈腰)는 가는 허리의 대명사로 쓰였다.

영달의 길 수레와 면류관, 딴 세상의 일인듯　　　　榮途軒冕隔生如

이제야 산골짜기를 찾아 처음으로 돌아왔네　　　　溝壑今來復返初

남은 생애 허물 메울 무슨 방도가 있을까　　　　　餘年補過知何術

십 년 동안 등불 아래서 고서나 읽어야지　　　　　十載篝燈讀古書

허연 머리로 신선을 구하나 방법이 성글어　　　　皓首求仙計亦疎

어둡고 황홀한 중에 태초로 들어가네　　　　　　　冥冥忽忽入竇初

약 솥이 이미 쇠하여 부서진 것도 모르고　　　　　不知鼎器已衰敗

등불 아래서 자세히 도 닦는 책을 읽네　　　　　　燈下細看修養書

　　수산의 시에 "등불 돋우고 도가의 책 읽네."라는 구절이 있다. 나도 근래
　도 닦는 책을 얻어서 한두 가지를 시험해보았기에 언급했다.

개울가 나무엔 찬 기운 돌고 석양빛 푸른데　　　　澗樹生寒夕照蒼

어부와 나무꾼 일 마치고 각기 바삐 돌아오네　　　漁樵事畢各歸忙

산중의 외로운 객 돌아갈 곳이 없어　　　　　　　山中孤客無歸處

홀로 동쪽 봉우리를 향해 고향을 바라보네　　　　獨向東峯望故鄉

배 속에 경륜 넣고 집 밥 먹던[535] 시절　　　　　滿腹經綸家食日

문 나서면 이내 이 마음과 어긋남을 느꼈네　　　　出門便覺此心違

그 언제나 꽃 편지지에서 축원해 준 말처럼　　　　何時果副花箋祝

실컷 호수와 산을 보고서 득의하여 돌아올까　　　飽看湖山得意歸

---

535 집 밥 먹던 : 원문의 '가식(家食)'은 관청의 봉록을 먹지 않고 집안에서 식사하는
평민의 신분을 말한다.

수산이 꽃 편지지에 써놓은 것에서 두 구를 베꼈다. 그 중 하나는 "만복경륜 가식시(滿腹經綸家食時)"이고 또 하나는 "포간호산득의귀(飽看湖山得意 歸)"이다. 수산이 이 두 구로써 귀환을 축원하는 말로 삼았다기에 첫구와 마지막 구에서 언급한 것이다. 원운을 약간 변통했다.

황자천에게 차운하여 답하다

次韻答黃紫泉

산중에 일이 없어 대낮까지 잠자고	山中無事日高眠
약 보따리와 낡은 책을 앞뒤로 안고 있네	藥裹殘書擁後前
밤늦도록 스님과 대화에 등불은 불똥을 날리고	夜久話僧燈欲灺
쌓인 눈이 객을 막으니 탑상은 늘 걸려있네[536]	雪深阻客榻常懸
바위에 기댄 소나무는 겨우내 굳세고	松依石老經冬健
따스한 창 등진 매화는 봄기운 먼저 얻었네	梅負窓暄得氣先
세모에 절 방이 몹시도 쓸쓸하지만	歲暮禪齋蕭索甚
그대의 훌륭한 시구 읽으니 그 맛이 참 깊네	讀君佳句味淵然

내달리는 절기를 수심 속에 보내나니	駸駸時序過愁中
남방에 이른 희화의 수레[537] 길이 이미 막혔네	南陸羲輪路已窮
멀리 온 나그네 좋은 시절에 두로[538]를 슬퍼하고	遠客佳辰悲杜老

---

536 탑상은 늘 걸려있네 : 동한의 서치(徐穉)는 남창(南昌) 사람인데 청빈한 고사(高士)로서 은거하여 출사하지 않았다. 진번(陳蕃)이 태수로 있을 때 서치를 위하여 특별히 의자 하나를 만들어두고서, 서치가 오면 그 의자에 앉게 하고, 그가 떠나가면 그 의자를 매달아두었다고 한다.

537 희화의 수레 : 전설에 희화씨(羲和氏)가 태양을 수레에 태워 하루 동안 몬다고 한다. 즉 태양을 말한다. 《후한서(後漢書)》 권13 〈율력지하(律歷志下)〉에 "이 때문에 해가 북쪽 땅에 이르면 겨울이고, 서쪽 땅에 이르면 봄이며, 남쪽 땅에 이르면 여름이 된다.〔是故日行北陸謂之冬 西陸謂之春 南陸謂之夏〕"라는 설명이 보인다.

지난날의 장한 뜻은 종동[539]에게 부끄럽네 　　　　昔年壯志愧終童

사발 가득 콩죽은 시골풍속을 따르고 　　　　　　盈盂豆粥循鄕俗

대롱에 날리는 재로 절기를 징험하네[540] 　　　　飛管葭灰驗歲功

선가에서 달력 필요로 하라는 법 없으니 　　　　未必仙家須曆日

자지가[541]를 불러 하황공[542]에게 답하네 　　　　芝歌聊答夏黃公

　자천의 시에 새 달력을 사례로 보낸다는 말이 있어서 언급한 것이다.

538 　두로(杜老) : 노두(老杜), 곧 당나라 시인 두보(杜甫)를 가리킨다.

539 　종동(終童) : 종군(從軍)이다. 자는 자운(子雲)이며 한나라 무제(武帝) 때 간의
대부(諫議大夫)를 지냈다. 남월왕(南越王)을 입조하게 하려고 사신으로 갔다가 살해되
었는데, 나이가 겨우 20여 세였다. 그래서 당시 사람들이 종동이라 불렀다.

540 　대롱에……징험하네 : 옛 사람들은 갈대 속청을 태워 재로 만든 다음 율관(律管)
에 넣어 밀폐된 방에 두고는 날리는 재를 보며 시후(時候)를 점쳤다.

541 　자지가(紫芝歌) : 상산사호(商山四皓)가 은거의 뜻을 붙여 불렀다는 노래이다.

542 　하황공(夏黃公) : 상산사호(商山四皓) 중의 한 사람이다. 동원공(東園公)·기
리계(綺里季)·녹리 선생(甪里先生)과 함께 상산에 은거했다.

육생 종륜 이 서울에서 찾아오다

陸生 鍾倫 自京來訪

매화 피자마자 처음으로 손님이 찾아와	梅花纔發客來初
눈보라 치는 선방에서 외로운 생활 위로하네	風雪禪扉慰索居
한가한 대화 산 밖의 일은 언급하지 않고	閑話休提山外事
기이한 문장 상자 속 글을 유쾌히 읽네	奇文快讀篋中書

　　육군이 저술한 논의 10여 편을 보여 주었는데 시무(時務)를 많이 논하였고,
　　이로움과 폐단에 관해 심도 있게 진술했다.

울퉁불퉁 기다란 길엔 층층 얼음이 미끄럽고	間關修道層氷滑
아스라이 차가운 종소리에 늙은 나무가 성그네	搖落寒鍾古木疎
해를 넘긴 타향살이로 담비옷 이미 낡았지만	經歲旅遊貂已弊
장검 두드리며 생선 없다고 탄식이나 해 봤나[543]	幾曾扣鋏歎無魚

---

543 장검……봤나 : 전국 시대 맹상군(孟嘗君)의 식객(食客) 풍훤(馮諼)이 자신에
대한 대우에 불만을 품고 칼을 두들기며 물고기 반찬, 수레, 집이 없다고 노래하였는데,
맹상군이 보고를 듣고 그의 말대로 해 주었다고 한다.

인, 육 군과 함께 매화를 읊다

與印陸兩君賦梅花

누굴 위해 예쁘게 꾸미고 누굴 위해 서두르나	爲誰容悅爲誰催
번풍[544]을 기다리지 않고 홀로 피어났구나	不待番風獨自開
못가엔 연잎 적삼 초췌히 서 있고	澤畔荷衫憔悴立
휘장 안 연보[545] 머뭇머뭇 걸어오네	帳中蓮步躕跚來
냉담한 채 시무룩 말없는 게 싫어져	飜嫌冷淡悄無語
호방한 이 빈번히 드는 술잔 기꺼이 허락하네	肯許疎狂頻擧盃
인간 세상에선 너를 잡아둘 수가 없어	只恐人間留不得
난새 타고 언젠가 요대[546]로 올라갈까 두렵구나	驂鸞何日上瑤臺

---

544 번풍(番風) : 이십사번풍(二十四番風) 화신풍(花信風)이다.

545 연보(蓮步) : 미인의 걸음걸이를 말한다. 《남사(南史)》〈제기 하(齊紀下) 폐제 동혼후(廢帝東昏侯)〉에 "황금으로 연꽃을 만들어서 지면에 붙이고, 반비(潘妃)에게 그 위를 걷게 하고, 말하기를 '이처럼 걸음마다 연꽃을 피우는구나.'라고 했다.〔鑿金爲 蓮花以貼地 令潘妃行其上 曰此步步生蓮花也〕"라고 했다.

546 요대(瑤臺) : 전설 속의 서왕모(西王母)가 거주한다는 곳이다.

청산으로 돌아가는 육생을 전송하다

送陸生歸靑山

객 보내고 닫아 걸은 사립문	送客柴門掩
나그네 창은 다시 적막해졌구나	旅窓轉寂寥
시가 차가우니 매화는 야위려 하고	詩寒梅欲瘦
근심이 쌓이고 쌓여 술로도 풀기 어려워라	愁積酒難消
넘실넘실 흘러가는 면수	沔水湯湯去
하나 하나 멀어지는 청산	靑山歷歷遙
집에 돌아가면 세모일 터	歸家當歲暮
눈보라 속에 앞 다리를 건너가겠네	風雪渡前橋

아침 침상에서 절구 한 수를 읊다

曉枕賦一截

산 너머 마을 닭이 쉬지 않고 울어 山外村鷄不已鳴
자고난 뒤에도 정신이 어질어질 하네 睡餘神思未分明
기억하노니 상방547의 종소리 그친 뒤에도 記得上方鍾已歇
허공엔 범패548소리 남아있었지 猶有虛空梵唄聲

---

547 상방(上方) : 절의 주지가 거처하는 곳이다.
548 범패(梵唄) : 절에서 재(齋)를 지낼 때 부르는 노래이다.

여러 사람들과 함께 섣달 그믐밤을 읊다

與諸人賦除夕

불등은 콩알만 하고 물시계 소리 희미한데	佛燈如豆漏聲微
옥관의 갈대 재는 이미 남모르게 날리네	玉管葭灰已暗飛
새해 맞이하면 만사가 좋아지지만	萬事應逢新歲好
여생에 벗들 드물어짐을 점차 깨닫네	餘生漸覺故人稀
후반549의 꿈은 뭇 관료들의 패옥 소리를 좇고	候班夢逐千官珮
금조550의 마음은 백 번 기운 옷과 같네	琴操心同百結衣
춘색이야 내일 아침이면 예전대로 이를 테지	春色明朝依舊到
산중의 외로운 객 돌아감을 말하지 못하네	山中孤客未言歸

신라 때 백결 선생(百結先生)은 몹시 가난했는데, 금(琴)을 좋아하여 섣달 그믐날 밤에 〈저곡(杵曲)〉을 지었다. 《해동악부(海東樂府)》에 실려 있다.

---

549 후반(候班) : 신하들이 임금을 뵙던 때의 차례이다.

550 금조(琴操) : 거문고에 맞추어 부르는 노래이다.

귀양지 텅 빈 산에서 또 섣달 그믐밤을 만나니 온갖 감회가
모여들기에 시 한 수를 지어 정회를 펼치고자 하였다.
그러나 곤궁한 시름의 말일랑 짓지 않고 그저 신년 송축의
뜻을 적음으로써 봉인의 세 가지 축원[551]을 대신하고자 한다

謫居空山又値歲除百感交集擬賦一詩述懷而不欲作窮愁語聊爲新年頌
禱以代封人三祝

영탑사 안에서 섣달 그믐밤을 만나니	靈塔寺裏逢除夕
잠 못 드는 나그네 종소리만 적막하네	遠客無眠鍾聲寂
짚어보니 평생 후회할 일 많고	點檢平生尤悔多
어느덧 세월은 반백 년이 지났네	年光倏已過半百
세상에 나서 나라와 집안에 도움 되지 못하고	生世無裨國與家
늙어서는 상루[552]가 되어 〈구가〉[553]를 읊네	老作湘纍吟九歌
태양을 바라보니 쏜살같아라	眼看羲輪如激矢
남은 생애 동안 이전의 허물을 어찌 고치랴	餘年那得補前過
그저 바라건대 내년엔 비바람 순조로워	但願嗣歲風雨順
산더미처럼 곳집 높고 부옥[554]이 기름지길	高廩如峯蔀屋潤

---

551 봉인(封人)의 세 가지 축원 : 봉인은 관직 이름이다. 《장자(莊子)》〈천지(天地)〉
에서 화(華)의 봉인이 요(堯)에게 장수(長壽)와 부(富)와 아들이 많기를 축원했다고
했다.

552 상루(湘纍) : 상수(湘水)에 빠져죽은 굴원(屈原)을 말한다. 누(纍)는 죄 없이
죽는 것을 말한다.

553 구가(九歌) : 굴원이 지은 《초사(楚辭)》의 편명(篇名)이다.

곳곳마다 노인들 길에서 노래하니[555]　　耆艾處處登衢謠

서경에서 구휼을 논할 필요 없길　　西京不須議貸賑

거듭 바라건대 조야에 두루 어려움 없고　　再願朝野無艱虞

사방 이웃 화목하고 돼지 물고기 번식하길　　四隣輯睦豚魚孚

산머리엔 날마다 평안한 불빛 보이고　　山頭日見平安火

일 년 내내 추부[556] 향한 경고 소리 들리지 않길　　終歲不聞警萑苻

또 바라건대 인재를 추천하여 준걸을 등용하고　　又願拔茅登俊彦

규장[557]의 기개 드높아 어진 바람 일으키길　　圭璋顒卬仁風扇

어진 임금 훌륭한 신하가 만나 밝음을 이으면　　明良際會庶績熙

생황 종 울리는 지극한 치세에 백성이 변하리　　笙鏞至治民於變

신의 죄 산더미 같아 용서받기 어려운데　　臣罪如山理難容

그럼에도 우로 같은 은혜를 받고 있네　　猶蒙涵貸雨露中

탁주 한 병으로 스스로를 위로하고　　一壺濁酒聊自慰

농부와 더불어 임금의 덕 노래하네　　且與農夫歌聖功

554　부옥(蔀屋) : 초가지붕으로 가난한 집이다.

555　곳곳마다……노래하니 : 요 임금이 미복 차림으로 강구(康衢)를 방문하니 아이들 노랫소리가 들렸는데, 그 소리가 매우 기쁘게 들렸기에 돌아와 순 임금에게 왕위를 선양했다. 또 《제왕세기(帝王世紀)》기록에 따르면 "요 임금 때에 천하가 태평하고 백성들도 무탈하여 노인들이 격양가를 불렀다.〔帝堯之世 天下太和 百姓無事 有老人擊壤而歌〕"라고 한다.

556　추부(萑苻) : 도둑이란 뜻이다. 원래 춘추 시대 정(鄭)나라의 못 이름으로 도둑이 출몰하는 장소였다.

557　규장(圭璋) : 조정에서 기용한 인재를 말한다. 원래 규장은 귀한 옥의 일종이다.

무자년(1888, 고종25) 1월 14일

戊子正月十四日

〈낙매가〉[558] 마치니 마음이 쓸쓸한데	落梅歌罷意悄然
열심히 배우는 아이는 앉은 채 자지 않네	强學兒童坐不眠
한 조각 바람에 얼핏 봄 생각 일었다가	春意乍因風片動
부슬부슬 빗발에 다시 고향 생각 떠오르네	鄉愁更被雨絲牽
성안의 밤놀이를 금하는 이 없겠지만	應無禁夜遊城裏
어찌하면 구름 헤치고 달 옆으로 갈까	那得披雲到月邊
좋은 밤을 미리 빌려 한바탕 취하고자	預借良宵須盡醉
광암[559]에서 화차[560]에 쓸 돈을 준비하네	桄庵料理畵叉錢

---

558 낙매가(落梅歌) : 고악부(古樂府)에 〈매화락(梅花落)〉이 있다.

559 광암(桄庵) : 김윤식이 귀양살이하던 영탑사 안의 건물 이름이다.

560 화차(畵叉) : 장대 끝에 철차(鐵叉)로 장식하여 화폭을 매달아 거는 데 사용한다.

자천, 원회와 함께 읊다

與紫泉元會共賦

오색 빛 무지개 기운 북두성 남쪽에 가득하고	文虹氣鬱斗之南
부평초처럼 절 방 떠다니며 고락을 함께 하네	萍水山房共苦甘
백 년 인생의 헛된 명성은 초목과 같고	百歲浮名同草木
이 년 동안 꾼 귀향의 꿈은 강가에 묶였네	二年歸夢滯江潭
흰 구름은 이미 야심을 잡아 머물게 하고	白雲已挽野心住
온갖 나무들은 여전히 생기를 머금었네	雜樹猶看生意含
한 폭의 봄 산을 그대가 그리니	一幅春山君有畵
붓 끝에서 무수히 맑은 아지랑이가 피어나네	毫端無數起晴嵐

　　자천이 나를 위해 〈영탑사시경도(靈塔四時景圖)〉를 그렸다.

섬돌의 풀 새싹을 틔우고 계곡의 해 더딘데	階草生胎澗日遲
한가해지니 매사가 그윽한 기약에 흡족하네	閑來事事愜幽期
일상적으로 돌아다니는 이들 모두가 진불이고	尋常掉臂皆眞佛
참담경영하며 수염을 꼬니[561] 좋은 시 나오네	慘澹撚髭便好詩
방안에 든 봄빛에 매화가 열매 맺고	閣裏春光梅結子
창문 가 그림 같은 풍경에 대나무 가지 뻗었네	窓間畵意竹橫枝
눈서리 내리고 꽃잎 피고 지는 산중의 경치	雪霜花葉山中景

---

561 참담경영하며 수염을 꼬니 : 참담경영은 고심하며 시를 구상하는 것을 말하며, 수염을 꼬는 것 역시 깊이 사색하며 시를 짓는 것을 비유한다.

나그네살이 하다 문득 사계절을 보았네　　　　　　　旅榻居然閱四時

겹겹의 구름 그림자 층층의 탑 그림자　　　　　　　雲影重重塔影層
바다 산을 저녁에 보려면 여기에 오를만하네　　　　海山夕眺此堪登
군청 누대의 화각562소리는 봄바람에 실려오고　　　郡樓畵角春風送
포구 집의 차가운 연기는 저녁 빛과 엉겼네　　　　浦戶寒煙暮色凝
백 대의 세월은 과객과 같다 했나563　　　　　　　百代光陰如過客
술 한 병의 신세타령, 여윈 중과 함께 하네　　　　一瓶身世伴癯僧
천문이 지척이라 호흡이 통하는데　　　　　　　　天門咫尺通呼吸
시원한 바람 타려해도 탈 수 없어 한스럽네　　　　欲御冷風恨未能

소나무 아래 사람 자고 학은 외롭게 서 있는데　　松下人眠鶴立孤
글 쓰는 책상과 차 화로엔 먼지 하나 없네　　　　筆牀茶竈一塵無
산중의 명물은 군방보564이고　　　　　　　　　　山中名物群芳譜
거울 뒤의 진형은 오악도565라네　　　　　　　　鏡背眞形五嶽圖
날이 따뜻하니 나비가 둔하게 움직이려 하고　　日暖蝶奴癡欲動

---

562 화각(畵角) : 관악기의 일종이다. 대나무나 피혁(皮革) 등으로 만드는데 표면에
채색 그림을 그려서 화각이라고 부른다.

563 백……했나 : 이백(李白)의 〈춘야연도리원서(春夜宴桃李園序)〉에 "무릇 천지란
만물의 여관이요, 광음이란 백대의 과객이다.〔夫天地者萬物之逆旅 光陰者百代之過
客〕"라는 말이 나온다.

564 군방보(群芳譜) : 온갖 화초의 계보를 적은 책이다.

565 오악도(五嶽圖) : 오악진형도(五嶽眞形圖)로 도교(道敎)의 부록(符籙)이다. 태
상도군(太上道君)이 전한 것으로 재앙을 막고 복을 불러온다고 한다.

바람 맑으니 비둘기가 나른하게 서로 부르네   風晴鳩婦懶相呼
근자엔 봄 시름이 술보다 진하여   春愁近日濃於酒
옥호 가득 시심을 빚어냈네   釀得詩心滿玉壺
　자천에게 〈옥호도(玉壺圖)〉시가 있다.

절에서 편지 보내 불러주기 기다리지 않고   不待山門折簡招
흥 나면 술 가지고 좋은 밤에 달려가네   興來携酒赴良宵
하요경566엔 늘 나막신 자국 찍혀있고   屐痕常印鰕腰逕
안치교567엔 때때로 지팡이 그림자 비치네   筇影時橫鴈齒橋
세정에 단련되어 몸은 강철 같고   慣鍊世情身似鐵
묘함에 이른 시경은 시상이 조수처럼 밀려오네   妙臻詩境思如潮
미간이 어두운 것은 무슨 연고인가   眉間鬱鬱緣何事
풍성568엔 아직도 검의 기운이 하늘을 밝히네   猶有豐城氣燭霄

---

566 하요경(鰕腰逕) : 새우 허리처럼 굽은 길이다.

567 안치교(鴈齒橋) : 목재나 석재를 기러기 행렬이나 사람의 이빨 형태로 늘어놓아 만든 다리이다.

568 풍성(豐城) : 강서성 남창현(南昌縣) 남쪽에 있다. 옛 풍성의 터에 용천검(龍泉劍)과 태아검(太阿劍)이 매장되어 있어서 하늘에 빛을 쏜다고 한다.

차운하여 지주[569] 김 어르신 인근 께 올리다

次韻呈地主金丈 寅根

적막한 광암이 푸른 산을 누르는데   寂寂桃庵鎭翠微
무엇하러 수고롭게 조개[570]를 산 향해 날릴까   何勞皁盖向山飛
물 같은 관청 부엌엔 매달린 물고기 정갈하고[571]   官廚如水懸魚淨
고요한 마을엔 짖는 개도 드무네   村里無聲吠犬稀
병상에서도 정이 은근하여 때론 밥을 싸오고[572]   病榻情殷時裹飯
공문과의 인연이 깊어 옷을 남기려 하네[573]   空門緣重欲留衣
막다른 길에서 주인의 환대에 느낀 바가 많아   窮途深感主人遇
춘풍에 날아온 제비는 감히 돌아가지 못하네   客鷰春風不敢歸

---

569 지주(地主) : 성주(城主), 곧 고을 수령이다.

570 조개(皁盖) : 관리가 사용하는 검은 색 봉산(蓬傘)으로 수레를 말한다.

571 물……정갈하고 : 《후한서(後漢書)》 권61 〈양속열전(羊續列傳)〉에 의하면, 양
속이 남양 태수(南陽太守)를 할 때 아래 관리가 그에게 생선을 보내오자 담장 안에
매달아 두었다. 나중에 또 그 사람이 물고기를 보내자 또 이전의 물고기 옆에 매달아두
었다. 후에 그 사람을 보자 다시 보낼 필요가 없다고 했다. 이로 인하여 '현어(懸魚)'는
관리의 청렴을 의미하게 되었다.

572 병상에서도……싸오고 : 《장자》〈대종사(大宗師)〉에 "자여(子輿)와 자상(子桑)
은 친했는데, 장맛비가 10일나 계속되자 자여가 '자상이 거의 병이 들었겠구나!'라고
하고, 밥을 싸가지고 가서 먹었다.〔子輿與子桑友 而霖雨十日 子輿曰 子桑殆病矣 裹飯
而往食之〕"라는 이야기가 보인다.

573 공문……하네 : 당나라 한유(韓愈)가 조주자사(潮州刺史)로 있을 때 영산사(靈山
寺) 주지 대안(大顚)과 친하게 교유했는데, 하루는 한유가 대안을 만나러 가니 마침 출타
중이었다. 한유는 대안을 위해 자신의 관포(官袍)를 벗어서 남겨두고 돌아왔다고 한다.

황자천과 함께 읊다

與黃紫泉共賦

나그네 되어 해를 넘기니 고향 같지만	爲客經年似故鄕
오지도 않은 봄바람에 귀밑머리 하얗네	春風不到鬢邊霜
스쳐가는 영고성쇠에 뽕밭이 세 번 변하고[574]	榮枯過眼田三變
가건 머무르건 이 몸 따르는 건 벼루 하나라네	行止隨身硯一方
곧 보겠구나 개울 버들 흐느적대며 추는 춤	溪柳將看隨手舞
너무 좋아라 촌 막걸리 살결에 스미는 내음	村醪劇愛透肌香
한가해지면서 뜻과 일 온통 꺾여 무너지고	閑來志事摧頹甚
스스로 공부를 한다지만 낮잠만 길게 자네	自課工夫午睡長

---

574 스쳐가는……변하고 : 진(晉)나라 갈홍(葛洪)의 《신선전(神仙傳)》〈마고(麻姑)〉에서 "마고가 말하기를 '접대하여 모신 이래 이미 동해(東海)가 세 번이나 뽕밭으로 변한 것을 보았습니다.'라고 했다.〔麻姑自說云 接侍以來 已見東海三爲桑田〕"라는 기록이 보인다.

봄날 여러 시 벗들과 영탑에 올라 짓다

春日與諸詩伴登靈塔作

명산은 그 어디건 띠 집을 짓기 좋아	名山何處可誅茅
마음대로 한유[575]를 찾고 맹교[576]도 만나네	隨意尋韓且覓郊
다니는 길엔 푸른 이끼가 약초 길을 열고	行處蒼苔開藥逕
돌아오면 흰 돌[577]이 솔가지를 삶네	歸來白石煮松梢
동원에 햇볕 따뜻하니 벌들이 꿀을 나르고	林園日暖蜂輸課
정자에 바람 맑으니 제비가 둥지를 짓네	臺榭風淸鷰理巢
시골 옷 입고서 이제 본분으로 돌아왔으니	野服如今還本分
원숭이 학더러 함부로 조롱하게 하지 마오[578]	莫敎猿鶴謾相嘲

---

575 한유(韓愈) : 당나라 문인으로 당송팔대가(唐宋八大家)의 한 명이며, 시로도 유
명했다. 맹교(孟郊)와 절친했다.

576 맹교(孟郊) : 한유와 절친했고 시는 가도(賈島)와 함께 고음시파(苦吟詩派)로
불린다. 송나라 소식(蘇軾)으로부터 '교한도수(郊寒島瘦)'라는 평을 받았다.

577 흰 돌 : 《신선전(神仙傳)》에 "백석 선생은 중황장인(中黃丈人)의 제자이다. 항상
흰 돌을 삶아 먹었고 백석산(白石山)에 가서 살았다. 당시 사람들이 그래서 백석 선생이
라 불렀다.〔白石先生者 中黃丈人弟子也 嘗煮白石爲糧 因就白石山居 時人故號曰白石先
生〕"라고 했다.

578 원숭이……마오 : 은자(隱者)가 출사하자 원숭이와 학이 조롱한다는 것이다. 남
제(南齊) 공치규(孔稚珪, 447~501)의 〈북산이문(北山移文)〉에 "혜장이 비니 밤에 학
이 원망하고, 산인이 떠나가니 새벽에 원숭이가 놀라네.〔蕙帳空兮夜鶴怨 山人去兮曉猿
驚〕"라고 했다.

예로부터 영탑을 지난 이 몇 사람이던가　　　古來靈塔幾人經

종일토록 바라봐도 경정산[579] 같구나　　　盡日相看似敬亭

쪽빛 흐르는 저 멀리 물에 승려의 눈 파랗고　　　遠水拖藍僧眼碧

눈썹 짙은 저녁 산에 부처머리 푸르네　　　晚山濃黛佛頭青

숲으로 자취 감췄다고 세상 피한 것 아니요　　　林間息跡非逃世

우주에 그대도 나도 잠시 몸을 맡겼을 뿐　　　宇內同君暫寓形

어찌하여 꽃 앞에서 서로 취해 넘어졌나　　　底事花前相醉倒

어부더러 깨어 있는 사람 비웃지 말라 하게[580]　　　免教漁父笑人醒

답청[581]하기 좋은 날씨라　　　踏青天氣好

평상을 쓸고서 기쁘게 그대를 맞이하네　　　掃榻喜逢君

취하면 번번이 날짜를 잊고　　　醉去頻忘日

579　경정산(敬亭山) : 중국 안휘성 선주(宣州) 성북 수양강(水陽江)가에 있다. 이백(李白)의 〈독좌경정산(獨坐敬亭山)〉시에 "뭇 새들 높이 날아 사라지고, 외로운 구름만 한가로이 떠가네. 서로 바라봐도 싫증나지 않은 것은 오직 경정산뿐이라네.〔衆鳥高飛盡 孤雲獨去閑 相看兩不厭 只有敬亭山〕"라고 했다.

580　어부더러……하게 : 굴원(屈原)의 〈어부사(漁父辭)〉를 인용했다. 굴원이 쫓겨나 강담에서 노닐 때 한 어부와 대화를 나누었는데, 굴원이 온 세상이 모두 혼탁한데 나만 홀로 깨끗하고, 온 세상이 모두 취하였는데 나만 홀로 깨어 있어서 쫓겨났다고 하소연하자, 어부가 말하기를 "성인은 사물에 얽매이지 않고 세상과 더불어 옮겨가니, 세상 사람들이 모두 탁하거든 어찌하여 그 진흙을 휘젓고 그 흙탕물을 일으키지 않으며, 여러 사람들이 모두 취하였거든 어찌하여 술지게미와 묽은 술을 마시지 않고 무슨 연고로 깊이 생각하고 고상하게 행동하여 스스로 추방을 당하였단 말이오?〔聖人不凝滯於物 而能與世推移 世人皆濁 何不淈其泥而揚其波 衆人皆醉 何不餔其糟而歠其醨 何故深思高擧 自令放爲〕"라고 했다.

581　답청(踏靑) : 봄에 새로 돋은 풀을 밟고 노니는 것이다.

흥 일면 지나는 구름도 보아 넘기네 　　興來易過雲

흉중엔 기이한 계책 작아졌고 　　胸中屈奇策

들판엔 새로운 소식도 드무네 　　野外少新聞

등불 앞에 어리는 쇠한 머리털 　　衰髮燈前照

서로 바라보니 학의 무리 같네 　　相看鶴一群

연화 세계582가 청도583에 접하니 　　蓮花世界接淸都

희미한 이끼 전자 초록 글자 부적 같네 　　苔篆依稀綠字符

종일 소나무 생황소리가 개울 계곡에 울리고 　　鎭日松笙鳴澗壑

석양에 목동의 피리소리가 들판으로 내려오네 　　斜陽牛笛下平蕪

흰 구름 피어나는 곳에선 장차 시가 완성되고 　　白雲起處詩將就

붉은 살구꽃 피어날 때면 술 받아오려 하네 　　紅杏開時酒欲酤

영주의 산수기584일랑 읽지를 마오 　　莫讀永州山水記

개울과 못이 불행히도 어리석은 사람 만났다오 　　溪潭不幸遇愚夫

봄 오자 야위어 허리띠가 헐렁하더니 　　春來消瘦帶圍寬

술 생기고 그대도 만나 즐거움을 다하네 　　得酒逢君且盡歡

눈에 가득한 봄빛에 백발이 부끄러워 　　滿眼韶光羞白髮

언제 고향으로 황관585 쓰고 돌아갈까 　　何時故里返黃冠

---

582 연화 세계 : 아미타불의 극락정토가 있는 세계이다.

583 청도(淸都) : 전설 속의 천제(天帝)가 거주한다는 궁궐이다.

584 영주의 산수기 : 당나라 유종원(柳宗元)이 지은 〈영주팔기(永州八記)〉를 말한다. 유종원이 호남성 영주로 좌천되어 10년 간 머물면서 지은 기문이다.

괴로운 음영 잇기 어려움이 삼고[586]와 같고	苦吟難續如三鼓
예전의 학문 소홀히 함이 이미 십한[587]이네	舊學全疎已十寒
염량을 다 겪고서 여전히 고색이로다	閱盡炎凉猶古色
청산을 세상의 눈으로 바라보지 마시오	靑山莫作世情看

내 맘 알아주신 동군[588]이 고마워라	多謝東君會我心
어제는 날씨 맑아 높이 오르기 좋았네	天晴昨日好登臨
이지러진 세상에 비바람 많음을 누가 알까	誰知缺界多風雨
그래도 향기로운 꽃을 잡고 고금을 바꾸네	却把芳華變古今
꽃술 품은 시든 꽃은 이별 아쉬워 슬퍼하고	抱藥殘花悄惜別
둥지 옆 저녁 새는 침입 근심에 떨고 있네	依巢幽鳥冷愁侵
분분히 피고 진들 무슨 상관이랴	紛紛開落關何事
한 번 웃고 산 바라보다 코를 쥐고 읊조리네[589]	一笑看山捉鼻吟

| 반듯한 평상의 부들자리 비 지나자 서늘하고 | 匡牀蒲席雨餘凉 |

---

585 황관(黃冠) : 평민의 모자이다.

586 삼고(三鼓) : 삼고기갈(三鼓氣竭)의 준말이다. 역량을 다 소모함을 말한다. 《춘추좌씨전(春秋左氏傳)》장공(莊公) 10년 조에 "대저 전쟁이란 것은 용기이다. 첫 북소리에 기세를 올리고, 두 번째 북소리에 기세가 약해지고, 세 번째 북소리에 힘을 다 소모하게 된다.〔夫戰 勇氣也 一鼓作氣 再而衰 三而竭〕"라고 했다.

587 십한(十寒) : 일폭십한(一暴十寒)의 준말이다. 하루 따뜻하고 십일은 춥다는 뜻으로 하루만 부지런하고 10일은 태만함을 말한다.

588 동군(東君) : 봄의 신이다.

589 코를 쥐고 읊조리네 : 자세한 내용은 221쪽 주 427 참조.

안개와 뒤엉긴 푸름이 하늘을 덮었네 蒼翠和煙鎖上方

객 떠나보낸 사립문엔 방초가 가득하고 送客柴門芳草遍

그리움 가득한 석양녘에 먼 산이 아득하네 懷人落日遠山長

시권 중의 증답은 원백⁵⁹⁰ 뒤를 따르고 卷中贈答追元白

세상 밖의 은거는 기황⁵⁹¹에게 물어보네 世外棲遲問綺黃

뜻 지녔던 당시는 젊었을 적의 일 有志當時年少事

열 가지 책략 개황⁵⁹²께 올리는 일 그만 두었네 休將十策獻開皇

향수에 젖어 날마다 봉수대 바라보건만 鄕愁日日望山烽

멀고 먼 경성 길 몇 겹이던가 迢遞京城路幾重

병이 많아 문원⁵⁹³의 소갈증을 늘 근심하고 多病常愁文苑渴

공 없어도 주천⁵⁹⁴에 봉해주길 여전히 바라네 無功猶望酒泉封

---

590 원백(元白) : 당나라 원진(元稹)과 백거이(白居易)이다. 평생 절친한 사이로서 원화(元和) 연간의 저명한 시인들이었다.

591 기황(綺黃) : 상산사호(商山四皓) 중의 하황공(夏黃公)과 기리계(綺里季)이다.

592 개황(開皇) : 수(隋)나라 문제(文帝)의 연호(581∼600)이다. 개황 3년에 고경(高熲), 정역(鄭譯), 양소(楊素), 배정(裴政) 등이 육조(六朝)의 형전(刑典)을 집대성한 《개황률(開皇律)》을 편찬하여 올렸다.

593 문원(文苑) : 원문의 '문원(文苑)'은 '문원(文園)'과 같은 뜻으로 효문원령(孝文園令)을 지낸 사마상여(司馬相如)를 가리킨다. 그는 소갈증을 앓았다고 한다. 원(苑)은 측성 자리여서 평성인 원(園)을 쓰지 못하고 같은 뜻의 글자로 바꾸어 쓴 것으로 보인다.

594 주천(酒泉) : 한나라 때 설치했던 군(郡) 이름이다. 지금의 감숙성 주천현이다. 그 곳의 샘이 술과 같다고 하여 주천이라 이름 지었다고 한다. 두보(杜甫)의 〈음중팔선가(飮中八仙歌)〉에 "여양은 세 말 술을 마시고 비로소 조천하는데, 길에서 누룩 수레를 만나면 입에서 침을 흘리고, 주천군에 봉해 주지 않음을 한스러워 하네.〔汝陽三斗始朝

매번 역졸에게 집에서 온 편지를 찾고	每從郵遞探家信
절 집 부엌 임시로 빌려 객 위해 상 차리네	權借僧廚設客供
몇 이랑의 메마른 밭과 호수가의 집	數頃薄田湖上屋
만년의 생계는 농사일 밝은 데 달려있네	晚年身計在明農

졸졸 계곡 물소리 패옥소리를 내는데	澗溜琮琤響珮環
불경 읽는 소리가 구름 사이로 울리네	經聲貝葉在雲間
꽃 앞에서 취해 누우니 붉은 조수가 떨어지고	花前臥酒紅潮落
소나무 아래서 금 베고 자니 흰 해가 한가롭네	松下眠琴白日閑
멀리서 들리는 세상사 안개로 막힌 듯하고	世事遙聞如隔霧
풀기 어려운 봄 시름 겹겹의 관문 같네	春愁難破若重關
한 해를 보낸 복사595 싫어하지 않은 지 오래	經年鵩舍休嫌久
빼어난 경치 유람하며 산 실컷 보았네	奇絕玆遊飽看山

마음 생겼거든 꼭 날 잡아 유람할 것 있나	意到何須卜日遊
나물과 시골 술은 마련하기도 어렵지 않네	野蔬村酒不難謀
아침에 지나간 숲 가랑비에 봄도 저물어가고	林霏朝過春將晚
대낮에 짝 찾는 산새에 지경이 더욱 그윽하네	山鳥晝呼境轉幽
백발이 다 되어 교비596를 거의 잃었으니	白首幾成交臂失

天 道逢麴車口流涎 恨不移封向酒泉]"라고 했다.

595 복사(鵩舍) : 귀양살이를 하는 집을 말한다. 한나라 가의(賈誼)가 장사(長沙)에서 귀양살이를 하는데 복조(鵩鳥 부엉이)가 집으로 날아오자, 불길하다고 여기고 〈복조부(鵩鳥賦)〉를 지었다. 이후 복사는 귀양살이를 하는 집을 말하게 되었다.

청운이 어찌 집편⁵⁹⁷을 구하겠는가   靑雲豈得執鞭求
자리에 잔뜩 엉긴 먼지 쓸어낼 것도 없으니   凝塵滿席無煩掃
온 세상이 지금 한 집안처럼 근심스럽네   四海如今一室憂

---

596 교비(交臂) : 마음을 알아주는 붕우(朋友)이다.

597 집편(執鞭) : 말채찍을 잡고 수레를 모는 것이다. 《논어》〈술이(術而)〉에 "부유함을 얻을 수 있다면, 비록 말채찍을 잡는 사람일지라도 내 또한 그것을 할 것이다.〔富而可求也 雖執鞭之士 吾亦爲之〕"라고 했다.

이천 유백거 지평이 지팡이를 들고 찾아왔으니 그 뜻이 감사할 만하다. 서로 만나지 못한 8년 사이에 얼굴이며 머리털이며 변함이 없었다. 살아 있거나 이미 죽은 옛 친구들 이야기를 하니 희비가 얽히어 함께 율시 한 수를 읊었다

利川兪白渠持平携笻專訪其意可感相阻八年之間容髮無改叙故舊道存 歿悲喜交集矣共賦一律

양쪽에서 그리워하며 꿈속에서 찾았거늘	兩地相勞夢裏尋
손잡고 솔 그늘에 앉을 줄 어찌 기대했으리	何期把臂坐松陰
친구들은 이제 시들어 떨어져 남은 이 적고	如今零落親知少
함께 노닐던 옛날을 추억하니 세월도 오래구나	記昔追遊歲月深
노쇠하니 서로 만나 실컷 이야기하기 어렵고	衰老難逢談快事
나아가고 머무름에 초심 많이 저버려 부끄럽네	行藏多愧負初心
그대의 안색 가난해도 보기 좋아 부럽구려	憐君顔色貧猶好
신발 끌며 높이 노래하니 금성이 나오네	曳履高歌若出金

신이화⁵⁹⁸를 읊다

詠辛夷花

나는 〈신이변〉을 지은 적이 있는데, 원고에 들어있다.

신이화 피었는데 추적추적 비가 내려	辛夷花發雨昏昏
그림자가 맑은 개울에 잠긴 붓 담근 흔적⁵⁹⁹	影入淸溪蘸筆痕
거꾸로 매달린 가지와 그 모습 참으로 닮았고	茄子倒垂眞肖貌

마을사람들은 신이를 알지 못하고 가지꽃이라 부르는데, 그 모양이 닮았다고 여기기 때문이다.

반쯤 피어난 부용처럼 혼이 돌아오려 하네	芙蕖半吐欲還魂
안타까워라 범범한 꽃들처럼 적막히 지내니	可憐寂寞同凡卉
이 벽촌에서 누가 너를 지지해줄까	誰與支持在僻村
봄 술 한 잔 너에게 권하노니	春酒一盃聊勸汝
언제나 이름난 동원으로 옮겨 심어질까	幾時移植到名園

---

598 신이화(辛夷花) : 목련의 별칭이다.

599 붓 담근 흔적 : 신이화가 붓을 닮았다고 하여 목필화(木筆花)라고 부르기도 하기 때문에 한 말이다.

황자천과 함께 읊다

與黃紫泉共賦

늦봄의 날씨 참으로 맑고 화창한데	深春天氣正淸佳
어둡기만 한 시의 수심 그칠 길 없구나	黯淡詩愁不可涯
몇 송이 남은 꽃 능히 전후[600]가 되고	數朶殘花能殿後
한 무리의 우는 새 각각 회포를 말하네	一叢啼鳥各言懷
객창엔 종일토록 산이 자리와 마주하고	旅窓盡日山當席
오랜 절엔 사람 없어 풀이 섬돌을 오르네	古寺無人草上階
이 산이 만약 상락[601]에 가깝다면	若道此山商雒近
기황[602]의 고상한 은거와 함께 할 수 있을 텐데	綺黃高隱與之偕
봄물의 푸른 모 가는 털과 같고	綠秧春水細如毛
개울가 인가엔 벽도화가 빛나네	溪畔人家映碧桃
그대 기다려도 오지 않아 꾀꼬리 소리 저물고	待子不來黃鳥晚
때때로 절로 흘러가는 흰 구름만 높네	有時自去白雲高
세상의 북해[603]가 어찌 나를 알겠는가	世間北海寧知我

---

600 전후(殿後) : 군대의 가장 뒤에 있는 부대이다.

601 상락(商雒) : 중국 섬서성(陝西省)에 있는 상현(商縣)과 상락현(上洛縣)이다. 진(秦)나라 말에 상산사호(商山四皓)가 은거했던 곳이라고 한다.

602 기황(綺黃) : 상산사호(商山四皓) 중 기리계(綺里季)와 하황공(夏黃公)이다.

603 북해(北海) : 한나라 말에 북해상(北海相)을 지낸 공융(孔融)을 말한다. 후진을

시詩 295

누대 위 원룡[604]은 여전히 기세 호방하네 　　　　樓上元龍氣尙豪

산중의 오랜 객 생활에 송별할 일 많아 　　　　久客山中多送別

동구 밖 곳곳이 노로정[605]이라네 　　　　　　洞門是處卽勞勞

나아가고 머무름을 계함[606]에게 묻지 말게 　　休把行藏問季咸

산골 아이들은 연잎 적삼[607] 익숙히 짓는다네 　山童慣製芰荷衫

늙은 학에게 양식 나눠주어 세 사람 몫 겸하고 　糧分老鶴兼三口

외로운 승려에게 거처 빌려 바위를 함께 하네 　居僦孤僧共一巖

어떻게 하면 방편을 얻어 해탈할 수 있을까 　安得方便能解脫

지난 일 회고하니 속세와 떨어진 듯하네 　　回思往事隔塵凡

환해를 벗어나자마자 거울처럼 잔잔한 물결 　纔離宦海波如鏡

무탈한 봄바람에 돛을 달아 올리네 　　　　無恙春風掛布帆

주렴 가득한 산 빛이 쪽처럼 푸르고 　　　滿簾山色碧如藍

이끌어주기를 좋아하고, 빈객을 대접하는 것을 좋아했다.

604 원룡(元龍) : 삼국 시대 위(魏)나라 진등(陳登)의 자이다. 재능이 뛰어나고 호방한 인물로서, 후대의 시문에 백 척 누대 위에 편히 누워있는 호방한 인물로 묘사된다.

605 노로정(勞勞亭) : 지금의 강소성 남경시 서남쪽에 있었다. 옛날부터 이별의 장소였다. 이백(李白)의 〈노로정(勞勞亭)〉시에 "천하의 마음 아픈 곳, 객 떠나보내는 노로정〔天下傷心處 勞勞送客亭〕"이라고 했다.

606 계함(季咸) : 전설 속의 정(鄭)나라 신무(神巫)의 이름이다. 《장자(莊子)》〈응제제(應王帝)〉에 "정(鄭)나라에 신무(神巫)가 있는데 계함(季咸)이라 한다. 사람의 사생존망과 화복수요를 알아서 세월의 순일(旬日)을 기약함이 신과 같았다.〔鄭有神巫 曰季咸 知人之死生存亡 禍福壽夭 期以歲月旬日 若神〕"라고 했다.

607 연잎 적삼 : 은자의 옷을 말한다.

몇 그루 복사꽃은 밤새 내린 비를 머금었네 　　　數樹桃花宿雨含
언덕의 보리 물결 일으키자 송아지가 파묻히고 　　隴麥波生纔沒犢
계곡의 뽕나무 잎이 어려 누에가 잠자려 하네 　　谷桑葉穉欲眠蠶
숲에 산다고 꼭 기이한 선비일 필요 없고 　　　棲林未必魁奇士
처세에는 우둔한 남자라도 무방하다네 　　　　處世不妨愚魯男
술이 있어 그대에게 권하니 취해야만 하리 　　　有酒勸君須盡醉
저물어가는 청춘을 내 어찌하리 　　　　　　靑春將暮我何堪

가여워라 백발의 그대 여전히 침몰한 채 　　　白首憐君尙屈沉
막다른 길에서 억지로 지음을 허락했네 　　　窮途强與許知音
반평생 단사의 솥을 헛되이 저버리고 　　　　半生虛負丹砂鼎
천리 밖에서 녹기금[608]을 그리워하네 　　　千里相思綠綺琴
두서없는 봄꿈은 쉬이 잊히고 　　　　　　春夢支離還易忘
담박한 시골 술은 따르기에 좋네 　　　　　村醪淡泊好頻斟
쇠잔한 살갗 남은 지분 모두 사라지고 　　　殘脂剩粉都消盡
여전한 건 창 앞 벽옥 봉우리뿐이라네 　　　依舊窓前碧玉岑

---

608 녹기금(綠綺琴) : 옛날의 금(琴) 이름이다. 한나라 사마상여(司馬相如)가 〈옥여
의부(玉如意賦)〉를 짓자, 양왕(梁王)이 기뻐하며, 녹기금을 하사했다고 한다.

서교와 함께 읊다

與書橋共賦

깊은 대숲에 종일토록 새소리 맑은데	幽篁鎭日鳥聲淸
산 아래는 봄 녹음이 들도 성도 뒤덮었네	山下春陰覆野城
난을 차고 가며 읊지만 홀로 깬 것 아니고	蘭珮行吟非獨醒
부들자리의 설법은 무생609이라네	蒲團說法是無生
복사꽃 다 지니 마을은 어둡고	桃花落盡村容暗
제비 돌아오니 풀빛은 맑네	鷰子歸來草色晴
그대의 시 자세히 읽으니 참으로 맛이 있어	細讀君詩眞有味
풍소610로 또 다시 두가611의 명성 잇겠네	風騷又繼杜家名

그대의 한 곡에 감동하여 그대 노래에 답하니	感君一曲和君歌
방지612와 두형613엔 이별의 한이 많네	芳芷杜蘅離恨多

---

609 무생(無生) : 불교에서 말하는 무생불멸(無生不滅)의 진제(眞諦)이다.

610 풍소(風騷) : 본래 《시경》의 국풍(國風)과 굴원(屈原)의 〈이소(離騷)〉를 가리키는 말인데, 대개 시문 혹은 시문의 문채나 재정(才情)을 말한다.

611 두가(杜家) : 두보(杜甫)와 두목(杜牧)은 시명을 떨쳐 노두·소두로 불렸는데, 이를 염두에 두고 한 말인 듯하다.

612 방지(芳芷) : 향초(香草)의 일종으로, 구리때이다.

613 두형(杜蘅) : 향초의 일종으로, 두약(杜若)이다. 《초사(楚辭)》〈이소(離騷)〉에 "유이와 계차를 밭두둑으로 나누고, 두형과 방지를 섞었네.〔畦留夷與揭車兮 雜杜衡與芳芷〕"라고 했다. 방지와 두약은 문학작품에서 주로 군자나 현인을 비유한다.

자서처럼 한가한 저 산도 고요하고⁶¹⁴　　　　　閑似子西山共靜

계주⁶¹⁵처럼 맑은 비가 막 지나가네　　　　　清如季主雨新過

시인은 늙어 가는데 봄은 무기력하고　　　　　詩人老去春無力

성세에서 태어나 바다에 파도 일지 않네　　　　聖世生來海不波

소나무 그늘에서 모자 벗고 취해 쓰러지지만　　脫帽松陰仍醉倒

마주친들 내가 누구인지 그 누가 알까　　　　　相逢誰識我爲何

---

614 자서(子西) : 송나라 당경(唐庚, 1070~1120)의 자이다. 미주(眉州) 단릉(丹棱) 사람이다. 그의 시에 "태고적처럼 산은 고요하고 소년처럼 날은 길도다.〔山靜似太古 日長如少年〕"라는 구절이 있어서 한 표현이다.

615 계주(季主) : 초(楚)나라 사람 사마계주(司馬季主)이다. 가의(賈誼) 등과 동시 대 사람으로 장안(長安) 동시(東市)에서 점을 쳤다고 한다. 《사기》〈일자열전(日者列傳)에 따르면 송충(宋忠)과 가의(賈誼)가 그와 더불어 이야기를 나누었는데, 그가 선왕의 도에 해박하고 인정을 두루 살피고 있는 것을 보고 크게 감탄하였다고 한다.

욕불일[616]에 여러 객들과 함께 읊다

浴佛日與諸客共賦

쾌청한 욕불일에 푸른 언덕을 걷노라니	浴佛天晴步碧皐
장대 하나 횃불이 소나무 물결 옆에 있네	一竿火樹倚松濤
소반에는 부드럽게 밥을 싼 상추가 올라오고	盤登萵苣軟包飯
술잔에는 새로 빚은 진달래술 넘치네	觴泛杜鵑新釀醪
타향의 절기 음식은 옛 풍속대로 전해지고	節物異鄕傳舊俗
오늘날의 풍류는 우리들이 담당하네	風流今日屬吾曹
서울 번화한 땅을 아득히 생각하니	緬思京國繁華地
집집마다 천불이 백호광[617]을 뿜겠네	千佛家家放白毫

　면천 사람들은 진달래술을 잘 빚는다.

쓸쓸한 나그네 짐 승려의 보따리 같아	蕭然客橐似僧包
상자 속 책들은 잡다한 기록들[618]	篋裏群書雜俎肴
쇠약한 모습은 수달 골수[619]로 고칠 필요 없고	衰貌不須醫獺髓

616　욕불일(浴佛日) : 불교의 초파일이다.

617　백호광(白毫光) : 불광(佛光)을 가리킨다.

618　잡다한 기록들 : '잡조(雜俎)'는 《유양잡조(酉陽雜俎)》나 《오잡조(五雜俎)》처럼 잡다한 기록으로 이루어진 필기를 말하고, '효(肴)'는 음식을 뜻하는데, 이것저것 섞어 만든 음식처럼, 잡다한 이야기를 기록한 책을 가리킨다.

619　수달 골수 : 옥설(玉屑)과 호박(琥珀)과 섞어서 가루를 내어 바르면 흉터를 치료할 수 있다고 한다.

남은 봄을 난교[620]로 이을 생각 없네   殘春無計續鸞膠

나뭇잎 배 물에 띄우면 개미도 헤엄칠 수 있고   芥舟自泛能遊蟻

갑 속의 검은 깊이 감춰도 교룡을 벨 수 있네   匣劒深藏可斷蛟

우환을 겪어오며 바야흐로 도를 좋아하여   憂患閱來方好道

밝은 창에서 주역 짚으며 가만히 효를 살피네   明窓點易靜觀爻

---

620 난교(鸞膠) : 전설속의 아교의 일종이다. 서해(西海)의 봉린주(鳳麟洲)에 선가
(仙家)들이 봉황의 부리와 기린의 뿔을 달여서 고약을 만드는데, 그러면 궁노(弓弩)의
끊긴 현을 이을 수 있다고 한다.

이우천 원종 과 함께 읊다

與李愚泉 元鍾 共賦

치달리는 상제⁶²¹가 속세를 떠나 비상하는데	霜蹄蹴踏絶塵飛
다 늙어서 여전히 포의인들 어떠하리	垂老如何尙布衣
밤새 반가운 눈동자로 늦은 만남 회포 풀지만	一夜青眸傾蓋晩
반평생 〈백설가〉⁶²²엔 답하는 이 드물었네	半生白雪和歌稀
바람 부는 창 아래엔 거문고와 책이 정결하고	迎風窓下琴書淨
비 기운 꾸물꾸물한 산중엔 초목이 빛나네	欲雨山中草木輝
양양의 기로들⁶²³ 이제는 아득해졌으니	耆舊襄陽今已邈
적막한 운사여 뉘와 더불어 돌아갈까	寂寥韻事與誰歸

이생(李生)이 말하기를 덕산(德山)에 문인들이 많다 하여 이사 갔는데, 지금은 남아있는 자가 없어 사중(社中)이 적막하다고 했다.

---

621 상제(霜蹄) : 말발굽이다. 《장자(莊子)》〈마제(馬蹄)〉에 "말발굽은 서리와 눈을 밟을 수 있다.〔馬蹄可以踐霜雪〕"라고 한 데서 유래했다.

622 백설가(白雪歌) : 중국 초(楚)나라에서 가장 고상하다는 가곡의 이름으로, 보통 양춘백설(陽春白雪)이라 칭한다. 훌륭한 사람의 언행은 평범한 사람이 이해하기 어려움을 비유적으로 이르는 말이다.

623 양양의 기로들 : 중국 호북에 있는 지명이다. 예로부터 현사들이 많이 거주해서 그곳 인물과 산천을 기록한 《양양기구기(襄陽耆舊記)》가 전해온다.

서교와 함께 읊다

與書橋共賦

촌로가 어찌 요 임금을 알았으리	野老何曾識帝堯
풍년 들어 웃고 노래하면 그것이 곧 구요[624]라네	豐年歌笑卽衢謠
쇠락한 세정은 대롱으로 살피기[625] 어렵고	世情歷落難窺管
청한한 신분은 표주박을 버리려 하네[626]	身分清閑欲去瓢
농사일 마치지 못해 소 등뼈 수척하고	田事未完牛脊瘦
풀만 먹는 창자 쉬이 배불러 말발굽 빠르네	草腸易飽馬蹄驕
고요함 속의 사념에 우주가 가득 차니	靜中一念充區宇
선행하는데 어찌 꼭 배불러야 할까	爲善奚須大腹腰

---

624 구요(衢謠) : 격양가(擊壤歌)를 말한다. 풍년이 들어 농부가 태평한 세월을 즐기는 노래이다. 중국의 요 임금 때에, 태평한 생활을 즐거워하여 불렀다고 한다. 그 내용은 "해가 뜨면 일어나고, 해가 지면 쉬네. 샘을 파서 마시고, 밭을 갈아 먹네. 황제의 힘이 나에게 무슨 관계가 있는가?〔日出而作 日入而息 鑿井而飲 耕田而食 帝力於我何有哉〕"라고 했다.

625 대롱으로 살피기 : 원문의 '규관(窺管)'은 좁은 대롱으로 세상을 보려한다는 뜻으로, 식견이 좁은 것을 말한다.

626 표주박을 버리려 하네 : 한나라 채옹(蔡邕)의 《금조(琴操)》〈기산조(箕山操)〉에 다음과 같은 내용이 보인다. "요 임금 때 허유는 기산에 은거했는데, 늘 손으로 물을 떠 마셨다. 어떤 사람이 그에게 그릇이 없는 것을 보고 표주박을 주었다. 허유는 표주박으로 물을 떠 마시고 나무에 걸어두었는데, 바람이 불 때마다 달그락 소리가 나길래, 번거로워 표주박을 버렸다.〔堯時許由隱居箕山 常以手捧水而飲 人見其無器 以一瓢遺之 由飲畢 以瓢挂樹 風吹樹動 歷歷有聲 由以爲煩擾 遂取瓢棄之〕" 후에 '표주박을 버리다〔棄瓢〕'는 은거를 상징하는 전고가 되었다.

약초 울타리 동쪽에 몇 뙈기 밭 있고　　　　　藥欄東畔數畦田
감잎 짙은 그늘에 해안천[627]이 있네　　　　　柿葉濃陰蟹眼泉
천년 늙은 바위엔 옥순[628]이 자라나고　　　　石老千年抽玉笋
평지가 된 산엔 금련이 솟았네　　　　　　　山來平地湧金蓮
속세의 일 끊어 없애고 섬돌의 참새 길들이고　斷除塵事階馴雀
나그네 수심 끌어내 밤에 두견새 소리 듣네　　句引羈愁夜聽鵑
묵묵히 허물을 헤아리며 깊이 정좌하니　　　嘿數愆殃深打坐
옆 사람은 신선을 배우나 보라 잘못 말하네　　旁人錯道學爲仙

627 해안천(蟹眼泉) : 차를 끓이는 샘물의 이름이다.
628 옥순(玉笋) : 죽순의 미칭이다.

자천과 함께 읊다

與紫泉共賦

이 일은 마땅히 미문[629]을 제거해야 하나니 　　　　　宜事元宜祛彌文

당연히 해야 하는데 어찌 자꾸 운운하나 　　　　　當爲何必欲云云

의젓한 쥐의 공수는 예를 아는 듯[630] 　　　　　雍容鼠拱猶知禮

질서정연한 벌의 관아[631]는 군사를 다스리는 듯 　　森整蜂衙若御軍

물리의 천진함은 합당치 않은 바 없고 　　　　　物理天眞皆有合

세상의 기로에는 갈림길도 참 많네 　　　　　世情歧路謾多分

동쪽 봉우리의 밝은 달 촛불 같으리니 　　　　　東峯明月應如燭

우연[632]에 벌써 석양 물들었다 탄식하지 마오 　莫歎虞淵已夕曛

달인은 예로부터 요진[633]을 피했으니 　　　　　達人從古避要津

629　미문(彌文) : 문식(文飾)을 가하는 것이다.

630　의젓한……아는 듯 : 《관윤자(關尹子)》〈삼극(三極)〉에 "성인은 벌을 본 떠 군신을 두고, 거미를 본 떠 그물을 두고, 공서를 본 떠 예를 제정하고, 개미를 본 떠 병사를 설치한다.〔聖人師蜂立君臣 師蜘蛛立网罟 師拱鼠制禮 師戰蟻置兵〕"라는 말이 나온다. 남조 송나라 유경숙(劉敬叔)의 《이원(異苑)》 권3에도 "공서는 일반 쥐처럼 생겼으나, 사람을 보면 두 손을 맞잡고 선다. 사람이 가까이 가서 잡으려고 하면 뛰어올라 도망간다.〔拱鼠形如常鼠 行田野中 見人卽拱手而立 人近欲捕之 跳躍而去〕"라는 기록도 보인다.

631　벌의 관아 : 벌이 군영(軍營)의 병사들과 같이 아침저녁으로 정해진 시간에 출입하므로 지어진 이름이다.

632　우연(虞淵) : 전설 속의 태양이 지는 장소로 황혼을 말한다.

천 년 전을 바라보아도 하루 사이인 듯하네　千載相望似隔晨

말로의 공명에 소초[634]를 슬퍼하고　末路功名悲小草

긴 여정의 비바람에 노신[635]을 탄식하네　長程風雨歎勞薪

궁벽한 거처에서 시정 무료함을 깨닫고　窮居還覺詩無賴

작은 예절에서도 순배 있음을 보네　小禮猶看酒有巡

백발로 난 언덕에서 노년의 감개 일어　白首蘭皐遲暮感

태평성세 오래 우러르며 요 임금의 덕 송도하네　長瞻化日頌堯仁

어두운 두 귀는 천둥소리도 못 들고　冥冥兩耳不聞雷

---

633 요진(要津): 중요한 나루라는 뜻으로 벼슬의 요직(要職)을 말한다.

634 소초(小草): 원대한 뜻을 가리킨다. 《세설신어(世說新語)》〈배조(排調)〉에 "사공(謝公 사안(謝安))은 동산(東山)에 은거할 뜻이 있었다. 그러나 황제의 엄명이 여러 번 이르자 부득이하게 환공사마(桓公司馬)에게 나아갔다. 마침 어떤 사람이 환공에게 약초를 올렸는데, 그 중에 원지가 있기에 환공이 그것을 들고 사공에게 물었다. '이 약은 다른 이름이 소초인데, 어찌 한 물건에 두 이름이 있는가?' 사공이 즉시 답을 못하자 마침 좌석에 있던 학융(郝隆)이 답하기를 '이는 쉽게 알 수 있습니다. 은거하면 원지이고, 출사하면 소초입니다.'라고 했다. 사공이 몹시 부끄러운 기색이 있었다.〔謝公 始有東山之志 後嚴命屢臻 勢不獲已 始就桓公司馬 於時人有餉桓公藥草 中有遠志 公取以問謝 此藥又名小草 何小草一物而有二稱 謝未卽答 時郝隆在坐 應聲答曰 此甚易解 處則爲遠志 出則爲小草 謝甚有愧色〕"라고 했다.

635 노신(勞薪): 수레의 거각(車脚)을 사용한 땔나무이다. 《세설신어(世說新語)》〈배조(排調)〉에 "순욱(荀勗)이 진무제(晉武帝)의 좌석에 있을 때 죽순과 밥을 올렸는데, 자리에 있는 사람에게 말하기를 '이는 노신(勞薪)으로 불을 땐 것이다.'라고 했다. 자리에 있던 사람이 그 말을 믿지 못하고, 몰래 알아보게 했는데 실로 낡은 거각(車脚)을 사용한 것이었다.〔荀勗嘗在晉武帝坐上 食筍進飯 謂在坐人曰 此是勞薪所炊也 坐者未之信 密遣問之 實用故車脚〕"라는 기록이 보인다. 옛날 나무바퀴 수레의 거각(車脚)은 가장 힘을 받는 곳이어서 수년을 사용한 후에는 쪼개서 땔나무로 사용했다.

고요함 속에서 세월의 재촉을 온통 잊었네　　　　靜裏渾忘歲月催
옛 언약 마음에 남아서 꾀꼬리가 벗을 부르고　　　舊契在心鶯喚友
좋은 인연 맺을 길 없어 봉황이 중매하네　　　　佳緣無路鳳爲媒
파릇한 모는 비 맞아 새 머리털이 자라고　　　　綠秧經雨添新髮
붉은 작약은 바람에 날려 뺨이 반만 남았네　　　紅藥飜風剩半腮
그대 시 통쾌히 읽고 마음 이렇듯 맑아지니　　　快讀君詩淸似許
신장이 마름질 사양했음을 이로써 알겠네　　　　從知神匠謝刀裁

산 가득한 푸름 속의 서재 하나엔　　　　　　滿山空翠一書齋
솔바람 소리 바둑 소리가 서로 어우러지네　　　松籟碁聲韻共諧
게으른 승려는 맑은 개울에서 땔나무를 줍고　　僧懶拾薪淸澗曲
깊은 마을은 흰 구름 가에서 보리를 타작하네　村深打麥白雲崖
육근636의 어지러운 막힘은 속세의 수고로 씻고　六根迷障塵勞洗
만고의 한가한 시름은 술기운으로 없애네　　　萬古閑愁酒力排
홀로 깨어있다고 참된 장왕자637이랴　　　　獨寤豈眞長往者
남들 따라 깨고 취해도 무방하리라　　　　　不妨醒醉與人皆

보리 베고 무 심어 빈 밭일랑 없고　　　　　割麥種菁無曠畦
물에 자란 미나리에서 푸른 진흙을 털어내네　香芹出水剝靑泥
구불구불한 계곡 길이 결옥638처럼 굽었고　　逶迤澗道彎如玦

---

636 육근(六根) : 불교용어로　안(眼)·이(耳)·비(鼻)·설(舌)·신(身)·의(意)
의 총칭이다.

637 장왕자(長往者) : 세속을 피해 은거하는 자이다.

높고 낮은 돌밭이 사다리처럼 걸렸네   高下石田懸似梯

자고 일어나 솔 그늘에서 가끔 멀리 바라보고   睡起松陰時遠睇

시 지어지면 감잎에 한가로이 적어보네[639]   詩成柹葉且閑題

가슴 속 어딘가에 언덕과 골짜기 남아있으니   胸中一副存邱壑

갈대에 참새 둥지 튼들[640] 어찌 꺼리랴   茗葦何嫌置雀棲

---

638 결옥(玦玉) : 고리처럼 굽어 있는 옥이다.

639 감잎에 한가로이 적어보네 : 당나라 정건(鄭虔)이 자은사(慈恩寺)에서 감잎에다
글씨 연습을 했다고 한다.

640 갈대에……튼들 : 원문의 '초위(茗葦)'는 갈대의 여린 잎을 가리킨다. 《순자(荀
子)》〈권학(勸學)〉에 "남방에 새가 있는데 이름이 몽구다. 이 새는 깃털로 둥지를 짜서
머리칼로 묶은 다음 갈대에 매달아 놓는다. 그러다 바람이 불어와 갈대가 꺾이면 알이
깨져 죽고 만다.〔南方有鳥焉 名曰蒙鳩 以羽爲巢而編之以髮 系之葦茗 風至茗折 卵破子
死〕"라는 말이 보인다. 위태로운 상황을 비유한다.

신백파 시랑이 권석주[641]의 〈천하창창가〉[642]를 모방해 내게 부쳐왔기에 화답하다

申白坡侍郞效權石洲天何蒼蒼歌寄余和之

하늘은 어찌 그리 푸르고	天何蒼蒼
땅은 어찌 그리 망망한가	地何茫茫
별들은 어찌 그리 아름답고	星辰何以麗
해와 달은 어찌 그리 빛나는가	日月何以光
바람과 천둥은 어찌 그리 박하고	風雷何以薄
추위와 더위는 어찌 그리 바쁜가	寒暑何以忙
봄은 어찌 만물을 키우고	春何以發育
가을은 어찌 만물을 상하게 하나	秋何以夷傷
날짐승 물고기 온갖 동물과 식물들	飛潛動植物
그 큰 품부를 누가 주장하는가	洪賦孰主張
그 속에서 인생은 한 톨 씨앗처럼 작디 작아	人生其間杳一粟
나뭇잎 배를 타고 웅덩이[643]에 떠있는 것 같네	如乘芥舟泛坳堂

---

641 권석주(權石洲) : 권필(權韠, 1569~1612)로 자는 여장(汝章), 호는 석주이다. 정철의 문인(門人)으로 시와 문장이 뛰어났으나 광해군 척족(戚族)들의 방종을 비방하였다가 귀양 가는 도중에 죽었다. 저서에 《석주집》과 한문소설 〈주생전(周生傳)〉 등이 있다.

642 천하창창가(天何蒼蒼歌) : 권필(權韠)의 〈천하창창취중주필(天何蒼蒼醉中走筆)〉시를 말한다.

643 웅덩이 : 《장자(莊子)》 〈소요유(逍遙遊)〉에 "요당(坳堂) 위에 술잔의 물을 부어

우환과 고락이 갈마들며 쳐들어오니	憂患苦樂迭相攻
잠깐 사이에 백 년이 다급히 끝나버리네	忽忽百年已渠央
길은 멀고 해는 저물려하는데	途遠日將暮
행인은 여전히 방황하고 있네	行者猶遑遑
구하고자 하는 바가 무엇인가	所求者何事
추도644와 호망645일세	錐刀與毫芒
복에는 화가 잠복해 있고	福兮禍所伏
화에는 복이 숨어있네	禍兮福所藏
무엇이 귀하고 무엇이 천한가	何貴何賤
무엇을 얻고 무엇을 잃었는가	何得何喪
짧은 갈옷 껴안고 있다고 어찌 비루하다 여기며	何鄙擁短褐
보불 화려한 의상 입었다고 어찌 연모할까	何慕被黻裳
잃었다고 근심할 것 무엇이며	失之何戚戚
얻었다고 의기양양할 것 무엇이랴	得之何揚揚
누구의 재능이 비단 같고	何人才如錦
누구의 혀가 황646 같은가	何人舌如簧
약하면 쥐처럼 두려워하고	弱或畏如鼠
강하면 이리처럼 사납게 구네	强或狌如狼

놓으면 풀잎은 배가 되지만, 술잔을 두면 붙어버린다. 물은 얕고 배는 크기 때문이다. 〔覆杯水於坳堂之上 則芥爲之舟 置杯焉則膠 水淺而舟大也〕"라고 했다.

644 추도(錐刀) : 작은 칼이다. 작은 이익을 비유한다.

645 호망(毫芒) : 털끝이 뾰족한 것이다. 지극히 작은 것을 말한다.

646 황(簧) : 관악기의 부리에 부착하는 혀이다. 그 진동으로 소리를 내게 한다.

혹자는 당적에 들어가 비석에 새겨지고	或入黨籍鑴碑石
혹자는 공훈을 세워 기상[647]에 드리우네	或著勳庸垂旂常
혹은 먼저 울었다가 뒤에 웃고	或先咷後笑
혹은 아침에는 시들었다 저녁에는 아름답네	或朝蔫暮良
고개 돌려 바라보면 모두가 묵은 자취	回頭一望成陳跡
푸른 바다가 뽕밭으로 변했구나	滄海變苞桑
자고로 고관들의 화려한 집터는	古來達官華屋處
고만고만 줄줄이 이어져 북망산[648]으로 돌아갔네	纍纍相似歸北邙
사람들은 불사의 방술을 말하면서	人言不死術
복식[649]하며 곡기를 끊기도 했네	服食可休糧
구름 타고 가벼이 날아올라 삼도[650]를 노닐고	乘雲輕擧遊三島
꽃처럼 화사한 안색으로 천 년을 살았네	顏色如花度千霜
천 년이 또한 몇 날이던가	千霜復幾日
한단의 꿈은 겨우 기장밥 짓는 사이였네[651]	邯鄲一夢抵熟粱

647 기상(旂常) : 상(常)은 일월(日月)을 그린 것이고, 기(旂)는 교룡(交龍)을 그린 것이다. 공적을 새기는 깃발을 말한다.

648 북망산(北邙山) : 하남성(河南省) 낙양(洛陽) 북쪽에 있는 산으로, 옛날의 왕후나 공경(公卿)들이 대부분 이곳에 묻혔다.

649 복식(服食) : 도가에서 장생불로를 추구하기 위해 단약이나 약초 등을 복용하는 것이다.

650 삼도(三島) : 전설 속의 동해에 있다는 삼신산(三神山). 봉래산(蓬萊山)·방장산(方丈山)·영주산(瀛洲山)이다.

651 한단의……사이였네 : 당나라 심기제(沈旣濟)가 지은 전기소설 《침중기(枕中記)》의 내용이다. 노생(盧生)이 한단(邯鄲) 땅에서 여옹(呂翁)의 베개를 빌려서 잠을 자다가 영화로운 꿈을 꾸고 잠을 깨었는데, 그 시간이 겨우 기장밥을 지을 동안이었다고

원양652은 학식 없었지만 장수했다 할 수 없고	原壤無學未爲壽
왕기653는 창을 쥐었지만 어찌 요절이라 하리	汪踦執戈豈是殤
동방에 고사가 있는데	東方有高士
철석으로 폐와 창자를 주조하고	鐵石鑄肺腸
높다란 면류관은 사랑하는 바 아니라	軒冕非所愛
늘 언덕과 골짜기를 잊지 못했네	邱壑常不忘
북두성까지 쌓인 돈도 뜻을 되돌리지 못했고	積金至斗難回志
부침하는 큰 변화에 근심 걱정 없었네	浮沈大化不憂惶
내 그를 따르려 해도 길이 너무 멀구나	我欲從之道路長
서방에 달사가 있는데	西方有達士
큰소리로 스스로 광인이라 칭하며	嘐嘐自稱狂
우러러 탕왕 무왕을 가벼이 여기고	仰視薄湯武
굽어 한나라 당나라를 비루하게 여기네	俯視陋漢唐
언행이 방달하여 구속된 바 없어	放曠無拘檢
굴레 씌우지 않는 천마와도 같았네	有如天馬不受韁
내 그를 따르려 해도 냇물에 다리가 없구나	我欲從之川無梁

한다.

652 원양(原壤) : 춘추 시대 노(魯)나라 사람이다. 공자의 친구이자 학식이 천박했던 자이다. 《논어》〈헌문(憲問)〉에, "원양이 걸터앉아 있자, 공자께서 말하기를 '어려서는 공손하지 못하고, 장성해서는 칭찬할 만한 일이 없고, 늙어서도 죽지 않은 것이 바로 적(賊)이다.'고 하면서 지팡이로 그의 정강이를 두드렸다.〔原壤夷俟 子曰 幼而不孫弟 長而無述焉 老而不死是爲賊 以杖叩其脛〕"라는 말이 보인다.

653 왕기(汪踦) : 춘추 시대 노(魯)나라 아동으로서 제(齊)나라와의 전쟁에 참가하여 전사했다. 노나라에서는 그를 성년(成年)의 예(禮)로써 장례했다.

냇물에 다리가 없어	川無梁
건널 수가 없으니	不可涉
치마 걷고 멀리 바라봄에 눈물만 흐르네	褰裳遙望涕滂滂
인생은 육신에게 부림만 당하느라	人生孜孜爲形役
복전을 일구지 못하고서 재앙만 심었네	未見種福徒樹殃
헛된 명성을 다 없애고 처음 평복으로 돌아가	浮名消盡還初服
어찌하여 길을 잃고 방황하는가	胡爲乎失路而倀倀
빈천은 본래 있는 바인데	貧賤固所有
아름다운 명성을 누가 드러낼 수 있는가	令聞誰能彰
그대 보지 못했는가	君不見
재목이 아닌 나무가 도로에 서 있음을	不材之木當塗立
광막한 들	宜爾置之於廣漠之野
무하유지향654에 두어야 마땅하리	無何有之鄕

---

654 무하유지향(無何有之鄕) : 텅 비고 허환(虛幻)한 경계이다. 어떠한 인위도 없는
자연(自然) 그대로의 곳을 말한다. 《장자(莊子)》〈소요유(逍遙遊)〉에 "지금 그대에게
큰 나무가 있는데, 그 쓸모없음을 근심한다. 어찌 무하유지향과 광막(廣莫)한 들에
심지 않는가?〔今子有大樹 患其無用 何不樹之於無何有之鄕 廣莫之野〕"라고 했다.

홍난파[655] 시모 의 절구 10수에 차운하다

次韻酬洪蘭坡 時模 絶句十首

우활하고 성근 성품 고관엔 어울리지 않는데	迂疎不合在朝端
하물며 바람 부는 돛 동요하는 물결임에랴	況復風檣少定瀾
백발로 문득 홍진의 꿈에서 깨어나니	白頭忽覺紅塵夢
새벽 산속 누대엔 풍경 소리만 차갑네	五夜山樓一磬寒

유유한 천지는 하나의 여관이라	天地悠悠一旅亭
만 리를 가는 수레는 그 언제나 멈추려나	征車萬里幾時停
나아가고 머무름 창랑수[656]에게 묻지 마오	行藏莫問滄浪叟
성명한 시절이라 차마 초성[657] 되지 못하겠네	不忍明時作楚醒

| 누워서 허물 세어보며 신음에 답하니 | 臥數愆殃和病吟 |

---

655 홍시모(洪時模) : 호는 난파(蘭坡)이다. 규장각한국학연구원에 필사본《난파시초(蘭坡詩抄)》가 소장되어 있는데, 285수의 시가 수록되었다. 1862년(철종13)에 목천(木川)에 우거(寓居)한 적이 있다.

656 창랑수(滄浪叟) :《초사(楚辭)》〈어부(漁父)〉에 등장하는 어부이다. 은자를 말한다. 굴원(屈原)의 〈어부사(漁父辭)〉에 "어부가 빙그레 웃고 뱃전을 두들기며 떠나가며 노래하기를 '창랑의 물이 맑으면 내 모자끈을 씻을 수 있고, 창랑의 물이 탁하면 내 발을 씻을 수 있네.'라고 했다.〔漁父莞爾而笑 鼓枻而去 乃歌曰 滄浪之水淸兮 可以濯吾纓 滄浪之水濁兮 可以濯吾足〕"라는 말이 나온다.

657 초성(楚醒) : 초나라 굴원을 말한다. 〈어부사(漁父辭)〉에서 "천하의 모든 사람이 술 취해 있는데 홀로 술이 깨어있다.〔擧世皆濁我獨淸 衆人皆醉我獨醒〕"라고 했다.

여관 등불 아래서 한결같이 동심을 지키네　　　旅燈相守一憧心

너의 어리석음 도리어 우습구나　　　看渠癡絶還成笑

처마 밑 까치에게 아침마다 좋은 소식 바라네　　　簷鵲朝朝望好音

고요한 선방 사립문이 갈대와 쑥에 덮이고　　　閴寂禪扉掩葦蕭

술잔 들고 응시하며 근심을 쏟아내네　　　把盂凝望瀉牢騷

백학 날아가는 아득한 저 곳에　　　遙知白鶴翶翔處

옥 궁궐이 희미하게 하늘나라에 있겠지　　　瓊闕依俙在九霄

진창에 남긴 기러기 발자국에 세월을 느끼는데　　　鴻泥舊跡感年華

자수교658는 자하동에 이어져 있네　　　慈壽橋連洞紫霞

책의 향기 적막히 끊긴 양웅659의 자택이요　　　書香寥落楊雄宅

아름다운 문장 처량한 송옥660의 집이라네　　　文藻淒凉宋玉家

소나무 그늘 한 칸과 반 궁661의 이끼　　　松陰一架半弓苔

반야대에는 승경 유람도 적다네　　　勝事寥寥般若臺

멀리서 온 객은 외로운 승려와 하안거662를 맺고　　　遠客孤僧同結夏

담장에서 핀 자미화663를 또 다시 보네　　　墻邊再見紫薇開

658　자수교(慈壽橋) : 자수궁교(慈壽宮橋)로, 서울 효자동에 있었던 다리 이름이다.

659　양웅(楊雄) : 서한(西漢)의 학자이다. 저서로 《태현경(太玄經)》 등이 있다.

660　송옥(宋玉) : 전국 시대 초(楚)나라 사부가(辭賦家)이다.

661　궁(弓) : 길이의 단위이다.

662　하안거(夏安居) : 승려가 여름 장마철 90일 동안 밖에 나가지 않고 한 곳에 모여
서 수행하는 것이다.

《여산기(廬山記)》에 "혜원(惠遠)이 명사와 고승들을 반야대(般若臺)에 모아놓고 함께 정토(淨土)를 닦았는데, 보내온 편지에 '호해(湖海)의 구담(瞿曇)에는 말을 나눌 만한 자가 있습니까'라고 했다."라는 기록이 있다. 제2구에서 그것을 언급했다.

근심 풀려고 반나절은 바둑판을 대하고	消愁半日對楸枰
반나절은 누워 잠자는 것으로 일과를 삼네	半日頹眠作課程
생각을 짚어보아도 한 가지도 걸리는 것 없고	點檢胸中無一事
다만 친구에게 진 시 빚만 마음에 걸리네	故人詩債獨關情

붓 들어 함께 유람한 맑은 인연 기록하니	淸緣翰墨記同遊
외로운 삼성과 상성664 몇 해 가을 보냈던가	落落參商閱幾秋
십이매화회는 소식이 끊기고	十二梅花消息斷
몽혼도 떠나버려 암담히 거두기 어렵네	夢魂一去黯難收

무인년(1878, 고종15)과 기묘년(1879, 고종16) 사이 장동시사(壯洞詩社)에서 매화십이회(梅花十二會)를 설립했다.

| 천 리 밖에서 그 누군들 편지 부칠 수 있으리 | 千里誰能寄尺書 |
| 무릉665엔 오직 병든 상여가 있네 | 茂陵獨有病相如 |

663 자미화(紫薇花) : 배롱나무꽃, 곧 목백일홍이다.

664 삼성과 상성 : 삼성은 서쪽에 있고 상성은 동쪽에 있어서 서로 만나지 못함을 비유한다.

665 무릉(茂陵) : 섬서성 홍평현(興平縣) 동북방이다. 한나라 사부가 사마상여(司馬相如)가 병으로 퇴직하여 무릉에서 거주했다.

열 폭 만전⁶⁶⁶에 그리움의 글자 있기에 　　　蠻箋十幅相思字
해 지나도록 소식이 뜸한 것 원망하지 않네 　　不恨經年音信疎

뜻은 무너져 장한 계략 저버리고 　　　　　　志事摧頹負壯圖
하릴없이 낡은 그릇만 단로⁶⁶⁷로 충당하네 　　謾將弊器補丹爐
정좌하고 앉은 고요한 마음은 고목과 같으니 　冥心靜坐如枯木
지금의 나 옛날의 나와 다름을 그 누가 알까 　誰識今吾異故吾

---

666 만전(蠻箋) : 당나라 때 고구려 혹은 촉(蜀) 지역에서 생산된 채색 종이이다.
667 단로(丹爐) : 단약 만드는 화로이다.

차운하여 심운가에게 답하다

次韻酬沈雲稼

삶은 얼마나 힘겹고 죽음은 얼마나 더딘지	生何碌碌死何遲
부끄럽게도 미천한 재능이 성세를 저버렸네	慚愧菲才負盛時
세상엔 쓸모없는 물건 용납할 사람 없나니	此世無人容棄物
오직 푸른 산만 의심하지 않는다네	青山獨也不相疑

득실을 어지럽게 새옹[668]에게 묻지만	得失紛紛問塞翁
새옹은 저 푸른 하늘로 돌아가고 없다네	塞翁不有歸蒼空
푸른 하늘은 말이 없으니 누구에게 물을까	蒼空無語吾誰質
만사를 헤아리는 데는 술의 공력이 최고라네	萬事商量酒有功

고인 위해 곡하고 또 고인 위해 축하하니	哭古人猶賀古人
그대 나 먼저 미혹 나루를 건넘을 축하하네	賀君先我渡迷津
지루한 고해[669]라도 질리지 않아서	支離苦海還無厭
신선의 산 불사의 봄을 찾고 있다네	又覓仙山不死春

운가(雲稼)가 내가 〈삼애시(三哀詩)〉를 지었다는 소식을 듣고, 시를 보내기를 "중천을 향해 벗을 곡하지 마오. 인간세상은 고해 아득하여 나루가 없다오."라고 했다.

---

668 새옹(塞翁) : 새옹지마(塞翁之馬) 고사에 나오는 점술에 능한 변방 늙은이이다.

669 고해(苦海) : 불교에서 말하는 고통의 세계라는 뜻으로, 괴로움이 끝이 없는 인간 세상을 이르는 말이다.

자천과 함께 읊다

與紫泉共賦

산중에서 오래도록 목석의 무리 되니	久作山中木石徒
흰 구름과 더불어 왔다 갔다 하네	時來時去白雲俱
집이 가난하여 양홍의 처[670]가 그립고	家貧相憶梁鴻婦
재능이 졸렬하여 영사[671]의 노비에게 부끄럽네	才劣堪羞穎士奴
바위 쓸고 따뜻한 데 앉으면 객 맞아 얘기하고	掃石坐溫迎客話
높은 데 올라 다리 후들거리면 부축을 청하네	登高腿軟倩人扶
언덕과 골짜기에서 소요함 또한 내리신 은총	逍遙邱壑亦恩賜
요행히 노년에 병든 몸 보양하게 되었네	幸得衰年養病軀

---

670 양홍(梁鴻)의 처 : 맹광(孟光)이다. 후한 광무제(光武帝) 때 남편 양홍을 따라 은거했는데, 평생 남편을 손님 대하듯 공손하게 섬겼다고 한다. 거안제미(擧案齊眉)의 주인공이다.

671 영사(穎士) : 소영사(蕭穎士, 717~768), 자는 무정(茂挺), 당나라 곡아(曲阿) 사람이다. 4세에 글을 짓고, 10세에 태학생(太學生)이 되고, 개원(開元) 23년(735)에 진사에 장원을 했다. 비서정자(秘書正字)를 지냈다. 그 집안의 노비들도 모두 문자를 알고 시에 능했다고 한다. 송나라 유극장(劉克莊)의 〈상중구점(湘中口占)〉시에 "뱃머리에서 불을 피우는 노동의 여종, 말 뒤에서 책을 짊어진 영사의 노비〔船頭吹火盧仝婢 馬後肩書穎士奴〕"라고 했다.

의두암[672]

依斗巖

푸른 산 중턱에 우뚝 솟은 바위	老石嶄巖立翠微
멍하니 바라봄에 속세의 먼지 없네	嗒然相對俗塵稀
지는 해에 매달린 마음 늘 북두성을 의지하고	心懸落日常依斗
시원한 바람 탄 몸 옷자락을 떨치려 하네	身御泠風欲振衣
이제부터 이 언덕의 조우를 축하해야 하리니	從此玆邱應賀遇
누가 멀리서 온 객에게 돌아감 잊게 하였나	誰令遠客久忘歸
아득한 뜬 구름 서쪽으로 흐릿해	浮雲渺渺迷西望
오십 년 동안의 일이 잘못이었음을 깨닫네	五十年來事覺非

---

672 의두암(依斗巖) : 충남 당진군 면천면 연화봉(蓮花峰) 아래 바위 이름이다. 연화
봉 아래 3층 석벽이 있어서 몇 사람이 앉을 만한데, 제1층은 진의강(振衣岡), 2층은
적취대(積翠臺), 3층은 의두암이라 한다.

5월 29일 밤에 기쁜 비를 읊다

五月二十九日夜賦喜雨

천의도 인정도 모두 진실되니　　　　　　天意人情亦可諶

베개 가 빗소리에 기쁨 금하기 어렵네　　枕邊聽雨喜難禁

얼핏 들은 첨령673 스치는 가랑비였는데　乍聞霢霂簷鈴細

점차 퍼붓더니 못물이 깊어졌네　　　　　漸覺滂沱池水深

성주께서 비로소 밤낮의 근심 내려놓았으니　聖主方紓宵旰念

백성들도 원망하고 탄식하는 마음 풀었으리　齊民應解怨咨心

광암의 외로운 객 굳이 잠들지 않고　　　　桄庵孤客偏無寐

한밤중에 일어나 춤추며 무릎 치며 읊조리네　起舞中宵擊節吟

---

673 첨령(簷鈴) : 풍령(風鈴), 풍경(風磬)이다.

돌아가신 종씨 학해공의 운을 좇아 화답한 후 최매계에게 주다

追和先從氏學海公韻贈崔梅溪

우리 집안의 사강락[674] 시도 잘 지었건만　　　　吾家康樂善言詩
사람도 거문고 못본 지 어언 십 년　　　　　　　不見人琴十載垂
지난날의 묵적 여전히 춘초 구절[675] 전하는데　　舊墨猶傳春草句
몸에 찬 난에 눈물 떨구며 느릿느릿 읽네　　　　淚零蘭珮讀遲遲

청춘에 동호에서 알게 된 이래　　　　　　　　　靑春結識在東湖
진중한 마음의 기약 옥호를 비추었네　　　　　　珍重心期照玉壺
이 뜻은 세한에도 여전히 변하지 않고서　　　　此意歲寒猶不改
해를 넘긴 바다 모퉁이에서 지키고 있네　　　　經年相守海之隅

---

674 사강락(謝康樂) : 진(晉)나라 강락공(康樂公) 사영운(謝靈運)이다. 당시 시가의 대가로서 명성이 자자했다.

675 춘초 구절 : 사영운의 〈등지상루(登池上樓)〉시 "지당에 봄풀이 자라고, 원포의 버들엔 새소리가 바뀌었네.〔池塘生春草 園柳變鳴禽〕"구를 말한다.

월해사에게 드리다

贈月海師

초지⁶⁷⁶에서 묵으며	羈旅寓初地
고요히 깃들어 진심 끊었네	冥棲息塵心
지팡이 들고 어디를 가려는가	携杖何所適
동쪽 암자에 구담⁶⁷⁷이 있다네	東庵有瞿曇
함께 여산사⁶⁷⁸를 결성하여	共結廬山社
때때로 취령⁶⁷⁹의 읊조림에 화답하네	時和鷲嶺吟
선사는 본래 명문가의 자식	師本名家子
자취를 감추고 총림⁶⁸⁰에 몸을 맡겼네	遯跡寄叢林
뜻을 닦아 정진⁶⁸¹에 매진하였고	厲志邁精進

---

676 초지(初地) : 불교 사찰을 말한다.

677 구담(瞿曇) : 도를 닦아 이루기 전의 석가(釋迦)를 이르는 말이다. 승려를 말한다.

678 여산사(廬山社) : 여산의 백련사(白蓮社)이다. 진(晉)나라 혜원법사(惠遠法師)가 여산 동림사(東林寺)에서 혜영(惠永)·혜지(惠持)·유유민(劉遺民)·뇌차종(雷次宗) 등과 함께 백련사(白蓮社)를 결성하여 불도에 정진했다.

679 취령(鷲嶺) : 항주(杭州) 영은사(靈隱寺) 앞의 비래봉(飛來峰)이다. 일명 영취(靈鷲)라고도 한다. 당나라 송지문(宋之問)과 백거이(白居易) 등의 〈영은사〉시가 전한다.

680 총림(叢林) : 많은 승려가 모여 수행하는 곳을 통틀어 이르는 말이다. 선원(禪院), 강원(講院), 율원(律院) 따위가 이에 속한다.

681 정진(精進) : 번뇌를 끊고 불도를 닦는 것이다.

계율을 지키며 탐음을 제거하였네　　　　　　　持戒祛貪淫

구름 가 멀리 나라 안을 두루 돌아다니며　　　　雲遊遍方域

승경을 모두 찾아다니며 유심한 곳을 섭렵했네　窮討恣幽尋

쓸쓸한 병과 바리때　　　　　　　　　　　　　蕭然瓶與鉢

돌아오니 주머니엔 일 전 한 푼 없었네　　　　歸來橐無金

부지런히 일하여 제 힘으로 먹으니　　　　　　勤勞食其力

용모가 여위고 검게 그을렀네　　　　　　　　面貌瘦且黔

땔나무를 주워 계곡의 돌을 삶고[682]　　　　　拾薪煮澗石

밭을 일구어 골짜기 아지랑이를 헤쳤네　　　　耕畬披谷嵐

흰 구름 길 찾다 피곤해지면　　　　　　　　倦尋白雲迷

적막한 소나무 그늘에서 쉬었네　　　　　　　寂寞憩松陰

서로의 취향이 오랜 친구 같아　　　　　　　臭味如夙好

같은 봉우리에 자란 다른 이끼 같네[683]　　　異苔卽同岑

산의 서재에서 추위와 더위를 보내며　　　　山齋經寒暑

서로 지키며 쓰고 고락을 함께 하네　　　　　相守共苦甘

점차 번뇌를 멀리하고　　　　　　　　　　　漸遠煩惱想

깊은 밤까지 청담을 나누네　　　　　　　　　清談到夜深

---

682 계곡의 돌을 삶고 : 《신선전(神仙傳)》에 "백석 선생(白石先生)은 중황장인(中黃丈人)의 제자이다. 항상 백석(白石)을 삶아서 식량으로 삼았는데, 백석산(白石山)에 가서 살았다. 당시 사람들이 그래서 백석선생이라 불렀다."라고 했다.

683 같은……같네 : 서로 다른 이끼가 한 산에 오랫동안 함께 있는 것을 말한다. 친구 간에 뜻이 맞는 것을 비유한다. 진(晉)나라 곽박(郭璞)의 〈증온교(贈溫嶠)〉시에 "사람에게는 또한 말이 있고, 소나무 대나무에는 숲이 있고, 그대의 취미에 있어서는 이태(다른 이끼)가 봉우리를 함께 하네.〔人亦有言 松竹有林 及爾臭味 異苔同岑〕"라고 했다.

서늘한 바람이 쉬지 않고 불어오고   凉風吹不絶
밝은 달이 돋아나 옷깃을 비추네   明月來照襟
적막히 내 자신을 잊은 듯하니   窅然欲忘我
허공에 범패 소리 흘러가네   虛空流梵音

운양집

제4권

詩시

무자년(1888, 고종25) 7월부터 임진년(1892, 고종29) 계동(季冬)까지

사계를 읊다 7월

詠莎鷄 七月

〈빈풍(豳風)〉 칠월편(七月篇)의 주(註)에 "사계(莎鷄)는 귀뚜라미이다. 같은 것인데
이름이 다르다."라고 했다. 나는 일찍이 그것을 의심했는데, 영탑사(靈塔寺)에 있을
때 그것이 같은 것이 아님을 확인했다. 〈사계변(莎鷄辨)〉이라는 저술이 원고(原稿)에
들어 있다.

두 정강이 비비면서 날개 떨며 우는데	雙股按挼皷翼鳴
소리나는 곳 찾아보니 몰래 풀 사이에 살고 있네	尋聲暗自草間生
네가 추위 이기는 벌레가 아니어서	看渠不是凌寒物
〈빈풍〉의 귀뚜라미란 이름 잘못 얻었구나	誤得豳風蟋蟀名

자천 애석 노포와 함께 읊다

與紫泉厓石老圃共賦

찬바람 떨어지자 객 따라 교외 언덕에 들어가	新涼隨客入郊墟
이별한 후 봄을 보내고 기쁘게 옷자락을 잡네	一別經春喜執裾
매미소리 그치자 푸른 나무들 끝없이 펼쳐지고	碧樹無邊蟬歇後
달 막 돋아나자 먼 산이 잠에서 깬 듯하네	遠山如覺月生初
가난한 집엔 마땅히 풍환¹의 검 있어야지	家貧應有馮驩劍
막다른 길에서 바야흐로 완적²의 수레 돌리네	路盡方回阮籍車
올 들어 만사를 모두 놓아버렸건만	萬事年來都遣了
연하 향한 병적인 사랑만은 다 없애지 못했네	烟霞性癖未全除

승상³에서 깨어나니 정오의 그늘 한가해라	繩牀睡起午陰遲
지금은 바로 마당 오동잎 지는 시절	正是庭梧欲落時
황호의 〈자지가〉⁴ 구름 낀 산이 저물고	黃皓芝歌雲岫暮

---

1 풍환(馮驩) : 전국 시대 맹상군(孟嘗君)의 식객(食客)이다. 자신에 대한 대우에 불만을 품고 검을 두들기며 물고기 반찬과 수레와 집이 없다고 노래했다.

2 완적(阮籍) : 죽림칠현(竹林七賢) 중의 한 사람이다. 종종 수레를 타고 길이 아닌 곳을 달리다가 길이 막히면 통곡을 하고 돌아왔다고 한다.

3 승상(繩牀) : 판자를 줄로 엮어 만든 상이다. 일명 호상(胡牀)·교상(交牀)이라고 한다.

4 황호(黃皓)의 자지가(紫芝歌) : 황호는 상산사호(商山四皓) 중의 하황공(夏黃公)이다. 〈자지가〉는 상산사호가 불렀다는 고대 악곡이다. 《악부시집》에는 제목이 〈자지

성련⁵의 거문고의 뜻 바다와 산을 옮기네   成連琴意海山移

상담⁶ 이별의 한에 청결⁷은 흐느끼고   湘潭離恨泣靑玦

호해⁸ 시의 명성은 백미⁹와 나란하네   湖海詩名齊白眉

우연히 만난 부평초 떠들썩한 술자리 파하니   萍水一樽喧笑罷

누가 주인이고 누가 객인지 알지 못하네   不知主客是爲誰

    황호는 자천(紫泉)을 가리켜 한 말이고, 성련은 노포를 가리켜 한 말이며, 상담은 스스로를 빗댄 것이고, 호해의 시명은 애석을 두고 한 말이다.

<hr />

조(采芝操)〉로 되어있다. 은자의 노래를 말한다.

5 성련(成連) : 춘추 시대 유명한 금사(琴師)이다. 유백아(兪伯牙)의 스승이었다. 《악부해제(樂府解題)》의 기록에 따르면, 백아가 성련에게서 금을 배웠는데, 3년이 되도록 이루지 못하였고, 특히 적막한 감정이나 전일한 정을 표현하지 못했다. 이에 성련이 자기의 스승 방자춘(方子春)이 동해에 있는데 사람의 마음을 움직일 수 있다고 하면서 백아를 데리고 동해로 가 봉래산에 이르렀다. 그런 다음 스승을 모셔올 테니 기다리라 하면서 백아를 혼자 두고 떠나갔다. 백아는 사방을 둘러보아도 아무 것도 없고, 오직 파도 부서지는 소리와 적막한 산의 소리, 그리고 새 소리만 들릴 뿐인지라 마음이 슬퍼져서 탄식하길, "선생께서 나의 마음을 움직이셨구나.〔先生將移我情〕"라고 하고는 금을 뜯으며 노래했다. 곡이 완성되자 성련이 돌아와 그를 맞이해 돌아갔다. 백아는 이에 천하의 최고가는 금사가 될 수 있었다.

6 상담(湘潭) : 물 이름이다. 전국 시대 초(楚)나라 굴원(屈原)이 쫓겨난 후 노닐며 〈이소(離騷)〉를 지었던 곳이다.

7 청결(靑玦) : 결(玦)은 한쪽이 터진 옥이다. 결별의 의미로 사용된다. 임금이 결을 내려주면 그 나라를 떠나라는 의미이다.

8 호해(湖海) : 호해사(湖海士)이다. 삼국 위(魏)나라 진등(陳登)을 말한다. 《삼국지(三國志)》 권7 〈진등전(陳登傳)〉에 "진원룡(陳元龍)은 호해지사(湖海之士)로서 호기(豪氣)를 버리지 않았다.〔陳元龍湖海之士 豪氣不除〕"라고 했다.

9 백미(白眉) : 촉(蜀)나라의 마(馬)씨 오형제 중 눈썹에 흰 눈썹이 있는 맏형인 마량(馬良)이 가장 뛰어났다는 고사에서 나온 말로, 곧 여럿 가운데서 가장 뛰어난 사람을 뜻한다.

칠석날에 의두암에 오르다

七夕日登依斗巖

눈썹 같은 초승달이 석양을 질투하고	新月如眉妬夕陽
바람은 만 리에 불고 구름바다 아득하네	天風萬里海雲長
황고[10]는 낭군 맞이할 준비를 하려	黃姑料理迎郎事
한켠에 시원하게 푸른 대자리 먼저 펼쳐 놓네	一面先排碧簟凉

---

10 황고(黃姑) : 직녀성의 별칭이다.

취당 형의 〈매학시〉에 공손히 화답하다

敬和翠堂兄買鶴詩

가형 취당(翠堂)은 도성 건춘문(建春門)[11] 밖에서 우거(寓居)하는데 벼슬살이가 청빈하고 한미했다. 한 종복이 학을 사서 바쳤는데 십홀(十笏)[12]의 마당을 빙빙 돌며 춤출 수 있었다. 매번 시 벗들을 불러 술자리를 열면 곧 맑은 울음으로 술을 권했기에 모든 좌객들이 칭찬을 아끼지 않으면서 각각 시를 지어 그 일을 신기하게 여겼다. 나는 그때 호서 면양(沔陽) 산중에서 귀양살이를 하고 있었는데 가형이 편지를 보내 그것을 자랑하면서 뒤를 이어 화답하라고 명하기에 차운하여 올렸다.

신선 자태로 어찌하여 속세에 떨어졌나	仙姿何事落塵間
늘 보기 좋은 주인 얼굴 있어서라네	爲有主人常好顔
옥국[13]의 인연으로 전생을 알고	玉局因緣知宿世
금문 지척이 바로 청산이네	金門咫尺便靑山

---

11 건춘문(建春門) : 서울 경복궁(景福宮)의 동쪽 문이다. 문안에 세자궁이 있었으며, 왕족, 척신, 상궁들만이 드나들었다.

12 십홀(十笏) : 홀(笏) 10개를 넣을 만한 넓이로, 좁은 정원을 가리킨다.

13 옥국(玉局) : 소식(蘇軾)의 다른 이름이다. 소식이 옥국관제거(玉局觀提擧)를 지냈기에 붙은 이름이다. 〈후적벽부(後赤壁賦)〉에서 학으로 변한 신선을 만난 이야기가 나온다.

가난해도 봉급을 받아 생활이 담박하고　　　　　貧猶分俸生涯淡
꿈에서도 구름에 깃드니 이내 몸 한가하네　　　　夢亦巢雲身計閒
저물녘에 서성이며 하늘 끝으로 가니　　　　　　向暮盤桓天際去
멀리서 온 서호의 객[14]은 언제나 돌아오려나　　西湖遠客幾時還

---

14 멀리서……객 : 송나라 임포(林逋)를 말한다. 서호(西湖)에서 은거하며 매화를 심고 학을 기르면서 살았는데, 출타 중에 손님이 오면 학이 와서 알려서 귀가를 했다고 한다.

자천과 여러 객들과 함께 읊다

與紫泉諸客共賦

매미소리 시끄러운 석양에 숲속 창에 앉으니	亂蟬斜日坐林窓
외상 해 온 시골 술 항아리도 고색창연하네	村酒賒來古色缸
보슬비가 어찌 메마른 땅을 적시랴	小雨那能沾旱土
저녁 더위에 문득 맑은 강에서 씻고 싶네	晚炎飜想濯淸江
가난해도 물 마시려 표주박 하나 지니고	貧猶飮水携瓢一
병들어도 산에 오르려 나막신 한 쌍 준비하네	病亦登山理屐雙
모기 물릴 괴로움도 점차 잊게 되어 좋구나	且喜漸忘蚊嘴苦
서늘한 밤에 시원스레 택란의 등걸이 마주하네	凉宵快活對蘭缸

작은 동천 열린 곳에 봉우리 한두 개	小洞天開一兩峯
그 옛날 신선이 이곳에 자취를 남겼네	仙靈此地昔遺蹤
홰나무 뿌리 이끼 덮인 곳은 단사 솟는 우물	槐根苔沒丹砂井
석벽에 구름 깊은 곳은 가지 드리운[15] 소나무	石壁雲深偃蓋松
세상에 나 본디 재능도 학식도 없고	生世元無才學識
일신의 도모는 농공상에도 못 미치네	謀身不及賈工農
세상 피해 산중에서 해 넘긴 지 오래이니	山中逋客經年久
원숭이 학이 의심 않고 문득 얼굴을 보여주네	猿鶴無猜倘見容

---

15 가지 드리운 : 소나무가 일산(日傘)처럼 가지를 드리운 것을 '언개(偃蓋)'라고 한다.

〈영탑사시경도〉에 적다

題靈塔四時景圖

자천노인이 그린 것이다.

봄

이내 자욱한 오래 된 골짜기	烟嵐迷古洞
수척한 바위가 붉은 꽃에 둘려있네	瘦石帶花紅
오직 구름 가는 객[16]만이 있어	惟有耕雲客
웃음과 노랫소리 저녁바람에 떨어지네	笑歌落晚風

여름

나는 듯 폭포가 붉은 골짜기에 쏟아지고	飛泉瀉丹壑
밤새 내린 비가 깊은 숲을 온통 적셨네	宿雨滿穹林
초췌한 저 이는 뉘 댁 사람인가	憔悴誰家子
도롱이 걸치고 못 가에서 읊조리고 있구나	披簑澤畔吟

가을

안개 걷히고 날은 저물어 가는데	烟霏斂將夕
산 나무들은 모두 가을소리를 내네	山木盡秋聲
돌길로 돌아오는 외로운 승려	石逕孤僧返

16 구름 가는 객 : 원문의 '경운객(耕雲客)'은 은거하는 사람을 말한다.

탑 꼭대기엔 석양이 빛나네   斜陽塔頂明

겨울

차가운 산엔 저녁 기운 맑고   山寒夕氣澄
숲 너머엔 외줄 연기도 그쳤네   林外孤煙歇
나귀 등에서 대나무 갓 쓰고 누워   驢背倒篁冠
우러러 소나무 위 눈을 바라보네   仰看松上雪

중추일 우중에
中秋日雨中

돌길에 쓸쓸히 촉서[17] 바람 불어오니   石逕蕭蕭蜀黍風
앵앵 파리소리 맴맴 매미소리 그새 사라졌네   蠅營蟬噪轉頭空
이별의 정회로 멀리 삼산 밖을 바라보다   離懷遠望三山外
팔월 가운데서 가절을 다시 만났네   佳節重逢八月中
흥을 타면 탁주로도 힘을 내지만   乘興濁醪猶有力
때 지나면 단비도 아무 공력 없네   過時甘雨亦無功
천재가 하필 요탕[18]의 시대에 미쳐   天灾偏及堯湯世
크고 작은 동쪽 나라 베틀에서 상심하네[19]   杼柚傷心大小東

지난해처럼 올해도 타향에서 가절 보내고   殊鄉送節去年同
문득 가을소리 듣고서 동자에게 물어보네[20]   忽聽秋聲問小童

---

17 촉서(蜀黍) : 수수이다.

18 요탕(堯湯) : 요 임금과 탕 임금이다. 모두 고대의 성군(聖君)으로 태평성대를 말
한다.

19 베틀에서 상심하네 : 베를 짜는 과부도 나랏일을 근심한다는 것이다. 《춘추좌씨
전》 소공(昭公) 24년 조에 "과부가 씨줄을 근심하지 않고, 낙읍(洛邑)이 망함을 근심하
였다.〔嫠不恤其緯 而憂宗周之隕〕"라는 말이 나온다. 즉 천과 실이 부족하여 베를 못
짤까봐 근심하지 않고 나라가 망할까만 근심하였다는 뜻인데, 후에 개인의 안위를 잊고
나라를 근심하는 것을 뜻하는 말로 사용되었다.

20 문득……물어보네 : 송나라 구양수(歐陽脩)의 〈추성부(秋聲賦)〉에서 가을소리를

센 머리 천 장이나 길어짐을 어찌 막으리[21]   衰髮那禁千丈白

성근 숲은 이미 이분이 붉어졌네   疎林已看二分紅

거친 들에서 굶주린 참새 근심하고   野田荒落愁飢雀

처량한 수향에서 이른 기러기 보네   水國蕭凉見早鴻

무함[22] 찾아가 초서[23] 점일랑 치지 마시오   莫向巫咸椒糈卜

궁하던 통하던 모두 벽옹옹[24]에게 맡길 뿐   窮通一任碧翁翁

듣고 빗소리인가 싶어서 동자에게 물어본다는 표현이 보인다.

21 센 머리……막으리 : 이백(李白)의 〈추포가(秋浦歌)〉에서 "백발이 삼천 장이네.
〔白髮三千丈〕"라고 했다.

22 무함(巫咸) : 전설에 나오는 인물로 주로 점복(占卜)을 주관했다.

23 초서(椒糈) : 산초와 정미(精米)이다. 신(神)을 강림하게 하도록 제물로 올리는
물건이다.

24 벽옹옹(碧翁翁) : 천공(天公), 즉 하늘의 다른 이름이다.

윤서정에게 주다

贈尹西亭

키만큼 쌓인 저서들	著書身與等
비단 권축의 오사란[25]	錦軸烏絲欄
남의 불씨를 빌리지 않겠다[26] 맹세하고	誓不因人熱
마음으론 한미한 선비를 비호하였네	心猶庇士寒
큰 소리로 읊으니 산의 나무가 진동하고	高吟山木振
늙고 병들어도 술잔은 크네	老病酒杯寬
행장 꾸려 동릉[27]으로 가나니	襆被東陵裏
관리 노릇 하기는 참으로 어려운 것	做官良亦難

---

25 오사란(烏絲欄) : 상하를 오사(烏絲)로 짜서 난(欄 칸막이)을 이루고 그 사이는
주묵(朱墨)으로 경계를 나눈 비단이다. 후대에는 묵선격자(墨線格子)가 있는 종이,
즉 오사란격을 가리켰다.

26 남의……않겠다 : '불인인열(不因人熱)'이라는 성어에서 나왔다. 인격이 고고하여
남에게 의지하지 않는 것을 말한다. 《동관한기(東觀漢記)》〈양홍전(梁鴻傳)〉에 "옆집
에서 밥을 다 짓고 양홍을 불러 아직 뜨거울 때 솥에 밥을 하라고 했다. 그러자 양홍은,
'동자 양홍은 남의 열에 의지하지 않습니다.'라고 말하고는 불씨를 끄고 다시 불을 붙였
다.〔比舍先炊已 呼鴻及熱釜炊 鴻曰 童子鴻不因人熱者也 滅灶更燃火〕"라는 기록이 보
인다.

27 동릉(東陵) : 진(秦)나라 동릉후(東陵侯) 소평(召平)이다. 진나라가 망한 후 출사
하지 않고, 장안(長安)의 성동(城東)에 은거하여 오이를 심는 것을 생업으로 삼았다.

가을날 서교 이송과 함께 읊다

秋日與書橋二松共賦

텅 빈 창가에 깊이 앉아 고동[28]을 어루만지니	虛窓深坐撫孤桐
청아한 〈유수곡〉[29]에 세상이 근심이 비워지네	流水泠泠世慮空
차고 기우는 만물의 이치에 박만[30]을 밀치고	物理乘除推撲滿
순박한 시골 풍속에 선통[31]을 떠올리네	鄕風淳古憶禪通
몇 번이나 위상[32]에서 풍우의 밤을 지냈던가	幾度韋牀風雨夜
한 편의 빈야[33]가 그림 속에 있네	一篇豳野畵圖中
마음은 가을이 되어 더욱 쓸쓸해져서	意氣秋來蕭瑟甚
술잔 들고 검 보며 맘대로 웅건함을 칭하네	引杯看劍謾稱雄

28 고동(孤桐) : 금과 슬을 말한다. 《서경》〈우공(禹貢)〉에 역산(嶧山)에 한 그루로 자라는 오동나무가 있는데 금슬에 적합하다는 말이 나온다.

29 유수곡(流水曲) : 전국 시대 금의 명인 백아(伯牙)가 연주했다는 금곡의 이름이다.

30 박만(撲滿) : 고대에 사용하던 저금통이다. 동전을 넣는 입구만 있고 꺼낼 구멍이 없기 때문에 동전이 가득 차면 부수어 꺼낸다 하여〔滿則扑之〕이름이 '박만(撲滿)'이다.

31 선통(禪通) : 십기(十紀)의 하나이다. 인황씨(人皇氏)부터 노(魯)나라 애공(哀公) 14년까지 276만 년을 10개로 구분한 것 중의 하나. 전설 속의 고대시대를 말한다.

32 위상(韋牀) : 평민의 평상이다.

33 빈야(豳野) : 빈(豳) 땅 사람의 들이다. 빈 땅 사람은 농부를 말하는데 《시경》〈칠월(七月)〉에서 농부들의 생활을 노래하여서 유래했다.

밤새 들리는 가을소리 강물이 터진 것 같아 　一夜秋聲若決江

유인은 말없이 숲 창을 마주하네 　幽人不語對林窓

한가한 수심을 다 물리쳐도 씨는 여전히 남고 　閒愁驅盡猶遺種

훌륭한 시구를 편히 읊어도 다시 대구를 찾네 　佳句吟安更覓雙

세월 저무는 부도³⁴엔 의로운 송골매³⁵ 깃들고 　歲晚浮圖棲義鶻

객 찾아온 동부³⁶엔 신선 개가 짖네 　客來洞府吠仙厖

흉년엔 한 번 취하기도 쉽지 않아서 　荒年一醉非容易

붉은 차조 새 향기가 질항아리에 넘실대네 　紫秫新香泛瓦缸

농부 차림으로 쓸쓸히 태초로 돌아와 　野服蕭然返古初

산 속에서 목석과 더불어 사네 　山中木石與同居

숲엔 호명조³⁷가 바쁘기도 하고 　林間多事呼名鳥

책 속엔 식자어³⁸가 숨어 사네 　卷裏偸生食字魚

꿈에 들자 어린 딸의 이마와 뺨 그립고 　入夢額腮穉嬌戀

해 지나도록 벗들에게선 소식이 뜸하네 　經年音耗故人疏

눈앞 가득한 가을 정회를 누가 능히 그려내리 　秋懷滿眼誰能寫

저 먼 허공의 기러기 편지뿐이로세 　惟有長空鴈子書

---

34 부도(浮圖) : 고승(高僧)의 사리나 유골(遺骨)을 넣고 쌓은 둥근 돌탑이다.

35 의로운 송골매 : 송나라 홍매(洪邁)의 《용재수필(容齋隨筆)》〈인물이의명(人物
以義爲名)〉에 "금축(禽畜) 중에서 어진 것으로는 의로운 개, 까마귀, 매, 송골매가
있다.〔禽畜之賢 則有義犬 義烏 義鷹 義鶻〕"라고 했다.

36 동부(洞府) : 도교에서 말하는 신선이 거주하는 곳이다.

37 호명조(呼名鳥) : 서로의 이름을 부르는 새들이다.

38 식자어(食字魚) : 글자를 파먹는 두어(蠧魚), 즉 좀벌레를 말한다.

더위가 사그라져 명도[39]에서 물러나니　　　　炎威衰落謝明都
솔솔 가을바람에 우물가 오동잎 떨어지네　　　　颯颯金飆隊井梧
구름 걷힌 옛 골짜기엔 천 봉우리 얼굴 내밀고　　古洞雲收千嶂出
이슬 차가운 성근 숲엔 매미소리 홀로 외롭네　　疎林露冷一蟬孤
이 년간 나그네 자취 늘 북두성에 매어있고　　　二年羈迹常依斗
한밤의 슬픈 노래 아무렇게나 병 두드리네[40]　中夜悲歌謾擊壺
언제나 훨훨 흥을 타고 떠나가서　　　　　　　何日飄然乘興去
밝은 달빛 배에 가득 싣고 동호에서 노닐까　　滿船明月泛東湖

가을 되니 산 기운이 밤이고 낮이고 좋구나　　山氣秋來日夕佳
맑은 밤에 명아주 지팡이로 붉은 벼랑 거니네　清宵藜杖步丹崖
시든 풀은 어렴풋이 관도에 이어지고　　　　　迷離衰草連官道
성근 별은 어지러이 골목 홰나무에 가려지네　錯落疎星隱巷槐
삼절굉[41]의 솜씨로도 속세의 병 고칠 수 없고　三折未能醫俗病
구환단[42]이라도 홍진의 뼈는 단련할 수 없네　九還那得錬塵骸

39　명도(明都) : 남방이다.

40　병 두드리네 : 진(晉)나라 왕돈(王敦)은 항상 술 마신 후 조조(曹操)의 "늙은 말이
구유에 엎드려 있으나 뜻은 천리 밖에 있네. 열사는 모년이지만 장심은 그치지 않네.〔老
驥伏櫪 志在千里 烈士暮年 壯心不已〕"라는 시구를 노래하며 쇠로 마음껏 타호(唾壺)를
두들기며 박자로 삼았는데 타호의 가장자리가 모두 부서졌다고 한다.《진서(晉書)》
권98〈왕돈열전(王敦列傳)〉에 보인다.

41　삼절굉(三折肱) : 팔을 세 차례 부러뜨리는 것으로, 양의(良醫)를 말한다.《춘추
좌씨전(春秋左氏傳)》에 "팔을 세 번 부러뜨려야 양의임을 알 수 있다.〔三折肱 知爲良
醫〕"라고 했다.

미간 사이 크고 작은 근심스런 일들은　　　　　　且將多少眉憂事
주병⁴³을 불러다가 힘껏 물리치리라　　　　　呼取酒兵盡力排

물 같은 가을 하늘엔 티끌하나 없는데　　　　　　秋天如水滅氛埃
한 조각 얼음 바퀴⁴⁴가 부드럽게 나타나네　　　一片氷輪宛轉來
문부⁴⁵에서 흘러나온 빛 벽에 아롱지고　　　　文府流輝揚壁彩
변방이 무사하여 하괴⁴⁶가 숨었네　　　　　　邊庭無事隱河魁
몇 번이나 우러러보며 은하수를 노래했나　　　　　幾多瞻仰歌雲漢
수뢰⁴⁷에 짝할 경륜 없어 부끄럽네　　　　　　愧乏經綸配水雷
반짝반짝 흰 느릅나무⁴⁸ 왔다가 또 오건만　　　歷歷白楡來復往

42　구환단(九還丹) : 구전단(九轉丹)이다. 도교에서 말하는 9번 단련하여 만든 단약(丹藥)으로 복용하면 신선이 된다고 한다.

43　주병(酒兵) : 술의 별칭이다. 《남사(南史)》 권61 〈진훤전(陳暄傳)〉에 "고(故) 강자의(江諮議)가 말하기를 '술은 병(兵)과 같다. 병은 천일 동안 사용하지 않을 수 있지만 하루라도 대비하지 않을 수 없다. 술은 천일 동안 마시지 않을 수 있지만 한 번 마시면 취하지 않을 수가 없다.'〔故江諮議有言 酒猶兵也 兵可千日而不用 不可一日而不備 酒可千日而不飮 不可一飮而不醉〕"라고 했다.

44　얼음 바퀴 : 달을 비유한다.

45　문부(文府) : 문장의 부고(府庫), 즉 도서를 소장해 놓은 곳을 말한다.

46　하괴(河魁) : 별 이름이다. 전쟁을 주관한다는 달 속의 흉신이다.

47　수뢰(水雷) : 수뢰둔(水雷屯)으로, 《주역》의 세 번째 괘 이름이다. "매우 길하다. 문밖을 나서는 데는 이롭지 않고 봉후가 되는 데는 이롭다.〔元亨利貞 勿用有攸往 利建侯〕"《상(象)》에서 이르기를, 둔괘의 상괘는 감(坎)이고 하괘는 진(震)이다. 감은 구름이고 진은 우레. 구름은 위를 건드리고 우레는 아래를 움직인다. 따라서 "군자는 구름의 은택과 우레의 위엄을 잘 관찰하여 나라를 경영해야 한다.〔雲雷屯 君子以經綸〕"라고 하였다. 결국 나라를 경영할 재능이 없음을 겸손하게 이른 말이다.

그 속에서 세월 재촉하는 줄 알지 못하네   不知歲月此中催

세 잔을 들이키고 천진을 드러내면   三杯入口見天眞
광막한 허환의 세계⁴⁹와 이웃이 될 수 있네   廣漠無何可作隣
다병한 백 년 인생 늘 나그네 신세지만   百年多病常爲客
그대 만난 그 날이 곧 봄이라네   一日逢君便是春
세정을 익히 겪으면 산도 늙을 것이요   慣閱世情山亦老
시상을 미친 듯 찾으면 바다라도 부족하리   狂搜詩思海應貧
농부여 된서리가 이르다고 두려워 마오   田家莫怕嚴霜早
하늘의 인자함 끊이지 않았음을 알 수 있다오   猶驗天心未絶仁

절에서 해 보내며 승려와 추위를 함께하니   經年蕭寺伴僧寒
대나무 탑상 부들자리도 기거하기 편하네   竹榻蒲團坐臥安
세모의 바위틈 소나무에서 청빈한 선비를 보고   歲暮巖松淸士見
가득 따른 시골 술에 비루한 사람 관대해지네   杯深村酒鄙夫寬
재능 지녔기에 군방⁵⁰의 붓 놀리기 부끄럽고   有才羞下君房筆

---

48 흰 느릅나무 : 별을 달리 부르는 말이다.

49 허환의 세계 : 원문의 '무하(無何)'는 무하유지향(無何有之鄕)으로 텅 비고 허환한 경계, 인위 없는 자연 그대로의 곳을 말한다. 《장자(莊子)》〈소요유(逍遙遊)〉에 "지금 그대에게 큰 나무가 있는데, 그 쓸모없음을 근심한다. 어찌 아무 것도 없는 고향과 광막한 들에 심지 않는가?〔今子有大樹 患其無用 何不樹之於無何有之鄕 廣莫之野〕"라고 했다.

50 군방(君房) : 서복(徐福, 기원전 255~?)의 자이다. 서불(徐市)이라고도 한다. 진(秦)나라 낭야(琅琊) 사람으로 방사(方士)로서 진시황(秦始皇)에게 글을 올려 동해

성대를 만났는데 그 누가 공우[51]의 관모 털까	遭世誰彈貢禹冠
세찬 비바람 모두 다 물리치고	除却風風兼雨雨
그 언제나 좋은 밤 밝은 달을 볼까	良宵明月幾時看

북산에 이문 보내지 마오[52]	休把移文送北山
지금 혜초 휘장은 몹시도 그윽하고 한가롭다오	如今蕙帳劇幽閒
내 귀를 번거롭게 하는 속세의 일 전혀 없고	絶無塵事來煩耳
신선의 방술 거의 배워 젊음 붙잡을 수 있소	庶學神方可駐顔
달나라의 광명은 노련[53]의 초상	月地光明魯連像
술의 이름 청성[54]은 백이의 반열	酒名淸聖伯夷班

(東海) 안에 삼신산이 있다고 하고, 진시황의 명을 받아 선남선녀들을 데리고 불사약을 구하러 갔다고 한다.

51 공우(貢禹) : 한나라 선제(宣帝) 때의 낭야(琅琊) 사람이다. 동향의 왕길(王吉)과 친했다. 왕길이 오랫동안 불우하다가 원제(元帝) 때 간의대부(諫議大夫)로 임명되었는데, 공우가 그 소식을 듣고 자신의 관모를 꺼내어 먼지를 털고 출사할 준비를 했다. 과연 얼마 후 공우 또한 간의대부로 임명되었다.

52 북산에……마오 : 남조(南朝) 제(齊)나라 공치규(孔稚珪)의 〈북산이문(北山移文)〉을 고사로 사용한 것이다. 이문(移文)은 공문서인데, 북산에 은거하는 은자를 출사하도록 초대하는 내용의 글이다.

53 노련(魯連) : 노중련(魯仲連)으로, 전국 시대 제(齊)나라 사람이다. 일찍이 제나라에 공을 세웠는데, 제나라 왕의 봉작(封爵)을 받지 않고 동해로 도피하여 은거했다. 《사기(史記)》 권83 〈노중련열전(魯仲連列傳)〉에 "노중련이 말하기를 '저 진(秦)나라는 예의를 버리고, 수공(首功)을 상(上)으로 삼는 나라이다. 저들이 멋대로 제(帝)가 된다면, 나는 동해로 들어가서 죽을 뿐이다. 내 차마 저들의 백성은 되지 않겠다.'고 했다."라고 했다.

54 청성(淸聖) : 술에 대한 은어로서 청주(淸酒)를 성인(聖人)이라 하고, 탁주(濁酒)

인정상 내 여막을 사랑하지 않을 이 누구리   人情孰不吾廬愛
앉아서 숲으로 돌아오는 지친 새 바라보네   坐看林端倦鳥還

신선을 구한다고 꼭 남교[55] 찾아야 할까   求仙何必訪藍橋
고사는 원래 위소[56]에 많이 숨어산다네   高士元多隱緯蕭
후직과 나란히 하려던 젊을 적 기약 사라지고   少日心期空比稷
요순의 성명한 시절 만나 요행히 늙었네   明時生老幸逢堯
벼슬바다에 잔잔한 물결 없음을 결국 알았으나   終知宦海無恬浪
산문의 긴 밤이 이리 길 줄 또 어찌 알았으리   豈識山門又永宵
세상 물리를 평등한 눈으로 바라보면   物理且將平等看
요교우우[57] 모두 공활할 뿐이라네   哭咬吁喁摠寥寥

를 현인(賢人)이라고 한다.

55 남교(藍橋) : 다리 이름이다. 섬서성 남전현(藍田縣) 동남 남계(藍溪) 위에 있다. 전설에 그 지역에 신선의 동굴이 있는데, 당나라 배항(裵航)이 선녀 운영(雲英)을 만난 곳이라고 한다.

56 위소(緯蕭) : 쑥대로 짠 발이다. 《장자(莊子)》〈열어구(列御寇)〉에 "황하 가에 가난한 사람이 쑥으로 발을 엮어 먹고 살았는데, 아들이 못에 빠졌다가 천금 구슬을 얻었다. 아비가 말하길, '어서 돌을 가져다 깨버려라. 천금 구슬은 분명 구중 못 속의 용의 턱 아래 있었을 터, 네가 얻을 수 있었던 것은 마침 용이 자고 있었기 때문이다. 용이 깨어있었더라면 네가 어찌 살아나올 수 있었겠느냐.'〔河上有家貧恃緯蕭而食者 其子沒於淵 得千金之珠 其父謂其子曰 取石來 鍛之 夫千金之珠 必在九重之淵而驪龍頜下 子能得珠者 必遭其睡也 使驪龍而寤 子尚奚微之有哉〕" 후에 위소는 안빈낙도의 전도로 사용되었다.

57 요교우우(哭咬吁喁) :《장자》〈제물론〉에서 남곽자기가 한 말이다. "이 땅덩어리 가 뿜어 올리는 기운을 바람이라 한다. 일지 않으면 몰라도 한번 일면 온갖 구멍이 성 내며 부르짖는다. 너는 윙윙- 멀리서 불어오는 소리를 듣지 않았느냐? 우뚝한 산림

불감[58] 깊은 곳을 책의 둥지로 삼으니 　　　　佛龕深處作書巢

온갖 사념 재처럼 차갑고 교제도 이미 끊었네 　　萬念灰寒已息交

이슬 찬 언덕엔 물 마시는 송골매 소리 　　　　露冷林皐聞嗽鶻

가을 깊은 물 고을엔 따리 튼 교룡이 숨었네 　　秋深澤國隱蟠蛟

난초와 지초 다듬어 향패로 차고 　　　　　　且將蘭芷修香珮

강호에 큰 바가지 떠가는 것 그 누가 볼까 　　誰見江湖泛大匏

좋은 손님 오실 적에 달도 함께 하니 　　　　好客來時兼有月

오늘밤 안주 없다고 한탄할 필요 없겠네 　　　不須今夜歎無肴

그대여 잠시 술잔 놓고 내 노래 들으시오 　　　君且停杯聽我歌

상왕산[59] 밖에 석양이 짙구려 　　　　　　　象王山外夕陽多

우리네 삶은 넓은 바다에 떠있는 낱알 같은 것 　有生滄海如浮粟

의 백 아름드리 나무에는 코, 입, 귀, 장여, 고리, 절구통, 연못, 웅덩이 같이 생긴
구멍이 패여 있다. 바람이 불면 그것들은 물이 바위에 부딪치듯 쾅쾅 하는 소리, 화살이
날듯 윙윙 하는 소리, 꾸짖는 듯한 소리, 숨을 들이쉬듯 솔솔 하는 소리, 목청을 높여
절규하는 소리, 흐느끼는 소리, 재잘거리는 소리를 낸다. 앞에서 소리 내면 뒤에서
호응한다. 작은 바람에는 작게, 큰 바람에는 크게 답한다. 그러다가 바람이 한번 지나가
면 구멍들은 텅 빈다. 그때 너는 그 나무들이 휘청휘청 뒤흔들리다가 또 살랑살랑 흔들
리는 모습을 보지 않았느냐?〔子綦曰 夫大塊噫氣 其名爲風 是唯無作 作則萬竅怒 而獨不
聞之乎 山林之畏佳 大木百圍之竅穴 似鼻似口似耳似枅似圈似臼似洼者 似汚者 激者 謞
者 叱者 吸者 叫者 譹者 宎者 咬者 前者唱于 而隨者唱喁 泠風則小和 飄風則大和 厲風濟
則衆竅爲虛 而獨不見之調調之刁刁乎〕"라고 하였다.

58　불감(佛龕) : 불상 모셔 두는 집 모양으로 된 장이다. 좌우에 여닫는 문이 있다.

59　상왕산(象王山) : 충청남도 서산시 운산면(雲山面) 용현리(龍賢里)에 있는 산 이
름이다.

쉽게 썩는 도끼자루 가는 세월을 어찌하리 　　　無奈光陰易爛柯

남긴 비석 한수에 빠뜨린들 무슨 소용이랴[60] 　　何用遺碑沉漢水

좋은 옥이 민아[61]에 있다는 말만 들릴 뿐 　　　空聞良玉在岷峨

창 너머 현소리가 가늘고도 청량한데 　　　　隔窓絃語泠泠細

또 다시 누군가가 〈답사행〉[62]을 부르네 　　　更有何人唱踏莎

산방 괘탑[63]에 앉으니 출가한 것만 같아 　　　掛搭山房似出家

쓸쓸한 병과 바리때에 이내 생애 의탁했네 　　蕭然瓶鉢寄生涯

깊은 밤 마당 나무는 늘 빗소리 듣고 　　　　夜深庭樹常聽雨

가을 아침 원림은 반쯤 놀이 물들었네 　　　秋早園林半染霞

시경이 점차 모여 사탕수수 씹는 듯 달고 　　詩境漸臻如啖蔗

세정에 길들지 않아 모래 밥을 짓는 듯하네 　世情不慣若炊沙

행인은 청아한 광기 이상하게 여기리니 　　行人應怪清狂甚

의두암 옆에서 취하여 모자가 삐뚤어졌네 　依斗巖邊醉帽斜

가을 매미와 여윈 나비가 가을볕을 함께 하니 　殘蟬瘦蝶共秋陽

60　남긴……소용이랴 : 《둔재한람(邅齋閑覽)》에 두예가 비석 두 개를 만든 고사가
실려 있다. "두예는 비석 두 개를 만들어 하나는 물 속에 빠뜨렸다. 수백 년 후에 물이
언덕으로 변하면 비석이 나타나리라는 생각에서였다.〔杜預制二碑 一沉水中 慮數百年
後 水爲陵 則碑出〕"

61　민아(岷峨) : 민산(岷山)과 아미산(蛾眉山)을 말한다. 모두 중국 남부에 있는 산
이름이다.

62　답사행(踏莎行) : 사곡(詞曲)의 이름이다.

63　괘탑(掛搭) : 사찰에서 안거(安居)할 때 앉는 자리이다.

과거의 번화함은 모두 잊은 듯하네　　　　　過去繁華摠若忘

돌고 도는 세상일이란 모두 이와 같은 것　　世事循環皆爾許

질펀히 쏟아지는 시의 수심을 어찌 막으랴　詩愁浩蕩那禁當

구천의 서리 기운에 기러기 털이 무겁고　　九天霜氣鴻毛重

뜰 가득 소나무 물결로 학의 꿈 서늘하네　滿院松濤鶴夢凉

몇 가닥 수염 다 꼬고서야 한 글자 읊으니　撚盡數莖吟一字

시단에 겨우 올랐으나 이내 평범할 뿐　　　纔登楮墨便尋常

안개비 모두 걷혀 동천이 밝아오니　　　　烟霏斂盡洞天明

황량한 옛 절에는 떡갈나무 잎이 우네　　　古寺荒凉槲葉鳴

대지와 산하엔 온통 청명한 기운　　　　　大地山河皆灝氣

문장과 기두[64]는 모두 헛된 명성　　　　文章箕斗摠虛名

자고로 성명한 시절이 어찌 없었으리　　　古來豈乏明時遇

오늘은 나그네의 슬픔 견디기 어렵네　　　此日難爲遠客情

제불은 말없이 모두 입을 다물었고　　　　諸佛無言咸掛口

가을 쓰르라미 혼자서 괴롭게 읊조리네　　寒蟬獨有苦吟聲

안개 걷힌 외딴 암자로 돌아오는 나무꾼　孤菴烟歇返樵靑

지팡이 짚고 구름 보니 마당엔 달빛이 가득　拄杖看雲月滿庭

64　기두(箕斗) : 남기성(南箕星)과 북두성(北斗星)이다. 《시경》 〈대동(大東)〉에
"남기성 있어도 키질하여 날릴 수 없네. 북두성 있어도 술을 뜰 수 없네.〔維南有箕
不可以簸揚 維北有斗 不可以挹酒〕"라는 구절이 있다. 후에 '기두(箕斗)'는 괜히 이름만
있음을 비유하는 말로 사용되었다.

장대한 마음만 공연히 남아 늙음을 꺼리고　　　　空有壯心猶諱老

봄꿈에 흠뻑 젖어 혹여 깰까 의심하네　　　　方酣春夢却疑醒

병 가득한 탁주에 책이 내려가고　　　　滿壺濁酒書爲下

바위 휘감은 맑은 샘에 약이 효험 보이네　　　　繞石淸泉藥有靈

사방의 풍류객들 아름다운 글도 많으니　　　　四座風流文藻富

이 고을 규성[65]에 해당되는 것 이상하지 않네　　　　此鄕無怪直奎星

　　별을 얘기하는 자가 말하기를 "면천은 규성(奎星)의 분야에 해당되기 때문
　　에 문사(文士)가 많다."고 한다.

성근 숲에서 새나오는 불사의 등불　　　　疎林透照上方燈

하늘 궁궐 아득하여 올라갈 수 없네　　　　玉宇迢迢不可登

눈이 침침하니 책 그만 읽어도 무방하나　　　　無妨昏眸書卷廢

타지에서 깊어가는 밤 견디기 어렵네　　　　最難旅夜漏籌增

나가고 머무름 숲에 깃든 새 부러워라　　　　行藏還羨投林鳥

심사는 혼연히 강론 끝낸 승려와 같네　　　　意思渾如罷講僧

평생을 짚어보니 무슨 일을 이루었던가　　　　點檢平生成底事

배고프면 먹고 목마르면 마실 줄만 알았구나　　　　饑餐渴飮是良能

차 마시고 시상 떠올리니 혀에 달콤함 남아　　　　茶餘詩思舌留甘

밤새도록 닭 우는 창가에서 묘한 담화를 듣네　　　　終夜鷄窓聽妙談

65 규성(奎星) : 이십팔수의 열다섯 째 별이다. 입하절(立夏節)의 중성(中星)으로 서
방(西方)에 위치하며 문운(文運)을 맡아 보고, 이 별이 밝으면 천하는 태평하다고 한
다.

공활한 하늘 별들이 함께 북쪽 향해 절하고　　　　　天闊星辰皆拱北

깊은 가을 기러기들이 모두 남쪽으로 흘러갔네　　　秋深鴻鴈盡流南

어지러운 세상사 만 가지 바람소리[66] 다르고　　　　紛紛世事殊吹萬

적막한 선심은 삼매경에 빠지네　　　　　　　　　寂寂禪心入昧三

약 보따리 달고 사는 쇠하고 병든 이 몸　　　　　藥裹隨身衰病甚

상봉의 처음 뜻[67] 남아 된 것 부끄럽네　　　　　桑蓬初志愧爲男

현 소리 들으니 완함[68]을 뜯는 것 같아　　　　　絃語如聞摘阮咸

강주의 외로운 객 청삼에 눈물 적시네[69]　　　　江州孤客淚青衫

삼경의 허뢰가 남곽[70]에 부는데　　　　　　　三更虛籟噓南郭

고을의 한가한 구름에게 광암성[71]을 묻네　　　一塢閒雲問廣巖

66　만 가지 바람소리 : 《장자(莊子)》〈제물론〉에 "만 가지 사물을 불어서 각기 다른 소리를 내게 한다.〔夫吹萬不同 而使其自己也〕"라는 말이 나온다.

67　상봉(桑蓬)의 처음 뜻 : 옛날에 남자 아이를 낳으면 뽕나무로 활을 만들고 쑥대풀로 화살을 만들어 천지사방을 향해 쏨으로써 천지사방의 처음 포부를 상징했다. 《예기》〈내칙(內則)〉에 보인다.

68　완함(阮咸) : 악기 이름이다. 월금(月琴)의 일종이다. 진(晉)나라 완함이 제작하였다고 한다.

69　강주의……적시네 : 당나라 백거이(白居易)의 〈비파행(琵琶行)〉에 "좌중에서 눈물 흘린 것 누가 가장 많은가? 강주사마는 청삼이 흠뻑 젖었네.〔座中泣下誰最多 江州司馬青衫濕〕"라고 했다. 즉 강주사마로 좌천된 자신을 가리킨다.

70　남곽(南郭) : 남쪽 성곽이라는 뜻과 《장자》〈제물론〉에서 천뢰, 지뢰, 허뢰 등 바람에 관한 이야기를 하였던 남곽자라는 뜻 둘 다 내포하고 있다.

71　광암성(廣巖省) : 인도에 있는 지명이다. 부처가 《약사경(藥師經)》과 《유마경(維摩經)》 등을 설법한 장소라고 한다.

뜬구름 같은 인생사 고통이 곧 쾌락이며　　　　始信浮生苦爲樂

본디 성품은 성인과 범인이 다르지 않음을 알겠네　元非恒性聖殊凡

어찌하여 수많은 골짜기의 맑은 샘물이　　　　如何百谷淸泉水

겨우 동해에 도착하자 짠물로 변해버리나　　　纔到東溟便作鹹

이용규 생질에게 이별시로 주다

贈別李甥容珪

생질은 처음 서사(筮仕)⁷²를 하게 되어 나를 보러 왔다.

오사모에 푸른 도포로 바다 귀퉁이를 찾아오니	烏帽靑袍訪海陬
서로 바라보는 기쁜 기운이 숲에 가득하네	相看喜氣滿林邱
헛된 명성은 원래 얻고자 하는 마음 없지만	浮名元自無心得
이 일은 마땅히 힘을 다해 구해야 하네	寔事應須盡力求
나그네 심정은 저녁 벌레소리도 막기 어렵고	羈懷難禁蟲語夕
돌아가는 말은 가을 기러기 소리에 에워싸였네	歸鞍正帶鴈聲秋
해마다 너를 산문 밖으로 전송하였기에	年年送汝山門外
오늘 아침 처음으로 이별 근심하는 것 아니네	不是今朝始別愁

---

72 서사(筮仕) : 관직에 나가려 할 때 길흉을 점치는 것으로 벼슬에 나감을 말한다.

차운하여 화운상인에게 답하다

次韻答華雲上人

나는 병자년(1876) 여름 황해도에 지부(持斧)[73]로 갔을 때 재령(載寧) 묘음사(妙音寺)
에 묵었다. 화운상인은 연세가 70여 세로 시에 능하고 담화를 잘했는데 나중에 양주(楊
州) 고령산(高嶺山) 보광사(普光寺)로 옮겨갔다. 〔상인께서〕 내가 면천(沔川)에서 귀
양살이를 하고 있다는 소식을 듣고 편지와 시를 부쳐왔기에 차운하여 답하다.

끝도 없는 인연법 아득하여 상상하기 어려워 　　　緣法無邊杳難想

만나고 헤어지는 백 년이라야 일개의 뜬 거품 　　　百年聚散一浮漚

옷 벗고 물속에 누우니 배 속에서 구름 일고 　　　解衣臥水雲生腹

　　선사가 묘음사에 있을 때 여름을 맞아 개울에 벌거벗고 누워서 피서한 적이
　　있다. 나는 화운와수도(華雲臥水圖)를 그리려고 했는데, 그리지 못했다.

지팡이 짚고 산을 보니 머리엔 눈이 가득하네 　　　拄杖看山雪滿頭

　　화운은 풍수를 잘 알아 경내의 명산을 두루 살폈다.

절간 달빛 아래선 일찍이 계수 열매 읊었고 　　　桂子曾吟蕭寺月

가을 든 바닷가 산에선 야자관[74] 멀리 보냈네 　　　椰冠遙問海山秋

어떻게 하면 정문[75]에 제호를 부어[76] 　　　頂門安得醍醐灌

73 　지부(持斧) : 법을 집행하는 법관이나 어사를 말한다.

74 　야자관 : 야자 껍질로 짠 모자이다. 소식(蘇軾)이 해남도(海南島)로 귀양 갔을 때
야자관을 쓰고 〈야자관(椰子冠)〉시를 지었는데, 나중에 동생 소철(蘇轍)에게 아들을
통해 야자관을 선물했다. 소철은 조카에게 야자관을 받고 즉시 〈과질기야관(過侄寄椰
冠)〉시를 지어 주었다.

인간 세상 만 곡⁷⁷의 근심을 한 번에 씻어낼까   一洗人間萬斛愁

75 정문(頂門) : 머리 위 앞부분을 말한다. 불교용어로 정문안(頂門眼)이 있는데, 밝은 지혜의 철저한 통찰력을 지님을 말한다.

76 제호를 부어 : 불교에서 정수리에 제호를 부어주는 의식이 있는데 지혜를 부어주어 깨닫게 하는 것을 비유한 것이다. 이를 제호관정(醍醐灌頂)이라고 한다. 제호는 수락(酥酪)에서 제조해 낸 기름으로 최고의 음식을 뜻한다.

77 곡(斛) : 용량의 단위로 10말[斗]에 해당한다.

중양절 이튿날 성노포 황서교 인릉석과 두율의 운을 차운하다

重陽翌日與成老圃黃書橋印菱石次杜律韻

단풍나무 사이로 작은 당이 열리고 紅樹中間闢小堂
쓸쓸한 찬비에 저녁 산이 푸르네 蕭蕭寒雨暮山蒼
어린 물고기 잡히니 개울 안주도 족하고 魚苗上釣溪肴足
운자[78]로 밥 지으니 들밥이 향기롭네 雲子經炊野飯香
연하를 혹심히 좋아하여 고질이 되고 酷愛烟霞成痼疾
갖옷과 갈옷 몇 번 갈아입어 염량을 아네 屢經裘葛識炎凉
뜬금없이 강개하다 뜬금없이 웃는 것은 無端慷慨無端笑
가을 정회가 본디 그런 것 미친 게 아니라네 自是秋懷不是狂

빈 숲 성근 비가 수심을 일으키니 空林疎雨喚愁生
술 떨어지고 등불 꺼졌건만 꿈 이루지 못하네 酒盡燈殘夢不成
북으로 고향 바라보니 첩첩 산으로 막혀있고 家鄕北望千山隔
남쪽으로 온 이내 신세는 한 장 잎처럼 가볍네 身世南來一葉輕
살아있는 한 가을소리의 감회 면하기 어렵고 有生難免秋聲感
일이 없으니 비로소 밤기운의 맑음을 깨닫네 無事方知夜氣淸
기러기도 오지 않아 그리운 이 멀리 있어 鴻鴈不來所思遠
석 자 거문고에 남은 정을 부치네 瑤琴三尺有餘情

78 운자(雲子) : 쌀알이라는 뜻이다.

11일에 또 이전 사람들과 함께 읊다

十一日又與前人共賦

인생에서 맑은 가을 몇 번이나 만날까?	人生會見幾淸秋
이웃 주막에서 장두전[79] 쓰는 것 아까워 마오	莫惜隣壚費杖頭
늙어감과 흐르는 세월은 함께 가버리는 것	老去流光同逝者
고향 동산의 노란 국화는 벌써 피었는가	故園黃菊已開不
바람과 안개가 땅에 가득하여 무협[80]과 같고	風烟滿地如巫峽
근심과 두려움이 마음에 걸려 악양[81]을 닮았네	憂畏關心似岳陽
남으로 해문 바라보니 하늘과 물이 접했건만	南望海門天水接
그 언제나 호탕하게 가벼운 갈매기 좇을까	何時浩蕩逐輕鷗

초제[82]에 담은 이내 자취 이미 한해가 지나	招提寄跡已周星
입 다문 금인[83]처럼 옛날의 명문 지키네	口似金人守古銘

---

79 장두전(杖頭錢) : 술 사는 돈을 말한다. 《진서(晉書)》 권49 〈완수전(阮脩傳)〉에 "항상 걸어 다닐 때 백전(百錢)을 지팡이 머리에 매달아놓았는데 술집에 이르면 곧 홀로 실컷 마셨다.〔常步行 以百錢掛杖頭 至酒店 便獨酣暢〕"라는 기록이 있다.

80 무협(巫峽) : 사천성 무산현(巫山縣) 동쪽에 있는 협곡이다. 장강(長江) 삼협(三峽) 중의 하나로 뱃길이 험하기로 이름난 곳이다.

81 악양(岳陽) : 호남성 악양현이다. 서쪽 동정호에 악양루가 있어서 역대의 많은 시인들이 수심을 읊은 시가 많다. 두보의 〈등악양루(登岳陽樓)〉시가 유명하다.

82 초제(招提) : 절간을 말한다.

83 금인(金人) : 구리로 주조한 인물상이다. 《공자가어(孔子家語)》 〈관주(觀周)〉에

서리 차가워 들 벌레들 때론 집으로 들어오고	霜冷野蟲時入宇
승려 한가하니 숲 참새들 스스로 마당을 찾네	僧閒林雀自來庭
울타리 꽃은 병사[84]에 끊임없이 오르고	籬香不斷瓶間史
약초는 공연히 해외경[85]에서 찾네	藥草空尋海外經
몸이 여산에 있어 산 보이지 않으나[86]	身在廬山山不見
꿈속에서 층층 아름다운 구름 병풍 보았네	夢中幾疊好雲屏

"공자가 주나라 유적을 관람했는데 마침내 태조(太祖) 후직(后稷)의 사당으로 들어갔다. 당 우측 계단 앞에 금인이 있었다. 그 입을 세 겹으로 봉해놓고 그 등에 새겨 있기를 '옛날 말을 신중히 했던 사람이다.'라고 했다.〔孔子觀周 遂入太祖後稷之廟 廟堂右階之前 有金人焉三 緘其口 而銘其背曰古之愼言人也〕"는 기록이 보인다.

84 병사(瓶史) : 명나라 원굉도(袁宏道)가 지은 《병사(瓶史)》가 있는데 병화(瓶花)에 관해 논하였다.

85 해외경(海外經) :《산해경(山海經)》의 편명이다.

86 몸이……않으나 : 소식(蘇軾)의 〈제서림벽(題西林壁)〉시에 "여산의 진면목을 알 수 없는 것은 단지 몸이 이 산중에 있기 때문이네.〔不識廬山眞面目 只緣身在此山中〕"라고 했다.

자천과 함께 읊다

與紫泉共賦

장가를 불러 천지에 드넓게 회포를 풀고	長歌天地放懷寬
무릎 치고 술 마시며 즐거움을 다하네	擊節銜杯且盡歡
만경[87]이 주은[88]된 것 나쁘지 않으나	不妨曼卿爲酒隱
자미[89]는 유관[90]으로 일생을 그르쳤네	一生子美誤儒冠
가을 깊어 바위 문엔 봉량[91]이 익어가고	秋深巖戶蜂粮熟
낙엽 진 강 언덕엔 기러기 진영이 서늘하네	木落江皐鴈陣寒
국화가 더디 핀다 탄식하지 말고	莫歎黃花開未早
서리 내린 광활한 하늘 더 잡아두고 보시오	霜天寥廓更留看

---

87 만경(曼卿) : 송나라 석연년(石延年, 994~1041)의 자이다. 시서화에 능했고, 특히 음주로 유명하여 주선(酒仙)이란 칭호를 얻었다.

88 주은(酒隱) : 술 속에 은거하는 것을 말한다.

89 자미(子美) : 두보(杜甫)의 자이다.

90 유관(儒冠) : 유자의 관(冠)이다. 장보관(章甫冠)의 일종으로 두보의 〈봉증위좌승장이십이운(奉贈韋左丞丈二十二韻)〉시에 "유관이 몸을 그르친 것이 많네.〔儒冠多誤身〕"라고 했다.

91 봉량(蜂粮) : 벌통의 꿀이다.

혜거⁹² 자천 석운⁹³ 안향초와 함께 읊다

與兮居紫泉石雲安香初共賦

향초는 애석(厓石)의 다른 호이다.

소슬한 누런 구름이 반쯤 그늘을 지으니	蕭瑟黃雲半作陰
저문 가을에 객의 시름 금하기 어렵네	殘秋客緒政難禁
바다굽이 떠도는 신세에 귀밑머리 다 세고	飄零海曲雪雙鬢
산방에서 해후하니 달 아래 한 마음이네	邂逅山房月一襟
젊은 시절 상봉의 장한 뜻⁹⁴ 슬퍼하다	少日桑蓬悲壯志
지금은 총죽⁹⁵의 어린 마음 숭상하네	如今蔥竹尙童心
만나는 자들은 모두 관직 그만둔 객이라	相逢盡是休官客
호숫가 갈매기와의 맹서 함께 찾을 수 있겠네	湖上鷗盟可共尋

벽에 서린 지는 놀에 저녁 단풍 환한데	殘霞棲壁晚楓明
허공 가르는 가을 기운에 한 줄기 피리소리	秋氣橫空一笛生
산 언덕에 근본 둔 성정 속세의 운치 없고	性本邱山無俗韻

---

92 혜거(兮居) : 유진일(兪鎭一)의 자이다. 임천 군수를 지냈다.

93 석운(石雲) : 박기양(朴箕陽, 1856~1932)의 호이다. 본관은 반남으로 1888년 별시문과에 병과급제했으며 성균관 대사성과 함경도 관찰사를 역임했다.

94 상봉(桑蓬)의 장한 뜻 : 자세한 내용은 352쪽 주 67 참조.

95 총죽(蔥竹) : 대나무의 일종이다. 《죽보상록(竹譜詳錄)》〈농총죽(籠蔥竹)〉에 "농총죽(籠蔥竹)은 나부산(羅浮山)에서 자란다. 그로 인하여 나부죽(羅浮竹)이라고 부른다."라고 했다.

호수 바다에서 늙어간 몸 시의 명성 아끼네　　老猶湖海惜詩名
거슬러 올라가면 섬 안에 누가 있을까　　　溯洄誰在水中沚
웃음소리가 천상을 놀라게 할까 꺼려만 지네　笑語更嫌天上驚
해 저물자 뭇 새들은 나무 찾아와 쉬는데　日暮衆禽投樹息
외기러기는 무슨 일로 홀로 남으로 갈까　　孤鴻底事獨南行

황자천 수선가

黃紫泉壽仙歌

천리의 황하 물 한 번 굽어 꺾이는데	黃河之水千里一曲折

자천은 황씨여서 자호를 자천이라 했다. 즉 황하를 고친 이름이다.

그 근원 하늘 위 은하수에서 나왔네	其源上自星漢出
아래로 서쪽 끝 반도⁹⁶ 뿌리에 물을 대니	下漑西極蟠桃之根
삼천 년 만에 꽃피고 열매도 맺었네	三千年開花復結實
신선을 탐내 반도 훔쳤다가 천제의 진노 만나	饞仙偸桃逢帝嗔
그 이름 석실에 있고 그 호는 자천	名在石室號紫泉
난새 봉황이 정처 없이 떠돌다 하계에 왔으니	鸞漂鳳泊到下界
전생에 분명 황정견⁹⁷이었으리	前身應是黃庭堅
자천은 올해 나이 일흔 넷	紫泉今年七十四
방동수골⁹⁸의 기이한 모습 지녔네	方瞳秀骨形貌異
지상에서 때때로 금석⁹⁹의 소리 들리나니	地上時聞金石聲

---

96 반도(蟠桃) : 전설 속의 선도(仙桃)이다. 서왕모(西王母)가 한무제(漢武帝)에게 선도 4알을 올렸는데, 3천 년 만에 열매를 맺는다고 한다.

97 황정견(黃庭堅) : 1045~1105. 자는 노직(魯直), 호는 산곡(山谷)으로 홍주(洪州) 분녕(分寧) 출생이다. 북송(北宋)의 시인으로, 소식에게 배웠으며 강서시파(江西詩派)의 맹주가 되었다.

98 방동수골(方瞳秀骨) : 네모난 눈동자와 수려한 기질이라는 뜻으로 장수(長壽)할 상으로서 신선의 모습을 말한다.

99 금석(金石) : 종경(鐘磬)의 악기를 말한다.

말투엔 전혀 연화의 기운[100] 없다네 口吻渾無烟火氣

눈앞에 가득한 자식 손자들 兒孫滿眼前

하나같이 옥기린들이네 箇箇玉麒麟

오늘이 무슨 날이던가 今日是何日

땅으로 내려온 날이로구나 知是謫降辰

왼손엔 게 다리를 잡고 오른손엔 술잔 들고[101] 左持螯右把酒

해마다 옥호춘[102]에 늘 취해있네 年年長醉玉壺春

　　자천에게 〈옥호도(玉壺圖)〉시가 있다.

신선이 손짓하며 처음 옷으로 갈아입으라는데 仙侶招呼還初服

머리 흔들면서 속세 떠나려하지 않네 掉頭不肯辭塵寰

묻노니 무슨 미련으로 돌아가지 않는가 借問緣何迷不返

귤 속의 즐거움[103]이 상산보다 못하지 않다네 橘中之樂不減商山

옥호주만 늘 가득하다면 但得玉壺酒常滿

영원히 땅위의 신선 되는 것도 무방하다네 不妨永作地上仙

---

100 연화의 기운 : 음식을 익혀먹는 기미(氣味)이다. 속세의 습기(習氣)를 말한다.

101 왼손엔……들고 : 《진서(晉書)》권49 〈필탁열전(畢卓列傳)〉에 "필탁이 남에게 말하기를 '술을 얻으면 수백 곡(斛)을 배에 가득 싣고, 사시의 맛난 음식을 양쪽에 늘어놓고, 오른손에 술잔 들고 왼손에 게 집게발을 들고, 술 배안에서 박자 치면 곧 충분히 일생을 보낼 수 있다.'라고 했다.〔卓嘗謂人曰 得酒滿數百斛船 四時甘味置兩頭 右手持酒杯 左手持蟹螯 拍浮酒船中 便足了一生矣〕"라는 말이 나온다.

102 옥호춘(玉壺春) : 술 이름이다.

103 귤 속의 즐거움 : 바둑 두는 즐거움이다. 《유괴록(幽怪錄)》에 의하면, "파공(巴邛) 사람에게 귤 과수원이 있었는데 큰 귤 속에 두 늙은이들이 앉아서 바둑을 두며 하는 말이 '귤 속의 즐거움이 상산(商山)에 못하지 않는데 다만 깊은 뿌리와 견고한 꽃받침을 얻을 수 없어서 어리석은 사람이 따 버릴까 두렵네.'〔巴邛橘園中 霜後見橘如缶 剖開 中有二老叟 象戲 象橘中之樂 不減商山 但不得深根固蒂耳〕"라고 했다고 한다.

밤에 자천과 함께 읊다

夜與紫泉共賦

자기[104]가 서쪽으로 오니 관문을 나갔겠구나	紫氣西來認出關
아름다운 동원 사이로 시원한 신선 바람 부네	仙風瀟灑綺園間
승려 불러 길을 쓰니 탑에선 구름이 일고	呼僧掃逕雲生塔
객과 함께 누대 오르니 산엔 달빛이 가득하네	與客登樓月滿山
겨울이 따뜻한 걸 보니 병골 동정함을 알겠고	冬煖應知憐病骨
샘물이 감색이니 쇠한 얼굴 잡아둘 수 있겠네	泉紺耐可駐衰顔
밤중에 거문고 타며 〈초은사〉[105]를 부르지만	撫琴中夜歌招隱
회남의 계수나무 떨기 아득하여 오를 수 없네	叢桂淮南杳莫攀

---

104 자기(紫氣) : 상서로운 구름 기운이다. 노자(老子)가 서역으로 가기 위해 함곡관 (函谷關)으로 나갈 때 자기(紫氣)가 서렸다고 한다.

105 초은사(招隱士) :《초사(楚辭)》〈회남소산왕초은사(淮南小山王招隱士)〉를 말 한다. 그 시구에 "계수가 떨기로 자라는 산 깊은 곳이네.〔桂樹叢生兮山之幽〕"라고 했다.

자천이 근체시 한 수를 부쳐 왔기에 차운하여 매화시를 지어 보내다

紫泉寄近體詩一首次韻賦梅花詩送之

바닷가 마을 날씨 차가워 역사[106]가 더딘가	海國天寒驛使遲
영롱한 흰 소매[107] 술에서 깨어날 때	玲瓏縞袂酒醒時
분칠한 뺨 초췌하니 나방이 시샘할까 꺼리고	粉腮顦顇嫌蛾妬
새벽꿈 몽롱하니 나비가 알까 두렵네	曉夢迷離怕蝶知
눈서리 잔뜩 맞은 몸이라 감히 오만하지 않고	身飽雪霜非敢傲
철석같이 굳은 마음이라 실로 움직이기 어렵네	心如鐵石諒難移
황혼에 좋은 기약 늦다고 탄식하지 마오	黃昏莫歎佳期晚
차례대로 봄바람이 북쪽 가지까지 이르리니	次第春風到北枝

---

106 역사(驛使) : 육조(六朝) 송(宋)나라 육개(陸凱)의 〈증범엽시(贈范曄詩)〉에 "매화 꺾어 역리를 만나 농두인에게 부치네.〔折梅逢驛使 寄與隴頭人〕"라고 했다. 이로 인해 역사가 매화의 별칭이 되었다.

107 흰 소매 : 매화를 말한다.

한기 안방산이 율시 한 수를 기증하여 타향에서 한 해를
보내는 회포를 위로했다. 밤에 자천 등과 그 운을 밟아
제석을 읊다

閒基安方山寄贈一律以慰他鄕送歲之懷夜與紫泉諸人步其韻賦除夕

아득한 세상사 누가 그 단서를 궁구하랴　　　　人事茫茫孰究端

모진 바람과 쌓인 눈 첩첩 봉우리 마주하네　　　峭風積雪對重巒

경문과 축문만으로 새해 축하를 부치고　　　　但將經呪寄年祝

다시 도소주¹⁰⁸ 기운 빌려 밤 추위를 녹이네　　　更借屠蘇消夜寒

자고로 영웅호걸이 몇이나 있었던가　　　　　從古英豪幾人在

일생의 회포 푸는 이 밤 만나기 어렵네　　　　一生懷抱此宵難

은근히 방산자¹⁰⁹에게 감사하나니　　　　　　慇懃爲謝方山子

즐겁게 촛불 심지 자르며 새로 지은 시를 보네　好把新詩剪燭看

108　도소주(屠蘇酒) : 여러 약재를 넣어서 만든 술이다. 설날에 이를 마시면 사악한
기운을 없애고 장수한다고 한다.

109　방산자(方山子) : 시를 보내온 안방산을 가리킨다.

상원 밤에 인원회 김단경과 달을 감상하며 시를 읊다
기축년(1889, 고종26)

上元夜與印元會金殷卿賞月賦詩 己丑

해마다 이날엔 나그네가 누대에 올랐지	年年此日客登樓
술 따습고 향 청아하니 좋은 유람 흡족하네	酒煖香淸愜勝遊
대지의 삼천 명이 눈을 비비고	大地三千人拭目
좋은 밤 으뜸가는 달이 머리 위에 떴네	良宵第一月當頭
나의 적막함 동정하여 하늘이 보냈으리	憐吾寂寞天應遣
너의 차고 기욺에 맡겨진 채 세월은 흐르네	任爾盈虧歲若流
무한한 나그네 수심 다 풀 길 없는데	無限旅愁消不得
들불도 꺼지려 하고 거리의 노래도 그쳤네	野燒欲滅巷歌休

윤서정[110] 영만 을 애도하다

挽尹西汀 永萬

한묵의 명성으로 양 귀밑머리 다 세고	翰墨聲名兩鬢華
시의 창자 술의 폐부 얽히고 또 설켰네	詩腸酒肺劇枒枒
살구나무 뜰 밤 눈 속에 함께 호호 벼루 불고	杏庭夜雪同呵硯
절간의 가을바람 속에 여러 번 수레를 세웠네	蕭寺秋風數駐車
사해와 두루 교분 나누며 청안[111]을 닦았으나	四海論交拭青眼
십 년간 잠서[112]에 머무느라 오사모가 낡았네	十年潛署弊烏紗
이제부터 황로[113]는 세상에서 없어질 터	黃墟從此無人問
서글퍼라 산양의 한 가닥 피리소리[114] 빗기네	惆悵山陽一笛斜

---

110 윤서정(尹西汀) : 윤영만(尹永萬)으로, 호는 서정(西汀)이다. 공릉(恭陵) 참봉을 지냈다. 기타 인적사항은 자세하지 않다.

111 청안(青眼) : 반기는 눈동자라는 뜻이다. 진(晉)나라 완적(阮籍)이 반가운 사람은 청안으로 대하고, 반갑지 않은 사람은 백안(白眼)으로 대했다고 한다.

112 잠서(潛署) : 중요하지 않은 공무를 담당하는 관청이다.

113 황로(黃墟) : 황공(黃公)의 술집을 말한다. 죽림칠현(竹林七賢)이 항상 모여서 술을 마시던 곳이다.

114 산양의 한 가닥 피리소리 : 진(晉)나라 상수(向秀)가 산양(山陽)의 옛 거처를 지나가며 이웃 사람이 피리를 부는 소리를 듣고, 망우(亡友) 혜강(嵇康)과 여안(呂安)을 추념함을 금할 수 없어서 〈사구부(思舊賦)〉를 지었다고 한다. 산양은 섬서성에 있는 현 이름이다.

자천과 함께 읊다

與紫泉共賦

새봄에 다시금 운서[115]를 찾아가   新春再度過雲西

술로 은근히 외로운 거처 위로하네   携酒慇懃慰獨棲

모자 때리는 날카로운 바람소리가 숲을 흔들고   撲帽尖風聲振樾

지팡이소리 울리는 잔설 길이 개울로 이어졌네   響筇殘雪路緣溪

누가 알았으리 모년에 시가 도리어 강건해져   誰知暮境詩還健

흉년에 쌀값 더욱 낮아지는 것과 같을 줄을   政似荒年米更低

환한 불등 앞에 이내 마음 어둡기만 하니   耿耿佛燈懷緖黯

언제나 각벌[116]이 미혹의 나루를 건널까   何時覺筏渡津迷

---

115 운서(雲西) : 충남 서산에 있는 지명이다.

116 각벌(覺筏) : 불교에서 깨달음의 길을 뗏목의 항해에 비유하여 보벌(寶筏)이라
한다.

자천 능석 이이송 학원 과 함께 읊다

夜與紫泉菱石李二松 鶴遠 共賦

심사가 무너지니 예전의 학문도 거칠어지고	心事摧頹舊學蕪
고요히 생각해보니 불자도 유자도 아니로다	靜思非佛亦非儒
나아가고 머무름에 명이 있으니 전현이 그립고	行藏有命懷前哲
책도 검도 이룬 바 없으니 장부에게 부끄럽네	書劍無成愧丈夫
정원의 날아올라 먹을 상[117] 누가 알았으리	定遠誰知飛食相
소문[118]은 공연히 와유도를 마주했네	少文空對臥遊圖
조물주에게 사심 없음을 알고 싶어서	欲知造物無私意
초록과 붉은 점 찍힌 산들을 가만히 바라보네	佇看千山點綠朱

---

117 정원의……상 : 정원후(定遠侯)로, 한나라 반초(班超)의 봉호(封號)이다. 《후한서(後漢書)》 권37 〈반초열전(班超列傳)〉에 보면, "반초가 자기의 관상에 대해 묻자 관상쟁이가 가리키며 말하길, '살아 있는 제비의 턱에 호랑이의 목을 했으니 날아올라 고기를 먹는 셈, 이는 만리후의 상이로다.'라고 하였다.〔超問其狀 相者指曰 生燕頷 虎頸 飛而食肉 此萬里侯相也〕"라는 기록이 있다.

118 소문(少文) : 종병(宗炳, 375~443)의 자이다. 남조(南朝) 송(宋)나라 화가로 남열양(南涅陽) 사람이다. 서법과 그림과 금(琴)에 뛰어났다. 불교에 심취하여 여산(廬山) 승려 혜원(慧遠)의 백련사(白蓮社)에 참여했다. 젊어서 여러 곳을 유람했는데 늙어서 병으로 돌아다닐 수가 없자, 유람했던 곳을 그림으로 그려서 거실에 걸어두고 스스로 말하기를 "회포를 맑게 하고 도(道)를 보려고 누워서 유람을 한다.〔澄懷觀道 臥以游之〕"라고 했다.

성노포가 내방하여 함께 읊다

成老圃來訪共賦

주미 휘두르는 하룻밤의 대화가 책 보다 낫나니	塵談一夕勝看書
호해의 풍류 늙었어도 넉넉하네	湖海風流老有餘
취기 돌자 웃고 싶고 또 노래하고 싶고	欲笑欲歌方醉後
봄 찾아오자 살포시 춥고 또 살포시 따스하네	輕寒輕暖際春初
평생 꼬장꼬장하여 세속과 어울리기 어려운데	一生骯髒難諧俗
온 세상은 희희양양[119] 기회를 붙좇네	擧世熙攘若趁墟
기둥에 시 써넣은 사인[120] 아직 건장하니	題柱詞人今尚健
백두음[121] 지어 상여를 원망하진 않겠지	白頭應不怨相如

　노포가 늙은 여자를 축첩했다는 소식을 들었기에 놀란 것이다.

해가 가면 해가 오고 누가 그렇게 시켰을까	年去年來孰使然

---

119 희희양양(熙熙攘攘): 원문에는 양(攘)이 양(穰)으로 잘못되어 있기에 바로잡았다. 희희양양은 사람들이 어지럽게 모여드는 모습을 형용한다. 《사기》〈화식열전(貨殖列傳)〉에 "천하가 즐거워하며 모두 이익을 위해 찾아오고, 천하가 어지럽게 모두 이익을 위해 찾아간다.〔天下熙熙 皆爲利來 天下攘攘 皆爲利往〕"라고 했다.

120 기둥에……사인: 한나라 사마상여(司馬相如)를 말한다. 사마상여가 고향 성도(成都)를 떠나 장안(長安)으로 갈 때 승선교(承仙橋)를 지나면서 그 기둥에 적기를 "고거사마(高車駟馬)를 타지 않고는 이 다리를 통과하지 않겠다."라고 했다.

121 백두음(白頭吟): 탁문군(卓文君)이 남편 사마상여가 첩을 두려하자 〈백두음〉을 지어 원망하며 의절하려 하였기에 사마상여가 첩을 포기했다고 한다.

산 맑고 구름 따뜻하니 또 봄이 찾아왔구나　　　山晴雲暖又春天
한 세상 머문다야 결국은 나그네　　　　　　住過一世終爲旅
세 잔 술 통쾌히 마시면 이내 신선인 것을　　　痛飮三杯便是仙
객의 마음 은근함은 우물에 던진 수레빗장[122]　客意殷殷投井轄
시 짓는 수심의 어려움은 여울 오르는 배　　　詩愁憂憂上灘船
한산한 심정 천진에 맡겨 버려도 무방하리니　　野情不妨任眞去
그대는 거문고 소리 들으시게 나는 잘 테니[123]　君且聽琴我欲眠

122　우물에 던진 수레빗장 : 《한서(漢書)》 권92 〈진준열전(陳遵列傳)〉에 "진준은 술을 좋아했다. 매번 큰 술자리를 베풀어서 빈객들이 당에 가득하면 곧 문을 잠그고 객의 수레빗장을 우물 안에 던져버렸기에, 아무리 급한 일이 있어도 갈 수 없었다.〔遵耆酒 每大飮 賓客滿堂 輒關門 取客車轄投井中 雖有急 終不得去〕"라고 했다. '투할(投轄)'은 은근히 객을 잡아놓는 것을 뜻하는 말로 사용된다.

123　그대는……테니 : 이백(李白)의 〈산중여유인대작(山中與幽人對酌)〉에 "나는 취해 잘 테니 경은 돌아가구려, 내일 아침 생각이 있거든 금을 가져 오시구려.〔我醉欲眠卿且去 明朝有意抱琴來〕"라고 했다.

성노포의 〈만윤서정〉시에 "띠 집은 적막하니 지기라곤 없는데, 청산은 곳곳마다 벗들이 많네"라고 했다. 황자천이 그것을 읽고서 옷깃을 적시며 슬픔을 스스로 이기지 못했다. 내가 그 소식을 듣고 크게 웃으며 시 한 수를 지어서 그 마음을 풀어 주었다

成老圃挽尹西汀詩有云白屋寥寥知己少靑山處處故人多黃紫泉讀之泣下沾襟悲不自勝余聞之大笑爲賦一詩以解之

청산 곳곳에 벗들 많다지만	靑山處處故人多
나중 죽는 자 슬프다고 곡 한들 무엇 하리	後死雖悲哭奈何
화려한 집에서 공연히 양자의 눈물 적시고[124]	華屋空沾羊子淚
석양의 빛은 노양[125]의 창을 물리치기 어렵네	斜暉難却魯陽戈
서간충비[126]를 꼭 물을 필요 있을까	鼠肝蟲臂奚須問

---

124 화려한……적시고 : 양자(羊子)는 양호(羊祜)를 말한다. 《진서(晉書)》〈양호전(羊祜傳)〉에 "양양(襄陽)의 백성들이 현산의 양호가 평생 노닐고 쉬던 곳에다 비석을 세우고 사당을 건립하고 세시마다 제사를 올렸다. 그 비석을 보는 자는 눈물을 흘리지 않은 자가 없었는데, 두예가 이에 '타루비(墮淚碑)'라고 이름 지었다.〔襄陽百姓 於峴山祜平生游憩之所 建碑立廟 歲時饗祭焉 望其碑者莫不流涕 杜預因名爲墮淚碑〕"라고 하였다.

125 노양(魯陽) : 전국 시대 초(楚)나라 노양공(魯陽公)이다. 노양공이 전쟁을 할 때 해가 지려고하자 창으로 해를 불렀더니, 해가 3사(舍) 정도 되돌려졌다고 한다.

126 서간충비(鼠肝蟲臂) : 사람이 죽은 후에 쥐의 간이나 벌레의 팔 같은 미천한 것이 됨을 말한다. 《장자(莊子)》〈대종사(大宗師)〉에 "네가 너의 간이 되겠는가 네가 충비가 되겠는가.〔以汝爲汝肝乎 以汝爲蟲臂乎〕"라고 했다.

여름 갈옷 겨울 갖옷이면 이처럼 지낼 수 있네   夏葛冬裘恁得過
술 있어 그대에게 권하니 힘껏 마시게   有酒勸君努力飮
봄이 오면 또 다시 꾀꼬리 노래 들읍시다   春來且復聽鶯歌

노포 서교 능석과 함께 읊다

與老圃書橋菱石共賦

마음은 누에고치가 오 땅 실[127]을 토하는 듯하고	心如老繭吐吳絲
몸은 철새가 월 땅 나뭇가지[128]를 그리는 듯하네	身似鶬禽憶越枝
창가가 따뜻하니 매화 잎은 서둘러 돋아나고	窓暖古梅抽葉早
산이 추우니 작은 풀은 더디게 움을 티우네	山寒細草坼胎遲
그대 세 군데[129]서 시구 많이 찾을 테지만	君應覓句多三上
나는 사계절 준비하고자 말하지 않으려 하니	我欲無言備四時
흥 일면 혜려[130]의 수레를 차비해야 하리니	興到宜謀嵇呂駕
봄날 좋은 날은 기약할 필요 없다오	一春佳日不須期

---

127 오 땅 실 : 오 지역에서 생산되는 비단실이다. 거문고 현을 만들기에 적합하다고
한다.

128 월 땅 나뭇가지 : 남쪽 고향을 말한다.

129 세 군데 : 원문의 '삼상(三上)'이란 마상(馬上)·침상(枕上)·측상(廁上)을 말한
다. 송나라 구양수(歐陽脩)의 《귀전록(歸田錄)》에 "내가 평생 지은 문장은 삼상(三上)에
서 많이 얻었다. 곧 말 위, 베개 위, 측간 위가 그곳인데, 거기서 더욱 생각을 모을 수
있다.〔餘平生所作文章 多在三上 乃馬上枕上廁上也 蓋惟此尤可以屬思而〕"라고 했다.

130 혜려(嵇呂) : 삼국 위(魏)나라 혜강(嵇康)과 여안(呂安)을 말한다. 두 사람은
몹시 절친한 사이였다. 《진서(晉書)》 권49 〈혜강열전(嵇康列傳)〉에 따르면 혜강은
"성품이 빼어나고 철 단련하기를 좋아했다. 집에 잎이 매우 무성한 버드나무 한 그루가
있었는데, 물을 주어 한 아름으로 키웠다. 여름이면 그 아래서 철을 달구었다. 동평의
여안은 혜강의 고아한 풍취에 탄복하여 그가 그리울 때면 수레를 몰아 천리를 달려왔는
데, 혜강은 그를 벗으로 잘 대해주었다.〔性絶巧而好鍛 宅中有一柳樹甚茂 乃激水圜之
每夏月 居其下以鍛 東平呂安服康高致 每一相思 輒千里命駕 康友而善之〕"라고 한다.

자천 이송과 함께 읊다

與紫泉二松共賦

골똘히 읊으며 코 찡그리는 시단의 늙은 종주	苦吟縮鼻老詩宗
술이 있어 불평스런 가슴을 축일 만하네	有酒堪澆磈磊胸
높은 탑엔 항상 천고의 달 매달려 있고	危塔常懸千古月
제천엔 두루 새벽 종소리 가득하네	諸天徧滿五更鍾
봄 찾아온 깊은 골짜기엔 염호[131]가 녹고	春來坎谷消鹽虎
고요한 밤 이수[132] 문양 화로에는 홍룡[133]이 달궈지네	
	夜靜离爐鍊汞龍
구름 저 멀리 가인을 아득히 생각하니	雲際佳人懷渺渺
이 산을 망향봉이라 불러야겠네	此山喚作望鄉峯

---

131 염호(鹽虎) : 호랑이 모양의 눈덩이를 말한다.

132 이수(离爐) : 전설 속의 짐승이다.

133 홍룡(汞龍) : 도가에서 단약을 단련할 때 사용하는 수은이다.

자천이 와서 묵으며 함께 짓다

紫泉來宿共賦

계절마다 바뀌는 사물에 나그네 마음 동하는데	節物推遷感旅人
절 부엌에서 나눠보낸 개울 나물이 새롭구나	僧廚分送澗毛新
봄 찾아오니 때때로 번화한 꿈을 꾸고	春來時做繁華夢
술 마신 후엔 문득 젊을 적 몸을 생각하네	酒後飜思少壯身
대나무 문에 눈 스미어 거문고 소리가 껄끄럽고	竹牖雪侵琴語澁
매화 창이 낮 내내 조용하니 새 자꾸 엿보네	梅窓晝靜鳥窺頻
삼 년 동안 괘탑[134]은 무슨 연유던가	三年掛搭緣何事
전생에 불문의 인연이 있었기 때문이네	爲有空門宿世因

---

134 괘탑(掛搭) : 승려가 사찰에 머무는 것이다. 의발을 승당(僧堂)에 걸어준다는 뜻이다.

눈이 그치다

雪止

동부의 텅 빈 맑음이 하늘에 가득한데	洞府虛明徹九宵
숲 저편엔 잔설이 아직도 바람에 흩날리네	林端餘雪尙飄搖
때론 대 쪼개는 소리 들려 마음 더욱 적막하고	時聞折竹心逾寂
문득 매화 찾을 생각하니 흥취 더욱 아득하네	忽憶尋梅興轉遙
소나무 아래 바위엔 추위로 깨어난 학의 꿈	鶴夢寒醒松下石
버드나무 옆 다리엔 얼어붙은 술집 깃발	酒旗凍着柳邊橋
풍류에 꼭 도씨 집 기녀 필요치 않으니[135]	風流不用陶家妓
직접 일어나 차 끓여서 긴긴 밤을 위로하네	自起烹茶慰永宵

135　풍류에……않으니 : 이백(李白)의 〈연도가정자(宴陶家亭子)〉시를 염두에 둔 표현인 듯하다. "굽은 골목에 그윽한 이의 집 있으니, 높다란 대문 넓은 뜰의 사대부 집안일세. 뜰 안 못엔 깨끗한 거울 열리고, 숲엔 백화가 만발하네. 푸른 물은 봄날 해를 감추고, 푸른 추녀는 저녁놀을 감췄네. 오묘한 현악기 관악기 소리까지 들여온다면, 석숭의 금곡도 자랑할 만하지 못하리.〔曲巷幽人宅 高門大士家 池開照胆鏡 林吐破顔花 綠水藏春日 靑軒秘晚霞 若聞弦管妙 金谷不能夸〕"

밤에 노포 이송 능석과 함께 읊다

夜與老圃二松菱石共賦

거문고 타노라니 산엔 해 저물고	撫琴山日夕
술에서 깨어나니 곡도 끝나려 하네	酒醒曲將終
성근 댓바람소리 깊은 골짜기에 울리고	疎竹鳴幽谷
차가운 종소리 저녁바람에 떨어지네	寒鍾落晚風
꿈결 같은 인생	人生如夢裏
수심 속에 봄날이 가네	春序過愁中
병에서 밝은 달을 건졌건만	瓶底撈明月
돌아와서 보니 텅 비었네	歸來却笑空

혜거 이송 능석과 함께 읊다

與兮居二松菱石共賦

눈 내리는 며칠 동안 그대들 행차 기다렸더니	雪天幾日待君行
봄 찾아오자마자 기러기 소리 들리네	直到三春鴈有聲
오래된 벽에 등 매다니 새가 쌍쌍이 깃들고	古壁懸燈雙鳥宿
깊은 숲에 객 잡아두니 나귀 홀로 우네	深林留客一驢鳴
답청할 때이건만 아직 추위 가시지 않았고	踏靑天氣餘寒在
맑고 투명한 산 빛에 작은 달이 돋았네	虛白山光細月生
살구꽃 필 날도 머지 않았구나	且喜杏花時節近
앞마을엔 술이 익어 오정주136 같다네	前村酒熟似烏程

---

136 오정주(烏程酒) : 옛 명주(名酒) 이름이다.

이송 능석과 운을 뽑아 잡영 칠언절구를 읊다 2수

與二松菱石拈韻賦雜詠七絶 二首

항아가 달 껴안고 자는 것 늘 한했거늘 　　　　　長恨姮娥抱月眠

꿈속의 혼 어이하여 옥루에 이르렀는가 　　　　　夢魂那到玉樓前

언제고 천심이 후회할 것 알지만 　　　　　　　情知早晚天心悔

꽃다운 얼굴 한창 때를 넘길까 두려웠을 뿐 　　　只恐花容過盛年

　　위는 〈장문원(長門怨)〉[137]이다.

여막 휘장에 바람이 차니 꿈도 드물고 　　　　　盧帳風寒夢亦稀

변방의 칠월 하늘엔 벌써 기러기가 나네 　　　　邊天七月早鴻飛

이 몸이 남자로 못 태어난 것 한스러워라 　　　此身恨不爲男子

백발로 귀국한 소랑[138]이 도리어 부럽구나 　　却羨蘇郎白首歸

　　위는 〈소군원(昭君怨)〉[139]이다.

---

137 장문원(長門怨) : 악부 상화가사(相和歌辭) 초조곡(楚調曲)의 이름이다. 한나라 효무황제(孝武皇帝)는 진황후(陳皇后)가 질투가 심하여 따로 장문궁에서 거하게 했는데, 사마상여(司馬相如)가 글을 잘 짓는다는 말을 듣고 천금을 주어 〈장문부(長門賦)〉를 짓게 하여 다시 황제의 총애를 얻었다고 한다. 후인들이 그 부(賦)로 인하여 〈장문원〉을 짓게 되었다.

138 소랑(蘇郎) : 소무(蘇武)이다. 무제 때 흉노에 사신 갔다가 억류된 채 북해[지금의 貝加爾湖 서쪽]에서 양을 치다가 19년 만에 돌아와 전속국(典屬國)에 임명되었다.

139 소군원(昭君怨) : 악부 금곡(琴曲)의 이름이다. 왕소군(王昭君)이 흉노에게 시집간 후에 지은 것이라고 한다.

이송의 운을 차운하여 경유에게 이별시로 주다

次二松韻贈別景有

몸뚱이와 그림자처럼 서로를 지키며　　　相守恰如形影依

봄 옷 갈아입는 산의 모습을 또 다시 보네　山中又見換春衣

나야 실로 죄 있다지만 그대는 무슨 까닭에　我誠有罪君何故

삼 년간 집 떠났다 이제야 돌아가는가　　三載離家始得歸

닭장 속 닭을 들고양이가 물어가다

柵鷄被野猫拖去

들고양이가 거리낌 없이 못된 짓을 자행하며   野猫無厭太相欺
하얀 수탉을 붙잡아 가버렸네   大白公鷄攫去之
그로부터 객창에서 저녁잠 새벽잠 설치고   從此羇窓失昏曉
꿈속에서도 오직 종칠 시간만 기억하네   夢中惟記打鍾時

교리 여하정[140] 규형 이 편지를 보내고, 율시 한 수를 보내왔기에 차운하여 화답하다

荷亭呂 圭亨 校理致書賦送一律次韻和之

황량한 물가에서 담론 막힌 지 오래거늘	久矣荒濱隔塵論
감히 편지로 멀리서 번거롭게 합니다	敢將尺素遠相煩
먹을 것 부족한데 삼 년 가뭄까지 만나니	食貧況值三年旱
죄 뉘우침과 재계 둘 다 존중할 만하지요	悔罪長齋兩足尊
몇 권의 남은 책은 보다가 이내 잠들고	數卷殘書看輒睡
천 그루 높은 나무로 낮에도 항상 어둡지요	千章喬木晝常昏
남산의 산기운은 아침에 더욱 좋지만	南山山氣朝來好
참뜻은 마땅히 말 잊음에 있을 뿐[141]	眞意應須在忘言

원운(原韻) ○ 표류하는 봉황과 난새는 논할 수 없으나, 몸 돌려 남쪽 바라보니 이내 마음 어지러워. 상자에 가득한 비방의 글에 명성 더욱 무겁고, 화롯불 더하는 고행에 도 더욱 높아지네. 짚풀 자리 희미한 등불 아래 산도깨비가 말을 하고, 보리수 창가 저무는 해에 습한 구름 어둡네. 어려움에 처한 곳 시야에 넘치건만 무엇으로 채울까? 감히 성명한 시절에 죄 짓는 말 쓰지 않으리.

---

140 여하정(呂荷亭) : 여규형(呂圭亨, 1848~1921)으로, 본관은 함양, 호는 하정(荷亭)이다. 1892년 문과급제하고, 외아문주사를 잠시 지냈다. 관립 한성고등학교 주임교유(主任敎諭)로 한문과를 담당했다. 저서로 《하정유고》가 있다. 친일파로 지목되었다.

141 참뜻은……뿐 : 도잠(陶潛)의 〈음주(飮酒)〉시에 "이 중에 참뜻이 있으나, 분별하려다가 이미 말을 잊었네.〔此中有眞意 欲辨已忘言〕"라고 했다.

혜거 석운 서교 능석과 함께 읊다 8월

與兮居石雲書橋菱石共賦 八月

모자가 있어도 머리에 써본 적 없나니	有帽不曾戴上頭
머리에 불어오는 서풍에 청량한 가을을 느끼네	西風吹髮覺淸秋
헛된 인생은 그저 꿈속의 지경일 뿐	浮生秖是夢中境
다사다망 중에 그 누가 사후를 근심할까	多事誰能身後愁
천리에 돌아가고픈 마음에 이른 기러기 보지만	千里歸心看早鴈
노년의 생계에 한가한 갈매기 저버렸네	晚年身計負閒鷗
바다 산 곳곳이 조망할 만하건만	海山處處堪憑望
나는야 초췌하고 상심한 유유주¹⁴²라네	憔悴傷神柳柳州

---

142 유유주(柳柳州) : 당나라 유종원(柳宗元, 773~819)으로, 자는 자후(子厚)이다.
장안(長安) 출생이며 유하동(柳河東)·유유주(柳柳州)라고도 부른다. 혁신적 진보인
으로 왕숙문(王叔文)의 신정(新政)에 참획하였으나 실패하여 변경지방으로 좌천되었
다. 영정혁신(永貞革新)에 가담했다가 실패한 뒤 유종원을 포함한 여덟 사람은 모두
장안에서 널리 떨어진 서남쪽의 오지로 좌천되어 영주사마(永州司馬)가 되었다. 이때
이 사건에 연루된 여덟 명이 모두 사마로 좌천되었다 하여 이를 '팔사마 사건'이라 부른
다. 33세에 영주에 가게 된 유종원은 그곳에서 10년의 세월을 보냈다. 43세 되던 해
다시 유주로 보내져 자사가 되었기에 그를 유유주라고 부른다.

중추일에 짓다

中秋日作

산중엔 계절 바뀌었건만 객은 그대로 머무르니	山中節換客淹留
좋은 밤 달빛 가득한 누대 견디기 어렵네	叵耐良宵月滿樓
단란한 열 식구 중 아들은 오직 하나인데	十口團圓惟一子
겨우 반 넘긴 백 년 인생 또 중추를 맞음에랴	百年强半又中秋
눈앞의 세 잔 술 마시고 취해야겠지	眼前宜取三盃醉
눈썹 가엔 부질없이 만국의 근심만 엉겼네	眉際虛凝萬國愁
어이하여 가을 쓰르라미는 그리 슬피 우는가	底事寒螀吟太苦
머리에 서리 떨어지면 이내 그칠 것을	到頭霜落便應休

중양일에 높은 곳에 올라 도성으로 돌아가는 김장계 영표를 전송하다

重陽日登高送金長溪 永杓 還京

황량한 성가퀴 산에 이어져 화각[143]소리 슬픈데	荒堞連山畫角哀
자욱한 포구 구름 속에 기러기 날아 돌아오네	浦雲漠漠鴈飛回
가을의 높은 기운이 시원스레 떠나가니	九秋氣色崢嶸去
몇몇 고을의 산천이 희미하게 다가오네	數郡山川畧約來
무심한 가절은 모자 떨어뜨림을 조롱하고[144]	佳節無心嘲落帽
건강 시험하는 병든 몸은 누대 오르기 두렵네	病軀試健怕登臺
그대와 늦게 만난 것 안타깝기 그지없으니	如君慷慨相知晚
슬픈 마음에 어찌 이별의 술잔을 잡으리오	惆悵那堪把別盃

석양은 쉽게도 탑 서쪽으로 내려가는데	容易殘暉下塔西

---

143 화각(畫角) : 관악기의 일종이다. 서강(西羌)에서 전해졌다. 대나무나 가죽 등으로 만들고 표면에 채색 그림을 그려 넣어 화각이라 불린다.

144 무심한……조롱하고 : 《진서(晉書)》 권98 〈맹가열전(孟嘉列傳)〉에 "(맹가가) 환온(桓溫)의 참군으로 있을 때, 구월 구일에 환온이 용산(龍山)에서 연회를 베풀었는데 모든 막료들이 다 모였다.……때마침 바람이 불어 맹가의 모자가 벗겨졌으나 맹가는 알아차리지 못했다. 환온이 좌우에게 말하지 말라하고, 그의 행동거지를 보고자 했다.…… 손성(孫盛)에게 명하여 글을 지어 맹가를 조롱하도록 하였다.〔爲征西桓溫參軍……九月九日 溫燕龍山 寮佐畢集……有風到至 吹嘉帽墮落 嘉不知覺 溫使左右勿言 欲觀其擧止……命孫盛作文嘲嘉〕"라고 했다.

교외 들판의 경치는 처량도 하네   郊原物色正凄凄
황화절[145] 맞이하여 백주를 즐기니   賞心白酒黃花節
엄화계[146]에는 청산이 눈앞에 가득하네   滿眼靑山罨畫溪
연기 자욱한 마을에선 절구소리 울려나고   墟曲烟沉村杵動
돌 다 드러난 어량[147]에선 물새들 우짖네   漁梁石出水禽啼
가을 들어 밤마다 고향 돌아가는 꿈꾸건만   秋來夜夜還鄕夢
지팡이 하나로 떠나는 그대에게 미치지 못하네   不及君行一杖携

---

145 황화절(黃花節) : 중양절(重陽節)의 별칭이다.

146 엄화계(罨畫溪) : '엄화(罨畫)'는 채색 아름다운 그림을 이르는 말이다. 소동파의
〈차운장영숙(次韻蔣穎叔)〉이라는 시에 "옥 숲의 화초는 지난날 두런거리던 말소리 이
야기하고, 그림을 덮은 듯한 개울과 산은 훗날 기약을 가리키네.〔瓊林花草聞前語 罨畫
谿山指後期〕"라고 하였다. 연암(燕巖) 박지원의 문집 중《엄화계수일(罨畫溪蒐逸)》인
데 박지원이 그림처럼 아름다운 골짜기에 붙인 이름이기도 하다.

147 어량(漁梁) : 돌 등을 쌓아 물길을 막고 물고기를 잡는 함정이다.

차운하여 이회관 응익 에게 답하다

次韻酬李晦觀 應翼

송경(松京) 김창강(金滄江 김택영(金澤榮))이 가형 취당(翠堂)에게 올린 시에 "3년
동안 봄풀의 꿈은 몇 번이나 면천 물가에 이르렀던가?"라는 구가 있었는데 회관이 차운
하여 나에게 부쳤다. 내가 다시 차운하여 보내며 겸하여 김창강에게도 보였다.

그대 막 병치레 했다고 들었는데	聞子新經病
가을 깊으니 내 그리움 배가 되었네	秋深倍我思
아문에서 이무로 옮겨가고	衙門更(平聲)理務

회관은 이때 외서(外署)의 주사(主事)로 있었다.

| 막부에서 한가히 시를 읊겠지 | 幕府暇吟詩 |

또 송영호막(松營戶幕)을 겸하여 개성(開城)에 부임했다.

고개 들어 갈대 물고 날아가는 기러기 바라보고	仰視銜蘆鴈
고개 숙여 대추 그리는 거북[148]을 생각하네	俯懷畵棗龜
아득한 허공 달빛 뚫고 놓인 무지개여	遙空虹貫月
창강의 물가도 비추어 주겠지	應照滄江湄

---

148 대추 그리는 거북 : 대추는 발음이 '조'인데 이는 '조(早)'와 같고, 거북은 발음이
'귀'인데 돌아올 '귀(歸)'와 발음이 같다. 송나라 건국 초에 서하(西夏)가 북방을 침입해
골치였는데, 변새의 수장 종세형(種世衡)은 서하의 수령 원호(元昊) 밑의 두 장군 야리
강영(野利剛榮)과 야리우걸(野利遇乞)을 제거하기 위해 승려 왕숭(王嵩)을 서하에 사
신으로 보내며 거북 그림과 대추 단추 하나를 보냈다. 이것이 '빨리 돌아오라'는 뜻임을
간파한 야리는 왕숭을 간첩이라며 원호에게 보냈는데, 죽는 순간 '야리의 은혜에 감사한
다.'는 종세형의 편지를 원호에게 전하자 원호는 야리가 배신했다고 여겨 그를 죽였다.

참봉인 종질 유정 이 와서 보았다

從姪 裕定 參奉來見

청산이 하나하나 말채찍 안으로 들어오니	靑山歷歷入鞭絲
지금은 바야흐로 정자 언덕에 낙엽 지는 때	正是亭皐葉落時
세상일 기약하기 어려우니 스스로를 아낄 뿐	世事難期惟自愛
공명은 세워야 마땅하나 늦음을 근심 않네	功名須建不愁遲
벽에 스며든 서리에 문에선 벌레가 울고	霜華侵壁蟲吟戶
숲에 이는 어둠에 새들이 쉴 가지 고르네	暝色生林鳥選枝
나그네란 본디 고향 땅이 애달파	遊子原來悲故土
꿈속 혼은 늘 열강 물가에 있다오	夢魂長在洌江湄

밤에 안석애와 함께 읊다

夜與安石厓共賦

석애(石厓)는 애석(厓石)이라고도 한다.

말하기도 전에 웃음에 얼굴이 퍼지나니 　　　　笑逐顏開未語前
국화 막 필 적에 시선을 만났네 　　　　　　黃花初發見詩仙
밤 가르는 외로운 다듬이 소리에 달빛은 밝고 　孤砧度夜仍明月
가을 빗기는 외줄 피리소리에 하늘은 머네 　　一笛橫秋忽遠天
의기야 여전히 낙안봉[149] 오를 것을 생각하지만 意氣猶思登落鴈
공명으로는 능연각[150]에 오를 팔자 아니라네 　功名無分上凌烟
늙어서 절간의 객이 될 줄 어찌 알았으랴 　　豈知老作空門客
낙엽소리 속에 또 일 년이 가네 　　　　　　落木聲中又一年

경영을 등한시하니 시작할 때처럼 적고 　　　營爲汗漫少如初
늙도록 한가하게 살며 생계 또한 소홀하네 　到老占閒計亦疎
인사의 어지러움은 변방의 말[151]에서 보고 　人事紛紛看塞馬

---

149 낙안봉(落鴈峰) : 섬서성 화산(華山) 남쪽 봉우리 이름이다. 일찍이 이백(李白)
이 이곳에 올라 지은 〈등화산낙안봉(登華山落雁峰)〉시에서 "사조의 경인시를 가져오지
못한 것이 한스러운데, 머리 긁적이며 푸른 하늘에 물을 뿐이네.〔恨不攜謝朓驚人詩
搔首問靑天〕"라고 했다.

150 능연각(凌烟閣) : 공신전(功臣殿)의 이름이다. 당나라 태종(太宗) 정관(貞觀)
17년(643)에 공신 24명의 초상화를 능연각에 안치했다.

151 변방의 말 : 새옹지마(塞翁之馬)를 말한다. 인생의 길흉화복은 예측할 수 없다는

향수의 암담함은 못 물고기[152]에게 부치네   鄕愁黯黯付池魚

그대여 술 한 잔 하시고 세상 근심일랑 마오   勸君飮酒莫憂世

등불 돋아 열심히 공부하라 자식에게 가르치오   敎子挑燈勤讀書

모두가 꿈속의 열릉 객들인데   俱是洌陵夢中客

언제나 옛날 띠 집에서 손바닥을 부딪칠까   何時抵掌舊茅廬

    유란몽회(幽蘭夢會)의 일은 아래에 보인다.

것이다.

152 못 물고기 : 못에 갇힌 물고기가 옛날 살던 연못을 그리워함을 말한다. 도연명(陶
淵明)의 〈귀전전거(歸園田居)〉시에 "철새는 옛 숲을 그리워하고, 못의 물고기는 옛
못을 생각하네.〔羈鳥念舊林 池魚思故淵〕"라고 했다.

족성유란몽회시

足成幽蘭夢會詩

병서(並書) ○열릉(洌陵)의 편지에 "애석(厓石)이 새벽에 떠난다는 소식을 듣고 그에게로 달려가 나루에 전해 달라며 편지 한 통을 보냈습니다. 끊이지 않고 일어나는 정회가 있어서인지 밤에 유란동(幽蘭洞) 선생의 옛 집에서 모였던 몇몇 사람의 꿈을 꾸었는데 누가 누구인지 분명히 알 수 있었습니다. 대자(大資)와 동려(東黎)는 왕도와 패도를 구분하고, 심성(心性)의 선천(先天)·후천(後天) 설을 논하고, 또 고금을 품평했습니다. 소산(素山)이 저지하며 '잠시 그만 두는 것이 옳겠소.'라고 하니, 옥거(玉居)가 눈썹을 치켜 올리며 '시를 읊는 편이 낫겠소.'라고 했습니다. 위당(韋堂)이 한참을 묵묵히 있다가 '각 체(各體)를 읊어서 뜻을 드러냄이 어떻겠소?'라고 했습니다. 열릉(洌陵)이 '운양은 칠고(七古)에 뛰어납니다.'라고 하니, 운양이 '뭐 대단한 게 있겠습니까.'라고 말하고는 마침내 붓을 들어 '세상사 묻지 마오, 우리의 도(道)에 무슨 의구심이 있겠는가?'라고 하니, 모두가 감탄과 칭송을 그치지 못했습니다. 시를 읊는 소리가 귓가에 가득하고 몸을 뒤치며 깨어나도 눈앞에 여전히 보이는 듯하여 혼이 아득히 치닫는 것만 같았습니다. 이에 아이를 불러서 등불을 켜게 하고는 그 일을 읊었으니, 부처님 정수리를 더럽히고, 사족(蛇足)을 더해 넣었다고 이를 만하겠지요. 선생께서 한 편을 보완해 이루어주시기를 바랍니다."라고 했다.

애석이 찾아와 두 차례나 보내주신 편지를 소매 속에서 꺼냈습니다. 덕분에 직려(直廬)에서 편히 기거하고 계심을 알게 되어 참으로 기쁘고 위로가 됩니다. 지난 편지에서의 가르침은 비록 칭찬이 지나쳤지만 그런 사람을 배우고자 원하던 바였습니다. 그러나 행실을 따져보니 한 가지도 비슷한 게 없더군요. 형님께서 어찌 제 심중에 간직한 바를 헤아리시고 갑자기 인정하신 것입니까? 이른바 "유군(劉君)이 나를 아는 것이 내가 스스로를 아는 것보다 낫다."[153]라는 말은 진정 형님을 두고 하는 소리입니다. 옛날 우중상(虞仲翔)[154]이 바닷가로 쫓겨나서 탄식하기를 "만약 세상에 나를 알아주는 사람이 한 사람이라도 있다면, 죽어도 또한 한이 없을 것이다."고 했습니다. 지금 저처럼 못난 인간이 형님께 지우를 받았으니, 우중상보다 훨씬 나은 것 아니겠습니까? 유란몽회(幽蘭夢會)는 정(情)도 기이하고 일도 기이하고 문장도 기이하고 시 또한 기이합니다. 화서국(華胥國)[155]에 이렇게 빼어난 시경(詩境)이 있을 줄 어찌 생각이나 했겠습니까? 한번 자세히 논해보겠습니다. 동려(東黎)는 매번 모임에서 저와 더불어 기쁘게 함께 경사(經史)에 적힌 옛 일을 토론하였습니다. 소산(素山)도 이것을 좋아했는데,

---

153 유군(劉君)이……낫다 : 진(晉)나라 왕몽(王蒙)이 유염(劉惔)과 친했는데, 일찍이 말하기를 "유군이 나를 아는 것이 내가 스스로를 아는 것보다 낫다.[劉君知我勝我自知]"라고 했다. 《진서(晉書)》 권93 〈왕몽전(王蒙傳)〉에 보인다.

154 우중상(虞仲翔) : 우번(虞翻, 164~233)으로, 자는 중상(仲翔), 회계(會稽) 여요(餘姚) 사람이다. 삼국 동오(東吳)에서 출사했다. 강직하고 술을 좋아했는데 나중에 교주(交州)로 쫓겨났다.

155 화서국(華胥國) : 황제(黃帝)가 꿈속에서 노닐었다는 이상적인 태평한 나라 이름이다.

어쩌다 만년에 병들고 귀가 먹어 사람들이 담론하는 것을 들으면 투기하며 저지하였으니, 이 또한 고아한 해학이었지요. 옥거(玉居)는 시에 흥미가 있고 논변을 좋아하지 않았는데, 소산의 구원에 힘입어 따로 기치를 높이 세우고 북을 울렸습니다. 위당(韋堂)은 매번 말없이 앉아 있다가 나중에 말하곤 했는데, 각체를 읊자고 한 것도 그가 평소에 하던 말입니다. 애석 형님도 그 모임에 있었다고 들었는데, 평소 말이 적었기에 의견을 드러내지 않았던 것이지요. 열릉이 운양을 추대하여 칠언고시에 뛰어나다고 했다는데, 혹 지난날에 제가 지은 칠고를 보셨습니까? 운양은 칠고에 특히 뛰어나다는 말씀에 승복하지 않고 먼저 오언고시로 시작함으로써 두루 뛰어나지 않은 바가 없음을 내보였습니다. 어리석은 습성을 따져본다면 혹 그럴 수도 있다 용납될 수는 있을지라도 실로 큰 웃음거리라 이를 만하지요. 사람마다 성정과 기미(氣味)가 너무도 흡사하여, 마치 화공이 사람을 베껴냄에 똑같은 것만 그려내, 종이와 먹 사이에 수염과 눈썹이 다 드러나는 것만 같았습니다. 때로 촛불 같은 산달이 뜨고, 바람에 날리는 낙엽이 창을 치고, 누워서 보고 앉아서 보고, 때론 웃다 때론 탄식하다, 때론 조용히 생각에 잠기다, 이게 꿈인지 생시인지 알지 못하였습니다. 꿈이 참이 될 수 있다면 참 또한 꿈이 될 수 있습니다. 지금 영탑(靈塔)에서 외롭게 살고 있음이 원래 꿈속의 경계(境界)가 아니었는지 또 어찌 알겠습니까? 이는 모르는 자와 더불어 이야기할 수 없는 것이지요. 마땅히 동인(同人)들에게 전해 각자 시로 화답하게 하여서 유란몽음집(幽蘭夢吟集)으로 엮는 것이 어떻겠습니까? 애석하도다! 소산은 다시 살아올 수 없으니, 이로 인해 눈물 쏟아짐을 금할 길 없습니다. 비루한 시가 완성되었으나, 거칠고 졸렬하여 말할 만하지 못합니다. 읽고 바로잡아주시기를 바랍니다.

세상사 묻지 마오	人事休相問
우리 도에 무슨 의구심 있으랴	吾道復奚疑
화와 복은 본래 문이 없어	禍福本無門
서로 밀치며 기댄 채 엎드려있네	倚伏互相推
정의를 바르게 하고 이익 꾀하지 않으니[156]	正誼不謀利
광천[157]은 참으로 우리의 스승	廣川眞我師
울창한 능 위의 측백나무	鬱鬱陵上柏
홀로 눈서리 맞으며 버티네	獨與霜雪支
복사꽃과 오얏꽃이 없지 않으나	非無桃與李
이 세한의 자태를 사랑한다네	愛此歲寒姿
쌍 잉어[158]가 서쪽에서 오니	雙鯉自西來
배 속에 오랜 그리움 담아 왔네	中有長相思
잠자는 중이 혼백이 일어나	精爽發宵寐
꿈속에서 시를 남겨주었네	遺我夢中詩

---

156 정의를……않으니 : 《한서(漢書)》 권56 〈동중서열전(董仲舒列傳)〉에 "인인(仁人)은 정의를 바르게 하고 이익을 꾀하지 않고, 도를 밝히고 공을 헤아리지 않는다.〔仁人正誼不謀利 明道不計功〕"라고 했다.

157 광천(廣川) : 동중서(董仲舒, 기원전 179~기원전 104)가 광천군(廣川郡) 사람이었으므로 그를 가리켜 광천이라고 부른다. 무제(武帝) 때 유학(儒學)의 진흥에 지대한 공이 있었다.

158 쌍 잉어 : 편지를 말한다. 고악부(古樂府)에 "객이 먼 곳에서 와서, 나에게 쌍 잉어를 주었네. 아이 불러 잉어를 삶게 했더니, 배 속에 비단 편지가 있네.〔客從遠方來 遺我雙鯉魚 呼兒烹鯉魚 中有尺素書〕"라고 했다.

여러 군자들과 다시 만나	邂逅諸君子
예전처럼 담소를 나누었네	談笑如昔時
동려는 거침없이 웅변을 펼치고	東黎騁雄辯
소산은 맑은 글을 토해내며	素山吐淸辭
위당은 골똘히 생각에 잠기고	韋堂窅凝想
옥거는 기쁜듯 눈썹을 휘날리네	玉居喜飛眉
열릉은 장점 부추겨주길 좋아하고	洌陵善推長
운양은 기이함 드러내길 좋아하네	雲養好見奇
풍류가 사방을 기울이니	風流傾四座
문채가 얼마나 찬란한가	文彩何陸離
시 읊기 마치고 긴 밤 앉았노라니	吟罷坐長夜
고개 들었다 숙였다 이내 슬퍼지네	俛仰乃傷悲
아득한 유란회	緬憶幽蘭會
세월이 여러 번 지나갔네	星霜屢經移
살아 있는 자는 삼상[159]과 같고	存者如參商
죽은 자는 시든 풀 아래 잠자네	死者宿草萎
떨어진 채 멀리서 바라보니	落落遙相望
다시 만날 수 있을지 어찌 알겠는가	再會安可知
그러다 문득 마음이 통하여	居然遂感通
벗들이[160] 서성이네	盍簪在躊跰
옷 걸치고 산비탈 마당을 거닐며	披衣步山庭

---

159 삼상(參商) : 삼성(參星)과 상성(商星)이다. 삼성은 서쪽에, 상성은 동쪽에 있어서 서로 멀리 떨어져 있음을 말한다.

160 벗들이 : 원문의 '합잠(盍簪)'은 사우들의 모임이나 벗을 가리킨다.

하늘 저 끝을 돌아다보네   回看天一涯

원컨대 밝은 덕을 숭상하여   願言崇明德

꿈속의 기약을 저버리지 마시오   毋負夢中期

삼성음

參星吟

나는 어릴 때 《시경》을 읽고 밤에 삼성을 보았는데, 〈정풍(鄭風)〉의 잡패도(雜珮圖)[161] 와 같았다. 그로 인하여 삼성을 잡패성이라 불렀다. 누군가 "하늘 위에 어찌 잡패가 있겠는가?"라고 하면, 나는 농담으로 "열선이 상제께 조회 올릴 때 잡패와 거우(琚瑀) 등의 장식이 없겠어요?"라고 했다. 벌써 40여 년이 되었다. 기축년 겨울밤에 영탑사 안에서 삼성을 보고는 옛일을 떠올리며 마음이 동하여 읊었다.

어린아이 때 삼수[162]의 이름을 모르고서	童時不識參宿名
모양을 본떠서 패옥성이라 불렀지	象形指道珮玉星
천상의 신선이 상제께 조회 올릴 때 복식이라	是爲上仙朝帝服
하늘 바람이 아래로 불면 옥소리가 울렸네	天風吹下響琮琤
영탑사의 시월 깊은 밤에 나타나	靈塔十月夜深見
찬란히 동쪽에 떠오르니 지붕 모서리가 밝구나	爛爛東升屋角明
삼기[163]가 앞에서 이끌고 구유[164]가 뒤따르며	參旗前導九斿後
왼쪽엔 옥정[165]에 임하고 오른쪽엔 은병이 있네	左臨玉井右銀屛

---

161 잡패도(雜佩圖) : 《시경》 〈여왈계명(女曰雞鳴)〉에 "그대가 오는 줄 알아, 잡패 를 주네.〔知子之來之 雜佩以贈之〕"라고 했다. 《모전(毛傳)》에 "잡패는 형(珩)·황(璜) ·거(琚)·우(瑀)·충아(沖牙) 등이다."라고 했다.

162 삼수(參宿) : 삼성(參星)이다. 28수(宿) 중의 하나로서 서쪽에 있다.

163 삼기(參旗) : 별 이름이다. 화수(華宿) 9개 별 중의 하나로 삼성의 서쪽에 있다. 일명 천기(天旗)·천궁(天弓)이라고 한다.

164 구유(九斿) : 별 이름으로 옥정(玉井)의 서남쪽에 있다.

절간의 외로운 객 바라보고 탄식하니 　　寺中孤客望之歎

여전한 전형에 총형[166]이 드리웠네 　　典型依舊垂蔥珩

지난날의 어린아이가 지금은 백발이라 　　昔日童丱今白首

인간 세상의 세월이 어찌 그리 빠른지 　　人間歲月何崢嶸

그대가 이제 떠나가면 용광[167]이 가까우리니 　　知君此去龍光近

멀리 은하수를 건너 옥경[168]을 향하네 　　遠涉銀河向玉京

자부[169]의 신선들이 묻거들랑 　　紫府仙班如相問

상담[170]의 초췌한 모습을 말해주구려 　　爲說湘潭憔悴形

---

165 옥정(玉井) : 별 이름이다.

166 총형(蔥珩) : 푸른 패옥의 일종이다. 《시경》〈채기(采芑)〉에 "천자께서 주신 옷 입고 붉은 폐슬 반짝이며 푸른 구슬 짤랑거린다.〔朱芾斯皇 有瑲蔥珩 服其命服〕"라는 구절이 보인다.

167 용광(龍光) : 상서로운 기운이다. 주로 임금이나 임금의 거처를 비유한다.

168 옥경(玉京) : 전설속의 옥황상제가 있다는 도성이다.

169 자부(紫府) : 도교(道敎)에서 말하는 신선이 거주하는 곳이다.

170 상담(湘潭) : 상수(湘水)의 못이다. 굴원(屈原)이 참소를 당해 쫓겨난 후 떠돌았던 곳이다.

슬을 타다

鼓瑟

슬 타는 소리에 청산이 저물고   鼓瑟靑山夕

솔바람이 내 옷으로 파고 들어오네   松風入我衣

흰 구름은 때가 되면 절로 흘러가고   白雲時自去

고운 새들은 더불어 집으로 돌아오네   好鳥與之歸

묵묵한 상념은 천고를 품고   默念存千古

광활한 유람은 구위[171]에 미치네   博觀遍九圍

격률에 안 맞을까 근심할 것 없나니   不須愁赴節

깊은 소리는 천기[172]에 내맡기면 그만   突嘐任天機

---

171 구위(九圍) : 구주(九州)를 말한다.

172 천기(天機) : 천부의 영기(靈機), 즉 영성(靈性)이다.

최생원 석규 을 애도하다
輓崔生員 錫奎

성여(誠汝)의 큰형이다.

서로 바라다 보이는 송평¹⁷³ 땅	松坪相望地
나는 영탑사에서 오래 타향살이 했네	靈塔久僑羈
만나지 못한 것은 다병한 탓	未見緣多病
알고 지내는 것과 무엇이 다르냐는 말 익히 들었네	慣聞豈異知
힘써 농사지으며 자식을 가르치고	力田猶敎子
안분지족하며 시속을 구하지 않았네	安分不求時
거칠기 짝이 없는 만사를 청해오니	來請荒辭挽
계방¹⁷⁴은 눈물만 하염없이 흐르네	季方涕淚滋

---

173 송평(松坪) : 충남 당진군 면천면 송학리(松鶴里)에 속한 지역 이름이다.

174 계방(季方) : 후한(後漢) 진심(陳諶)의 자이다. 형 진기(陳紀)와 함께 덕행을 나란히 쌓아 명성이 높았기에 진식(陳寔)이 이들을 평하여 난형난제라고 했다. 여기서는 아우를 말한다.

김죽오 훈로 가 찾아와 함께 읊다

金竹塢 薰魯 來訪共賦

부침하는 육지와 바다에서 명성 잘 피하니　　　　陸海浮沈善避名

가을바람 부는 호우[175]에 지팡이 하나 가볍구나　　秋風湖右一筇輕

날 저무는 들판 주막은 홍우[176]가 재촉하고　　　野壚日暮催紅友

시 짓는 산사에선 묵경[177]이 부르네　　　　　山寺詩成喚墨卿

해후하여 간담 비추는 우의[178] 이미 알았지만　　邂逅已知肝膽照

연로하여 하얘진 머리털 더욱 안타깝네　　　　衰遲更惜鬢毛明

추위에 심지 돋우며 잠들지 못하니　　　　　寒更挑燭仍無寐

먼 포구에서 가끔 놀란 기러기 떼 소리 들리네　遠浦時聞鴈陣驚

175　호우(湖右) : 충청북도를 말한다.

176　홍우(紅友) : 술의 별칭이다.

177　묵경(墨卿) : 먹의 희칭(戱稱)이다.

178　간담 비추는 우의 : 간담상조(肝膽相照)이다. 간과 쓸개를 서로 보인다는 뜻으로, 서로 마음을 터놓고 사귀는 것을 이르는 말이다.

자천 초정 능석과 함께 매화 삼십 수를 지었는데, 차례로 평성운을 찾았다

與紫泉蕉亭菱石賦梅花三十首以次拈平聲韻

10수만 수록했다.

분분한 둥근 패옥 옥소리 쟁그랑　　　　　繽紛環珮玉丁東

초탈한 듯 고아한 풍모 구차히 같아지려 않네　瀟灑高標不苟同

몽혼 속에서 몇 번이나 그리움 겪었나　　　幾度相思魂夢裏

그림 속에서 온 몸을 익히 보아 안다네　　全身省識畫圖中

청한함은 당대에 비길 선비 없고　　　　　淸寒當世無雙士

새봄을 거느린 첫 번째 바람[179]일세　　　領畧新春第一風

어찌 이 같은 물건이 여기 피어났는고　　何物寧馨乃生此

은근히 자세히 보려고 등불 심지를 자르네　慇懃細看剔燈紅

옥으로 깎아낸 정신이 대한 속에 서 있으니　玉削精神立大冬

산 마당 흩뿌리는 눈에 시인의 지팡이 울리네　山庭微雪響詩筇

일찍이 고야의 빙설의 피부 있다 들었더니[180]　曾聞姑射冰肌在

---

179 첫 번째 바람 : 이십사번화신풍(二十四番花信風)이다. 소한에서 곡우까지 화기(花期)에 응하여 부는 바람으로, 매화는 소한의 제일풍에 속한다.

180 일찍이……들었더니 :《장자(莊子)》〈소요유(逍遙遊)〉에 "막고야산에 신인이 사는데 살결은 빙설과 같고 처자와 같이 아름답다.〔藐姑射之山 有神人居焉 肌膚若冰雪 綽約若處子〕"라는 말이 나온다.

요대[181]로 향해 흰 소매[182]를 만나나 싶네   疑向瑤臺縞袂逢

역리가 보내온 천리 밖 봄소식[183]   驛使贈春千里信

가인이 기약한 오경의 종소리   佳人有約五更鍾

황혼녘 서옥에 밝은 빛 절로 우러나니   黃昏書屋自生白

몽롱한 달빛이 봉우리에 걸린 듯하네   猶似朧朧月掛峯

여린 피부 추위가 두려워 아직 걱정 많은데   軟肌怕冷尙多虞

창밖엔 찬 구름이 먹물 그림을 뿌렸네   窓外寒雲潑墨圖

몸은 언제고 야윈 승려의 담박함에 의지하고   身分常依枯釋淡

기거는 늘 쫓겨난 신하의 외로움과 짝하네   起居長伴逐臣孤

몇 생애의 선업을 닦아 여기 이르렀던가   幾生善業修能到

만 가지 한가한 수심을 풀어 없애고자 하네   萬種閒愁撥欲無

한 조각 얼음 병이 어둔 마음 비추면   一片氷壺心暗照

청고함으로 탐부를 경계할 수 있으리   淸高直可警貪夫

아리따운 나무 하나 낮은 울타리와 나란한데   輕盈一樹短籬齊

물 향해 나직이 비낀 가지 더욱 좋구나[184]   更好斜枝向水低

---

181 요대(瑤臺) : 전설 속의 서왕모(西王母)가 거주하는 곳이다.

182 흰 소매 : 흰 매화를 비유한다.

183 역리(驛吏)가……봄소식 : 남북조(南北朝) 시대 북위(北魏)의 육개(陸凱)의 〈증범엽시(贈范曄詩)〉에 "매화 꺾어 역사를 만나, 농두 사람에게 부쳤네. 강남에는 지닌 것이 없어서, 애오라지 한 가지의 봄을 보냈네.〔折梅逢驛使 寄與隴頭人 江南無所有 聊贈一枝春〕"라고 했다.

184 물……좋구나 : 송나라 임포(林逋)의 〈산원소매(山園小梅)〉시에 "성근 그림자

야윈 바위 깊은 대숲과 기운을 함께 하고	瘦石幽篁同氣韻
새벽바람 기운 달 아래 너무도 처연하네	曉風斜月劇凄迷
상담의 쫓겨온 객[185]이 고운 옥[186]을 빻고	湘潭遷客精瓊屑
현포의 선인[187]이 푸른 옥[188]을 쥐었네	玄圃仙人綠玉携
가까이 보니 더욱 기이해 다시 멀리 바라보다	近看愈奇還遠望
가만히 고개 돌려 작은 다리 서쪽을 향하네	悄然回首小橋西

가슴에 품은 풍류 수려하고도 화려하니	風流蘊藉秀而文
모사한들 그 누가 칠분이나 그려낼까	摹畵誰能狀七分
보슬비 지난 뒤 빼어남이 곱절이나 더하고	倍覺精英經小雨
그윽한 눈으로 석양빛을 원망할 듯하네	似將凝睇怨斜曛
그 용모 그 자태 아리따움 다투는 것 아니요	容姿不是爭爲媚
그 본성 그 품격 자연스럽게 무리를 뛰어넘네	性格自然超出羣
강개하여 하나같이 지분기 없으니	慷慨都無脂粉氣
화장갑 물리친 이향군[189]에 부끄럽지 않네	不羞却匳李香君

가 맑고 얕은 물에 비껴있네.〔疎影橫斜水淸淺〕"라고 했다.

185 상담의 쫓겨온 객 : 상수(湘水) 깊은 못가로 쫓겨난 굴원(屈原)을 말한다. 자신을 굴원에 비유하였다.

186 고운 옥 : 굴원의 〈이소(離騷)〉에 "옥 가지를 꺾어 반찬을 삼고, 옥가루 빻아 양식으로 삼으리.〔折瓊枝以爲羞兮 精瓊靡以爲粮〕"라고 했다.

187 현포의 선인 : 현포는 전설 속의 곤륜산(崑崙山)에 있는 선인들이 기거한다는 곳이다.

188 푸른 옥 : 전설 속의 선인의 지팡이이다. 여기서는 푸른 매화 가지를 말한다.

189 이향군(李香君) : 다른 이름은 이향(李香)으로 명나라 때 남경(南京) 사람이다.

명나라 말의 도화선(桃花扇)[190] 연본(演本)의 고사를 이용했다.

얇디 얇은 비단 저고리 추위 못 이길 텐데	羅襦薄薄不勝寒
헛되이 번뇌하는 유람객들 미소 띠고 바라보네	枉惱遊人帶笑看
푸른 개울가로 가서 늘어진 갓끈을 씻어보고	試濯髣纓臨碧澗
붉은 난간에 기대어 높은 상투 말아 쥐네	倦將高髻倚紅欄
광달한 운치 인간 세상에 적음을 알았으니	已知曠韻人間少
고운 얼굴 거울 속에서 시든다 한스러워 마오	莫恨韶容鏡裏殘
온 산 가득한 눈보라 속에 홀로 누우니	獨臥滿山風雪裏
청아하고 호매함이 원안[191]과 같네	清標磊落似袁安

시의 수심 고향 생각 삼처럼 어지러우니	詩愁鄉思亂如麻
웃음 찾으려면 오직 한 나무의 꽃을 봐야 하네	索笑惟看一樹花
조신하게 빈번히 창틈을 엿보고	窈窕頻從窓隙覷
따스하게 다시 잠자리 옆으로 가지 기울이네	溫存更向枕邊斜

말릉교방(秣陵敎坊)의 명기(名妓)로서 진회(秦淮)의 팔염(八豔) 중의 한 사람이었다. 당시 복사(復社)의 영수(領袖)였던 후방역(侯方域)의 첩이기도 하다. 나중에 강제로 궁중의 가기가 되었으나 청나라 군이 왔을 때 탈출하여 중이 되어 정조를 지켰다.

190 도화선(桃花扇) : 청나라 초에 공상임(孔尙任)이 지은 전기(傳奇). 후방역과 이향군의 애정이야기를 통해 남명(南明) 홍광(弘光) 조정의 흥망사를 그렸다.

191 원안(袁安) : 자는 소공(邵公), 여남(汝南) 여양(汝陽) 사람이다. 한나라 장제(章帝) 때 사도(司徒)를 지냈다. 젊은 시절 출사하지 않고 은거할 때, 한번은 대설이 내려서 식량도 구할 수 없었는데, 굶주림을 참으면서 집안에 편히 누워있었다. 낙양령(洛陽令)이 걱정하여 문안하였으나 나와 보지도 않았다.

정결한 향기는 외로운 신하의 옥패에 적합하고   潔芳端合孤臣珮
고요함은 본디 처사의 집에 어울리네   恬靜原宜處士家
울긋불긋 백화는 모두 후배들   萬紫千紅皆後輩
홀로 춘색을 단장하고 누구에게 자랑하나   獨粧春色向誰誇

웃는 듯 찡그린 듯 석양빛에 감기니   似笑如嚬帶夕陽
상강 천리에는 저녁 구름이 아득하네   湘江千里暮雲長
처마에 날리는 꽃잎 한 장 장액¹⁹²에 어울리고   飛簷一片宜粧額
세 차례 취적 소리¹⁹³에 애간장이 끊기려 하네   吹笛三聲欲斷腸
군옥산¹⁹⁴ 꼭대기에서 맑은 이슬 머금고   羣玉山頭含露潔
녹주의 누대¹⁹⁵ 아래에서 미친 바람 두려워하네   綠珠樓下畏風狂
세간의 허다한 어리석은 남자들이여   世間多少癡男子

---

192 장액(粧額) : 매화장(梅花粧)을 말한다. 《태평어람(太平禦覽)》 〈시서부(時序
部)〉에서 《잡오행서(雜五行書)》를 인용하여 "송무제의 딸 수양공주가 인일(人日)에
함장전 처마 아래에 누워있는데 매화가 공주의 이마에 떨어져서 다섯 잎의 꽃을 이루더
니 털어도 떨어지지 않았다. 황후는 그대로 두게 했는데, 얼마쯤 있다가 삼일 만에
씻어내니 떨어졌다. 궁녀들이 그것을 기이하게 여기고 다투어 흉내 냈다. 지금의 매화
장이 그것이다.〔宋武帝女壽陽公主 人日臥於含章殿 簷下梅花落公主額上成五出花 拂之
不去 皇后留之 看得幾時 經三日洗之 乃落宮女奇其異 競效之 今梅花粧是也〕"라고 했다.
193 세 차례 취적 소리 : 고악부(古樂府) 〈매화락(梅花落)〉이다. 한나라 횡취곡(橫
吹曲)에 〈매화락(梅花落)〉이 있다. 원래 적(笛)으로 부는 곡인데, 당나라 대각곡(大角
曲)에도 〈대매화(大梅花)〉와 〈소매화(小梅花)〉곡이 있다.
194 군옥산(羣玉山) : 전설 속의 서왕모(西王母)가 거주한다는 곳이다.
195 녹주(綠珠)의 누대 : 녹주는 서진(西晉) 석숭(石崇)의 애첩인데, 지절을 지키기
위해 금곡원(金谷園) 청량대(清涼臺)에서 투신하여 자결했다.

| 모두 이곳 온유향[196]에 와서 늙으시오 | 盡入溫柔老此鄕 |

망령된 품평 누가 우물이라 했나[197]	妄評誰道物之尤
이 물건은 사람에게 구하는 것이 없다네	此物於人本不求
분수대로 몸 정결히 하며 더러움 부끄러워하고	安分潔身羞穢汚
때때로 세상을 즐기며 유유자적 노니네	有時玩世作遨遊
냉정함은 소무[198]가 눈을 삼킨 것과 같고	冷如蘇武常咽雪
호방함은 원룡이 홀로 누대에 누운 것 같네[199]	豪似元龍獨臥樓

---

196 온유향(溫柔鄕): 한나라 영현(伶玄)의《조비연외전(趙飛燕外傳)》에 보면 성제(成帝)가 조합덕(趙合德)을 보고 크게 기뻐하여 '온유향'이라 칭하면서, 이곳에서 늙어 가겠노라 하였다 한다.

197 망령된……했나 : 남송(南宋) 범성대(范成大)의《매보(梅譜)》에 "매화는 천하의 우물(尤物 진귀한 물건)이다. 지혜롭거나 현명한 사람, 어리석거나 못난 사람을 막론하고 감히 다른 의견이 없다.〔梅 天下尤物 無問智賢愚不肖 莫敢有異議〕"라고 했다.

198 소무(蘇武): 기원전 140~기원전 60. 자는 자경(子卿)이며, 한무제(漢武帝) 때 흉노에 사신을 갔다가 19년 동안 억류되었다가 돌아왔다. 흉노가 그를 땅굴에 가두고 음식을 주지 않았는데, 눈이 내리자 누워서 눈을 씹어 먹었다고 한다.

199 원룡이…… 같네 : 원룡은 삼국 시대 위(魏)나라 진등(陳登)의 자이다.《삼국지(三國志)》〈진등전(陳登傳)〉에 "허사(許汜)가 말하기를 '지난날 난리를 당하여 하비(下邳)로 찾아가서, 원룡을 만났는데, 원룡이 객주(客主)의 뜻이 없어서, 오래 서로 이야기하지 않았습니다. 자신은 큰 침상에 올라가서 자고, 객에게는 침상 아래에서 자게 했습니다.'라고 했다. 유비(劉備)가 '……그대가 밭을 구하고 집을 구했는데, 그 말에서는 취할 것이 없었다. 이 때문에 진등이 피했던 것이었다. 무슨 까닭으로 그대와 더불어 이야기를 하겠는가? 소인 같으면, 백 척 누대에서 자면서 그대를 땅바닥에 재웠을 것이다. 어찌 다만 침상의 위아래 간격뿐이겠는가?'라고 했다.〔汜曰 昔遭亂 過下邳 見元龍 元龍無客主之意 久不相與語 自上大牀臥 使客臥下牀 備曰……君求田問舍 言無可采 是元龍所諱也 何緣當與君語 如小人 欲臥百尺樓上 臥君於地 何但上下牀之間邪〕"

속세에 나 알아주는 이 적은 것을 탄식하니 　　歎息塵寰知我寡

빈 숲 빗긴 해에 수심이 일어나네 　　　　　　空林斜日喚生愁

삼십 수를 완성하여 운함²⁰⁰으로 연주하니 　詩成三十奏雲咸

신선의 종자란 원래 범속과 떨어져 있는 법 　仙種元來迥隔凡

그 누가 부를 올려 책부²⁰¹에 올렸던가 　　獻賦何人登冊府

언젠가 조갱²⁰²을 낭암에서 시험하리라 　　調羹他日試廊巖

생각이 뼛속에 스미어 시정이 목마른 듯하나 想來入骨情如渴

오묘한 곳 묘사하기 어려워 입이 닫히려 하네 妙處難形口欲緘

사람 가고 술도 파했는데 가만히 홀로 서서 人散酒殘悄獨立

미풍 속에서 홀로 가벼운 적삼을 날리네 　　細風猶自拂輕衫

라는 말이 나온다.

200 운함(雲咸) : 운문(雲門)과 함지(咸池)이다. 모두 황제(黃帝) 때의 음악이다.

201 책부(冊府) : 고대 제왕의 서책을 소장한 부(府)이다.

202 조갱(調羹) : 화갱(和羹)이다. 《상서》〈열명 하(說命下)〉에 "만약 국에 간을 맞
추려면 소금과 매실식초여야만 되리라.〔若作和羹 爾唯鹽梅〕"라고 했다.

중양절에 화산 이 직부[203] 설 가 오절 한 수를 부쳐 왔기에
두 수를 지어서 답하다
重陽日花山李 偰 直赴寄五絶一首追作二首以報之

청렴한 사람 세상에 없다고 어찌 근심하랴　　　　　韋脂豈患世無人
강직하고 고아한 풍모 가까이할 수 없을 뿐　　　　骯髒高風不可親
서 있는 구름 치켜보며 한참을 서 있으니　　　　　翹首停雲延佇久
세모의 화산은 우뚝 푸르네　　　　　　　　　　　花山歲暮碧嶙峋

그때 나의 조상은 안민에 뜻을 두었고　　　　　　當年我祖志安民
그대의 조상은 늠름한 사직의 신하였네　　　　　　爾祖桓桓社稷臣
사직 지키고 백성 지킴엔 기이한 방법 없기에　　　扶社安民無異法
하루라도 자신 위해 산 적 없다네　　　　　　　　不曾一日有其身

---

203 이 직부(李直赴) : 이설(李偰, 1850~1906)로, 본관은 연안(延安)이며 자는 순
명(舜命), 호는 복암(復菴)이다. 충청남도 홍성 출신이다. 조익(祖益)의 아들이며 뒤
에 조겸(祖謙)에게 입양되었다. 1895년 명성황후 시해사건 때 의병을 일으켰고, 을사조
약 때 을사오적을 죽이라고 상소하고 자결했다.

선산의 김설소 ^{학원} 는 나와 동창으로 오랜 벗인데 불행히 죽었다고 한다. 그 아우 금와 ^{봉원} 가 영탑사로 찾아왔기에 이별에 임하여 증별시를 지어 친구 그리워하는 마음을 적다

善山金雪巢 鶴遠 與余同窓舊交也不幸云亡其弟琴窩 鳳遠 來訪于靈塔寺
中臨別賦贈以道懷舊之意

영남에선 몇 년 동안 편지가 막혔나니	嶠外多年阻尺書
금오산[204] 아래가 고인의 거처라네	金烏山下故人居
궁핍할 때 찾아주어 친척 같더니	窮途委訪猶親戚
늘그막에 의지할 곳 없어 고향으로 돌아갔네	老境無依返井閭

　금와는 청도에서 타향살이를 하다가 작년에 선산 옛 마을로 돌아갔다.

예로부터 시인 중엔 몰락한 이 많았건만	詩人從古多落魄
지금도 세상엔 격려해주는 이 적네	世上如今少吹噓
봄바람 속 귀로엔 대지팡이 소리 멀어지고	春風回路筇枝遠
남으로 돌아가는 구름 보며 처연히 슬퍼하네	南望歸雲悵怒如

설소 못 본 지 오래이거늘	不見雪巢久
그대를 보니 설소를 본 듯하네	見君如雪巢
중년에 돈독히 뜻을 구하고	中年篤求志

　설소는 젊어서 시명(詩名)이 있었는데, 중년에 도(道)를 듣고 명성과 행실을

204　금오산(金烏山) : 경상북도 구미시 칠곡군 김천시에 걸쳐 있는 높이 976미터의 산이다.

닦아서 영남의 고사(高士)가 되었다.

이른 나이에 이미 교분을 논했네	早歲已論交
높은 지조는 황헌[205]을 따르고	高操追黃憲
맑은 재주는 맹교[206]와 닮았네	淸才類孟郊
구천에서 다시 일어나기 어려워	九原難復作
서로 바라보며 옷깃만 적시네	相看淚沾袍

205 황헌(黃憲) : 후한(後漢) 신양(愼陽) 사람이다. 자는 숙도(叔度)이다. 효렴(孝廉)으로 천거되고, 공부(公府)에 임명되었으나 나아가지 않았다. 인품이 고상하여 곽림종(郭林宗)이 그를 평하여 "숙도는 천경의 못과 같아서 맑게 하려고 해도 맑게 할 수 없고, 탁하게 하려고 해도 탁하게 할 수 없고, 헤아릴 수 없다.〔叔度汪汪若千頃陂 澄之不淸 淆之不濁 不可量也〕"라고 했다. 《후한서(後漢書)》 권83 〈황헌열전(黃憲列傳)〉에 보인다.

206 맹교(孟郊) : 당나라 중당 때의 시인으로 가도(賈島)와 더불어 고음시파(苦吟詩派)라 일컬어진다.

석정에게 주다

贈石貞

나그네 옷깃 저녁에 적성[207] 놀 속에 나부끼고   征衣晚拂赤城霞
역 길에서 만난 봄 버들가지가 휘영청   驛路逢春柳緖斜
천릿길을 지팡이 하나로 오니 우의가 참되고   千里一筇眞友誼
삼년에 두 번이나 절간을 찾아왔네   三年再度訪禪家
앉아서 한가로이 산중의 빗소리 듣고   坐來閒聽山中雨
가다 서다 말 위에서 본 꽃 크게 읊조리네   行處高吟馬上花
이제 도성으로 돌아가면 옛 벗들도 많겠지만   此去京城多舊識
한가로이 노닐며 번화함을 연모하지 않네   優遊不是戀繁華

---

207 적성(赤城) : 전설 속의 선경(仙境)이다.

자천 석정 능석과 함께 읊다
與紫泉石貞菱石共賦

드넓은 봄 그늘이 산 아래 어지럽고	春陰漠漠亂山低
새로 싹 난 보리밭에 뻐꾸기가 우네	畦麥新抽布穀啼
예로부터 〈이소〉는 물 언덕을 슬퍼했고	從古離騷悲澤畔
지금은 시파는 강서[208]를 바라보네	如今詩派見江西
갈마드는 추위와 더위에 백 년도 쏜살같고	遞過寒暑百年疾
슬픔과 기쁨 다 겪고 나니 만사가 다 똑같네	閱盡悲歡萬事齊
진부한 유생이 세상일을 논하다니 가소롭구나	可笑腐儒談世務
날마다 붓 적셔 한가로운 글이나 허비한다네	濡毫日日費閒題

　　나는 근래 사의(私議) 16편을 지었다.

개울가 집엔 사람 없어 낮에도 잠겨있고	澗戶無人晝亦關
뜰 가득 가는 풀밭엔 양들이 한가롭게 누웠네	滿庭細草臥羊閒
글 읽다 재미나면 이내 술 생각나고	讀書有味仍思酒
밥상 받고 무심히 문득 산을 바라보네	對食無心忽見山
딱 딱 바둑알 소리 흐르는 물처럼 들리고	歷落碁聲流水聽
창망한 거문고 소리에 멀리 배가 돌아오네	蒼茫琴意遠舟還

---

208 강서(江西) : 송나라 때 황정견(黃庭堅)을 종주로 삼은 강서시파를 가리키나 여기서는 운양과 석정 등이 강서에 모여 살았기에 그렇게 말한 것으로 추정된다.

이곳에서 속세의 고단한 생각 끊을 수 있다면 　　此間若斷塵勞想

찬하²⁰⁹가 아니어도 젊음을 잡아둘 수 있으리 　　不待餐霞可駐顔

209 찬하(餐霞) : 아침놀을 먹는 것, 즉 신선술을 말한다. 찬하인(餐霞人)은 도를 터
득하여 신선이 된 사람을 가리킨다.

자천 석정 능석 문학산 성수 과 함께 읊다

與紫泉石貞菱石文鶴山 性壽 共賦

한 봄에 한가로운 수심으로 마음 어두워	春半閒愁已黯然
옷을 전당 잡혀 선술집에서 매일같이 취하네	典衣日醉野壚邊
육장[210]의 재능 없지만 부질없이 나라 근심하고	才非六丈徒憂國
삼려대부[211]와 같은 신세 하늘에 묻고 싶네	身似三閭欲問天
세정 익히 겪느라 머리만 짧아지고	慣閱世情惟髮短
집안의 누 없애느라 마음은 아직 조마조마	力除家累尙心懸
숲속 노인 만나 그윽한 운치를 찾으니	相逢林叟探幽事
한식 전에 꽃구경을 할 수 있지 않을까	能否看花寒食前

옥 금 홀로 타며 개울 그늘에 앉았으니	獨撫瑤琴坐澗陰
그대 전송하는 이날의 마음을 위하는 듯하네	送君此日若爲心
팔음[212]은 예로부터 돌과 어울리기 어려웠고	八音自古難諧石

---

210 육장(六丈) : 송나라 때 문인이자 정치가였던 범중엄(范仲淹)을 가리킨다. 그의
어머니가 주씨(朱氏)에게 개가했는데, 그때 항렬이 여섯 번째여서 범육장(范六丈)이라
불렀다. 그가 〈악양루기(岳陽樓記)〉에서 말한 "천하가 근심하기에 앞서 근심하고, 천
하기 즐거워한 후에 즐거워한다.〔先天下之憂而憂 後天下之樂而樂〕"라는 구절은 천고
의 명언이 되었다.

211 삼려대부(三閭大夫) : 굴원(屈原)을 말한다. 굴원의 작품 중에 〈천문(天問)〉이
있어 "하늘에 묻고 싶다."라고 표현한 듯하다.

212 팔음(八音) : 금(金), 석(石), 사(絲), 죽(竹), 포(匏), 토(土), 혁(革), 목(木)

백번 단련해야 변치 않는 금속 소리를 알았네　　　　　百鍊從知不變金

하늘가 넓은 바다에 외로운 배 아득하고　　　　　　　天際滄溟孤棹遠

해 옆의 창합[213]엔 오색구름이 깊네　　　　　　　　　日邊閶闔五雲深

한성의 꽃과 새 수심 겨워하겠지만　　　　　　　　　漢城花鳥應愁煞

시인 보내 고심하며 읊게 하지 마오　　　　　　　　　莫遣詩人費苦吟

억지로 노쇠한 얼굴 잡고 술기운을 빌리니　　　　　　强把衰顔借酒紅

창가에선 부지런히 서충[214]이 짝해주네　　　　　　　窓間契活伴書蟲

사대[215]란 본디 없는 것 몸뚱이에 뭐가 있을까　　　　本無四大身何有

한 해를 헤아려보니 봄도 벌써 반이 지났네　　　　　歷數一年春已中

노래하다 이내 땅을 내려쳐도 좋으니[216]　　　　　　且可放歌仍斫地

부디 실의하여 하늘에 글자 쓰지 마오[217]　　　　　未須失意漫書空

등 8가지 재료로 만든 악기들이다.

213 창합(閶闔) : 전설 속의 천문(天門)이다. 널리 궁궐 문을 가리킨다.

214 서충(書蟲) : 벌레 먹은 버드나무 잎의 자취를 말한다. 여기서는 글자를 가리킨
다. 《한서(漢書)》 권75 〈휴홍열전(眭弘列傳)〉에 "상림원에 큰 버드나무가 있었는데
꺾어져 마른 채 땅에 누웠다. 또한 스스로 자라났는데 벌레가 나무 잎을 먹어서 문자를
이루었다. 〔上林苑中大柳樹 斷枯臥地 亦自立生 有蟲食樹葉 成文字〕"라고 했다.

215 사대(四大) : 불교에서 말하는 지(地)·수(水)·화(火)·풍(風)의 네 요소로,
만물을 구성하는 기본 원소를 말한다.

216 노래하다……좋으니 : 두보(杜甫)의 〈단가행증왕랑사직(短歌行贈王郎司直)〉
시에 "왕랑이 술에 취해 검을 빼어 땅을 베며 노래하면 슬프기 짝이 없네.〔王郎酒酣拔劍
斫地歌莫哀〕"라고 했다. 작지(斫地)는 격분한 것을 가리킨다.

217 하늘에……마오 : 심원은 진(晉)나라 은호(殷浩)의 자이다. 《진서(晉書)》 〈은
호전(殷浩傳)〉 기록에 따르면, 은호는 축출당한 후에도 원망의 소리 하나 없이 늘 허공

근래에 결사로는 동림²¹⁸이 뛰어나니 　　　近來結社東林勝
때때로 경대²¹⁹ 향해 원공²²⁰을 방문하네 　　時向經臺訪遠公

깊은 밤 등불 아래 대화면 한 평생 족하니 　夜闌燈話足平生
차 마시고 가만히 읊조리며 탑상을 도네 　茶罷微吟繞榻行
때로 비 땅 대나무통²²¹에 하약²²²을 가져오고 時有郫筒來下若
묵죽 또한 팽성²²³에 있다 들었네 　　　　更聞墨竹在彭城
매화의 혼 돌아오려 하니 삼성이 돌고 　　梅魂欲返參星轉

에 대고 "돌돌괴사(咄咄怪事)" 네 자만 썼다고 한다. 이는 "쯧쯧, 이상한 일이로군."이라
는 뜻인데, 후에 "돌돌서공(咄咄書空)"은 실의한 모습, 회한의 심경을 나타내는 말로
쓰였다.

218　동림(東林) : 중국 여산(廬山)에 있는 절 이름이다. 진(晉)나라 태원(太元) 중에
혜원법사(慧遠法師)가 강주 자사(江州刺史)로 있던 항윤(恒尹)의 도움으로 동림사(東
林寺)를 창건했다. 지금도 여산의 고적 중의 하나이다. 이 동림사에서 혜원은 혜영(惠
永)・혜지(惠持)・유유민(劉遺民)・뇌차종(雷次宗) 등과 함께 백련사(白蓮社)를 결
성하여 불도에 정진했다.

219　경대(經臺) : 불경을 풍송(諷誦)하는 평대(平臺)이다.

220　원공(遠公) : 진(晉)나라 혜원법사(慧遠法師)이다.

221　비 땅 대나무통 : 진(晉)나라 산도(山濤)가 비령(郫令)으로 있을 때 대나무 통에
술을 빚었는데 그 향기가 백보(百步)에 달하여, 세속에서 비통주(郫筒酒)라고 불렀다
한다.

222　하약(下若) : 절강성(浙江省) 장흥현(長興縣) 남쪽에 있는 마을 이름이다. 하약
의 물로 술을 빚으면 진한 맛이 운양(雲陽)보다 낫다고 한다. 이 술을 속칭 약하주(若下
酒)라고 부른다.

223　팽성(彭城) : 중국 강남 서주(徐州)의 옛 이름이다. 묵죽(墨竹)을 잘 그렸던 송
나라 소식(蘇軾)이 여기에서 관직생활을 했었다.

버들의 꿈이 막 깨어나니 피리 소리 전해오네　柳夢初醒一笛橫
객지에서 잠 못 드는 밤에 이불을 껴안고　旅枕無眠還擁被
쏟아지는 시상 속에 새벽 종소리 맑네　驀然詩思曉鍾淸

석정 학산과 시를 읊어 이별하다

賦別石貞鶴山

해마다 이별의 한에 흰 머리 늘고	年年離恨雪添頭
새로 불어난 봄물에 기러기 북으로 흘러가네	春水新生鴈北流
하늘 닿은 방초에 그대 떠나가는 길 흐릿하고	芳草連天迷去路
나는 빈산에서 종일토록 누대에 기대있겠지	空山盡日倚高樓
누가 알았으리 이 밤 술잔 앞의 웃음이	誰知此夜樽前笑
내일 아침 이별 뒤의 근심이 될 줄	飜作明朝別後愁
지금 태평성대에서 인재 급히 구하니	聖代卽今求士急
돌아가면 낡은 담비갖옷 벗게 되리라	歸來應脫弊貂裘

윤택했던 얼굴 올 들어 빛을 잃었으니	膏沐年來面未光
미인은 아득히 멀리 서방에 있네[224]	美人渺渺在西方
감히 말하노니 버려진 아낙 삼 년간 가난했고	敢言棄婦貧三歲
혼자서 이별 수심에 구장[225]을 노래하네	獨有離愁詠九章

---

224 미인은……있네 : 《시경》〈간혜(簡兮)〉에 "산에는 개암나무가 있고, 습지에는 도꼬마리가 있네. 누구를 그리워하는가? 서방의 미인이네. 저 미인이여, 서방의 사람이여!〔山有榛 隰有苓 云誰之思 西方美人 彼美人兮 西方之人兮〕"라고 했다. 미인은 미덕을 갖춘 사람이다.

225 구장(九章) : 《초사(楚辭)》의 편명이다. 굴원(屈原)이 강남(江南)으로 쫓겨난 후 임금과 나라를 염려하여 지은 작품이다.

꿈속에 보이는 산천은 옛날 그대로인데 　夢裏山川猶舊識

비온 후 초목들은 모두 당양성[226]을 향했네 　雨餘草木盡當陽

그대 전송함이 떠나가는 반생[227]을 보내는 듯 　送君如別班生去

봄바람에 길 멀다 괴로워 마오 　莫苦春風道路長

갑자기 만났다 갑자기 헤어지니 　驀地相逢驀地分

인생이란 대저 뜬구름 같구나 　人生大抵似浮雲

객 잡아둔 오늘날 쓸쓸히 비만 내리니 　今宵留客蕭蕭雨

훗날 침상에서 듣는 빗소리를 어찌 견디나 　他日那堪枕上聞

봄 조수 오른 구포[228]의 길 서쪽으로 나뉘는데 　春潮九浦路西分

말 타고 저 멀리 바닷가 구름을 따라가네 　征馬遙隨海上雲

조만간 동강에서 낚시하자고 　早晚桐江垂釣約

그대가 갈매기에게 소식 들려주오 　憑君說與白鷗聞

---

226 당양성(當陽城) : 왕찬(王粲)이 지은 〈등루부(登樓賦)〉는 그의 고향에 있는 맥성루(麥城樓)에 올라지었다고 하는데, 맥성루는 바로 당양성 동남쪽에 있다.

227 반생(班生) : 한나라 반초(班超)이다. 문필을 버리고 종군하여 공을 세우고 봉후가 되었다.

228 구포(九浦) : 남양부(南陽府) 저팔리(楮八里)에 속한 지명이다.

신열릉이 영산 임소에서 편지와 시를 보내왔기에 차운하여 보내다

申洌陵自靈山任所寄書並詩次韻送之

관직에 있는 것과 집에 있는 것은 같아야 하니	處官應似在家時
문묵이 몹시 한가로워 습지²²⁹에서 취하네	文墨多閒醉習池

관직에 있는 것과 집에 있는 것은 같아야 하니 　處官應似在家時
문묵이 몹시 한가로워 습지²²⁹에서 취하네 　文墨多閒醉習池
북사의 시 짓는 술자리 지금은 적막하고 　北社詩樽今寂寞
서호의 구름 낀 나무 오래 등졌네 　西湖雲樹久暌離
높은 은혜 생각할 때마다 힘겨운 꿈 헛되고 　每思高惠空勞夢
유군이 나를 아는 것 한 수 위임을 인정했네²³⁰ 　已許劉君勝自知
세상사 들쭉날쭉하여 머리털만 세니 　人事參差頭雪白
동강의 해오라기가 은거의 기약 비웃네 　東江鷗鷺笑幽期
　나와 열릉은 모두 동강 사람이다.

229　습지(習池) : 습가지(習家池)로, 고적(古迹)의 이름이다. 일명 고양지(高陽池)라고 한다. 중국 호북성(湖北省) 양양(襄陽) 현산(峴山) 남쪽에 있다. 《진서(晉書)》권43 〈산간전(山簡傳)〉에 "산간이 양양(襄陽)을 진수할 때 여러 습씨(習氏)와 형(荊)지역의 사대부 호족(豪族)들에게 좋은 원지(園池)가 있었다. 산간이 매번 나가서 놀며즐길 때는 주로 못가에 가서 술자리를 차리고 곧 취했다. 그 이름을 고양지(高陽池)라고 한다.〔簡優遊卒歲 唯酒是耽 諸習氏 荊土豪族 有佳園池 簡每出嬉遊 多之池上 置酒輒醉 名之曰高陽池〕"라고 했다.

230　유군이……인정했네 : 진(晉)나라 왕몽(王蒙)이 유염(劉惔)과 친했는데, 일찍이 말하기를 "유군(劉君)이 나를 아는 것이 내가 스스로를 아는 것보다 낫다.〔劉君知我勝我自知〕"라고 했다. 《진서(晉書)》권93 〈왕몽열전(王蒙列傳)〉에 보인다.

봄날 혜거 노포 능석과 함께 의두암에 올라 꽃을 감상하다

春日與兮居老圃菱石共登依斗巖賞花

봄빛은 사람 좇아 기약 저버리지 않나니　　　　春色隨人不負期
높이 올라 술잔 들고 그리움을 위로하네　　　　登臨把酒慰相思
낡은 거문고 뜯고 나서 방초 속에 잠자고　　　　古琴奏罷眠芳草
새 차를 끓여와 꺾인 가지를 줍네　　　　新茗烹來拾折枝
세속의 빚 갚지 못해 몸은 늙어 썩어가고　　　　塵債未酬身朽老
산꽃 한창 보기 좋은데 비가 울타리를 적시네　　　　山花纔好雨披籬
그대 근래 들어 쇠하고 게을러진 것 알지만　　　　知君近日衰慵甚
한가한 구름처럼 느릿느릿 골짜기 나가지 마오　　　　莫作閒雲出洞遲

한 곡조 산가엔 슬 소리 드문데　　　　一曲山歌瑟正希
숲에 깃든 저녁 새도 의지할 바를 아는구나　　　　投林夕鳥識依歸
어리석은 아이는 편지 보내 늘 식사 걱정이고　　　　癡兒寄信常憂食
병든 처는 해 지나도록 옷 보내지 않네　　　　病妾經年不送衣

성세에 누가 기꺼이 바다 굽이에 숨겠는가　　　　聖世誰甘竄海曲
옛 사람도 여전히 바위 골짝 문 열어놓았네　　　　故人猶自款巖扉
한밤에 객지에서 다시 온 기러기 소리 들으니　　　　中宵旅枕聞新鴈
언제나 저들을 따라 북으로 날아가려나　　　　何日隨渠共北飛

혜거와 노포를 전송하다

送兮居老圃

객지에서 절기 바뀌는 것 빈번히 보았으나	客裏頻看節序新
여전히 선방에 홀로 깃들어 사네	禪房依舊獨棲身
술 마신 후엔 시사를 논하지 마오	休將酒後論時事
꽃 앞에 두고 벗을 어이 보내리	可奈花前送故人
산중에 삼일 간 비가 내렸더니	釀得山中三日雨
개울 북쪽 집들이 봄단장을 하였네	粧成溪北數家春
근심스레 부들자리에 앉았노라니	悄然坐在蒲團上
종일토록 이내 맘도 말 먼지 따라가네	終日心隨去馬塵

황백거 형제와 조운파 옥순 가 술을 가지고 찾아와 함께 의두암에 오르다

黃伯渠兄弟與趙生雲坡 玉淳 携酒來訪共登依斗巖

봄에 내려다보는 들판이 몹시 아름답구나	春望平郊劇可憐
답청 시절엔 풀이 안개와 같다네	踏青時節草如烟
종일 들리는 닭 울음 문전엔 버들 늘어지고	鷄聲盡日垂門柳
허공에 뜬 산색 수련이 솟았네	嶽色浮空出水蓮
술이 있으니 좋은 친구 데려올 수 있고	有酒兼能携勝友
꽃을 보니 문득 노쇠함을 느끼네	看花飜覺感衰年
흐르는 세월은 머무는 나그네를 놓아주지 않고	流光不貸淹留客
현금231을 보내 모자 앞을 스치며 지나가네	又送玄禽掠帽前

---

231 현금(玄禽) : 제비의 별칭이다.

애석 능석과 함께 읊다
與厓石菱石共賦

벌판의 절에 봄이 깊어 초목이 나란하니	野寺春深草木齊
옅은 그늘에 안개 끼어 먼 산이 아련하네	輕陰化霧遠山迷
작은 개울 흐르는 물에 복사꽃이 나오고	小溪流水桃花出
해 지는 교외에 제비 나직이 나네	落日平郊鷰子低
용머리가 위축되어 꿈틀댄다 탄식 마오	莫歎龍頭縮困蠢
거북꼬리 진창에 끌린 듯 무슨 상관이리²³²	何妨龜尾曳塗泥
그대를 전송하며 포옹²³³의 시구를 암송하니	送君仍誦圃翁句
필마로 내일 아침이면 다시 서쪽을 향하겠지	匹馬明朝又向西

---

232 거북꼬리……상관이리 : 《장자(莊子)》〈추수(秋水)〉에 "이 거북이 죽어서 뼈를 남겨서 귀한 취급을 받는 것이 좋겠는가? 살아서 진창 속에 꼬리를 끌고 다니는 것이 좋겠는가?〔此龜者 寧其死爲留骨而貴乎 寧其生而曳尾於塗中乎〕"라고 했다.

233 포옹(圃翁) : 김윤식의 친구 성노포(成老圃)를 가리킨 듯하다.

이석천 현문 이 보낸 20운에 차운하다

次李石泉 玄文 見贈二十韻

빛나는 교화가 옥촉[234]을 조화롭게 하니	熙化調玉燭
건곤에 온화한 기운 쌓였네	乾坤和氣積
궤도를 살피려 기형[235]을 매만지고	軌度撫璣衡
척도를 재고자 금척[236]을 바로잡네	絜矩正金尺
대궐 문에 올라 황유[237]를 보좌하니	登閣贊皇猷
세상을 구함에 석학들도 많네	濟時多鴻碩
팔방의 황량한 땅 조정과 닿아서	八荒接衢庭
바닷길로 보물 바치려 배가 찾아오네	重溟來琛舶
밖을 편안하게 하려면 먼저 안을 다스려야 하고	綏外先內修
위대한 계획[238]은 벽획[239]을 본받아야 하네	紆謨資擘畫
노둔한 재주로 밝은 시절 만났으나	駑才際明時

---

234 옥촉(玉燭) : 사시(四時)의 기후가 화창한 것으로, 태평성세를 비유하는 말이다.

235 기형(璣衡) : 천문을 관측하는 도구로, 선기(璿璣), 옥형(玉衡), 혼천의(渾天儀) 등을 말한다.

236 금척(金尺) : 금속으로 만든 자이다.

237 황유(皇猷) : 임금의 교화나 책략을 말한다.

238 위대한 계획 : 《시경》〈억(抑)〉에 "위대한 계획은 나라의 운명을 안정시키고, 원대한 계획은 알맞은 때에 훈계한다.〔訏謨定命 遠猶辰告〕"라는 말이 나온다. 우모(紆謨)는 우모(訏謨)와 같다.

239 벽획(擘畫) : 주획(籌劃), 모략(謀略)이다.

미혹한 견해는 굴러가는 돌과 같네	迷見如轉石
지혜가 짧은 탓에 일에 어긋남 많아서	智短事多違
큰 죄를 지었으되 마음 밝히기 어렵네	罪大心難白
부월[240]도 마땅히 달게 여겨야 할 터인데	鈇鉞分所甘
두터운 은덕으로 귀양살이를 입었네	厚造蒙恩謫
혀를 차고 허공에 글을 쓰니[241]	咄咄復書空
근심과 후회가 지난날을 따르네	憂悔追往昔
황량한 산에서 세월만 깊어가고	荒山歲月深
고개 들어도 숙여도 마땅치 않네	俯仰靡所適
그러다 문득 옥 같은 글 받고서	忽奉瓊瑤章
절간에서 저녁에 낭랑히 읊어보네	朗吟蕭寺夕
정성 가득한 사백 마디의 글	慇懃四百言
위로도 해주고 비유하여 뜻 풀었네	慰藉兼譬釋
한 번 읽음에 한 번 부끄러워	一讀還一慙
감히 전현의 자취에 견주겠는가	敢擬前修蹟
석양녘엔 먼 길이 수심 겹고	日暮愁遠途
무거운 것 짊어지고 약한 등뼈 걱정일세	負重懼弱脊
아홉 번 죽은 혼을 거두어	欲收九死魂
일촌의 붉은 마음 지키길 바라네	庶保一寸赤

---

240 부월(鈇鉞) : 작도(斫刀)와 대부(大斧)로 형구이다.

241 혀를……쓰니 : 《세설신어(世說新語)》〈출면(黜免)〉에 "은중군이 유폐를 당하여 신안에 있었는데 종일 항상 허공에 글자를 썼다. 양주의 관리와 백성들이 뜻을 알고자 하여 몰래 살펴보니, 다만 '돌돌괴사(咄咄怪事)' 4글자를 쓸 뿐이었다.〔殷中軍 被廢在信安 終日恒書空作字 揚州吏民尋義逐之 竊視 唯作咄咄怪事四字而已〕"라고 했다.

고요한 마음으로 속세의 기심을 끊고 　　　冥心息塵機

운명을 편히 여기며 궁액을 지키네 　　　安命守窮阨

그대가 맑은 재능 지녔음을 아나니 　　　知君有淸才

만년의 교분으로 큰 도움 얻었네 　　　晚契得資益

도령²⁴²과 이웃으로 맺어져 　　　願結陶令隣

의심나는 뜻 있으면 함께 뜻을 궁구했네 　　　疑義共探賾

성 동쪽에 척박한 밭을 사서 　　　城東買薄田

몸소 농사지어 세금을 내며 　　　躬耕輸租額

영원히 농사짓는 백성이 되어서 　　　永作畎畝民

오래도록 요순의 은택을 기리리라 　　　長頌堯舜澤

---

242 도령(陶令) : 진(晉)나라 도잠(陶潛)이다. 팽택 현령(彭澤縣令)을 지냈기에 그
렇게 부른 것이다.

자천 부자가 비에 발이 묶인 채 돌아가지 못하여 함께 읊다
紫泉父子滯雨未還共賦

긴 날에 좀 슬은 책 속에서 소일하고 보니	長日消閒蠹卷中
가슴 아픈 인생사 고금이 같구나	傷心人事古今同
유유히 흘러간 묵은 자취는 모두가 추구[243]요	悠悠陳跡皆芻狗
아득하기만 한 덧없는 인생은 개미굴[244]과 같네	渺渺浮生若礨空
약초 가꾸고 꽃에 물주는 것은 참된 사업이요	栽藥灌花眞事業
땔나무 나르고 물 긷는 것 또한 가풍이라네	搬柴運水亦家風
광대한 혼돈의 바깥을 한번 살펴보시오	試觀磅礴混侖外
서쪽 끝까지 갔을 때가 바로 동쪽이라오	西到窮時便是東

홰나무와 버드나무 그늘이 사립문을 덮으니	陰陰槐柳覆柴門
비온 후 서쪽 밭의 일을 논할 만하네[245]	雨後西疇事可論
새로 난 채소에 두루 뿌렸으니 물줄 필요 없고	灑遍新蔬何用漑

---

243 추구(芻狗) : 제사 때 사용하는 풀로 만든 개이다. 제사가 끝나면 버리고 밟아버린다.

244 개미굴 : 《장자》 〈추수(秋水)〉에 "사해가 천지 간에 있음을 헤아려보면 개미굴이 큰 못에 있는 것과 같지 않겠는가?〔計四海之在天地之間也 不似礨空之在大澤乎〕"라고 했다.

245 비온……만하네 : 도연명(陶淵明)의 〈귀거래사(歸去來辭)〉에 "농부가 나에게 봄이 왔다고 알리니, 장차 서쪽 밭에 농사일이 있으리라.〔農人告余以春及 將有事於西疇〕"라는 구절이 보인다.

마른 보리도 적셔주었으니 은혜 내리기 쉽네   沾來枯麥易爲恩
짝 몰아내려는 비둘기의 궁리[246] 생애도 졸렬하고   鳩謀逐婦生涯拙
사사로움 도모하는 개구리 시장 입씨름도 시끄럽네

                                             蛙市營私口角喧

생각해보면 무엇인들 몸 밖의 얽매임 아닐까   細想誰非身外累
노부는 시도 술도 그만 두고 싶네   老夫並欲廢詩樽

---

246 짝……궁리 : 삼국(三國) 오(吳)나라 육기(陸璣)의 《모시초목조수충어소(毛詩 草木鳥獸蟲魚疏)》 하권에 "골구는 일명 반구인데,……날이 흐리면 그 짝을 쫓아내고 날이 맑으면 부른다.〔鶻鳩一名斑鳩……陰則屛逐其匹 晴則呼之〕"라고 했다.

혜거 석운 자천 도은[247] 능석과 함께 읊다

與兮居石雲紫泉陶隱菱石共賦

시골집과 절집이 물을 가운데 두고 나뉘었는데	村舍僧寮隔水分
가끔 들리는 닭과 개 소리에 구름도 소란하네	時聞鷄犬自喧雲
푸른 산 조용히 바라보며 온통 나를 잊었더니	靑山靜對渾忘我
붉은 작약 처음 필 때 다시 그대를 보네	紅藥初開又見君
지난 자취는 모두가 환몽에서 깨어난 것이요	往迹無非驚幻夢
유쾌한 담화는 기문 읽는 것보다 나은 듯하네	快談勝似讀奇文
아손들과 뽕나무와 과수 사이를 노닐다 보니	兒孫桑果遊觀趣
전원에서의 즐거움에 우군[248]이 생각나네	樂事田園憶右軍

---

247 도은(陶隱) : 이민기(李敏蘷)의 호로, 자는 예경(禮卿)이다.

248 우군(右軍) : 진(晉)나라 왕희지(王羲之)를 말한다. 영우장군(領右將軍)을 지냈기 때문에 이렇게 부른다. 《진서(晉書)》 권80 〈왕희지열전(王羲之列傳)〉에 "지난번 동쪽 유람에서 돌아와 뽕나무와 과수를 심었는데 지금 무성하게 번성했다. 아이들을 거느리고 약한 손자를 껴안고 그 사이를 노닐며 구경하며 한 가지 맛있는 것이라도 베어서 나눠줌을 눈앞의 즐거움으로 삼는다.〔頃東游還 修植桑果 今盛敷榮 率諸子 抱弱孫 游觀其間 有一味之甘 割而分之以娛〕"라고 했다.

욕불일에 벗들과 의두암에 오르다

浴佛日與諸益登依斗巖

해 떨어진 군성에 등불이 드문드문	日落郡城燈火稀
의두암의 외로운 객은 돌아갈 것도 잊었네	依巖孤客澹忘歸
소나무 끝의 이슬이 푸른 신발에 방울지고	松梢露滴靑鞋襪
바위의 서늘한 기운이 흰 모시옷으로 스며드네	石氣凉生白苧衣
잔에 들어온 달그림자로 뜬 개미249가 움직이고	月影入盃浮蟻動
숲 뚫고 전해온 피리소리에 자던 새 날아가네	笛聲穿樾宿禽飛
도성 가절의 번화함을 생각하니	禁城佳節繁華想
눈에 보이는 적막한 물가와 같지 않구나	寂寞荒濱擧目非

---

249 뜬 개미 : 부의(浮蟻)라고도 한다. 술 위에 떠있는 거품을 비유한 말이다.

여러 벗들과 산신당 앞에 앉아 술을 마시는데 홰나무 그늘이
마당에 가득하고 상쾌한 기운이 옷깃에 가득했다
與諸益坐山神堂前飲酒槐陰滿庭爽氣彌襟

반 무[250]의 맑은 그늘 일상이 평온하니   半畝淸陰穩起居
부들자리에 정좌한 채 진여[251]를 깨닫네   蒲團靜坐悟眞如
한 칸짜리 낡은 사당에서 금 오리 향로 사르고   一間古廟燒金鴨
백 척 높은 누대에서 목어를 울리네   百尺高樓響木魚
좋은 경치 만나면 험운 찾을 필요 없고   遇境不須詩險覓
술을 탐하여 남은 음식 없음을 늘 근심하네   貪杯每患食無餘
무슨 일로 바삐 떠나고자 하는가   忽忽欲去知何事
이틀 동안 숲에 머물며 태허를 집 삼네   信宿林間室太虛

250 무(畝) : 넓이의 단위로 대략 30평이다.
251 진여(眞如) : 불교용어로서 우주만유(宇宙萬有)의 본체이다.

석운과 혜거를 전송하다

送石雲兮居

이미 이한천²⁵²에서 속세의 인연 끊었으니	已斷世緣離恨天

이미 이한천[252]에서 속세의 인연 끊었으니 　　已斷世緣離恨天
이별에 임해 다시금 슬퍼할 것 없네 　　不須臨別却悽然
이틀을 자고 감은 실로 쉽지 않은 일 　　兩宵信宿誠難得
초여름 풍광이 한창 좋을 때 　　首夏風光政可憐
이 땅에서 머무른 세월도 많구나 　　此地淹留多歲月
뜬구름 같은 인생사 만나고 헤어짐 연기로다 　　浮生聚合若雲烟
하삭에서 원소의 음주[253] 좇고자 하나니 　　更謀河朔追袁飮
대추 꽃이 막 피어나기 전이라네 　　知在棗花初發前

만사를 헤아려보면 결국 하늘의 뜻이라 　　萬事商量摠有天
물외에서 초연한 이 누가 있을까 　　誰能物外見超然
늙음은 본디 타고난 분수이니 병 말하지 말고 　　老惟本分休言病

---

252 이한천(離恨天) : 수미산 정중앙에 하늘이 있는데, 사방에 각각 팔천(八天)이
있어 도합 32천이다. 32천 위에 이한천이 있다. 이한천은 본디 불경에 나오는 하나의
세계지만 문학작품에서 늘 남녀가 오래 만나지 못해 한을 품는 것을 비유하는 말로
사용된다.

253 원소(袁紹)의 음주 : 위(魏)나라 유송(劉松)이 원소(袁紹)의 군대를 북쪽에서
진압할 때 원소의 자제들과 매일 함께 연회하며 술을 마셨는데, 삼복 때에는 밤낮으로
만취할 때까지 술을 마셨다고 한다. 후에 이를 하삭음이라고 하고 피서 때의 음주의
전고로 삼았다.

가난해도 남아이니 어찌 가련함을 구걸하랴　　　　貧亦男兒豈乞憐
오십 년간 나아가고 머무름 물에 뜬 집 같고　　　半世行藏如泛宅
백 년의 근심과 즐거움 떠다니는 연기 한 가지　　百年憂樂等浮烟
외로운 구름과 뭇 새들 모두 가버리고　　　　　孤雲衆鳥都過了
오직 푸른 산만 눈앞에 보이네　　　　　　　　秪有靑山在眼前

이 산에는 꾀꼬리와 두견새가 많은데, 세속에서는 꾀꼬리 소리를 꽃을 꺾어 바친다고, 두견새 소리를 솥이 적다고 한다. 아마도 소리가 서로 비슷하기 때문일 것이다. 어제 저녁 부엌에 있는 가마솥 두 개를 도둑맞았다. 마당에는 작약이 활짝 피었는데 이 또한 마을 아이들이 꺾어가 버렸다. 이렇게 두 새의 소리가 모두 징험되었기에 장난삼아 절구 한 수를 읊다

此山多黃鸝杜宇俗稱黃鸝聲爲折花獻杜宇聲爲鼎小蓋其鳴聲相近也昨夜竈下二鼎被偸兒所竊庭畔芍藥盛開亦爲村童折去於是二禽之言皆驗戲賦一截

꾀꼬리는 꽃 꺾는다 두견새는 솥 적다	鶯道折花鵑鼎小
숲속은 꾀꼬리 두견새 소리로 가득하네	泛聽二鳥叫林中
하룻밤에 이 소리 징험될 줄 누가 알았으리	誰知一夜斯言驗
청빈한 복에 여러 끼를 거르게 생겼네	淸福仍兼食數空

노포 서교 능석 곽생 송암과 함께 읊다

與老圃書橋菱石郭生松庵共賦

조용히 기거하며 물마시고 황정경[254]을 읽으니   端居飮水讀黃庭

오래도록 산중의 처사성[255]이 되었네   久作山中處士星

붓 휘둘러 하늘에 글씨 쓰는 객은 있건만   有客揮毫書碧落

술 싣고 현정[256]을 방문하는 사람이 없네   無人載酒過玄亭

오래된 거문고로 때론 가는 솔바람 들어오고   古琴時入松聲細

하필 바위 기운 탓에 낮잠에서 깨어나네   午枕偏因石氣醒

이곳에는 원래 아름다운 초목이 없었는데   此地元無閒草木

올 들어 모두 초나라 사람 경전[257]에 실렸네   年來盡載楚人經

한가히 앉아 긴긴 날 보낼 길 없더니   閒坐無方永日消

그대의 좋은 시구를 읽고서 기분이 날아갈 듯   讀君佳句意飄飄

맑고 서늘한 보리기운에 가을이 먼저 이르고   瀟涼麥氣秋先至

---

254 황정경(黃庭經) : 도교에서 쓰는 경문(經文) 또는 경전이다.

255 처사성(處士星) : 소미성(少微星)으로 은거를 상징하는 별이다.

256 현정(玄亭) : 한나라 양웅(揚雄)이 《태현경(太玄經)》을 지었는데, 자신이 머물던 사천성(四川省) 성도(成都)의 주택을 초현당(草玄堂) 혹은 초현정(草玄亭)이라고 불렀다.

257 초나라 사람 경전 : 굴원(屈原)의 〈이소(離騷)〉를 말한다. 〈이소〉를 〈이소경(離騷經)〉이라고도 한다. 〈이소〉에는 여러 초목을 인용하여 간인(奸人)과 현인(賢人)에 비유했다.

암담한 향수에 길은 더욱 머네   黯淡鄕愁路轉遙
익히 맛본 세상 맛 밀랍을 씹은 듯하고   世味慣嘗如嚼蠟
떨칠 길 없는 병든 가슴 조수가 보고 싶네   病懷難撥欲觀潮
살면서 술 얻었으면 즐겁게 마셔야 하리니   人生得酒須歡飮
화려한 집과 산언덕도 하루아침에 변한다네   華屋山邱變暮朝

노포와 송암 두 노인을 전송하다

送老圃松庵兩老

서로 바라보는 허연 머리 진작부터 알았던 듯	白頭相見似曾諳
이별 맞은 오늘 아침을 또 어찌 견디랴	分手今朝又可堪
산을 감춘 초록 숲엔 옛 길이 가물가물	綠樹藏山迷舊路
흰 구름 나오는 골짜기엔 외바위가 처량하네	白雲出洞悵孤巖
이별의 정감 세심히 담은 거문고가 울리고	細將別意鳴琴嶽
반쯤 젖은 나그네 옷에 골짜기 이내 감겼네	半濕征衣帶谷嵐
쇠잔한 노인들 한 번 만나기란 쉽지 않으니	衰老一逢非易事
앞의 기약 기러기 남으로 날 때까지 기다리지 맙시다	
	前期莫待鴈翔南

혜거 석운과 함께 읊다 10월

與兮居石雲共賦 十月

문 닫고 가을 슬퍼하느라 허리띠 남아돌더니	閉戶悲秋剩帶圍
객 찾아와 걸상 청소하니 문득 광채가 나네	客來掃榻忽生輝
어언 반년 동안 시도 음주도 폐했더니	居然半載詩樽廢
온산에 날리는 낙엽을 다시 보는구나	又見千山木葉飛
저녁 채마밭 맑은 서리 꽃은 시들려 하고	晩圃霜淸花欲老
작은 섬 따스한 햇살 기러기 돌아가길 잊었네	小洲日暖鴈忘歸
오십 일에 한 번 모임도 여전히 부족하니	五旬一會猶云闊

금년에 혜거·석운과 두 달에 한 번 만남을 약속했는데 대략 오십여 일을 합잠(盍簪)[258]의 기일로 삼은 것이다. 새해 이전에 또 섣달 보름날 만날 것을 기약했다.

눈 속에 배 저어올 약속 어기지 마시오	雪棹前期且莫違

---

258 합잠(盍簪) : 붕우들의 모임이다.

혜거 석운 황서교 지흠 매사 능석과 함께 읊다

與兮居石雲黃 智欽 書橋梅史菱石共賦

불천은 공활하고 지경은 청허한데
푸른 등불 아래 백주 마시며 한서를 읽네
고요한 밤 소나무 이슬 소리 나직이 들리고
메마른 가을 성근 국화가 유난히 안타깝네
평생 고생했으나 뜻대로 되는 일 많지 않아서
하염없이 다 늙도록 일정한 거처조차 없네
다만 단풍 숲 저 너머 사는 벗이 있어
가끔 찾아와 문 두들겨 게으른 나를 일으키네

佛天漻沈境清虛
白酒青燈讀漢書
夜靜微聞松露滴
秋乾偏惜菊花疎
平生役役少如意
到老悠悠無定居
惟有故人紅樹外
時來剝啄起慵余

《사암집》259 운에 차운하다 4수

次思庵集韻 四首

가을바람에 낙엽 지니 허연 머리 느꺼워라   秋風搖落感華顚
뜻도 일도 꺾이고 무너져 젊은 시절과 다르네   志事摧頹異壯年
사방 벽 고요한데 벌레들만 울고   四壁無聲蟲戶語
구천에 난 길로 기러기들 날아가네   九天有路鴈家緣
파초의 몸 늙었으나 심지는 쌓이고   蕉身已老心猶積
단풍잎 반쯤 시들었으나 색은 더욱 곱네   楓葉半凋色愈姸
올 겨울 날 계책을 헤아려보아도   料理今冬生活計
상자 속엔 오직 좀먹고 남은 시뿐이네   篋中秪有蠹餘篇

가파른 산기슭에 자리한 몇 무의 절간   數畝琳宮倚峭峯
사립문은 단풍나무로 겹겹이 막혀있네   柴門紅樹隔重重
오래 살다보니 도리어 승려가 손이 되고   久居還看僧爲客
오래 누웠으니 병과 게으름 떼어내기 어렵네 長臥難分病與慵
구름 골짜기 소나무 옮기니 바위가 수척하고 雲壑移松山骨瘦
서리 내린 밭 채소 뽑으니 무260 맛이 짙네   霜畦挑菜土酥濃
만 가지 나그네 시름을 누구에게 말할까   羈愁萬種憑誰說

---

259 사암집(思庵集): 사암(思庵) 박순(朴淳, 1523~1589)의 문집이다. 자는 화숙
(和叔)이며, 영의정을 지냈다.

260 무: 원문의 '토수(土酥)'는 겨울 무를 부르는 말이다.

지금 친구들 중엔 허맹용이 없구나[261]　　　　　　　　故舊今無許孟容

가을 정회에 매일같이 등고시를 읊고는　　　　　　　秋懷日日賦登高
유미[262]를 다 갈아서 설도전[263]에 적네　　　　　　磨盡隃糜寫薛濤
땅이 궁벽하니 항상 서유[264]의 탑상 매달아놓고　　地僻常懸徐孺榻
바위가 기묘하니 자주 미전[265]의 도포를 찾네　　　石奇頻索米顚袍
늘 찾아오는 마을 개 아침밥 먹으러 달려가고　　　慣來村犬趁朝飯
때때로 우짖는 산새 저녁 언덕에 깃드네　　　　　時叫山禽投夕皐
바닷가라 심히 황량하고 누추하다 말하지 마오　莫道海濱荒陋甚
남은 생 밭 갈고 옹기 구우며 늙는 것도 괜찮다네　餘年不妨老耕陶

---

261 친구들……없구나 : 당나라 문인 유종원(柳宗元)은 유주(柳州)로 유배되어 있을
때, 그의 벗이자 당시 경조윤으로 있던 허맹용에게 보낸 〈기허경조맹용서(寄許京兆孟
容書)〉에 "대죄한 지 5년 이래로 친구나 대신 중에 기꺼이 편지를 보내고자 하는 자가
하나도 없었소.〔伏念得罪來五年 未嘗有故舊大臣肯以書見及者〕"라고 하였다. 귀양살이
하는 자신의 처지를 유종원에 빗대, 편지를 주고받을 만한 벗이 없음을 비유한 것이다.

262 유미(隃糜) : 먹 이름이다. 유미는 지금의 섬서성 천양(千陽)이다. 동한 때 유미
지역에 커다란 소나무 숲이 있었는데, 이를 태워 먹으로 만들면 품질이 우수했다고
한다.

263 설도전(薛濤牋) : 종이 이름이다. 당나라 여류시인 설도가 만든 종이라고 전해진
다.

264 서유(徐孺) : 후한(後漢) 서치(徐稚, 97~168)로, 자는 유자(孺子)이다. 저명한
고사(高士)였다. 진번(陳蕃, ?~168)이 일찍이 태수를 지낼 때 어떤 객도 만나지 않았
는데, 다만 은거하는 서치만을 존중하여 특별히 탑상을 마련해 놓고 서치를 맞이했으며
서치가 떠나면 탑상을 다시 매달아 두었다고 한다.

265 미전(米顚) : 송나라 화가 미불(米芾)이다. 행동거지가 미치광이 같다 하여 미전
이라 불리었다. 기석(奇石)을 많이 모은 것으로도 유명하다.

《사암집》에 차운하여 평산 인월규 진사에게 주다

次思庵集贈平山印月奎進士

객이 두드리는 바위 문 석양은 붉은데	客叩巖扉夕照紅
적적한 초현당의 양웅(揚雄)[269]을 누가 찾는가	寂寥誰過草玄雄
타향 텅 빈 산에서의 해후이건만	異鄕邂逅空山裏
천릿길은 낙엽 속에 험난하기만 하네	千里間關落木中
여정은 아득히 총수산[270] 위 달을 따르고	行色遙隨蔥秀月
시명은 응당 초당의 풍모를 이르리	詩名應繼草堂風

　인씨(印氏)의 선조 중에 초당(草堂)이 시로써 알려졌다.

내일 아침이면 아미산[271] 길 보며 슬퍼하겠지	明朝惆悵峨嵋路
고개 돌리니 구름 끝 아득히 떠나가는 기러기	雲際回頭杳去鴻

269　초현당(草玄堂)의 양웅(揚雄) : 한나라 양웅이 자신의 서실을 초현당 혹은 초현
정(草玄亭)이라 불렀다.

270　총수산(蔥秀山) : 황해도 평산(平山)에 있는 산 이름이다.

271　아미산(峨嵋山) : 충남 당진에 있는 산 이름이다.

자천이 삿갓이 없음을 조롱하다

嘲紫泉無笠

가난한 집에선 삿갓 하나를 조손이 함께 써	貧家一笠祖孫共
젊은이가 문 나서면 노인은 집에 갇힌 신세	少年出門老人囚
문득 산사에 매화 피었다는 소식 듣고	忽聞山寺梅花發
지팡이 짚고 남쪽 바라보다 흥이 솟아났다네	扶杖南望興悠悠
그러다 돌아다보니 머리 위에 아무 것도 없어	回看頭上無一物
손으로 백발 만지자니 근심이 이만저만	手撫華髮不勝愁
어찌 술 거르는 시상댁[272]일까	豈是漉酒柴桑宅
그저 모자 떨군 용산[273]의 가을을 딱 닮았네	正似落帽龍山秋
뭇 아이들의 비웃음쯤 개의치 말게나	去去一任羣童笑
푸른 하늘이 덮개처럼 내 머리를 덮고 있으니	青天如蓋覆我頭

---

272 시상댁(柴桑宅) : 도연명(陶淵明)의 집이다. 동진(東晉) 심양(潯陽) 시상(柴桑) 사람이었다. 군(郡)에서 도연명에게 주려고 길가에 익은 술동이를 놓아두었는데 쓰고 있던 갈건(葛巾)으로 술을 거르고 다시 머리에 썼다고 한다.

273 용산(龍山) : 안휘성 당도현(當塗縣) 동남에 있는 산이다. 388쪽 주 144 참조.

자천 능석과 매화를 읊다

與紫泉菱石賦梅花

규방 깊은 밤에 남모를 한 맺혀서	粧閣深宵暗恨凝
오래된 가지에 차갑게 매달린 층층의 달빛	老枝寒掛月層層
아름다운 빙골은 막고야[274]이고	嬋娟氷骨藐姑射
멋들어진 우의는 장도릉[275]일세	瀟灑羽衣張道陵
맑음이 배 속에 스며서 속세의 병 고치고	淸沁胃家醫俗病
향기가 콧구멍으로 들어와 고승을 깨우치네	香通鼻觀悟高僧
다정한 북리의 늙은 사백이	多情北里老詞伯
가끔 웃음 찾아 마른 등나무 지팡이 짚고 오네	索笑時來携瘦藤

세모의 타향살이 운치 있는 일 드물기에	歲暮覊居韻事稀
매화 피자마자 술잔을 높이 드네	梅花纔發羽觴飛
벌써 역사에게 붙어 봄 전하러 갔다가	已憑驛使傳春去
다시 명비[276] 데리고 달빛 끌며 돌아왔네	更伴明妃帶月歸

---

274 막고야(藐姑射) : 선인의 이름이다.《장자(莊子)》〈소요유(逍遙遊)〉에 "막고야 산에 신인이 사는데 살결은 빙설과 같고 처자와 같이 아름답다.〔藐姑射之山 有神人居焉 肌膚若冰雪 綽約若處子〕"라는 말이 나온다.

275 장도릉(張道陵) : 후한 패국(沛國) 사람이다. 본명은 능(陵)이며, 낙양(洛陽) 북망산(北邙山)에 은거하다가 용호산(龍虎山)으로 가서 도술을 익혔다. 따르며 배우는 자들이 닷 되의 쌀로 사례하였기 때문에 그의 도를 오두미도(五斗米道)라고 부른다.

276 명비(明妃) : 한나라 왕소군(王昭君)을 말한다. 흉노에게 시집을 갔다.

황혼에 홀로 서있으니 개울가 눈인가 싶고　　　　獨立黃昏疑澗雪

사랑스런 차가운 요염함은 창가 달빛을 닮았네　　自憐冷艶近窓暉

산중의 외로운 객이 어루만지며 탄식하나니　　　山中孤客摩挲歎

추위 더위 너와 함께 하며 누차 옷 갈아입었네　　寒暑同渠屢換衣

동짓달 13일은 황자천 노인의 회근일[277]이다. 자천이 글을 지어 부인을 제사지내는데 글이 몹시 처연하기에 내가 시를 지어 위로했다

至月十三日黃紫泉老人回졸日也紫泉爲文祭其夫人辭甚悽惋余以詩慰之

젊은 날 좋았던 금실에 눈물 글썽이고　　　　　　　華年琴瑟淚浪浪
초립과 비단 두건, 옛날의 차림 떠올리네　　　　　草笠紗巾憶舊裝
빼어난 풍류로 일찍이 배 깔고 엎드렸고[278]　　　俊逸風流曾坦腹
청신한 시구로 최장[279]을 기록했네　　　　　　　清新佳句記催粧
칠십 년 해로했으면 인연이 박하지 않지만　　　　七旬偕老緣非薄
십 년 동안의 빈방 살이에 마음이 상했네　　　　十載空房意自傷
합근 잔치에서 대작한 일 엊그제 같은데　　　　　對酌졸筵如昨日
앞에 가득한 자손들 두고 홀로 술을 마시네　　　兒孫滿眼獨銜觴

---

277 회근일(回졸日) : 결혼 70주년을 말한다.

278 배 깔고 엎드렸고 : 사위를 말한다. 《진서(晉書)》 권80 〈왕희지전(王羲之傳)〉에 "태위 치감이 문생을 시켜 왕도의 집안에서 사위를 구하도록 했다. 왕도는 동상에 가서 자제들을 두루 살펴보게 했다. 문생이 돌아와서 치감에게 말하기를 '왕씨의 여러 청년들 이 모두 훌륭합니다. 그런데 소식을 듣고 모두가 스스로 자랑스러워했는데, 다만 오직 한 사람만이 동상에서 배를 드러내놓고 식사하며 마치 듣지 못한 듯했습니다.'라고 했 다. 치감이 '바로 이 사람이 좋은 사위감이다!'라고 했다. 그곳을 방문해 보니 곧 왕희지 였다. 마침내 그를 사위로 삼았다.〔太尉郗鑒使門生求女婿於導 導令就東廂遍觀子弟 門 生歸 謂鑒曰 王氏諸少並佳 然聞信至 咸自矜持 惟一人在東床坦腹食 獨若不聞 鑒曰 正此 佳婿邪 訪之 乃羲之也 遂以女妻之〕"라고 하였다.

279 최장(催粧) : 혼례 이삼 일 전에 남자 집에서 장례(粧禮)를 재촉하는데, 봉관하피 (鳳冠霞帔)·혼의(婚衣)·경(鏡)·분(粉) 등이 있었다.

취묵 해사 능석과 함께 읊다

與醉墨海史菱石共賦

산바람이 대숲을 흔들고 달이 난간에 비꼈는데	山風動竹月橫欄
화로의 재 뒤적이며 나잔[280]을 마주하네	手撥爐灰對懶殘
만사 중에 한잔 술보다 따뜻한 것 없고	萬事無如盃酒煖
관직 하나로 어찌 포의의 추움을 면할까	一官豈免布衣寒
게으른 닭이 새벽 알리지 않으니 마을은 멀고	倦鷄失曉知村遠
갠 날 까치가 둥지를 지으니 눈 녹아 기쁘네	晴鵲營巢喜雪乾
얼마간의 경륜이라야 폐지로 돌아갈 뿐	多少經綸歸廢紙
모년의 심사여 이안[281]을 탄식하노라	暮年心事歎離鞍

---

280 나잔(懶殘) : 당나라 형악사(衡岳寺)의 승려이다. 《태평광기(太平廣記)》에 "나잔은 당나라 천보 초에 형악사에서 일하던 승려이다. 상을 물리면 곧 남은 음식을 거두어 먹었다. 성품이 게으르고, 남은 음식을 먹으므로 나잔이라 불렀다.……마침 업후 이비(李泌)가 절 안에서 독서를 했는데, 나잔의 행위를 살펴보고 비범한 사람이라고 여겼다.……한밤중에 이공이 찾아갔다.……나잔은 소똥을 태우는 화롯불을 뒤적여서 토란을 찾아내어 먹고 있었다.……이비에게 말하기를 '신중히 말을 많이 하지 않으면 십 년간 재상이 될 수 있을 것이오.'라고 했다.〔懶殘者 唐天寶初 衡嶽寺執役僧也 退食卽收所餘而食 性懶而食殘 故號懶殘也……時鄴侯李泌 寺中讀書 察懶殘所爲 曰非凡物也……候中夜 李公潛往謁焉……懶殘正撥牛糞火出芋啗之……謂李公曰 愼勿多言 領取十年宰相〕"라고 했다.

281 이안(離鞍) : 안장에서 떨어져 말을 타지 못하는 것이다. 유비(劉備)가 형주(荊州)의 유표(劉表)에게 의탁하고 있을 때 오랫동안 말을 타지 못하여 허벅다리 살이 찌는 것을 한탄했다고 한다.

뜬금없이 슬퍼져 격호가를 부르며[282] 無端慷慨擊壺歌

만 곡의 술[283]로 수심을 씻어내네 一洗愁腸萬斛河

분수를 따라 생로병사 맡겨버리고 隨分任他生老病

인연이 드러날 뿐 미래의 허물을 누군들 알까 證緣誰識未來過

동천엔 날 저물어 드문드문 종소리 울리고 洞天日暮疎鍾動

절간 들어앉은 산 추운데 고목도 많네 佛地山寒古木多

통음하며 이소 읽는 것 무슨 의미겠는가 痛飲讀騷何意思

예로부터 명사들에겐 실패가 많았다네 古來名士亦蹉跎

---

282 격호가를 부르며 : 진(晉)나라 왕돈(王敦)은 항상 술 마신 후 조조(曹操)의 "늙은
말이 구유에 엎드려 있으나 뜻은 천리 밖에 있네. 열사(烈士)는 모년이지만 장심(壯心)
은 그치지 않네.〔老驥伏櫪 志在千里 烈士暮年 壯心不已〕"라는 시구를 노래하며 쇠로
마음껏 타호(唾壺)를 두들기며 박자로 삼았는데 타호의 가장자리가 모두 부서졌다고
한다. 《진서(晉書)》 권98 〈왕돈전(王敦傳)〉에 보인다.

283 만 곡의 술 : 원문의 '만곡하(萬斛河)'로, 후한(後漢) 유송(劉松)이 황하 이북지
역인 하삭에서 원소(袁紹)의 자제들과 피서하며 음주를 즐겼다고 한다.

자천 취묵과 함께 읊다

與紫泉醉墨共賦

황량한 산에서 세모 맞으니 마음이 어떠한가	荒山歲暮意何如
양웅이 사는 문전 거리 적막도 하구나	門巷寂寥楊子居
창 아래서 조용히 덥힌 술을 따르고	窓下從容斟煖酒
등불 앞에서 꾸역꾸역 나머지 책들을 점검하네	燈前消受檢殘書
겨울 따스해 긴 밤에 가끔 기러기 소리 들리고	冬暄遙夜時聞鴈
바다 가까워 가난한 부엌에도 물고기가 있네	海近貧廚亦有魚
부들자리에서의 기거야 물론 편안하지만	坐臥蒲團宜自穩
빈숲의 보슬비 소리에 쓸쓸함이 몰려오네	空林微雨正蕭疎

뚝뚝 듣는 처마 빗방울 물시계 소리 같더니	簷溜丁當似漏聲
창에 몰아치는 눈보라에 저녁추위 찾아오네	雪風吹牖暮寒生
글을 읽자면 삼동이 어찌 족하랴	讀書豈爲三冬足
벗과 약속하려해도 맑은 날 찾기 어렵네	約友難謀一日晴
오직 석만경[284]은 술에 은거했고	惟有曼卿於酒隱
맹동야[285]가 시로 울렸다는 말 일찍이 들었네	早聞東野以詩鳴

---

284 석만경(石曼卿) : 송나라 시인 석연년(石延年, 994~1041)으로, 만경은 그의 자이다. 시서화에 능했고, 특히 음주로 유명했다.

285 맹동야(孟東野) : 당나라 맹교(孟郊)로, 동야는 그의 자이다. 한유(韓愈)의 〈송맹동야서(送孟東野序)〉에 "맹교 동야가 처음으로 시로써 울렸다.〔孟郊東野始以其詩

늙은이들 마주한 채 옛 일을 얘기하나니   老人相對話前事
근래 일은 가물가물해 오히려 분명하지 않다네   近事夢夢還不明

鳴]"라는 말이 보인다.

여러 객을 전송하고 서교 도은과 함께 읊다 입춘 전일

送諸客與書橋陶隱共賦 立春前日

암담한 이별의 회포로 홀로 술 따르고 　　黯黯離懷獨酌醪
해 지는 개울 다리에서 나그네 도포 바라보네 　　溪橋落日望征袍
상 앞의 시축은 소 허리만큼 크고[286] 　　牀前吟軸牛腰大
눈 내린 후 맑은 봉우리는 마이산[287]처럼 높네 　　雪後晴峯馬耳高
소반에 채소가 벌써 올랐으니 봄소식이 가깝고 　　盤菜已登春信近
역사가 매화 부치고자 하니 몽혼이 수고롭네 　　驛梅欲寄夢魂勞
객창에서 누구와 함께 남은 섣달을 보낼까 　　旅窓誰與消殘臘
기쁘게도 풍류가 봉모[288]와 마주했네 　　更喜風流對鳳毛

286 　소 허리만큼 크고 : 시문의 수량이 많음을 비유한다. 이백(李白)의 〈취후증왕력양(醉後贈王歷陽)〉시에 "글씨는 천 마리 토끼 털 붓을 다 닳게 하고, 시는 두 마리 소 허리까지 채웠네.〔書禿千兔筆 詩裁兩牛腰〕"라는 구절이 있다.

287 　마이산(馬耳山) : 산동성 제성시(諸城市) 서남쪽에 있는 산이다. 소식(蘇軾)의 〈설후서북대벽(雪後西北臺壁)〉시에 "북대를 쓸고 마이산을 보니, 매몰되지 않는 두 봉우리가 뾰쪽하네.〔試掃北臺看馬耳 未隨埋沒有雙尖〕"라는 말이 있다.

288 　봉모(鳳毛) : 재능 있는 남의 자손을 비유하는 말이다.

서교 능석과 함께 정월 초하루를 읊다

與書橋菱石賦元日

모진 바람 묵은 눈 속에 황혼이 가까워오는데	峭風宿雪近黃昏
한 잔 도소주[289]에 취한 흔적 보이네	一盞屠蘇見醉痕
수제비로 집집마다 좋은 시절 즐기고	餺飥家家知樂歲
말쑥한 옷차림에 궁벽한 시골 사라졌네	衣裳楚楚失窮村
세월은 먼저 귀밑머리에 침범했으나	年華但看先侵鬢
봄빛이 두루 문에 이른 줄 그 누가 알까	春色誰知徧及門
타향의 계절 풍경 이미 익숙하건만	節物殊鄕雖已慣
매번 계절 풍경 볼 때마다 혼이 절로 녹네	每逢節物自消魂

---

289 도소주(屠蘇酒) : 여러 약재를 넣어서 만든 술이다. 설날에 이를 마시면 사악한 기운을 없애고 장수한다고 한다.

차운하여 안방산과 석애 형제에게 답하다

次韻酬安方山石厓兄弟

오년간 선탑에서 승려 벗하여 잠자니	五年禪榻伴僧眠
누굴 위해 고행하며 복전을 닦나	苦行爲誰修福田
세상사 점점 꿈속에서 보는 듯	世事漸如看夢裏
봄바람이 어찌 머리 위에 오를까	春風那得上頭邊
경륜은 부질없이 천 권 책을 저버리고	經綸虛負書千卷
생계는 서까래 몇 개짜리 집도 꾸리기 어렵네	生計難謀屋數椽
한가한 터의 좋은 형제들 멀리서 생각하나니	遙憶閒基好兄弟
침상 마주한 채 날마다 바람 안개 희롱하겠지	對牀日日弄風烟

서교 도은 이단하 민규 와 함께 읊다

與書橋陶隱李丹霞 敏奎 共賦

인일[290]에 그대 만나 작은 누대에 올라가 　　　人日逢君上小樓

문장 논하고 술 마시며 나그네 근심 위로하네 　論文酌酒慰羈愁

새봄에 달 보며 소부[291]를 추억하고 　　　　新春見月憶蘇婦

방장[292]에서 올린 차는 조주[293]에서 왔네 　　方丈獻茶來趙州

잠깐 이별에 열흘이 지나 두 해가 갈리고 　　少別經旬分兩歲

하룻밤 신명나는 대화에 천추가 족하네 　　　劇談一夜足千秋

청컨대 소이 장군[294]의 손을 번거롭게 해드려 　請煩小李將軍手

명산을 그린 다음 와유를 즐기고저 　　　　　爲畫名山作臥遊

　　단하(丹霞)의 아들은 나이가 19살인데, 산수를 잘 그렸다.

---

290 인일(人日) : 음력 정월 초이레이다. 이날의 기후로 그 해의 길흉을 점쳤다.

291 소부(蘇婦) : 전진(前秦)의 소혜(蘇蕙)이다. 유사(流沙)로 멀리 떠난 남편 두도(竇滔)에게 비단에 회문선도시(迴文旋圖詩)를 짜서 보냈다.

292 방장(方丈) : 《유마힐경(維摩詰經)》에 의하면 유마힐 거사가 살던 방은 겨우 사방 1장에 불과했지만 2,000명이 들어갈 수 있었다고 한다. 여기서 비롯되어 방장은 승방 혹은 주지를 가리키게 되었다.

293 조주(趙州) : 당나라 고승 총심(叢諶)을 말한다. 하북성 조현(趙縣) 관음원(觀音院)에서 불도에 정진하여 조주화상(趙州和尙)이라고 불렸다. 일찍이 "끽다거(喫茶去)"라는 말로 제자들을 깨치게 했다.

294 소이 장군(小李將軍) : 당나라 고종(高宗) 때의 저명한 화가 이소도(李昭道), 그의 부친은 종실화가(宗室畫家)인 이사훈(李思訓)인데 우무위장군(右武衛將軍)을 지내서 사람들이 대이 장군(大李將軍)이라 부르고, 이소도는 양주대도독부참군(揚州大都督府參軍)을 지내서 소이 장군이라고 불렸다.

이송이 경성으로 유람을 가서 영재 하정 창강 등 여러 시
벗들과 서로 창수하고 해를 보내고 돌아왔는데 시 보따리가
매우 풍성했다. 밤에 함께 읊다

二松客遊京城與寧齋荷亭滄江諸詩伴互相唱酬經歲而歸詩槖甚富夜與
共賦

텅 빈 동천 저물녘에 발자국 소리 울리더니	跫音暮響洞天虛
산중 목석의 거처를 찾아주었네	來問山中木石居
한 잔 술로 긴 밤을 보냄을 아까워 마오	莫惜酒盃消永夜
수레 타고 궁벽한 마을 찾을 줄 어찌 알았으리	豈知轍迹到窮閭
수척하여 가련한 공부[295]는 늘 시구를 탐하고	瘦憐工部常耽句
병들어 골골하는 상여[296]는 여전히 글을 짓네	病淹相如尙著書
세모에 돌아오니 받아온 시 풍부하여	歲暮歸來投贈富
해낭[297]에 넣었어도 나귀에 실을 수 없네	奚囊收拾不勝驢

---

295 공부(工部) : 두보(杜甫)이다. 공부시랑(工部侍郎)을 지냈기에 두공부라 불린
다.

296 상여(相如) : 한나라 사마상여(司馬相如)이다. 평생 소갈증(消渴症)을 앓았다
고 한다.

297 해낭(奚囊) : 시 담는 보따리이다. 당나라 시인 이하(李賀)가 매일 아침 말을
타고 나가면서 어린 종에게 낡은 비단 보따리를 짊어지고 따르게 하였는데, 승경지를
찾아다니다가 우연히 시를 지으면 보따리에 넣었다고 한다.

취묵 서교 이송 능석과 함께 읊다

與醉默書橋二松菱石共賦

뉘엿뉘엿 가는 세월이 고요 속에 흘러가니　　　　　流光苒苒靜中過
한해 지나고 열흘 지나서 해가 또 기우네　　　　　經歲經旬日又斜
봄기운이 맑음을 희롱하니 고목도 아름답고　　　　春意弄晴枯木媚
향수가 꿈으로 들어오니 뭇산도 많네　　　　　　　鄕愁入夢亂山多
가난한 부엌 음식도 담담하여 이내 맛을 잊고　　　窮廚食淡仍忘味
어둔 눈으로 글씨 쓰니 간혹 파[298]를 실수하네　　瞀眼臨書或失波
지팡이 짚고 문 나서도 갈 곳이 없어　　　　　　　扶杖出門無所適
찬 숲에 앉아 돌아오는 저녁 까마귀 세어보네　　　寒林坐數暮歸鴉

드넓은 가슴에 별들을 늘어놓고　　　　　　　　　磊落胸中星斗羅
경성 유람에 지쳐서 늦게야 찾아오네　　　　　　　倦遊京國晚相過
포의 당세에 중용받기는 어려운 일　　　　　　　　布衣當世難爲重
말술도 오늘밤엔 많다할 수 없네　　　　　　　　　斗酒今宵不足多
봄 농사 중 마음 쓰는 건 오직 약초밭뿐　　　　　春務經心惟藥圃
산 거처에서 시구 찾으니 반은 나무꾼의 노래　　　山居覓句半樵歌
창문 밀치고 새해의 달을 기쁘게 쳐다보니　　　　推窻好看新年月
주렴 머리는 미풍에도 물결 일지 않네　　　　　　簾額微風不動波

---

298 파(波) : 서법(書法)에서 파는 삐치는 것을 말한다.

초정 서교 능석과 함께 새봄을 읊다

與蕉亭書橋菱石共賦新春

창가 매화가 섣달을 겪고 흩어져 떨어지려 하고	窓梅經臘向披離
계곡 길은 얼음 녹아 위태위태하네	澗道冰消峛屴危
신일은 본디 곡식 축내는 쥐를 막고자 함인데	愼日由來防鼠耗

《삼국사(三國史)》를 보면, 신라 풍속에서 용마(龍馬)는 사람에게 공(功)이 있다고 여기고, 돼지와 쥐는 곡식을 없애서 사람에게 피해가 있다고 여겼다. 매번 새해 첫 머리 임오 해자일에 제사를 배설하고 푸닥거리를 하면서 온갖 일을 금하고 서로 함께 함께 노닐며 즐겼는데, 이를 '신일'이라고 한다.

풍년을 기원한 어젯밤엔 난기[299]가 돌아왔네	祈年昨夜返鸞旗
몽롱한 초생달 보니 고향 생각 일고	朦朧新月鄉愁動
매서운 늦추위를 술기운으로 지탱하네	料峭餘寒酒力支
절기 즐기는 집집마다 웃음소리 들리는데	賞節家家聞笑語
초나라 죄인된 남관만이 홀로 슬퍼하네[300]	南冠獨作楚囚悲

---

299 난기(鸞旗) : 난새의 모양으로 생긴 방울을 매단 임금의 수레에 세우는 큰 깃발이다.

300 남관만이……슬퍼하네 : 《춘추좌씨전》 성공 9년 조에 "진후(晉侯)가 군부(軍府)를 둘러보다가 종의(鍾儀)를 보고, '남관을 쓰고 묶여있는 자는 누구인가?'라고 묻자, 유사가 '정나라 사람이 바친 초나라 죄수입니다.'라고 했다.〔晉侯觀於軍府 見鍾儀 問之曰 南冠而縶者誰也 有司對曰 鄭人所獻楚囚也〕"라는 말이 나온다.

소나무 분재

盆松

기이한 자태 높은 산에서 늙기에 맞지 않아	奇姿不合老巑岏
세모에 보라고 그윽한 이가 보내왔다네	來與幽人歲暮看
창이 성근 가지를 막아 항상 굽어있고	窓礙疎枝常作曲
뿌리는 작은 흙덩이에 서려 굳고도 편안하네	根盤拳土强爲安
일찍이 도끼질 당할 우환 다행히 면했고	他時幸免斧斤患
타고난 성품이 눈서리 추위에도 끄떡없네	素性猶凌霜雪寒
높은 곳 오르지 않고도 맑은 감상 족하니	不藉登臨淸賞足
서성이며 종일토록 홀로 난간에 기대있네	盤桓盡日獨憑欄

이가천 헌영 석애 등 여러 사람과 함께 읊다

與李佳泉 憲英 石厓諸人共賦

저녁 새 숲에 깃들고 객이 문 두들기는데 　　　　暝鳥投林客叩門
구분 찬 밝은 달이 금분301으로 솟아나네 　　　　九分明月湧金盆
근처 마을서 들리는 말소리 외로운 봄 저물고 　　近墟人語孤春晚
깊은 절의 종소리 고목에 어둠 깃드네 　　　　　深寺鍾聲古木昏
마음 고요하니 뭇산이 거문고 소리에 흔들리고 　心靜羣山琴裏動
집이 가난해도 검 한 자루가 칼집 속에 있네 　家貧一劒匣中存
대보름을 미리 빌려도 무방하리니 　　　　　　無妨預借元宵節
버드나무 너머 마을엔 봄 술이 가득하네 　　　　春酒盈盈柳外村

---

301 금분(金盆) : 둥근 달을 비유한 것이다.

어머니의 제삿날에 감개가 있어 회포를 진술하다

先妣忌日有感述懷

이월 이십삼일은	二月廿三日
어머니가 고아를 버린 날	阿母棄孤時
어리석어 안부를 살피지 못했지만	蒙騃不省事
어머니를 잃은 슬픔은 그래도 알았다네	猶解失母悲
때때로 모퉁이 향해 우니	時時向隅泣
아버지께서 몹시 가엾게 여기셨네	阿爺最憐之
네가 울면 나도 떠나갈 것이야	汝泣吾將去
내가 떠나가면 누구에게 의지하겠느냐	吾去復誰依
두려움으로 울지 않겠다고 빌고는	惶怖請勿泣
눈물 거두고 억지로 웃으며 놀았네	收淚強遊嬉
근심을 품고 장년을 보내니	唧恤度壯年
문득 흰 수염이 턱에 가득했네	居然雪滿頤
입신양명에 있어 전현에게 부끄러우니	立揚愧前修
무엇으로 봄빛³⁰²에 보답해야 하나	何以報春輝
어려서 어머니의 가르침을 잃고	生少失慈訓
어둠속 더듬다 함정을 밟아 잡히기도 했네	冥摘蹈攫機
오년 간 집식구 보지 못하고	五載不見家

---

302 봄빛 : 봄철의 따뜻한 햇빛. 부모의 따뜻한 보호 또는 은덕을 비유적으로 이르는 말이다.

황량한 물가로 와서 도깨비를 막았네	荒濱來禦魑
분묘를 마을 종복에게 맡기고	墳墓任村僕
제사는 집의 아이에게 맡겼네	烝嘗付家兒
해마다 이 날 저녁이 되면	年年逢此夕
비통함 더해져 탄식이 나오네	愴痛彌增唏
앉아서 창가의 닭 우는 소리 기다리자니	坐待窓鷄鳴
물시계 떨어지는 밤 시간 어찌 그리도 긴지	更漏夜何其
그을린 쑥 향기가 화로에서 피어올라	焄蒿颺爐烟
잠 못 드는 내 머리 속으로 들어오네	耿耿入我思
참여하지 못하면 제사지내지 않음과 같다는데[303]	不與如不祭
성인의 가르침이 어찌 나를 속일까	聖訓豈我欺
공양 받들 적엔 달고 무른 음식 올리지 못했고	養不供甘毳
제사 올릴 적엔 희생과 기장 살피지 못했네	祭不視牲粢
천지간 인생사	人生天地間
아득해라 이는 또 무어란 말인가	悠悠此何斯
한 누님은 먼 고을에 떨어져있는데	一姊隔遠鄕
늙고 병들어서 위급함이 임박했네	老病瀕欻危
전형은 멀리서 잠이 들었고	典型寢悠邈
골육은 이렇듯 떨어져있네	骨肉復分離
아, 선민[304]의 삶이여	嗟哉鮮民生

---

303 참여하지……같다는데 : 《논어》〈팔일(八佾)〉에 "공자가 말하기를 '내가 제사에 참여하지 못하면 제사를 지내지 않은 것과 같다.'고 했다.〔子曰 吾不與祭如不祭〕"라는 말이 있다.

차라리 죽음이 낫겠구나   不如死之宜

집안을 계승하기엔 해놓은 일 없으니   承家無述業

돌아가 배알할 때 무슨 말을 해야 하나   歸拜將何辭

---

304 선민(鮮民) : 부모가 없는 궁벽하고 외로운 사람을 말한다.

첩경해당[305]을 읊다

詠貼梗海棠

세속에서는 산단(山丹)[306]을 첩경해당이라고 하는데, 산단은 짙붉은 색이라, 해당과 다르다. 그래서 나는 항상 그것을 의심해왔다. 영탑산(靈塔山) 아래 인가에서 산단 한 그루를 얻어다 화분에 옮겨 심었더니 담박하고 옅은 붉은색 꽃이 피는 것이 해당과 비슷했다. 산단이 해당이란 이름을 얻은 것은 이런 한 종류가 있기 때문이니, 아마도 귀한 품종인 것 같다.

빛깔 고운 분을 옅게 칠하고   却把鉛華淡抹勻
옷 적삼은 향기로운 먼지에 물들지 않았네   衣衫原不染香塵
약간 취한 데다 봄바람까지 맞아 노곤하더니   薄醺又被東風困
봄잠 자는 아리따운 자태 작은 태진[307]일세   春睡盈盈小太眞

305 첩경해당(貼梗海棠) : 해당의 일종이다. 명나라 왕상진(王象晉)의 《군방보(群芳譜)》〈해당(海棠)〉에 "해당은 4종류가 있는데, 모두 목본이다. 첩경해당은 떨기로 자라고, 꽃은 연지 같다.〔海棠有四種 皆木本 貼梗海棠 叢生 花如胭脂〕"라고 했다.

306 산단(山丹) : 백합(百合)의 일종이다.

307 태진(太眞) : 양귀비의 이름이다. 당 현종(玄宗)이 술에 취해 잠든 양귀비를 보고 해당이 취하여 잔다고 했다.

자천 능석과 함께 읊다

與紫泉菱石共賦

신선의 거처가 연봉[308]으로 막혀있는 탓에	仙居秪是隔蓮峯
봄추위 슬퍼하며 굳게 문을 닫았네	惻惻春寒閉戶重
홀연 대지팡이 소리 단학[309]에서 울리더니	忽聽癯筇響丹壑
반갑게도 옛 모습이 푸른 소나무에 어른거리네	喜看古貌映蒼松
술값이 높아서 보통 외상 지기 어렵고	酒高難負尋常債

우리나라 사람의 시에 "철령이 높은 것이 아니라 술값이 높네"[310]라는 구가 있는데, 근래에 전폐(錢弊)[311] 때문에 술값이 매우 높다.

꽃이 수척하여 십팔봉[312]을 근심할 만하네	花瘦堪愁十八封
책들 점검하고 약초밭 김매니	點檢書篇鋤藥畝
산중의 일이란 게 조용하지 않은 것 없네	山中無事不從容

---

308 연봉(蓮峯) : 면천면 성하리 상왕산의 연화봉이다.

309 단학(丹壑) : 전설 속의 신선이 사는 곳이다.

310 철령이……높네 : 이수광(李睟光)의 《지봉유설(芝峯類說)》에 "정문부가 길주 목사로 회양을 지나가다가 마침 원일을 만났다. 일행이 굶주리고 추워서 술을 외상 하려고 했다. 거주민이 응하려 하지 않았다. 이에 시를 짓기를 '회양은 박하지 않는데 인정이 박하고, 철령이 높은 것이 아니라 술값이 높네.'〔鄭文孚以吉州牧使過淮陽 適値 元日 一行飢凍欲貰酒 而居人不肯 乃作詩曰 淮陽不薄人情薄 鐵嶺非高酒價高〕라고 했 다."라는 기록이 보인다.

311 전폐(錢弊) : 돈의 가치가 떨어진 것을 말한다.

312 십팔봉(十八封) : 봉가십팔이(封家十八姨)로, 바람의 신이다. 악풍(惡風)을 막 아서 화목을 보호한다고 한다.

혜거 석운 등 여러 벗과 영탑에 오르다

與兮居石雲諸益登靈塔

저물녘 짚신 신고 갠 골짜기를 걸으니 　　　　　　青鞋晚踏谷嵐晴

십일의 봄바람에 풀색이 고르네 　　　　　　　十日東風草色平

꽃 아래서 만나니 그윽한 새가 자리 뜨고 　　　花下逢迎幽鳥徙

바위 옆에서 담소 나누니 흰 구름이 피어나네 　巖邊笑語白雲生

술을 비록 가난한 집이나 주향에 갈 수 있고 　酒雖小戶猶爲國

수심은 강한 오랑캐 같아 성을 쌓으려 하네 　愁似强胡欲築城

눈에 보이는 산 때문에 돌아가지 못하고 　　　望裏看山歸不得

해마다 공연히 자규[313] 소리 듣네 　　　　　　年年空聽子規聲

---

313 자규(子規) : 두견새의 별칭이다. 귀촉도 혹은 불여귀(不如歸)라고도 한다.

취묵 도은 서교 능석과 함께 읊다

與醉默陶隱書橋菱石共賦

고아한 노래와 바둑과 술 그대 모두 잘하니 　 雅歌棋酒子能兼

당돌한 그대의 청풍이 나는 싫지 않네 　 唐突淸風我不嫌

산은 말을 잊으려하니 진의가 담겨 있고 　 山欲忘言眞意在

시는 게으름으로 사양하니 숙포[314]만 더하네 　 詩因慵謝宿逋添

승려가 옛 골로 돌아가니 탑에서 구름이 피고 　 僧歸古洞雲生塔

객이 높은 누대 떠나니 달빛이 발에 가득하네 　 客去高樓月滿簾

꽃 너머 작은 수레 약속이 있나보다 　 花外小車知有約

한 봄의 좋은 날 독점할 필요 없다네 　 一春佳日不須占

---

314 숙포(宿逋) : 세금을 체납하는 것으로 여기서는 시 빚을 말한다.

자천이 다시 '청'자 운에 차운하여 보여 주기에 차운하여 화답하다

紫泉復次晴字韻寄示次韻和之

숲 저편 우는 비둘기가 갠 날을 부르니　　　　隔樹鳴鳩喚雨晴

홰나무 그늘 넘쳐나고 보리밭 펼쳐졌네　　　　槐陰初漲麥畦平

피라미에 즐거움 있으니 몽수[315]의 말 맞지만　　儵魚有樂證蒙叟

올빼미는 말없으니 가생[316]은 참 우습구나　　　鵩鳥無言笑賈生

시사의 근심은 칠실[317]처럼 깊고　　　　　　時事憂深如漆室

노인의 시는 만리장성처럼 강건하네　　　　　老人詩健若長城

근래 입을 열어 잠시 웃었나니　　　　　　　近來開口暫成笑

자학[318]이 남으로 돌아와 온화한 소리 들었네　子鶴南歸聞和聲

---

315 몽수(蒙叟) : 장자(莊子)를 말한다. 초(楚)나라 몽(蒙) 땅 사람이기 때문에 이렇게 부른다. 친구 혜자(惠子)와 물고기가 즐거워함을 알 수 있는 것에 대해 논변을 벌인 일이 있다.

316 가생(賈生) : 한나라 가의(賈誼)이다. 장사(長沙)로 좌천되어서 흉조를 알린다는 올빼미의 소리를 듣고 〈복조부(鵩鳥賦)〉를 지었다.

317 칠실(漆室) : 춘추 시대 노(魯)나라 읍(邑) 이름이다. 노나라 목공(穆公) 때 군로태자(君老太子)가 어려서 국사가 몹시 위태로웠는데, 한 소녀가 칠실에서 기둥에 의지하여 울부짖으며 나라를 근심하고 백성을 근심했다고 한다.

318 자학(子鶴) : 매처자학(梅妻子鶴)을 말한다. 송나라 임포(林逋)는 고산(孤山)에 은거하여 독신으로 지내면서 학을 자식으로 삼고 매화를 처로 삼아서 평생을 지냈다.

여러 객들과 함께 읊다

與諸客共賦

장심은 꺾이고 계책은 처음과 어긋나	壯心消折計違初
몸 편히 하고 집안 구제할 길도 성글어졌네	康濟身家亦復疎
좋은 기약 위해 누가 봉황을 중매로 삼을까	佳約誰能媒鳳鳥
아득한 정은 부질없이 농어[319]를 추억하네	遐情謾費憶鱸魚
산중에서 매일같이 화사[320]를 보고	山中日月看花史
책상에서 하는 일이란 약서를 초록하는 것	案上工程鈔藥書
타향에서 권속들 모일 길이 없기에	聚眷殊鄉非得已
골짜기 깊은 곳에 띠 여막을 엮었네	洞門深處結茅廬

황량한 물가 굳게 지켜 명승이 되었다지만	固守荒濱作勝區
나가건 숨건 분수를 따를 뿐 나 뜻대로 할까	行藏隨分豈由吾
내세의 인연 심어 지혜 헤아릴 길 없고	種緣來世無量慧
평생을 쓰고도 어리석음 끝도 없네	需用平生不盡愚
종일토록 말 없는 산색은 정결하고	鎭日無言山色淨

---

319 농어(鱸魚) : 진(晉)나라 장한(張翰)이 천하가 어지러움을 보고, 항상 벼슬을 버리고 고향으로 돌아갈 생각을 지녔는데, 낙양(洛陽)에 가을바람이 일어나자 곧 고향 오중(吳中)의 고채(菰菜)와 순갱(蓴羹)과 농어(鱸魚)를 생각하고 벼슬을 버리고 떠나 갔다.

320 화사(花史) : 화훼를 기재한 책이다.

때때로 홀로 날아가는 새소리 즐겁네   有時獨往鳥聲娛

가난한 집이 지척이라 부르기가 쉬운데   衡門咫尺招呼易

좋은 이웃 얻은 후론 외롭지 않다네   自得芳憐始不孤

취묵과 함께 읊다

與醉默共賦

초록 대나무 붉은 작약이 난간을 에워싸니　　綠筠紅藥護欄干
부들자리 하나에서 앉고 누움 편하네　　一席蒲團坐臥安
남과 더불어 취하고 깨어남이 유독 좋구나　　只好與人同醒醉
세상 일 많이 겪어 슬픔도 즐거움도 잊었네　　已多閱世忘悲歡
높은 관모는 항상 솔바람에 벗겨지고　　高冠常被松風倒
수척한 뼈대는 보리바람의 서늘함도 꺼리네　　瘦骨飜嫌麥氣寒
십 년간 떠돌며 무슨 일을 이루었나　　十載旅遊成底事
그대 지금 백발이니 말안장 멈추어도 좋겠네　　君今頭白可休鞍

성전을 유람하고 돌아오는 길에 매를 날림을 구경하다

遊聖田歸路觀放鷹

개울가 그윽한 풀에서 가느다란 향기 피어나고 　　澗邊幽草細香生
골짜기 입구 맑고 서늘해 세간의 모습 아니네 　　谷口泠泠不世情
아홉 겹 구름 병풍이 깊은 숲과 어우러지고 　　九疊雲屏深樹合
몇몇 백발성성한 이 석양 속에 빛나네 　　數人華髮夕陽明
물 맑아 노니는 물고기 자세히 세어보고 　　水淸細數唼喁戲
술이 깨자 뻐꾸기321 소리 비로소 들리네 　　酒醒初聞撥穀聲
느린 걸음으로 늦은 귀로 근심하지 않나니 　　緩步未愁歸路晩
협곡 하늘 저 멀리에 매 한 마리 비껴나네 　　峽天遙看一鷹橫

---

321 뻐꾸기 : 원문의 '발곡(撥穀)'은 보통 뻐꾸기의 별명으로 쓰이는 '포곡(布穀)'과
발음이 비슷하다.

당나라 사람의 시구를 모으고 차운하여 학사 이복암 설 에게 답하다

集唐人詩句次韻答李復庵 偰 學士

또 당시 집구 30절구가 원고에 있다.

궁궐을 연모하며 어찌 또 집 생각을 하랴[322]	戀闕那堪又憶家
매번 북두성에 기대어 서울을 바라보네[323]	每依北斗望京華
떠돌이 인생 그 언제나 정착할까[324]	此生飄蕩何時定
절 나와 가면서 읊조리니 해가 이미 기울었네[325]	出寺行吟日已斜

---

322 궁궐을……하랴 : 한유(韓愈)의 〈차등주계(次鄧州界)〉의 구절이다.

323 매번……바라보네 : 두보(杜甫)의 〈추흥팔수(秋興八首)〉의 구절이다.

324 떠돌이……정착할까 : 백거이(白居易)의 〈풍우야박(風雨夜泊)〉의 구절이다.

325 절……기울었네 : 장적(張籍)의 〈봉가도(逢賈島)〉의 구절이다.

혜거 석운과 함께 읊다

與兮居石雲共賦

부들 잎 해바라기 꽃이 눈앞에 짙게 어른거려	蒲葉葵花照眼濃
한가한 세월 속에 닭소리 종소리가 이어지네	閒中日月遞鷄鍾
홀을 괸 채 청산의 아침 상쾌함 맞이하고[326]	青山拄笏迎朝爽
술병 들라 그윽한 새소리[327] 낮 게으름 깨우네	幽鳥提壺起晝慵
섬돌 대나무 손주 낳아 송아지 뿔 돋아나고[328]	階竹生孫抽犢角
들나물 입에 맞아 타봉[329]보다 낫네	野蔬適口勝駝峯

---

326 홀을……맞이하고 : 주홀간산(拄笏看山)이라는 성어를 사용했다. 《세설신어(世說新語)》〈간오(簡傲)〉의 "왕자유(王子猷)가 환충(桓沖)의 참군(參軍)이 되었을 때 환충이 묻기를, '경은 부에 있은 지 오래이니, 이제 사무를 잘 처리하겠지?'라고 하니, 처음에는 대답하지 않다가 곧장 위를 쳐다보며 홀로 뺨을 괴더니 '서산에 아침 오니, 상쾌한 기운이 있군요.'라고 답했다.〔王子猷作桓車騎參軍 桓謂王曰 卿在府久 比當相料理 初不答 直高視 以手版拄頰云 西山朝來 致有爽气〕"라는 구절에서 나왔다.

327 술병……새소리 : '제호(提壺)'는 오는 소리를 흉내 내 부르는 자고새의 별명이다. 송나라 왕우칭(王禹偁)의 〈초입산문제호(初入山聞提壺鳥)〉시에 "유배객은 자고로 늘 취해있으니, 그윽한 새더러 술잔 들라 울게 할 것 없네. 상주는 본디 사람 없는 곳 아니니, 산촌 길마다 술 받아올 곳 있으리.〔遷客由來長合醉 不煩幽鳥道提壺 商州未是無人境 一路山村有酒沽〕"라는 구절이 있다.

328 섬돌……돋아나고 : 죽손(竹孫)은 새로 자라난 대나무 가지를 가리킨다. 소식(蘇軾)의 〈경신세인일작(庚辰歲人日作)〉제2수에 보면 "긴 수심 월촌에 걸어둘 것 없네, 빈랑은 자식 낳고 대나무는 손주 낳았으니〔不用長愁挂月村 檳榔生子竹生孫〕"라는 구절이 있는데, 스스로 주를 달기를, "해남의 늑죽은 가지가 돋을 때마다 죽간만 하니, 대개 대나무의 손주인 것이다.〔海南勒竹每節生枝如竹竿大 盖竹孫也〕"라고 했다.

가난하여 객에게 대접할 것 없다 꺼려말게   休嫌留客貧無供
햇보리 전날 밤에 방아 찧어 두었다네   新麥前宵已入春

---

329 타봉(駝峯) : 낙타 혹으로 만든 요리이다.

차운하여 이위당에게 답하다

次韻答李葦堂

나에겐 날개 없으니

我無雙羽翰

어찌 하늘을 날 수 있으랴

焉得戾天狂

그대에겐 수레와 말 없으니

子無車與馬

어찌 멀리까지 전송할 수 있으랴

安能遠于送

긴 여름에 사람은 무더위에 괴롭고

長夏人苦熱

응달 벼랑엔 눈이 아직 얼어있네

陰崖雪尙凍

스스로의 분수가 구척[330]이다 보니

自分爲溝瘠

아파도 고통을 모르네

疾病不知痛

죽지 않는 것도 성은이라

不死亦聖恩

감격이 지극하거늘 무얼 다시 아뢸까

感極復奚控

그래도 삼척동[331]이 있어서

惟有三尺桐

근심스러울 때면 가끔 홀로 매만지네

憂來時自弄

보내주신 편지의 그대 시 읽으니

聞函讀君詩

조양의 봉황소리 듣는 듯하네[332]

如聞朝陽鳳

---

330 구척(溝瘠) : 빈궁과 곤액으로 도랑 속에서 죽는 사람이다.

331 삼척동(三尺桐) : 금(琴)을 말한다.

332 조양(朝陽)의……듯하네 :《시경》〈권아(卷阿)〉에 "봉황이 우네 저 높은 언덕에 서, 오동나무 자라네 저 산의 동쪽에서〔鳳凰鳴矣 于彼高岡 梧桐生矣 于彼朝陽〕"라고 했다. 조양은 산의 동쪽이다. 조양봉(朝陽鳳)은 인품이 출중하고 정직하고 감히 간언하는 사람을 비유한다.

그대로 인해 경당³³³이 그리워져   因君思絅堂

바람 맞으며 다시금 통곡하네   臨風更一慟

감히 임금을 그리워하며 늙는 것 아니요   非敢戀主老

    위당(韋堂)의 편지에 "꿈에 나와 만났는데, 내가 슬픈 안색으로 말하기를 '나는 임금을 그리워하며 늙음을 재촉한다.'고 했다."라는 말이 있다.

세월이 저절로 분주히 지나갈 뿐   歲月自倥傯

지난 날 열릉의 모임   往歲洌陵會

유란동에서 신선의 유람 가졌지   神遊幽蘭洞

뜻밖에 초췌한 얼굴로   不期顦顇容

다시 벗의 꿈으로 들어갔다네   復入故人夢

아득히 앞의 먼지 좇으며   追隨杳前塵

언제나 나란히 말 타고 내달릴까   何日並飛鞚

---

333 경당(絅堂) : 서응순(徐應淳)의 호이다.

도은과 함께 《구봉집》³³⁴의 운을 뽑아 함께 읊다

與陶隱拈龜峯集韻共賦

들판 도랑 일렁이고 벼와 콩대가 키 나란한데 　　　野澮水盈禾菽平
나른한 구름 비 거두어 외딴 성으로 들어갔네 　　　懶雲收雨入孤城
안개 자욱한 숲 저 멀리 집집마다 조용하고 　　　　烟沉遠樹千家息
밤 고요한 빈산에 피리소리 한 가닥 울리네 　　　　夜靜空山一笛生
늙은 좀벌레가 책 탐함은 원대한 계책 아니요 　　　老蠹耽書非遠計
주린 모기 귀밑머리 맴돌기 전 소리 먼저 나네 　　　飢蚊繞鬢有先聲
궁한 집 즐거운 일이라야 자식도 많지 않은데 　　　窮居樂事無多子
좋은 객이 찾아오니 달빛도 밝구나 　　　　　　　好客來時月正明

---

334 구봉집(龜峯集) : 송익필(宋翼弼, 1534~1599)의 문집이다. 본관은 여산(礪山), 자는 운장(雲長), 호는 구봉(龜峯)이다. 시문과 성리학에 뛰어났다.

앓아눕다

臥病

고향 멀리 떠나와 앓아누우니	臥病家鄉遠
거처 옮겨도 나그네 신세 마찬가지	移寓仍覊旅
혼미하다가 때때로 깨어나	昏昏有時覺
내 몸이 대체 어디 있는 것인가	吾身在何處
떴다 가라앉았다 마치 배를 타고 가는 듯	浮沉疑駕舟
으슬으슬 추워서 더위조차 모르겠네	凌兢不知暑
골육처럼 친한 벗들	親串如骨肉
눈썹 끝에 수심 서려있구나	眉端見憂緒
밥과 약물을 싸가지고	裹飯與藥物
경황없이 왔다가 다시 떠나가네	憧憧來復去
간곡히 한 술 더 뜨라 권하니	慇懃勸加餐
지극한 정성 거절할 수 없네	至意不可拒
어질어질 머리를 부축하여 일으키고	婆娑扶頭起
사발을 끌어다 억지로 먹이네	引椀强爲茹
구구하게 구차한 삶을 도모하다가	區區圖苟活
벌레와 쥐로 변하고 나니 어떠한가	何如化蟲鼠
기왕에 조물주에게 속한 몸이라면	旣爲造物拘
생사 또한 그에게 맡겨야지	生死且任汝

화정[335]으로 옮겨 살다 9수

新寓花井 九首

평소 언덕과 골짜기[336]의 본성을 지녔으나	素抱邱壑性
계책이 졸렬하여 일정한 거처 없었네	謀拙無定居
만년에 먼지 낀 굴레에 얽매어	晚來縶塵韁
넘어져 자빠지고 중도에 버림받았네	顚仆廢中途
버려져 바닷가로 쫓겨나고 보니	棄捐逐海濱
절간에 깃든 몸뚱이와 그림자 외롭네	蕭寺形影孤
아름답고 두터운 벗의 뜻으로	良厚故人意
집 한 구역을 빌려 주었네	俶與屋一區
방이 작아 겨우 사방 한 길이지만	室小僅方丈
병든 몸 편히 쉴 수 있어 좋다네	猶甘安病軀
동쪽 집에선 솥단지 빌려주고	東家借釜錡
서쪽 이웃에서 쌀과 채소 도와주네	西隣助米蔬
절굿공이소리에 밥 짓는 연기 일어나니	春杵起炊烟
이것이 엄연한 나의 오두막이라	居然是吾廬

오봉[337]이 구름 끝에서 날고	五鳳翔雲際

---

335 화정(花井) : 충남 당진군 면천면 화정리이다. 영탑사 바로 아래 동네이다.

336 언덕과 골짜기 : 원문의 '구학(邱壑)'은 은거하는 곳을 상징한다.

337 오봉(五鳳) : 충남 당진군 면천에 있는 산 이름이다.

푸르름이 남녘땅³³⁸에 접했네	蒼翠接南榮
그 서쪽에 있는 옥녀봉³³⁹	玉女在其西
아름다운 모습 금병풍을 둘렀구나	窈窕出金屏
밭을 끼고 도는 한 줄기 물	一水護田繞
사방엔 너른 평야 펼쳐졌네	四圍綠蕪平
마을에 사는 대여섯 가호들	村中五六家
해 뜨면 김매고 밭가는 일을 하네	日出事耘耕
삿갓을 쓴 사람들만 보일 뿐	但見襏襫人
말 수레 소리 들리지 않네	不聞車馬聲

띠지붕이 울타리로 이어지고	茅茨連籬落
박 덩굴이 그 위를 덮었네	匏蔓覆其上
밤 깊으면 등불 반짝이며	夜深燈火照
웃음소리가 시골 노래와 뒤섞이네	笑語雜俚唱
단지 안에는 묵은 보리 있고	瓶中有宿麥
항아리 속에는 새로 담근 술 있네	甕間有新釀
내일이면 남쪽 밭 김을 맨다고	明日南畝耘
농부는 아침밥을 재촉하네	農夫催晨餉

---

338 남녘땅: 《초사(楚辭)》중 왕포(王褒)의 〈구회(九懷) 사충(思忠)〉에 "현무가 건
네, 수모도. 나와 약속했지 남영에서〔玄武步兮水母 與吾期兮南榮〕"라는 구절이 보이는
데, 왕일(王逸)은 주석에서 "남쪽은 겨울에도 따뜻해 초목이 늘 무성하므로 남영이라
부른다.〔南方冬溫 草木常茂 故曰南榮〕"라고 했다.

339 옥녀봉(玉女峰): 충남 당진군 신평면 상오리와 순성면 중방리 경계에 있다.

밭의 북소리는 어찌 그리 빨리 울리는지　　田鼓何早動
닭은 울었어도 동 트지 않았네　　鷄鳴天未亮

기장 심기에 남쪽 산이면 족하고　　種穄南山足
콩 심으려면 서쪽 밭두렁이 있네　　種豆西疇畔
비바람이 열흘마다 찾아오니　　風雨浹旬至
풀도 무성하고 좋은 모들 잘 자랐네　　草盛良苗爛
금년은 왜 그리 장마가 지는지　　今年何苦霖
지난해엔 왜 그리 가물었는지　　去年何苦旱
기후 고르기란 참으로 어려운 법　　天時諒難齊
운명에 맡긴 채 탄식할 필요 없다네　　委命不須歎
사람들만 부지런히 힘쓴다면　　苟用人力勤
가을에 반쯤은 수확할 수 있으리　　秋來尙收半

오랜 객지생활에 갖옷 갈옷 헤지니　　久客裘葛弊
동복은 나의 쇠락함을 한탄하네　　僮僕歎式微
서울에는 벗들도 많건만　　日下多故舊
소식도 도통 오지 않네　　落落音書稀
믿을 건 시골의 순박한 풍속　　所賴鄕俗淳
세태의 염량으로 기대 어기지 않네　　不以炎凉違
뜻 맞는 사람 둘 셋이서　　同志數三人
밤낮으로 내 집 사립문을 찾아주네　　日夕來款扉
농사 이야기 들을 만하고　　農話淡可聽

가져온 술은 기갈을 달래주네 　　　　　持酒慰渴飢

점차 성정이 변해가는구나 　　　　　　漸覺情性移

시골에 안둔한 채 돌아갈 것조차 잊을 듯 　安土欲忘歸

뱁새는 나뭇가지 하나면 족히 깃드나니 　鷦鷯棲一枝

다시 멀리 날아갈 것 무에 있으랴 　　　何必更遠飛

동쪽 암자에 구담³⁴⁰이 있어서 　　　　東庵有瞿曇

서로 지켜주며 다섯 번 봄을 보냈네 　　相守五經春

의기와 자비를 겸했기에 　　　　　　　義氣兼慈悲

교분을 맺은 후 힘든 날 함께 했네 　　契闊共苦辛

어찌 사방 유람의 뜻이 없을까마는 　　豈無雲遊志

길 막힌 이 사람을 염려해서였다네 　　念此窮途人

소 울음 들리는 곳으로 이사 오고 나니 　移寓牛鳴地

자주 고개를 돌리게 되네 　　　　　　猶覺回首頻

이제야 옷 남긴 마음을 알겠노라³⁴¹ 　　始知留衣情

참된 도를 연모해서가 아니었구나 　　非爲慕道眞

밭길 사이로 찾아온 객 　　　　　　　客從田間至

---

340 구담(瞿曇) : 석가모니(釋迦牟尼)의 성(姓)인 '고타마'를 말한다. 여기서는 승려를 말한다.

341 이제야……알겠노라 : 당나라 한유(韓愈)가 조주 자사(潮州刺史)로 있을 때 영산사(靈山寺) 주지(主持) 대전(大顚)을 만나러 갔다가 출타 중임을 알고 도포를 벗어놓고 돌아왔다는 고사가 있다.

떨어진 이슬에 옷이 다 젖었네　　　　零露沾衣裳

문밖을 나가 기쁘게 맞이하니　　　　出門喜相迎

구중과 양중[342]이 아니겠는가　　　　無乃裘與羊

가난해서 대접할 것이 없다고 말하지 마오　莫言貧無供

탁주가 옹기 잔에 가득하다오　　　　濁酒盈瓦觴

상을 마주하고 거문고 뜯으니　　　　對床撫枯桐

그 소리 맑고도 유장하네　　　　　音韻淸且長

계곡 물소리는 어찌 그리 시원한지　　澗水何泠泠

바다 산은 아득도 하구나　　　　　海山正杳茫

곡조를 마치고 한마디 말도 없으니　　曲罷無一言

진정한 뜻을 얻고서 모든 것을 잊었네　眞意兩相忘

오랜 비에 추위 처음 감돌고　　　　積雨新涼動

동쪽 봉우리에 달이 막 돋아났네　　東峯月初生

또닥또닥 가을 다듬질 소리 울리고　歷歷秋砧響

자욱한 저녁연기 하늘을 비끼네　　靉靆夕烟橫

들밭은 끝조차 보이지 않고　　　　野田不見際

콩잎엔 이슬이 투명하네　　　　　荳葉露華明

---

342 구중(裘仲)과 양중(羊仲) : 한(漢)나라 구중과 양중이다. 《초학기(初學記)》에서 한(漢)나라 조기(趙岐)의 《삼보결록(三輔決錄)》을 인용하여 "장후(蔣詡)의 자는 원경(元卿)이고, 집에 삼경(三逕)이 있는데, 오직 양중과 구중하고만 노닐었다. 이중(二仲)은 모두 청렴으로 추대되었으나 명예를 피했다.〔蔣詡 字元卿 舍中三逕 唯羊仲裘仲從之遊 二仲皆推廉逃名〕"라고 했다. 나중에 이중은 은거하며 청렴하게 지내는 사대부를 지칭하게 되었다.

어슬렁거리며 사념을 그치지 못하니   徘徊意未已
먼 길 떠나는 듯 아득하기만 하네   悠悠若遠征
돌아보다 문득 정신을 차리니   回顧忽心省
띠 집엔 등불 하나 맑게 비추네   茅屋一燈淸

천지는 하나의 거려343이고   天地一遽廬
백 년은 손가락 한번 퉁길 순간이네   百年一彈指
물거품은 서로 일어났다 꺼지나니   泡漚互起滅
찰나가 어찌 믿을 만할까   須臾安足恃
거대한 집채가 구름처럼 일어나는   大廈連雲起
아득한 성시를 굽어보네   縹緲俯城市
아침엔 위곽344의 저택이었다가   朝爲衛霍第
저녁엔 김장345의 마을에 속하네   暮屬金張里
차라리 봉조346의 집만 못하나니   不如蓬藋室
마음만 편하다면 머물 곳 어딘 줄 알리라   心安知所止

---

343 거려(遽廬) : 역려(逆旅)라고도 한다. 여관이다. 이백(李白)의 〈춘야연도리원서(春夜宴桃李園序)〉에 "천지는 만물의 여관이요, 광음은 백대의 과객이라.〔夫天地者萬物之逆旅 光陰者百代之過客〕"라는 구절이 나온다.

344 위곽(衛霍) : 한나라 무제(武帝) 때의 위청(衛淸)과 곽거병(郭車病)을 말한다. 모두 외척으로 권세와 부를 누렸다.

345 김장(金張) : 한나라 김일제(金日磾)와 장안세(張安世)를 말한다. 두 집안의 자손들은 7세대에 걸쳐 영달했다.

346 봉조(蓬藋) : 초가집을 말한다.

도은과 함께 서교를 방문하여 석단 위에서 술 마시며
거문고를 연주했다. 밤이 깊어 우거로 돌아왔는데 달빛이
마당에 가득했다

與陶隱共訪書橋酌酒彈琴于石壇上夜深還寓月色滿庭

농어 익고 벼 향기로운 팔월에 　　　　　鱸熟粳香八月時
그대 찾아가는 산 북쪽 길 구불구불하구려 　訪君山北路逶遲
소나무 사이에서 술 찾으니 신선의 개가 짖고 　松間呼酒仙厖吠
숲 아래서 거문고 뜯으니 깃든 새가 알아듣소 　林下調絃宿鳥知
아득히 오악 그리는 정 나막신 굽 넉넉하나 　五嶽遐情餘屐齒
삼추에 골골한 몸 대나무 지팡이에 의지하오 　三秋病骨恃筇枝
돌아와서 다시 주렴 창의 달빛을 보며 　　歸來更看簾櫳月
맑은 경치 그리워 침상에서 시를 짓는다오 　清景依依枕上詩

중추절에 자천과 함께 읊다

中秋節與紫泉共賦

가을제사 북소리 시골 노래 한바탕 소란쿠나	社皷村歌鬧一堂
전가의 팔월은 분주함을 잠시 잊는 때	田家八月暫休忙
명절날 병 얻어 처음 일으킨 몸 가련해라	佳辰得病憐初起
좋은 밤에 책을 보니 점차 나아감이 기쁘네	良夜看書喜漸長
철 이른 감 붉게 터져 때로 섬돌에 떨어지고	早柿綻紅時落砌
늦은 파초 초록을 펼쳐 담장 키를 넘었네	晚蕉展綠始過墻
막걸리와 송편 이웃에게 배불리 얻어먹으니	秋醪葉餠從隣飽
해마다 먹는 그 맛에 타향이 익숙해지네	風味年年慣異鄉

혜거 석운 자천 도은이 찾아오다

今居石雲紫泉陶隱來訪

가난한 집 대문이 오늘 그대 위해 열리니　　　衡門今日爲君開
장마에 빈 섬돌엔 푸른 이끼 자랐네　　　　　積雨空階長碧苔
늙어가며 경륜은 작은 집에 붙이고　　　　　老去經綸依小屋
병 끝에 위와 창자는 깊은 술잔이 무섭네　　病餘胃腑怯深盃
한스러워라 명절은 매번 정신없이 지나가고　佳辰每恨忽忽過
수심 겹구나 좋은 약속은 매양 더디 오네　　好約偏愁漫漫來
시골 거처엔 별 재미가 없구나　　　　　　　更覺村居無意味
때로 지팡이에 나막신으로 향대³⁴⁷를 거니네　時携筇屐步香臺

347　향대(香臺) : 불전(佛殿)이다.

차운하여 이죽서 영서 의 61세를 축수하다

次韻賀李竹西 榮緖 六十一歲

어느덧 백발 장년이 아니로다 　　　　　　　　　　華髮居然少壯非

맑은 가을에 옥국의 학[348]은 남으로 날아가네 　　清秋玉局鶴南飛

가난해도 호방한 뜻에 몸은 항상 강건하고 　　處貧肆志身常健

늙지 않아서 집에 전할 일 또한 드무네 　　未老傳家事亦稀

청안은 기쁘게 대숲 길을 열고 　　　　　　青眼好將開竹逕

홍진은 담쟁이 옷[349]을 더럽히지 않네 　　紅塵從不染蘿衣

어진 아이 효성스러운 부인이 함께 술을 올리니 　兒賢婦孝同觴祝

즐겁게 먹는 콩과 물 고기 씹는 것보다 낫네 　菽水爲歡勝鱠肥

---

348 옥국(玉局)의 학 : 옥국은 소식(蘇軾)의 다른 이름이다. 소식은 옥국관제거(玉局
觀提擧)를 지냈다. 옥국의 학은 〈후적벽부(後赤壁賦)〉에 나오는 임고정(臨皐亭)에서
만난 학을 가리킨다.

349 담쟁이 옷 : 담쟁이덩굴로 짠 옷으로 은자의 복식을 상징한다.

취묵 서교와 함께 읊다

與醉默書橋共賦

사립문에서 손님 맞으려 묵은 이끼 청소하니	柴門迎客掃苔荒
보슬비 쓸쓸히 내리고 석양이 물들었네	微雨蕭蕭帶夕陽
띠 집의 삼분은 숲에 붙어 가려지고	茅屋三分依樹隱
하루 묵힌 막걸리는 울타리 너머로 향기롭네	秫醪一宿隔籬香
닭 우는 달빛 속에 고향생각에 싸이고	鄉愁羃羃鷄聲月
기러기 등에 내린 서리에 가을 기운 무성하네	秋氣崢嶸鴈背霜
눈에 보이는 뭇 방초 많이도 떨어졌지만	眼看衆芳搖落甚
꽃 피우려는 국화는 의지가 막 강해졌네	黃花欲發意初强

적막한 나그네 심정으로 홀로 누대에 올라	寥栗羈懷獨上樓
바다 산 멀리 바라보니 참으로 수심 겹네	海山極望正堪愁
강 구름 낀 역의 나무 천리가 아련하고	江雲驛樹迷千里
지초 자란 언덕의 단풍 또 가을이구나	岸芷汀楓又一秋
그 누가 고아한 모임 백사350에 참여하나	高會何人參白社
오늘은 취향 청주351에 간다네	醉鄉今日到靑州

---

350 백사(白社) : 진(晉)나라 때 여산(廬山) 승려 혜원(慧遠)의 백련사(白蓮社)를
말한다.

351 청주(靑州) : 청주종사(靑州從事)의 준말로 미주(美酒)의 대칭이다. 《세설신어
(世說新語)》〈술해(術解)〉에 "환공에게 술을 잘 감별하는 주부가 있어서 술이 있으면

하늘 끝 떠나가는 기러기를 눈으로 보내나니　　　天涯目送飛鴻去
내 어찌 너와 함께 먼 유람을 할 건가　　　　　那得同渠作遠遊

먼저 맛보게 했는데, 좋은 술은 청주종사, 나쁜 술은 평원도독이라고 답했다.〔桓公有主
簿善別酒 有酒輒令先嘗 好者謂靑州從事 惡者謂平原督郵〕"라고 했다.

이송 해사 능석과 함께 읊다

與二松海史菱石共賦

지붕에 올라 섶나무 쌓는 겨울달인데	升屋蓄薪冬月中
집집마다 일이 있어 농사를 잇네	家家有事繼農功
빽빽이 두른 돼지우리는 달아남을 막기 좋고	密圍豚柵宜防逸
깊이 덮은 벌통은 바람을 막아주네	深掩蜂窠更護風
나무옹이는 산의 나무 장수하는 데 무방하고	癰腫無妨山木壽
시비는 이미 물과 구름을 좇아 비워버렸네	是非已逐水雲空
승상³⁵²에서 잠을 깨 턱 괴고 앉았노라니	繩牀睡起支頤坐
처마 모서리에 밝아오고 달이 동쪽에 올랐네	簷角虛明月上東

몸은 방공³⁵³처럼 성에 들어가지 않고	身似龐公不入城
마음은 불자처럼 무생³⁵⁴을 말하네	心如佛子說無生
헤진 책들은 겨울 나는 데 사용할 수 있고	殘編耐可三冬用
작은 창은 겨우 한 점 빛이 들어오네	小牖纔通一點明
담박하게 속세 욕심 잊으니 비로소 맛이 있고	澹忘塵機方有味
조용히 허뢰³⁵⁵를 들으니 각각 소리가 있구나	靜聞虛籟各成聲

---

352 승상(繩牀) : 줄을 엮어 만든 일종의 상이다.

353 방공(龐公) : 방덕공(龐德公)을 말한다. 동한 양양(襄陽) 사람으로 녹문산(鹿門山)에 은거했다.

354 무생(無生) : 불법을 말한다. 생사가 없는 진제(眞諦)라는 뜻이다.

객 찾아와 청담 나누니 소갈증 근심도 잊고　　客來淸話休愁渴
눈 녹은 물 가져다 차 주전자에 자주 채우네　雪水頻添煮茗鐺

낙엽 진 추운 마을 고목에 가을 들어　　　　　搖落寒村古木秋
서리에 기러기 다 돌아가고 생각만 아득하네　霜鴻歸盡思悠悠
내 홀로 취하지 않았는데 남들은 모두 취하고　我非獨醉人皆醉
남들이 수심을 말하려 하니 내가 수심 겹네　人欲言愁我始愁
눈 깜짝할 사이에 이 몸은 충비[356]가 되었으니　轉眄此身化蟲臂
명성을 물었던 지난 날 용머리[357]를 비웃네　噉名當日笑龍頭
큰 소리로 옛날을 사모한들 지금 무슨 소용　嘐然慕古今何用
추위와 더위 때를 좇아 갈옷과 갓옷 갈아입네　冷暖隨時換葛裘

---

355 허뢰(虛籟) : 바람의 별칭이다.

356 충비(蟲臂) : 사람이 죽은 후 벌레의 다리, 쥐의 간 같은 작고 미천한 물건이 됨을 말한다. 《장자(莊子)》〈대종사(大宗師)〉에 "네가 너의 간이 되겠는가 네가 충비가 되겠는가.〔以汝爲汝肝乎 以汝爲蟲臂乎〕"라는 말이 나온다.

357 용머리 : 과거시험의 장원을 말한다.

김영숙을 애도하다

悼金永叔

아, 이 사람이 떠나가다니	嗟哉若人逝
이 사람은 다시 얻기 어렵네	若人更難得
행실을 다스림은 군자와 같았고	制行類君子
이치를 보고는 깊은 학문에 매진했네	見理邁邃學
신분이 낮아 더러운 세상에 처했으나	身卑處汙世
뜻을 지키며 세속을 붙좇지 않았네	抗志不隨俗
나를 좇아 서로 남으로 다니면서	從我西與南
서로를 지켜주며 기쁨과 근심 함께 했네	相守共休戚
풍상에도 굳은 뜻 변하지 않아	風霜志靡渝
신의가 금석처럼 드러났네	信義著金石
나는 면양의 죄수가 되고	我作沔陽囚
그대는 해서의 나그네가 되었을 때	君爲海西客
우편으로 수차례 편지를 보냈기에	郵遞數寄書
산천으로 막혔음을 거의 잊고 지냈네	幾忘山川隔
편지 안에 무엇이 있었던가	書中何所有
나를 위해 마음으로 늘 축원했었지	爲我心常祝
나는 죄수가 되었어도 죽지 않았는데	我囚猶不死
그대는 어찌 그리 급히 떠나갔는가	君去何太迫
애도의 마음에 한밤중에 일어나	悼念起中夜

우러러 쳐다보니 하늘은 먹빛이네   仰視天如墨

그대를 위해 소전을 지었으나   爲君作小傳

눈물이 가려서 읽을 수가 없네   淚掩不可讀

차운하여 신백파 시랑께 답하다

次韻答申白坡侍郎

상자를 여니 구슬 같은 글이 가득하여	開篋珠璣滿
꿈속에서 보는 게 아닌가 의심했다네	自疑夢裏看
알겠구나, 저 백산 아래	遙知白山下
눈보라 속에 원안[358]이 누워있음을	風雪臥袁安

쓸쓸한 거처에선 들리는 소리도 없고	端居肅肅耳無聞
세모의 빈산엔 흰 눈만 날리네	歲暮空山白雪紛
세 잔 술 얻어 마시고 날짜 잊을까 근심하고	得酒三盃愁失日
천 리 멀리 벗 그리며 정운[359]을 읊네	懷人千里賦停雲
성명한 시절에 버림받은 나를 누가 알까	明時見棄誰知我
막다른 길에서 동정해 주는 이 오직 그대뿐	窮路垂憐獨有君
보의식경[360]도 이제 그만이로다	補劓息黥今已矣
하물며 죽은 뒤 방명 남기기를 논하겠는가	遑論身後更遺芬

---

358 원안(袁安) : ?~92. 자는 소공(邵公)이며, 여양(汝陽) 사람이다. 원소(袁紹) 등을 배출한 여남 원씨의 시조이다. 한나라 장제(章帝) 때 사도(司徒)를 지냈다. 젊은 시절 은거했을 때 한번은 대설이 내려서 식량도 구할 수 없었는데, 굶주림을 참으면서 집안에 누워 있었다. 낙양령(洛陽令)이 걱정하여 문안하였으나 나와 보지도 않았다.

359 정운(停雲) : 도연명(陶淵明)의 〈정운〉시가 있는데, 벗을 그리는 내용이다.

360 보의식경(補劓息黥) : 코 베는 형벌과 얼굴에 먹물로 글자를 새기는 형을 면하는 것이다.

신묘년(1891, 고종28) 제석 2수

辛卯除夕 二首

저녁밥에 수제비까지 먹으니	晩炊兼餺飥
산속 집에서의 한해도 끝났구나	山屋歲云終
오랜 객지살이에 이곳 풍속을 좇고	久客仍隨俗
높다랗게 읊조리며 억지로 궁기를 감추네	高吟强諱窮
처마 끝엔 묵은 눈이 반짝이고	簷端明宿雪
울타리엔 미풍이 살랑이네	籬落弄微風
새벽녘 근심으로 잠들지 못하고	曉枕悄無寐
몇 차례 들리는 닭소리로 풍흉을 점치네	數鷄占歉豐

궁벽한 골목엔 인사가 적어	窮巷少人事
마을에서 울리는 북소리만 들리네	但聞村鼓鳴
나누어 마신 술로 신년에 취하고	酒分新歲醉
사랑스런 등빛에 이 밤이 밝네	燈愛此宵明
천고가 오늘과 같았을진대	千古如今日
백 가지 우환 안은 내 생애 한스러워	百罹歎我生
정처 없는 떠돌이 삶도 운에 맡길 뿐	騰騰惟任運
이리저리 신경 쓸 필요 있을까	何必費經營

임진년(1892, 고종29) 1월 초하루

壬辰元日

바다 모퉁이에서 사람은 돌아가지 못하는데　　　　海隅人未返
봄빛은 타향에도 이르렀구나　　　　　　　　　　　春色到殊鄕
문엔 예전에 붙였던 복숭아 부적 바뀌었고　　　　戶換桃符舊
술잔엔 향긋한 잣나무 잎 떠다니네　　　　　　　　樽浮柏葉香
하늘에서 부는 바람으로 콩 보리농사 점치고　　　天風占菽麥
사람들 말소리에서 노랫가락을 듣네　　　　　　　人語聽宮商
이웃 마을에서 찾아와 문안을 올리며　　　　　　　隣曲來相問
상서로운 새해를 축하하네　　　　　　　　　　　　新年賀吉羊

입춘일의 눈발

立春日雪

요 임금의 풀[361]이 겨우 여섯 잎 자랐는데	堯蓂纔六展
온 세상은 벌써 봄을 맞이했네	天下始皆春
맑은 기운이 매화 꽃술을 재촉하고	淑氣催梅蕊
풍년 들 징조는 맥인[362]에서 보이네	豊徵驗麥人
가난한 집 문이지만 춘련 써 붙이고	蓬門猶帖子
나물밥은 오신반[363]이라네	菜飯卽盤辛
새해의 길상을 알게 하려고	欲識新年瑞
옥가루 꽃이 사방에 가득하네	瓊花滿四隣

---

361 요 임금의 풀 : 요 임금의 섬돌에 자란다는 서초(瑞草)이다. 매월 삭일(朔日)부터 한 잎씩 자라나서 반달이 지나면 15잎이 되고, 다시 한 잎씩 떨어져서 다 떨어지면 한 달이 된다고 한다.

362 맥인(麥人) : 껍질 벗긴 보리쌀이다. 눈이 많이 내리면 보리 풍년이 든다고 한다.

363 오신반(五辛飯) : 《동국세시기(東國歲時記)》에 의하면 입춘에는 경기 여섯 개의 읍에서 움파, 멧갓, 승검초 등 매운 나물을 눈 속에서 캐어 임금께 진상하였는데, 그러면 궁에서는 오신반(다섯 가지 매운 나물로 만든 음식)을 만들어 수라상에 올렸다 한다. 민간에서도 이를 본떠 세생채라 하여 파, 겨자, 당귀의 어린 싹으로 입춘채를 만들어 이웃끼리 돌려 먹었다.

인일

人日

사람은 만물 중에서 귀한 존재	人於物爲貴
나 또한 그중 하나로 충당되었네	吾亦充其一
늙은이가 무슨 명성을 이루었던가	老大成何名
영험한 명절 이날을 저버렸구나	靈辰負此日
새는 둥지에 깃들어 바람을 알고	鳥居能識風
짐승은 엎드려 깊이 몸을 숨기네	獸伏深藏密
지혜를 씀이 이만도 못하면서	用智不如斯
구구히 붓만 놀리고 있구나	區區謾弄筆

대보름 밤

元宵

황혼녘 천 개 고개에 달이 뜨고   黃昏千嶺月
몇 가구 모여 사는 촌락에 흰 눈이 내렸네   白雪數家村
미풍이 때때로 피리소리를 전하고   微風時送笛
꺼져가던 불이 아직 들판을 사르네   殘火尙燒原
소년들이 하는 짓 한번 배워보고자   試學少年事
저녁 내내 시끄럽게 떠들어보네   聊爲竟夕喧
밤 깊어 이웃은 흩어지고   夜深隣曲散
한 마리 개가 사립문에서 짖네   一犬吠柴門

첩경해당을 노래하다

詠貼梗海棠

성대히 피어난 경국지색의 자태여	夭夭傾國質
곱게 단장하고 평범한 숲에서 나왔네	婥約出凡林
고운 침은 비단소매에 엉기고	嘯唾凝紈袖
아름다운 놀은 흰 옷깃에 물들었네	綺霞染素襟
침향정³⁶⁴엔 양귀비의 한이요	香亭妃子恨
정혜원³⁶⁵엔 축신의 신음소리	惠院逐臣吟
시골구석에는 알아주는 사람이 없어	鄉曲無人識
물속에 잠긴 채 고금을 탄식하네	沉淪歎古今

---

364 침향정(沈香亭) : 당나라 궁중의 정자 이름이다. 양귀비가 술에 취해 침향정에서 깨어나지 않자, 현종(玄宗)이 해당(海棠)이 술에 취해 잠든 것이라고 했다.

365 정혜원(定惠院) : 호북성 황주(黃州)에 있는 절 이름이다. 송나라 소식(蘇軾)이 황주로 쫓겨나서, 정혜원에서 우거하며 〈해당〉시를 지었다.

강진으로 유람 가는 황생 석연을 전송하다

送黃生石淵客遊康津

푸른 바다 만리가 곤유[366]를 막으니   滄溟萬里限坤維

동부의 선산 세상엔 아는 이 적네   洞府仙山世少知

　강진 앞바다에 선산도(仙山島)가 있는데, 고려 승려 혜일(慧日)[367]이 절을
세우고 그곳에 살았다.

청해진[368]의 위엄 찬 명성은 장사절[369]이요   淸海威名張使節

　신라 때 궁복(弓福)이 청해진대사(淸海鎭大使)가 되어 당나라 배가 백성
약탈하는 것을 막았으며 신무왕(神武王) 때 김명(金明)의 난을 토벌하고
사직에 공을 세웠다. 당사(唐史)에서는 궁복을 장보고(張保皐)라고 부른
다.[370] 청해진은 지금의 완도다.

백련사 유적으로 혜일 선사의 시가 있네   白蓮遺跡慧禪詩

　백련사[371]는 만은산에 있다. 신라 때 창건되었는데, 세상에서 절경이라 일

---

366 곤유(坤維) : 서남쪽이다.

367 혜일(慧日) : 964~1053. 고려 초기의 고승이다. 성은 김씨, 자는 혜일, 법명은
결응(決凝)이다. 명주(溟州)에서 태어났으며, 아버지는 광률(光律)이다.

368 청해진(淸海鎭) : 전남 완도에 신라 장보고(張保皐)가 세웠던 진(鎭) 이름이다.

369 장사절(張使節) : 신라 장보고(張保皐)를 말한다.

370 신무왕(神武王)……부른다 : 이름은 김우징(金祐徵)이다. 아버지는 상대등 균
정(均貞)이며, 제43대 희강왕의 종제(從弟)이다. 어머니는 진교부인(眞矯夫人) 박씨
이고, 비는 진종부인(眞從夫人)이다. 장보고의 도움으로 민애왕(閔哀王)을 물리치고
왕위에 등극했다. 장보고를 감의군사(感義軍使)에 임명하고 그 딸을 왕비로 삼겠다고
약속했다.

371 백련사(白蓮社) : 전남 강진군 도암면 만덕리 만덕산에 있는 절이다.

컬어진다. 조사(祖師)가 11대째 전해와 동방의 명찰(名刹)이 되었다. 고려 승려 혜일이 이곳에 머무르면서 오언율시 한 수를 남겼다.

상강을 떠가며 남유의 뜻[372] 맘껏 펼치지만	浮湘縱邃南遊志
산에 오르면 자주 북쪽을 바라보리라[373]	陟岵應多北望時
시 읊고 난 뒤 달리 할 일이 없거든	料得吟餘無箇事
대낮에 맑은 창가에서 찻잎 한번 맛보시게	晴窓白日試茶旗

강진 다산(茶山)에서 명차(名茶)가 생산되는데, 근세에 승지(承旨) 정약용(丁若鏞)[374]이 처음 그것을 얻었다. 차품(茶品)이 훌륭하다.

---

372 남유의 뜻 : 《한서(漢書)》 권62 〈사마천열전(司馬遷列傳)〉에 "20세에 장강과 회수를 남쪽으로 유람하고, 회계산에 올랐고, 우혈을 탐색하고, 구의산을 살피고, 원수와 상수를 떠다녔다.〔二十而南遊江淮 上會稽 探禹穴 窺九疑 浮沅湘〕"라는 구절이 있다.

373 산에……바라보리라 : 《시경》 〈척호(陟岵)〉에 "저 산에 올라서 부친을 바라보네.〔陟彼岵兮 瞻望父兮〕"라고 했는데, 부친을 그리워하는 시의 전고로 사용된다.

374 정약용(丁若鏞) : 1762~1836. 본관은 나주, 자는 미용(美鏞)・송보(頌甫), 호는 다산(茶山)이다. 실학자로 유형원(柳馨遠)・이익(李瀷)의 학문과 사상을 계승하여 조선 후기 실학을 집대성했다. 전남 강진군 다산에서 19년 간 유배생활을 했다.

16일에 혜거 석운 자천 초하 이곳 관리 홍종윤 와 함께 읊다

旣望日與兮居石雲紫泉蕉下 本官洪鍾齋 共賦

새 가을 풍물이 그윽한 약속하기에 마땅하니	新秋風物愜幽期
들 채소와 촌 막걸리로 벗들과 대화하네	野蔌村醪話舊知
국화 길 가는 이끼에 나막신 자국 찍고	菊逕細苔添屐齒
벼논의 석양에 말채찍이 비치네	稻畦斜日映鞭絲
한가로운 동각엔 매단 물고기[375] 정결하고	官閒東閣懸魚淨
객 찾아온 서호엔 알리는 학이 더디네[376]	客到西湖報鶴遲
휘영청 아름다운 달 바라보는 오늘밤	望美迢迢今夜月
소자[377]가 배 띄웠을 때와 과연 어떠한가	何如蘇子泛舟時

---

375 매단 물고기 : 후한(後漢) 양속(羊續)이 태수를 지낼 때 역인(役人)이 생어(生魚)를 바치자, 양속은 먹지 않고 관청에 매달아 두었다. 또 다시 생어를 바치자 양속은 전에 매달아 두었던 생어를 보이며 그 뜻을 막았다고 한다.

376 객……더디네 : 송나라 임포(林逋)가 서호(西湖)에 은거했는데, 출타 중에 객이 방문하면 기르던 학이 날아와서 알렸다고 한다.

377 소자(蘇子) : 송나라 소식(蘇軾)이다. 이 구는 소식의 〈적벽부(赤壁賦)〉를 인용했다.

이튿날 여러 객들과 함께 읊다

翌日與諸客共賦

성근 울타리 기운 지붕엔 속세 인연 담박한데　　　疎籬欹屋淡生緣
자욱이 덮은 가을 그늘로 저녁하늘 어둡네　　　　　冪歷秋陰黯暮天
주미 휘두르는 청담만으로 긴 밤 보내고　　　　　只有塵談消永夜
문득 들려오는 벌레소리에 세월 감을 느끼네　　　忽聞蟲語感流年
승려 찾아오니 사립문 달빛이 문을 두드리고　　　僧來自叩山扉月
객이 떠나니 벼 언덕 연기 한가로이 피어나네　　　客去閒披稻壟烟
태평시절엔 시골 술 금지령 풀리리니　　　　　　　樂歲村酤應解禁
　　이때 주금(酒禁)이 여전히 엄했다.
가고 가며 장두전[378]을 준비해야겠네　　　　　　行行且備杖頭錢

---

378 장두전(杖頭錢) : 술 살 돈을 말한다. 《진서(晉書)》 권49 〈완수전(阮脩傳)〉에 "항상 걸어 다닐 때 백전(百錢)을 지팡이 머리에 매달아놓았는데 술집에 이르면 곧 홀로 실컷 마셨다.〔常步行 以百錢掛杖頭 至酒店 便獨酣暢〕"라는 기록이 있다.

도은 능석과 함께 의두암에 오르다

與陶隱菱石登依斗巖

무수한 나환³⁷⁹이 취아³⁸⁰를 껴안으니	無數螺鬟擁翠娥
목욕한 듯 맑은 빛에 산하가 떠있네	晴光如沐泛山河
삼경³⁸¹에 문 닫아걸어 시정이 수척하고	三庚閉戶詩情瘦
하루 동안 높은 곳에 오르니 들빛도 다채롭네	一日登高野色多
가난한 선비 가을 만나 배부름을 바라고	貧士逢秋猶望飽
쇠한 얼굴이 술 마시고 잠시 불그레해지네	衰顔得酒暫成酡
석양녘 유장한 소리 바람 편에 지나노니	曼聲落日過風便
소나무 아래 그 누가 소뿔 두들기며 노래하나³⁸²	松下何人扣角歌

---

379 나환(螺鬟) : 나사 모양으로 맴돌며 수직으로 솟은 봉우리를 말한다.

380 취아(翠娥) : 본래는 미인을 말하나 여기서는 봉우리를 비유하는 말로 쓰였다.

381 삼경(三庚) : 삼복(三伏)을 말한다.

382 소나무……노래하나 : 춘추 시대 위(衛)나라 영척(寧戚)이 제(齊)나라에서 소뿔을 두들기며 노래했는데, 환공이 그 노래를 듣고 훌륭하다고 여기고 데려와서 상경(上卿)으로 삼았다고 한다.

밤에 도은 능석과 함께 읊다

夜與陶隱菱石共賦

날 저물자 소와 양 각각 집으로 돌아가고	日暮牛羊各返家
서늘한 하늘엔 이슬 배어 마당 꽃 축축하네	凉天露氣濕庭花
한가히 동원을 돌며 약기운을 떨쳐내고	閒巡園圃兼行藥
멀리 산 샘물 길어다 다품을 겨루네	遠汲山泉試鬪茶
오랜 비 겨우 개고 나니 가을은 이미 절반	久雨纔晴秋已半
좋은 밤 다하지 않았는데 달은 기울려 하네	良宵未艾月將斜
뜬구름 인생사 머물 곳 어디일까	浮生歇泊知何處
아득한 강호는 끝이 없다네	渺渺江湖不可涯

육률383의 운을 뽑아서 도은 해사 능석과 함께 읊다

拈陸律韻與陶隱海史菱石共賦

차가운 응달이 쓸쓸히 외로운 성에 접하고	寒陰蕭瑟接孤城
땅 가득한 누런 구름에 들빛이 고르네	滿地黃雲野色平
수확하느라 바빠서 짧은 해를 근심하고	穡事忙忙愁日短
나그네 정회 또렷하여 가을 밝음을 껴안네	羈懷歷歷抱秋明
그대 시의 준임함은 천하무적이건만384	知君俊逸詩無敵
늙고 쇠잔한 이내 몸은 검술도 이루지 못했네	顧我龍鍾劒不成
술 마신 후 바라보니 몹시도 영락했구나	酒後相看搖落甚
하물며 한밤중 숲 속 소리를 어찌 들으랴	況聞半夜樹間聲

---

383 육률(陸律) : 남송(南宋) 육유(陸游)의 율시이다. 육유는 율시로 저명했다.

384 그대의……천하무적이건만 : 두보(杜甫)의 〈춘일억이백(春日憶李白)〉시에 "이백은 시가 무적이니, 표연한 시정은 견줄 이 없네. 청신함은 유신(庾信)과 같고 준일함은 포조(鮑照)와 같네.〔白也詩無敵 飄然思不群 淸新庾開府 俊逸鮑參軍〕"라고 했다.

도은과 함께 앞산에 올라가 짓다

與陶隱登前山作

솔뿌리 안석 삼고 바위를 상 삼으니	松根爲几石爲牀
산 밑엔 가을 깊어 벼와 기장을 거두네	山下秋深穫稻粱
갈대밭 물가 아득히 기러기 글자 비끼고	蘆渚遙橫新鴈字
초풍385이 때때로 불어 늙은 소가 향기롭네	樵風時過老牛香
얕은 잔디를 두루 밟으니 짚신이 미끄럽고	淺莎踏遍青鞋滑
먼 숲이 어둠에 잠기니 흰 모시옷 서늘하네	遠樹暝沉白苧凉
이제 곧 시골 명절 가배로구나	好是嘉俳村節近
돌아오니 달빛이 서쪽 행랑에 가득하네	歸來月色滿西廊

---

385 초풍(樵風) : 순풍(順風)을 말한다.

여러 사람들과 함께 읊다

與諸人共賦

금년에 몇 유순³⁸⁶을 넉넉히 얻어　　　　　今年剩得幾由旬

머리 위 쌍환³⁸⁷이 부지런히 뛰었네³⁸⁸　　　頭上雙丸跳擲頻

꿈속에서 보낸 한평생에 어찌 내가 있었으리　　夢過一生那有我

술 취해 천고를 바라보니 아무도 없는 듯하네　醉看千古若無人

깊은 밤 산 나무는 가지끼리 이야기하고　　　夜深山木枝枝語

무르익은 가을 전가엔 물물이 새롭네　　　　秋熟田家物物新

홀로 거문고에 기대어 멍하니 앉았노라니　　獨據枯梧嗒然坐

흔들리는 등 그림자 속에 오사모만 높다라네　婆娑燈影岸烏巾

---

386 유순(由旬) : 옛 인도(印度)의 거리의 단위이다. 1유순은 80리·60리·40리 등
여러 설이 있다.

387 쌍환(雙丸) : 해와 달을 말한다.

388 부지런히 뛰었네 : 원문의 '도척'은 광음(光陰)이 신속함을 비유하는 말이다.

양산 수령 신열릉이 〈장상사〉 94운을 부쳐 와서 오언고시 50운을 지어 화답하다

梁山守申洌陵寄長相思九十四韻爲賦五古五十韻以和之

가을 기운은 날로 처량해지고	秋氣日惻惻
가을 산은 참으로 쓸쓸하네	秋山正蕭瑟
산중에 초목들 무성할 때	山中卉木盛
온갖 새들 봄날을 즐거워했거늘	百鳥媚春日
지금은 모두 어디에 있는가	而今安在哉
귀뚜라미 울음밖에 들리지 않네	但聞鳴蟋蟀
나그네는 밤에도 잠자지 못하고	羈人夜不寐
처연히 계절을 느끼네	悽然感時物
벗의 얼굴 보지 못한 채	不見故人面
육칠 년의 세월 흘러버렸네	星霜遍六七
지난날 이별할 때부터 머리털 빠졌으니[389]	昔別髮就種
지금은 머리가 완전히 세었으리라	今想頭全雪
편지 열고 그대의 시를 읽으니	開緘讀君詩
구슬 같은 문장에 눈이 황홀했네	珠璣滿眼纈
위에선 늘 그리워한다고 말했고	上言長相思
아래에선 득실을 잊었다고 말했지	下言忘得失

---

389 머리털 빠졌으니 : '종종(種種)'은 머리숱이 적은 것을 뜻하는데, 늙어 쇠잔해진 모습을 형용하는 말로 쓰인다.

지난날 함께 농사짓겠다던 약속 　　疇昔耦耕約

꿈에서도 동호의 달을 그리네 　　夢想東湖月

인사가 서로 어긋나버렸으니 　　人事兩參差

뜻하던 비를 언제나 이룰까 　　志願何時畢

그대는 본래 청운의 그릇 　　君本青雲器

세상을 널리 구할 계책을 품었네 　　心懷匡濟術

나라 안에 일찌감치 명성을 날리고 　　京國馳名早

우뚝 예림의 준걸이 되었네 　　卓犖藝林傑

날 때부터 남 해치며 얻으려는 본성 없었고 　　生無忮求性

남의 선행 보기를 스스로 낸 것처럼 했네[390] 　　見善若己出

빼어난 후진을 추천함에 　　推轂後進秀

목마른 자처럼 급히 하였지만 　　汲汲如飢渴

자신을 도모함에는 뛰어나지 못하여 　　謀身獨未工

계책을 품고도 여러 번 굽힘 당했네 　　懷書屢見屈

당시 사람들은 기이하게 여기지 않았으나 　　時人不之奇

어진 재상께서는 알아보고 발탁했네 　　賢相乃識拔

과거에서 최고의 인재 얻었을 때 　　吾榜最得人

오직 그대가 일등을 차지했네 　　惟君居第一

그러나 십 년간 낭서에 묵어서 　　十年滯郎署

두건과 의복이 추워서 떨었네 　　襆被寒凜慄

---

390 남의……했네:《명심보감(明心寶鑑)》〈입교(立敎)〉에 "선을 보거든 내게서 나간 것같이 하며, 악을 보거든 내가 병든 것같이 하라.〔見善如己出 見惡如己病〕"라는 말이 있다.

뜻을 지니고도 감히 펴지 못하고	有志不敢伸
침잠한 채 술에 마음을 붙였네	沉冥寄麴糱
만년에 작은 현 하나를 얻어	晚得一小縣
민간의 가가호호를 관리했네	民社管十室
아득히 큰 고개로 막혀있는 곳에서	迢迢隔大嶺
부지런히 어별391들을 다스렸네	黽勉尹魚鱉
장부 따위는 얼마나 자질구레하며	簿書何太瑣
세금 독촉은 참으로 졸렬하네	催科政亦拙
저 옛날 팽택영392을 생각하며	緬懷彭澤令
인끈 풀 생각 어찌 없었으리	豈不思解紱
돌아가려 해도 전원이 없어서	欲歸無田園
깊이 신음하며 결단하지 못한 것	沈吟故未決
서산에 기운 상쾌할 때면	西山有爽氣
유유자적 때때로 홀을 뺨에 괴었지	悠然時拄笏
고개 돌려 옛 벗들 그리워했지만	回首戀舊遊
드문드문한 새벽 별처럼 사라지고 없네	落落晨星闊
시사의 술자리는 오래도록 적막하여	社樽久寂寞
잠깐사이에 존몰을 느끼게 하네	俛仰感存沒
초췌한 저 사람은 누구인가	顦顇彼何人

---

391 어별(魚鱉) : 수족(水族)의 통칭이다. 여기서는 생령을 뜻하는 말로 사용되었다.
《서경》〈이훈(伊訓)〉에 "산천과 귀신도 편안하지 않음이 없고, 조수와 어별도 그 마땅
함을 얻었다.〔山川鬼神亦莫不寧 曁鳥獸魚鱉咸若〕"라는 말이 나온다.
392 팽택영(彭澤令) : 도잠(陶潛)이 팽택영으로 있다가 봉급 오두미(五斗米)에 허리
를 굽힐 수 없다고 하고, 벼슬을 버리고 귀거래(歸去來)한 일을 말한다.

물가에서 읊조림을 그치지 않는구나   澤畔吟不輟

머리 묶은 후로³⁹³ 즐거이 분수를 지키며   結髮推分好

서로의 고아한 속내를 다 나눠주었네   肝膽雅相悉

나는 어리석어 죄를 자초하였으나   我愚自速戾

성은을 입어 형벌을 면했네   聖恩寬鈇鑕

세상 사람들은 모두 두려워하며 피했으나   世人皆畏避

그대만은 차마 교분 끊지 않았네   君獨不忍絕

우편으로 여러 번 안부를 물으니   郵便數問訊

간곡한 마음이 글 속에 넘쳤네   懇懇情詞溢

막힌 길에서도 한결같이 돌아봐주니   窮途重一顧

친족과 어찌 다르겠는가   何異肉與骨

육년 동안 선탑을 빌려 살 때   六載借禪榻

그림자 돌아보면 항상 외로웠네   顧影恒兀兀

다행히 두 늙은 벗이 있어서   幸有二老友

밥 싸들고 와 병으로 쇠한 몸 위로해 주었네   裹飯慰衰疾

그 누군들 시사 중의 사람 아니겠는가만   誰非社中人

그대와 가장 끈끈하였네   於君最膠漆

삼경³⁹⁴을 헤치고 날 찾아와서   披拂來三逕

정성껏 누추한 집을 위로해주었네   慇懃款蓬蓽

---

393 머리 묶은 후로 : 원문의 '결발(結髮)'은 남자 성인이 되어 상투를 트는 것, 즉 20살을 의미한다.

394 삼경(三逕) : 소나무·국화·대나무를 심은 세 오솔길이다. 은자의 정원을 말한다.

뚫어지게 쳐다볼 때면 흰 구름도 멈추고　騁矚白雲停

손뼉을 칠 때면 맑은 바람 일었네　抵掌淸風發

술이 반쯤 취하면 그대 생각나건만　酒半輒思君

바다 산엔 푸름만 울창하네　海山碧鬱鬱

어찌 끝 뾰족한 대나무가 없겠는가　豈無簬簵竿

그대와 열수에서 낚시하고 싶네　與子釣于洌

가고 머묾에 각각 운명이 있다는데　行止各有命

이 몸이 고삐에 매어 있음을 어찌 하랴　奈此身繫紲

우리 무리는 모두 노쇠했으니　吾輩俱頹齡

오랫동안 이별을 견딜 수 없네　不堪久傷別

다만 한 고을에 모일 것을 원하니　但願聚一鄕

서로 따름이 겸궐395과 나란하네　相隨比鶼蹷

지팡이 끌며 함께 건장함을 다투며　攜杖共鬪健

밭두렁 길을 넘음을 꺼리지 않네　不憚阡陌越

과두396로 마음껏 다리 뻗고 걸터앉아　科頭任箕踞

등불 돋우며 담설397을 날리네　挑燈飛談屑

술잔 들고 옛 벗들을 얘기하며　銜盃道故舊

술 취해 맺힌 마음을 쏟아내네　陶然瀉菀結

세정이 날로 멀어지니　世情日以遠

어찌 냉열398을 지니겠는가　焉能有冷熱

---

395 겸궐(鶼蹷): 비익조(比翼鳥)와 비견수(比肩獸)로, 친밀한 벗을 비유한다.

396 과두(科頭): 관모를 쓰지 않고 맨머리를 노출하는 것이다.

397 담설(談屑): 담화가 도도하게 끊이지 않는 것이다.

이 일은 참으로 즐거우니   此事眞快樂

패불³⁹⁹과 바꿀 수가 없네   不用換珮黻

유란⁴⁰⁰이 뽕밭으로 바뀌듯이   幽蘭變桑田

좋은 일은 다시 진술하기 어렵네   勝事難再述

꿈속의 사람을 만나거든   如逢夢中人

내 말로써 질문해 보구려   請以吾言質

한초정과 함께 읊다

與韓蕉亭共賦

대추 뺨에 붉은빛 돌고 국화는 구슬 토하는데	棗頰垂紅菊吐珠
다급한 다듬질 소리에 달은 오동나무에 비꼈네	村砧調急月橫梧
문 닫아걸었더니 어느새 가을이 저물고	閉門不覺三秋暮
배불리 먹었더니 회상할 일이 한 가지도 없네	飽食回思一事無
눈 어두워 끝내 책마저 손에서 놓고	眼暗終須書亦廢
근심 일 때마다 자꾸 술만 부르네	愁來惟有酒頻呼
세상의 어떤 물건이 본성을 즐겁게 할까	世間何物堪怡性
조용히 살면서 병든 몸이나 보양해야지	秪合端居養病軀

석운 도은과 함께 오봉산에 오르다

與石雲陶隱登五鳳山

자욱한 안개 바람에 바다 산이 희미하고	風烟漠漠海山迷
끝없이 펼쳐진 가을하늘에 마음 더욱 처량하네	極目秋旻意更悽
숲에 가린 마을 깊어 길 분별하기 어렵고	藏樹村深難辨路
등나무 더위잡을 벽 미끄러운데 사다리도 없네	攀藤壁滑苦無梯
높이 올라오니 바람은 저 아래 있었구나	登高始覺風斯下
진탕 취했으니 해 서로 기운들 무슨 상관이랴	盡醉何妨日欲西
양쪽 언덕은 쓸쓸히 단풍 잎 속에 있는데	兩岸蕭條紅葉裏
놀던 사람들 돌아가니 석양녘에 새가 우네	遊人歸去夕禽啼

자천과 함께 읊다

與紫泉共賦

편안함과 배부름 구할 계책 온통 성글지만	求安求飽計全疎
유유한 천지는 하나의 여관일 뿐	天地悠悠一遽廬
술빚이여, 그 누가 설씨의 문서 불살라 줄까[401]	酒債誰將焚薛券
교분이여, 자고로 혜강의 편지[402] 탄식했지	交情自古歎嵇書
집에서의 생활 즐거워 그대는 잘 늙어가고	家居有樂君能老
시골 차림 몸에 맞아 나는 처음 뜻 이루었소	野服稱身我遂初
팔십 년 동안 지나온 일들	八十年來經歷事
누대가 무덤으로 변함을 몇 번이나 보았던가	樓臺幾見變邱墟

---

401 그……줄까 : 동진(東晉) 때 주만(朱曼)의 아내 설씨(薛氏)가 땅을 산 계약서를 말한다. 이 계약서는 비석에 새겨져있는데, 지금 온주박물관에 소장되어 있다.

402 혜강(嵇康)의 편지 : 혜강이 산도(山濤)에게 보낸 〈여산거원절교서(與山巨源絶交書)〉를 말한다.

어일재[403] 윤중 시랑을 전송하다

送魚一齋 允中 侍郞

말 수레가 저녁에 사립문에 이르렀기에	征驂日暮款柴扉
어깨 걸고 푸른 등불 밑에서 은근히 담소했네	把臂青燈笑語微
세찬 풍진 속에서도 그대는 강건하고	滾滾風塵君尙健
아득한 강과 바다에서 나는 어디로 돌아갈까	悠悠江海我安歸
잠시 술잔 속에 봄빛을 붙잡아 두었더니	暫將盃酒留春色
또 다시 국화 대하고 석양빛을 희롱하네	且對寒花弄夕暉
성세에 유유자적 팔자도 흡족한데	聖世優遊身分足
갈림길에 임해 어찌 눈물로 옷깃 적실까	臨岐何必淚沾衣

---

403 어일재(魚一齋) : 어윤중(魚允中, 1848~1896)으로. 본관은 함종(咸從), 자는 성집(聖執), 호는 일재이다. 조선 후기의 정치가, 개화사상가이다. 온건 개화파로서 1894년 갑오개혁 내각에서 탁지부 대신이 되어 재정·경제 부분의 개혁을 단행했다.

혜거 석운 초하 자천 황석정 지흠 과 함께 읊다

與兮居石雲蕉下紫泉黃石汀 智欽 共賦

서리 속 고운 아침 해에 몽롱한 잠에서 깨어	霜旭暄妍睡懵騰
가을바람에 낙엽 진 높은 언덕을 보네	西風木落見高陵
서글픈 가을 심정 누군들 능히 읊으리	秋懷悱惻誰能賦
주령으로는 거친 성품 묶을 수 없다네	酒政疎狂不可繩
늙어갈수록 늘 무리 떠난 기러기 근심이니	老去常愁離侶鴈
언제나 신나게 활깍지 벗어난 매가 될까	何時快作脫鞲鷹
그대들 보니 말투에 속세의 기운 없어	看君口氣無烟火
시사가 옥정⁴⁰⁴의 얼음처럼 맑구려	詩思清如玉井氷

---

404 옥정(玉井) : 전설 속의 곤륜산(崑崙山)에 있다는 물 이름이다.

도은 능석과 함께 의두암에 오르다

與陶隱菱石登依斗巖

술 들고 지팡이 들면 그게 곧 좋은 유람	携酒携筇便勝遊
아무 곳에나 올라서 나그네 시름 품시다	登臨何處散羈愁
단풍 물 든 몇몇 집에선 닭이 정오를 알리고	數家紅樹鷄聲午
국화 핀 구월엔 기러기가 가을을 등졌네	九月黃花鴈背秋
눈 가득한 구름연기에 해시[405]가 어른거리고	極目雲烟迷海市
바람에 이는 북소리 호각소리 관루에서 이네	因風鼓角起官樓
용산의 모자[406] 바람에 날려 떨어져도 좋으니	無妨吹落龍山帽
가장 미운 것은 서풍이 백발을 속이는 것	最恨西風欺白頭

---

405 해시(海市) : 신기루(蜃氣樓)이다.

406 용산(龍山)의 모자 : 진(晉)나라 맹가(孟嘉)가 구중절(九重節)에 용산에서 유람할 때 바람에 모자를 떨어뜨리고도 몰랐다고 한다. 《진서(晉書)》 권98 〈맹가전(孟嘉傳)〉에 "(맹가가) 환온(桓溫)의 참군으로 있을 때, 구월 구일에 환온이 용산(龍山)에서 연회를 베풀었는데 모든 막료들이 다 모였다.……때마침 바람이 불어 맹가의 모자가 벗겨졌으나 맹가는 알아차리지 못했다. 환온이 좌우에게 말하지 말라고, 그의 행동거지를 보고자 했다.……손성(孫盛)에게 명하여 글을 지어 맹가를 조롱하도록 하였다. 〔爲征西桓溫參軍……九月九日 溫燕龍山 寮佐畢集……有風到至 吹嘉帽墮落 嘉不知覺 溫使左右勿言 欲觀其擧止……命孫盛作文嘲嘉〕"라고 했다.

혜거 석운 초하 자천 취묵, 그리고 덕산 수령 이묵오 명우 및 도은 석정과 함께 읊다

與兮居石雲蕉下紫泉醉默德山守李默吾 明宇 陶隱石汀共賦

궁벽한 땅 사립문엔 찾는 이도 적은데	地僻柴門少過經
적적한 자운의 정자407를 누가 방문하는가	寥寥誰訪子雲亭
등불 앞 옹기종기 모인 머리 삼분이 하얗고	燈前聚首三分白
술 마신 후 비비는 눈 천고의 푸른색이네	酒後拭眸千古青
한가한 날 경박한 유윤408을 따르고	暇日追隨劉尹薄
성명한 시절 깨어 있던 초루409처럼 초췌하네	明時枯槁楚纍醒
가고 머물매 낼 아침의 일 묻지 마시오	行藏莫問來朝事
뜬 구름 인생 여관에 잠시 깃들었을 뿐	逆旅浮生暫寓形

---

407 자운(子雲)의 정자 : 한나라 양웅(揚雄)의 정자이다. 자신의 서실을 초현당(草玄堂) 혹은 초현정(草玄亭)이라 불렀다.

408 유윤(劉尹) : 유담(劉惔)으로, 자는 진장(眞長)이다. 패국(沛國) 사람이며 진(晉)나라 영화(永和) 원년 전후로 살았다. 간문제(簡文帝) 초에 왕몽(王濛)과 함께 담객(談客)이 되었으며 여러 번 단양윤(丹陽尹)을 지냈기에 유윤이라 부른다. 《세설신어》〈총례(寵禮)〉에 "허현도가 도읍에 한달 머무는 동안 유윤은 매일같이 그를 찾아갔다. 그러다 탄식하며 말하기를 '그대가 얼마 있다 떠나지 않으면 나는 경박한 경윤이 되고 말겠소.' 하였다.〔許玄度停都一月 劉尹無日不往 乃嘆曰 卿復少時不去 我成輕薄京尹〕"라고 말했다는 고사가 전한다.

409 초루(楚纍) : 초나라 죄인으로 묶인 굴원(屈原)을 말한다.

차운하여 자천에게 화답하다

次韻和紫泉

객을 전송하고 홀로 무심히 누대에 오르니　　　　　　　送客無心獨上樓
처량한 바람 휘날리는 눈발에 겨울이 찾아왔네　　　　　凄風飛雪作冬頭
바위 굴집[410]엔 밤 긴데 닭은 늘 일찍 울고　　　　　巖棲夜永鷄常早
물 고을에 날 추위 기러기 모두 날아가네　　　　　　　澤國天寒鴈盡飛
술 있어 천고 역사를 축일 만했지만　　　　　　　　　有酒堪澆千古史
시 짓지 않고서 한 해 가을을 헛되이 버렸네　　　　　廢詩虛負一年秋
반평생 떠도는 몸이 홀로 깃드나니　　　　　　　　　飄零半世身獨寓
그 언제나 피안에 정박하여 배 붙들어 맬까　　　　　彼岸何時定繫舟

---

410 바위 굴집 : 은거를 말한다.

화정 칠영

花井七詠

장대한 모습은 그릇 되기에 맞지 않고   磊砢不中器

오만한 모습은 거만한 사람 같네   偃蹇如傲人

누가 너를 버려두라 했는가   棄置誰令汝

이 적막한 물가에서 늙어가는구나   老此寂寞濱

    위는 연봉(蓮峯)의 여윈 바위이다.

영탑에 봄이 오니   春來靈塔上

나무들 모두 붉은 옷 입었네   樹樹盡着紅

사람 없어도 제 혼자 폈다가 지니   無人自開落

봄바람을 원망할 필요 없으리   不須怨東風

    위는 영탑(靈塔)에서 꽃을 감상한 것이다.

텅 빈 산엔 푸름이 쌓이고   山空蒼翠積

비추는 해에 고운 놀이 어지럽네   日照綺霞紛

나무꾼 노래가 숲속에서 울리고   樵歌響林樾

사람은 고개 구름 속에 있네   人在半嶺雲

    위는 오봉산(五鳳山)의 맑은 이내이다.

씻은 듯 맑은 가을하늘   秋空明如洗

만 리에 더러운 먼지 사라졌네 　　　萬里滅氛埃
구불구불한 봉우리 끝에 달이 떠올라 　　宛轉峯頭月
굳이 어두운 이 찾아와 비추어 주네 　　偏照幽人來
　　위는 마산(馬山)의 가을달이다.

홰나무뿌리가 바위 구멍을 뚫고 　　　槐根穿石竇
성근 별빛이 찬 샘물에 빠졌네 　　　疎星落寒泉
쓸쓸히 서리 맞은 잎을 밟노라니 　　　蕭蕭踏霜葉
서암엔 아침 안개가 일어나네 　　　西庵起早烟
　　위는 칠천(漆泉)⁴¹¹에서 새벽에 물을 긷는 것이다.

저물녘 바람이 눈을 불어 날리는데 　　日暮風吹雪
허공이 흐릿하여 앞 봉우리가 사라졌네 　空濛失前峯
아침에 창을 밀치고 바라보니 　　　朝來拓窓見
우뚝 높이 옥부용이 솟았네 　　　突兀玉芙蓉
　　위는 옥봉(玉峯)의 저녁 눈이다.

밤이 추워서 마을에선 다듬이 소리 그치고 夜冷村砧息
종소리가 숲 사이에서 새어나오네 　　鍾聲出林間
노승이 불경 외길 마치니 　　　老僧誦佛罷
구름 낀 바다 산에 동이 터오네 　　雲曙海上山
　　위는 야사(野寺)의 찬 종소리이다.

411 칠천(漆泉) : 영탑사 입구에 있는 샘 이름이다.

도은이 찾아와 집에 매화 화분이 활짝 피었다고 하더니 즉시
종을 시켜 이 눈 속에 가서 가져오게 했다. 밤에 도은과
함께 술을 마시며 매화 아래에서 함께 읊다

陶隱來言家有盆梅方盛開卽命雇奴冒雪往取夜與陶隱飮梅下共賦

산 가득 눈보라 속에 바삐 종을 보내더니	滿山風雪送奴忙
어느새 우물412이 내 상 위에 놓였네	尤物居然置我牀
고아한 풍격 마주하고 속세 모습 부끄러워하고	試對高標慙俗狀
어진 주인과 오래 있어서인지 책 향기 감도네	久依賢主帶書香
아득히 멀리 머금은 정 옥패를 버렸나 싶고413	含情縣邈疑捐佩
은근히 띠는 미소 술잔을 권하는 듯하네	索笑慇懃似侑觴
얼음과 같은 뼈 무슨 일로 이리도 초췌한가	氷骨緣何憔悴甚
상강 천 리엔 몽혼이 아득하네	湘江千里夢魂長

412 우물(尤物) : 매화의 별칭이다.

413 옥패를 버렸나 싶고 : 《초사(楚辭)》〈상군(湘君)〉에 "내 패옥을 강물에 버리고,
내 패물을 예포에서 잃었네.〔捐余玦兮江中 遺余佩兮醴浦〕"라고 했다. 사랑하는 이를
기다렸으나 만나지 못한 실망으로 신물(信物)을 버리는 것을 말한다.

유임천 혜거를 애도하다

哭兪林川兮居

젊은 시절 붕우를 곡할 땐	少日哭朋友
날이 멀어지면 이내 잊혔네	日遠日相忘
그러나 다 늙어 붕우를 곡하니	垂老哭朋友
오래될수록 암담하게 가슴 아프네	愈久暗自傷
옛날 내가 서울에서 노닐 때	昔余遊京都
그대와 나는 꽃다운 나이었지	與君年俱芳
어느새 훌쩍 사십 년이 흘러서	倏忽四十秋
노쇠한 머리털이 얼룩얼룩해졌네	蹉跎髮滄浪
뜬 구름처럼 각각 동으로 서로 다니다가	浮雲各東西
이 고을에서 만날 줄 어찌 알았으리	豈知會此鄉
그대는 아미산 북쪽에 있고	君在峨嵋北
나는 아미산 남쪽에 있었네	我在峨嵋陽
저 석운자⁴¹⁴를 끌어들여	攬彼石雲子
구중과 양중⁴¹⁵이 되었네	偕作求與羊
그리우면 곧 수레를 준비시켜	相思輒命駕

---

414 석운자(石雲子) : 석운(石雲) 박기양(朴箕陽, 1856~1932)으로, 석운은 그의 호
이다. 본관은 반남이며 1888년 별시문과에 병과급제했다. 성균관 대사성과 함경도 관찰
사를 역임했다.

415 구중(裘仲)과 양중(羊仲) : 490쪽 주 342 참조.

적막한 선방을 두들겼네 　寂寞叩禪房

같은 침상에서 잠잤지 불등 깊은 곳에서 　抵足佛燈深

머리 풀어 헤쳤지 홰나무 그늘 서늘한 곳에서 　散髮槐陰凉

꼬장꼬장한 옛 자태 여전한데 　骯髒猶故態

술 마신 후 청아한 호기를 펼쳤네 　酒後發淸狂

분에 겨워 꾸짖으며 세속의 천박함 근심하고 　憤咤疾俗薄

머리 긁적이며 요순 시절을 생각했네 　搔首想虞唐

새벽종 울릴 때까지 고심하며 시 읊었고 　苦吟抵晨鍾

해학과 농담에 방안이 떠들썩했네 　詼笑哄一堂

가난이 갈수록 심해진다 말하며 　自言貧益甚

금년엔 보리를 양식으로 삼았네 　今年麥爲粮

가을 되자 몸 더욱 강건해졌으니 　秋來身陡健

이는 참으로 범상한 이치 아니리 　此理恐非常

내가 말하기를 기운이 원래대로 돌아왔으니 　余云氣還元

이는 그대가 장수할 조짐이라 　是君壽考祥

어찌 알았으리 기름 다한 등불이 　詎料殘膏燈

꺼지려다 잠깐 빛을 발했던 것임을 　欲滅暫復光

이별하여 두 달을 지났는데 　解携經兩月

목소리도 모습도 천 년 세월 속에 갇혔네 　音容閟千霜

놀란 가슴 진정되고 스스로 애도하니 　驚定還自悼

침통함에 내장이 뜨겁네 　沉痛熱中腸

외로운 곡조는 음을 이루지 못하는데 　孤調不成音

옥 거문고만 공연히 상 위에 놓여있네 　瑤琴空在牀

그대 사후의 일을 처리하느라 　念君身後事

온 집안이 곧 겨를 없이 허둥댔으리	家室便蒼茫
형제들은 멀리 떨어져있는데	兄弟隔遠途
누가 고아와 과부를 위로했을까	誰撫孤與孀
아득한 단주⁴¹⁶의 산	縹渺湍州山
소나무 잣나무 푸르기도 하구나	松柏正蒼蒼
어찌 수구초심이 없었을까	豈無首邱仁
돌아가고 싶어 방황했으리	欲歸應彷徨
나는 새장의 새처럼	我如籠中禽
날개가 묶여 날 수가 없네	繫翼不能翔
바라보기만 할 뿐 수레 줄 잡을 수 없어	瞻望莫攀緋
부질없이 눈물만 줄줄 흘리네	涕泗徒滂滂
쉼 없이 흘러간 오년의 시간 동안	源源五載間
광음은 어찌 그리 바삐도 갔는지	光陰一何忙
고개 돌려 지난 자취를 찾으니	回首問前躅
결국은 한바탕의 꿈이었구나	竟是一夢場

---

416 단주(湍州) : 황해도 단천(湍川)이다.

임진년(1892, 고종29) 소제석 밤에 읊다

壬辰小除夕夜吟

고목은 늘어져있고 별빛은 푸른데	古木垂垂星斗蒼
주인은 말이 없고 슬은 상에 비껴있네	主人無語瑟橫牀
아이는 납일에 내린 눈 끓여 추운 밤 보내고	兒煎臘雪消寒夜
여종은 쌀가루 경단 만들어 뜨거운 탕 올리네	婢作粉糰排煖湯
궁벽한 마을의 명절 분위기 너무도 적막하니	節物村荒殊寂寞
해묵은 나그네 정회 일상이 되어버렸네	羈懷年久若尋常
서쪽 이웃집 등불은 뉘 집 아낙이 켜놓았는지	西隣燈火誰家婦
새벽까지 찬 다듬이로 아직도 옷을 두드리네	抵曉寒砧尙搗裳

섣달그믐밤

除夕

매년 섣달 그믐이면 짧은 시를 읊었으니   除夕年年詠小詩
금년 섣달 그믐에 말이 없을 수 있겠는가   今年除夕可無辭
추위가 극에 이르면 따스함 돌아오고   寒垂極處應回暖
선비는 곤궁한 후라야 뛰어남 드러내네[417]   士到窮時乃見奇
어제에 이룬 일은 오늘이면 벌써 옛날의 것   昨日事成今日古
새해의 사람 중에 지난해 알던 사람 적네   新年人少去年知
오십하고 구년이 어찌 쉽게 흘렀으리   五旬有九那容易
봄 술을 자작하며 수복을 위로하네   自酌春醪慰壽祺

---

417 선비는……드러내네 : 이 구절은 구양수(歐陽脩)가 매요신(梅堯臣)의 시집에 써
준 〈매성유시집서(梅聖兪詩集序)〉에서 한 말이다. "세상에서는 시인 중에 영달한 이가
적고 곤궁한 이가 많다고 여기는데, 어찌 그렇겠는가! 세상에 전하는 시는 대부분 옛날
곤궁했던 사람들의 글이다.……더욱 곤궁할수록 더욱 정교해지는 법, 그렇다면 시가
사람을 궁하게 만드는 것이 아니라 곤궁한 연후라야 정교해지는 것이다.〔世謂詩人少達
而多窮 夫豈然哉 盖世所傳詩者 多出于古窮人之辭也……盖愈窮則愈工 然則非詩之能窮
人 殆窮者而後工也〕"

지은이 **김윤식**(金允植)

1835(헌종1)~1922. 자는 순경(洵卿), 호는 운양(雲養), 본관은 청풍(淸風)이다. 유신환(兪莘煥, 1801~1859)과 박지원의 손자인 박규수(朴珪壽, 1807~1876)에게 사사해 노론낙론계의 사상을 이어받았다. 1881년(고종18) 영선사로 파견된 일을 계기로 친청노선을 고수하였다. 일본과의 굴욕적 조약에도 순순히 응하여 많은 비판을 받기도 하였으나, 1919년 3·1운동의 고조기에 대일본장서(對日本長書)를 일본정부에 제출했던 일로 '만절(晩節)'이라 평가받기도 하였다. 김윤식은 조선의 최대 격변기에 온갖 부침을 겪으며 벼슬아치의 일생을 보내는 한편 문장가로서도 이름이 높았다. 1922년 그가 죽었을 때 '조선의 문호(文豪)'로 지칭되기도 하였다. 저서로는 《운양집(雲養集)》, 《음청사(陰晴史)》, 《속음청사(續陰晴史)》 등이 있다.

옮긴이 **기태완**

1954년 전남 장성에서 태어났다. 중앙대학교 문예창작학과를 졸업하고 성균관대학교 일반대학원 국어국문학과에서 문학석사와 문학박사 학위를 받았다. 홍익대학교 겸임교수 및 연세대학교 국학연구원 연구교수 등을 지냈다. 저서로는 《황매천 시 연구》 등이 있다.

권역별거점연구소협동번역사업 연구진

연구책임자	이광호(연세대학교 문과대학 철학과 교수)
공동연구원	김유철(연세대학교 문과대학 사학과 교수)
	허경진(연세대학교 문과대학 국어국문학과 교수)
선임연구원	구지현
	기태완
	백승철
	이지양
	이주해
	정두영
교열	김익수
	김영봉(권1, 2, 3)
연구보조원	안동섭

운양집 2

김윤식 지음 | 기태완 옮김

2013년 12월 30일 초판 1쇄 발행

편집 · 발행 도서출판 혜안 | 등록 1993년 7월 30일 제22-471호

주소 (121-836) 서울시 마포구 서교동 326-26번지 102호

전화 3141-3711 | 팩스 3141-3710 | 이메일 hyeanpub@hanmail.net

ⓒ한국고전번역원 · 연세대학교 국학연구원, 2013

Institute for the Translation of Korean Classics · Institute of Korean Studies Yonsei university

값 32,000원

ISBN 978-89-8494-492-3 94810

　　　978-89-8494-490-9 (세트)